李鸣生，当代著名作家。1956 年生于四川简阳。1974 年入伍。1991 年毕业于解放军艺术学院文学系。中国报告文学学会副会长。中国作家协会报告文学委员会委员。中国文字著作权协会常务理事。

1981 年发表第一首诗歌。1982 年发表第一篇小说。1984 年发表第一部中篇报告文学。1990 年创作第一部电视剧剧本（中央电视台播出）。1991 年发表第一部长篇报告文学。主要作品有：《李鸣生文集》（十六卷），李鸣生“航天七部曲”（七卷），李鸣生“走出地球村”系列丛书（七卷），中篇小说、电视剧、电视专题片、电影纪录片多部，共约九百万字。

作品曾获三届鲁迅文学奖、三届国家“五个一工程”奖、三届中国报告文学奖，以及中国图书奖、中国改革开放三十年优秀报告文学奖、中国长篇广播金奖、北京市优秀文学作品奖、上海重大文艺工程精品图书奖、《当代》文学奖、首届《中华文学选刊》奖、冯牧文学奖、徐迟报告文学奖、全军文学作品特等奖、全军文学作品一等奖、中国人民解放军文艺奖等二十二项。

有作品入选《21 世纪中国文学大系》《21 世纪中国最佳纪实文学》《中国报告文学精品文库》《共和国作家文库》《新中国 60 年文学大系》《30 年文学典藏》《中国优秀报告文学读本》《中国报告文学精选》及大中专院校教材等数十种文本。

李鸣生微信公众号：lms6668

博客中国李鸣生专栏：limingsheng.blogchina.com

李鸣生新浪微博：@ 李鸣生

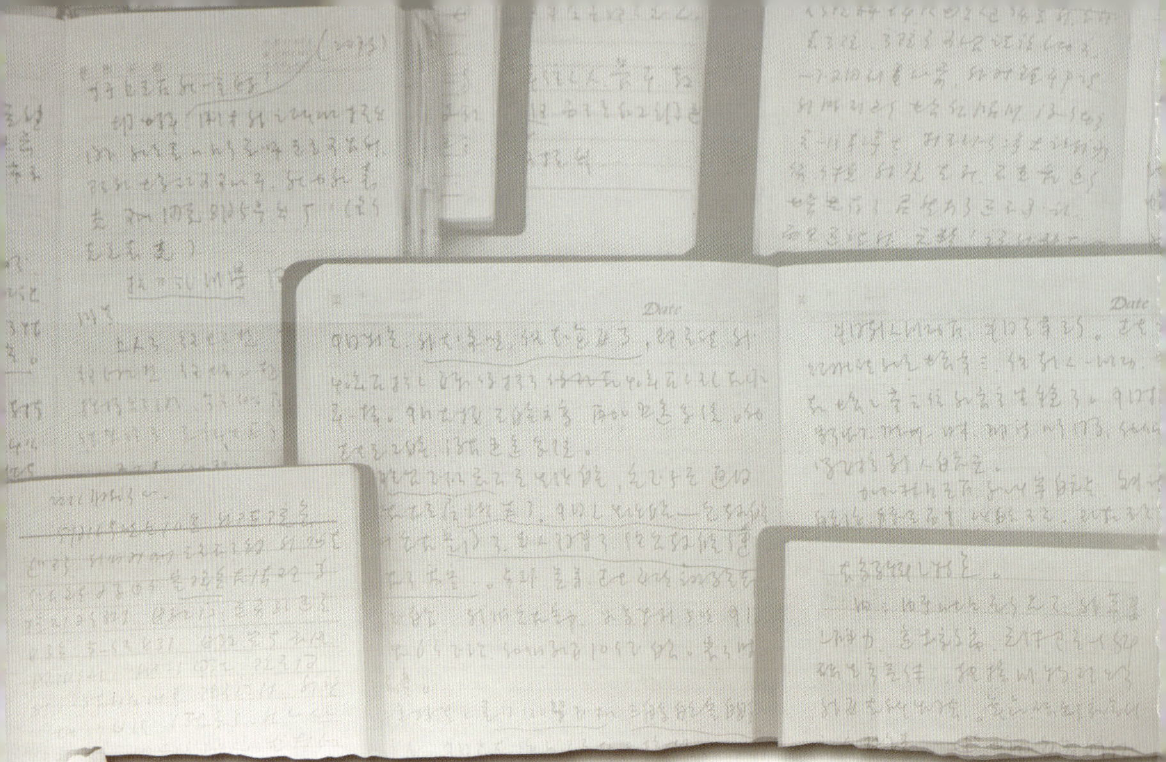

作者采访手迹

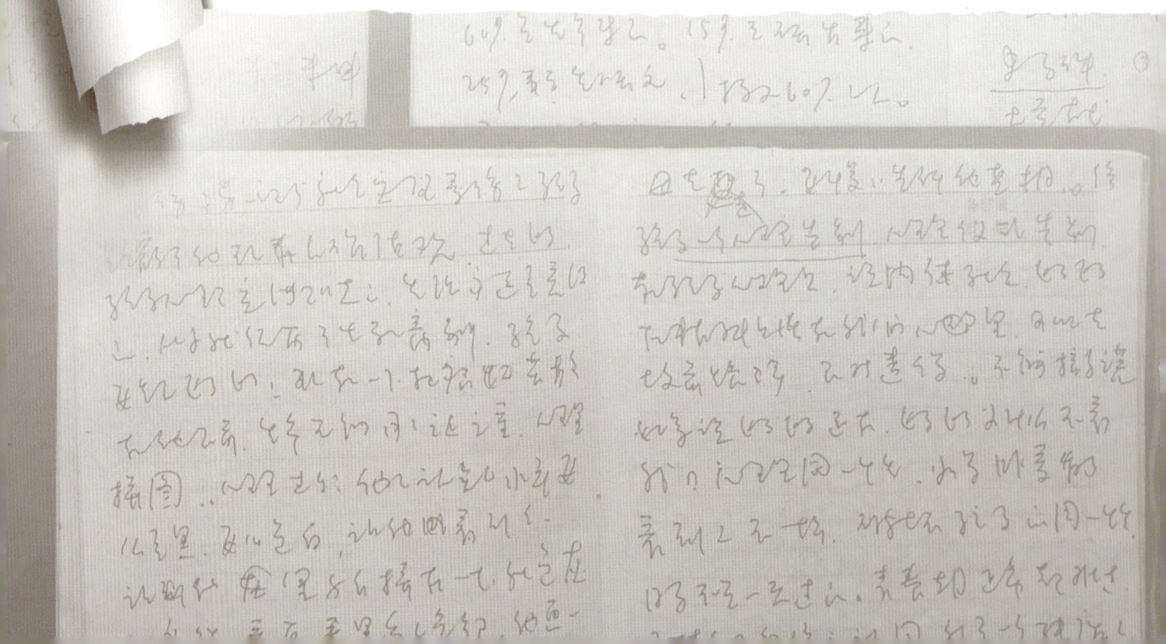

李鸣生文集

中国长征号

——中国火箭打入国际商业市场的风险与阵痛

天地出版社

图书在版编目（CIP）数据

中国“长征号”——中国火箭打入国际商业市场的风险与阵痛/李鸣生著.—成都：天地出版社，2017.2
（李鸣生文集）
ISBN 978-7-5455-2152-8

Ⅰ.①中… Ⅱ.①李… Ⅲ.①报告文学-中国-当代
Ⅳ.①I25

中国版本图书馆 CIP 数据核字（2016）第 179820 号

ZHONGGUO CHANGZHENG HAO

中国“长征号” 李鸣生 著

——中国火箭打入国际商业市场的风险与阵痛

出 品 人 罗文琦

选题策划 张 京
选题组稿 谭清洁 漆秋香
责任编辑 谭清洁 漆秋香等（本书责任编辑：段智玲）
装帧设计 冠腾文化
电脑制作 四川胜翔数码印务设计有限公司
责任印制 田东洋

出版发行 天地出版社
（成都市青羊区槐树街 2 号 邮政编码：610031）
网 址 http://www.tiandiph.com
http://www.天地出版社.com
电子邮箱 tiandicbs@vip.163.com

印 刷 四川经纬印务有限公司
版 次 2017年2月第一版
印 次 2017年2月第一次印刷
规 格 168mm×240mm 1/16
总 印 张 330（本书印张：25.5）
总 字 数 4700 千(本书字数：379 千)
总 定 价 698.00 元
书 号 ISBN 978-7-5455-2152-8

一位苏联火箭专家说过："搞火箭的人，不是过早死亡，也会得精神分裂症。"

——题　记

序

有思想的非虚构：李鸣生报告文学论

丁晓原

尽管我们有《左传》《史记》这样久远的文学纪实的传统，但具有特指性的报告文学还只是一种只有百余年历史的后起文体。建构晚近三十年中国报告文学史的优秀作家有许多，其中特别重要的是一批穿越上世纪70年代末至新世纪的资深报告文学家，我们称之为跨世纪报告文学作家。但真正具有文体史意义的，或其创作参与了文体建设的报告文学作家，并不是很多。李鸣生是其中不可或缺的一位，他的写作对报告文学文体具有典型意义。这位写作了《飞向太空港》《澳星风险发射》《走出地球村》《中国“长征号”》《远征三万六》《千古一梦》《发射将军》“航天七部曲”的“太史令”，以其独特的创作，为我们书写了新中国航天的悲壮历史。它们既是航天的壮美诗史，也是国志，是文学。作家的地位是由作品的品位决定的，作家的个人史由其创作史建构。李鸣生以其高水准、大规模的航天作品，铸就了他在文坛作为中国航天首席报告文学家、中国航天文学领军者的地位，即使在世界航天文学的书写中也可作如是观。此外，《走出地球村》《中国863》和《震中在人心》三部作品分别获得第一届、第二届和第五届鲁迅文学奖。获得三届鲁迅文学奖的作家很少，尽管获奖不是评价作家创作的唯一尺度，但李鸣生的这些作品摄取独特，叙事宏阔，思考深广，语言表达颇具个性意味，是完全配得上鲁迅文学奖这一荣誉的。

我们对作家的创作进行价值评估，需要超越作品某种应时而生的新闻性，获得必要的时间间距和空间背景。时间是最有信度的批评家，空间也为批评提供了更多的参数。基于这样的认知，我们将李鸣生个人的报告文学创作史，推置于晚近三十多年中国报告文学史中加以观照考察，解析作家创作的特质，探索其何以并在多大程度上实现了对报告文学文体的有效诠释，这应该是很有意义的。

一

我以为，报告文学是一种个人化的社会写作。从作者主体角色的存在视之，这是一种典型的知识分子写作方式。对此，李鸣生也是认同的。他在鲁迅文学院第二十届中青年作家高级研讨班的研讨会上，就明确地告诉他的青年同道："我认为，真正的报告文学作家是典型的知识分子。"①

知识分子的范畴具有多种义项。这里所说的知识分子不是"知识"的知识分子或者是"专业"的知识分子，而是公共知识分子。这种知识分子的基本特点是介入社会；作为社会良知，基于独立思想而向社会发言。因此，报告文学的写字间是整个社会，它拒绝一厢情愿的私人写作。并且从根本上说，作家的思想品位决定着报告文学作品的品质，而有品位的思想需要作家秉持独立的人格。在李鸣生看来，"知识分子最大的特点就是他的人格的独立，这点，作为一名优秀的报告文学作家必须具备"。由此李鸣生给出"报告文学作家和新闻记者的区别"的关键之处在于，"新闻记者是要在现场报道，要在第一时间内把最有价值的信息传达出去（深度报道另当别论）；报告文学作家是要在这些新闻事件的基础上作出自己的独立思考，最终传递和表达的是你对这个世界的思考，而你的思考要与众不同。所以，在所有的社会问题上，作为报告文学作家必须建立起自己独立的思想体系，进行与众不同的思考，最终发出与众不

① 李鸣生：《报告文学作家要人格独立》，中国作家网 2013 年 7 月 2 日。

同的声音”。[1] 由此可见，思考、思想之于报告文学作家李鸣生所具有的特别意义。“一个民族光有空间的高度是不够的，还必须要有思想的高度。唯有拥有了思想的高度，其眼光、胸襟、境界才大不一样，甚至说话的气派、分量也大不相同；而天天看到、想到的，就不仅仅是秦砖汉瓦、巍峨长城，滔滔黄河、滚滚长江，还有五洲四海、辽阔世界，万里长空、茫茫宇宙！”（《千古一梦·尾声》）这是李鸣生长篇报告文学《千古一梦》中一段具有主题性意义的表述。根据这一表述，结合体现作者追寻思想自觉的创作实践，我们可以获得观照、读取李鸣生报告文学特质与价值的一个优选的视角。在我看来，李鸣生的报告文学体现为一种有思想的非虚构写作范式。

思想为美是报告文学写作美学中的一条重要原则，这是这一文体作为知识分子写作方式的一种内在规定。著有《西部在移民》的麦天枢曾经说过：“当思想的深度构成读者对报告文学的普遍要求的时候，思想性就表现为一种美；思想性通过文学手段来承载，思想性就变成了文学性。”[2] 优秀的报告文学是作家卓异思想的产物，同时它又如思想的“发生器”，能够激活读者的关联思考与叩问。《哥德巴赫猜想》在新的历史时期首次正面叙写讴歌科学工作者的业绩和科学精神，在拨乱反正之初具有显然的思想先锋意义。《人妖之间》直击现实严重的腐败，开创了新时期以批判为价值取向的“问题报告文学”的先河。作者感于世相而提出的“人们啊，要警惕”的告诫，危言醒世，启人深思！李鸣生初入文坛，就浸润着新时期报告文学的文学精神。在其后的写作中，他奉持“独立人格、独立立场、独立思想、独立写作”的原则。这一原则来自他长期写作实践的真切体悟，也视为他对报告文学理想写作的一种诉求。出版文集时，这一原则被赫然印在文集的封面上，这充分说明作者对这诸多“独立”的特别看重。

我以为，四个“独立”的核心在于“独立思想”。“独立思想”是我

① 李鸣生：《报告文学作家要人格独立》，中国作家网 2013 年 7 月 2 日。

② 参见《太行夜话——报告文学五人谈》，《光明日报》1988 年 9 月 23 日。

们解读李鸣生报告文学的“文眼”。李鸣生是一位对思想有着执着认知的作家。他以为：“一个作家的思想非常重要，无论你是写什么的。思想决定作品的高度，决定作品的品质，甚至说思想决定一切。而这种思想，必须属于自己。”[①] “思想”在李鸣生报告文学写作中是一种整体性的存在，它涉及选题与格局、价值取向和叙事设置、思想表达和语言策略，等等。特别与众不同的是，思想于报告文学家李鸣生而言，更可贵的是体现为思考的方法、思维的智慧。我们读李鸣生的作品，很容易获得一种直观的感觉，就是大题材、大视野、大构架、大叙事、大主题、大气场。同样是科技题材的报告文学，徐迟的《地质之光》《哥德巴赫猜想》《生命之树长绿》等可谓是精致的诗，而李鸣生的《飞向太空港》《千古一梦》等作品是一种史诗的创制，即便是《发射将军》这样的人物报告文学，也注意将个人史与国史的叙事有机融合，体现出别有意味的史性。我以为李鸣生写作中显示出的种种大观，从根本上说是来自作家的大思维。其中具有李鸣生原创性新思维的，是其关于“星际文明”“宇宙文明”的发明与阐释。这是李鸣生卓然有成、自立于文坛的思想前提。

二

航天书写于李鸣生而言是一种宿命，一种天作之合的情缘，是个体生命史的建构，也是作者贡献天地文明的事业！“十五年的发射场生活，使我比一般人更有条件看到天空，也更有机会随着火箭卫星的一次次升腾，对我们居住的这个星球以及顽强地活在这个星球上的同类进行立体的思索，从而改变了我跪着看待人生的姿势，获得了一个与众不同的审视世界的角度。”（**《飞向太空港·后记〈天空让人想起使命〉》**）这位结缘于航天伟业的作家，是以航天人的姿态入轨报告文学天地的。从李鸣生的话中，我们可以获知作者不仅具有得天独厚的熟稔题材的条件，而且

---

① 参见杨鸥：《李鸣生：中国航天史诗的书写者》，《人民日报·海外版》2010年8月6日。

更重要的是由此衍生出的心理优势和写作智慧。“发射场成了我的精神牧场”（《千古一梦》）。在对象主体化的领悟之中，李鸣生开启了辽阔宽广的思维空间。这种思维空间早在写作《飞向太空港》时就已形成了。《飞向太空港》叙写的是中国“长征三号”火箭发射美国“亚洲一号”卫星的故事。这样的题材在当时极易写成高度意识形态化的主题，但李鸣生显然并没有为思维定式所囿。有作品“题记”可证：“谨以此书，献给创造空间文明、寻找人类新家园的航天勇士们！”这里所说的“空间文明”为李鸣生首先提出，在作品后记《天空让人想起使命》中，作者对此有具体的阐释。这篇后记中，作者从容地挥洒着沛然的才情，演绎着飞天想象的迷人：在宇宙文明的时代，“也许，宇宙公民们还会从各自的星球走来，手牵着手，肩并着肩，欢聚一堂，嬉笑打闹，谈天说地。而地球人回忆的话题一定是：在很久很久以前，我们如何艰难、痛苦地挣扎在地球上”。这不只是凌虚的想象，更有对科学逻辑的预知。李鸣生认为：“从区域文明到地球文明，从地球文明到星际文明，从星际文明再到地球文明，应该是一个无法抗拒的自然规律。航天时代带来的宇宙意识，导致了人类认识的飞跃，从而把人类的思想与情感引升到一个辽远而广阔的大境界。”这一表述中所包含的卓异的宏大思维，表明了作者思维的开阔与大气。而正是这样的思维建构，促成了《飞向太空港》得以大起高开，使李鸣生此后能以高水准的创作在充满竞争的报告文学领域中步履稳健地登堂入室。

《飞向太空港》的主题不只是此类题材通常会有的爱国主义精神。它的主题是复调式的。作者将中外航天合作置于中国改革开放的大背景之中，《周游列国的中国专家们》等章节极其真实地反映了开放之初始，人们在观念、能力、文化以及适应国际规则等方面所面临的种种问题。从这一点而言，这部作品可以说是为中国的开放史留存了一段生动而珍贵的侧影。而更富创意的是作者基于空间文明的思想，将不同文明的交流设置为一个叙写重点，以开放、包容的姿态，使作品超越政治叙事，建构起一个更为宏大的文明叙事。作品共六章，其中第四章《火箭，另一个伟大的文明》、第五章《我们都是地球人》和第六章《跨越国界的飞行》都直接关联了不同文明交流的叙事。正如作品中作者在与美方技术专家交流时所说，中美火箭与卫星的合作，“不单单是一次空间技术的合作，也是两个民族、两种文化、两种感情的一次交流与沟通；不光是发射一颗卫星，也是中美两国科学家在一起共同创造空间文明。因为开发宇宙，造福人类，是全人类的共同使命”。这里给出的正是《飞向太空港》的核心价值。李鸣生在《中国“长征号”》中有一段关于“长征号”意义的表述凝练而到位：“‘长征号’其实就是中华民族的一种象征，它象征着力量，象征着智慧，象征着精神！‘长征号’从封闭走向开放、从靶场走向市场的历史，就是中华民族从传统走向现代、从国内走向世界的历史；‘长征号’与世界接轨的历史，就是中华民族与世界融合的历史。”我想，这一表述用于对《飞向太空港》多维主题的解读，也是非常合适的。

如果按照“主旋律”作品的写作制式，李鸣生的《澳星风险发射》自然无法进入“主旋律”的“轨道”；而若是按照“问题报告文学”的写作要求，则这一作品需要设置为“批判”的模式。《澳星风险发射》由作品题目就可知晓所写重心，但这里的“风险”并不是作为一种“问题”来作否定性报告的。航天是一种高风险的科技，因此，失败也是航天史的一种真实。作者将 1992 年 3 月 22 日“澳星”发射失败视作一种客观存在，以一种中性的叙事立场，在中国航天文学中第一次直面失败，并对此作全展式的报告，“本来，人们对那个春天的夜晚寄予了再大不过的希望。结果，那个春天的夜晚回报给人们的却是天大的懊丧和无尽的遗憾；中华民族的自尊心受到了空前的刺激，火箭子孙的感情遭到了莫名的戏弄”，“失败似一道无形的阴影，笼罩在发射场的上空；失败像一个看不见的幽灵，潜伏在人们的心底”。作品以真实而很有故事性的叙写，凸显了极具中国特色的失败心理和失败文化。但显然，李鸣生并不是因为“懊丧”与“遗恨”而言说失败，而是因为真正领悟了诗人惠特曼所说的“当失败不可避免时，失败也是伟大的”的深意。作者以为：“一个民族，如果不光会欢呼成功，而且还能正视失败、接受失败、超越失败，甚至达到一种欣赏失败的境界，那这个民族该是多么地伟大而不可战胜啊!”由此，作品既展示“澳星”发射失败后种种中国式的反应，也不吝笔墨实写了中国航天人艰辛负重、超越失败的壮美精神。这样颠覆常规的写作，在当代中国报告文学史上也是少数的典型个例。作品这种有意义的立异，正是建立在作者独立思想、独立写作的基础之上的。从这个角度而言，《澳星风险发射》是有思想非虚构的一个典型样本。

如果我们仅仅关注创作了航天及其他高科技题材作品的李鸣生的存在价值，是不够的，也是不完整的。我们还应当关注他的另一部作品——《震中在人心》，关注这部作品的写作怎样“避免概念化，避免传统的主流叙事”，又怎样将“传统的‘主流’叙事转化为作家个性化的作品叙事”[①]。李鸣生的这一表达实际上涉及了公共的“主流叙事”和作家个人的“作品叙事”这个重要的话题。真正的报告文学需要作家在面对重大的公共写作题材时，善于将新闻写作常设的“主流叙事”有效地转化为文学创作别异的“作品叙事”。这里的“作品叙事”，就是基于主体独特感受、独立价值判断、独立思想的具有个人色彩的非虚构的文学叙事。在这一点上，《震中在人心》尤显其意义。这部取材于汶川特大地震的作品，在第五届鲁迅文学奖终评中以名列第一胜出。有意思的是，在初评时因为作品思想的某种“异调”、主题的非主旋律而差一点遭淘汰出局。这是很值得我们思考的。我们需要反思何为地震非虚构作品的终极价值。我以为钱刚的《唐山大地震》和李鸣生的《震中在人心》，在某种角度上对此作了例说。《唐山大地震》就是一部具有多功能的皇皇之作，它“是作者为今天和明天的人类学家、社会学家、地震学家、心理学家……为我们整个星球上的人们留下的一部关于大毁灭的真实记录，一部蒙受了不可抵御的灾难的人的真实记录”[②]。《震中在人心》不仅有通常的对抗震救灾的感人场面的描写，而且更有对人类遭遇重大创伤的生命之痛的感悟，还有对地震灾害作出的深刻反思。作品不仅观照地震的视角独异，而且在情感与思考的深度上超越了同类作品。作者曾说，“面对灾难，作

① 《李鸣生在〈千古一梦〉研讨会上的发言》，中国作家网 2009 年 5 月 22 日。

② 徐怀中：《唐山大地震·代序》，《解放军文艺》1986 年第 3 期。

家不应缺席；面对死亡，文学不该沉默”。大地震的写作有很多可能性，应该有对一方有难、八方支援，以人为本、抢救生命等主题的表现。但大地震终究是对人类的重创，因此大悲悯应该是此类写作不可或缺的元素。“我只为真相，只为实情，只为血印，只为泪痕，只为记录，只为见证。我不想把废墟变成大厦，把悲剧变成喜剧；我不想把谎言变成真理，把哭泣变成歌声；我不想把反思变成庆典……公示汶川大地震灾难的真相，传递废墟的气息，留下亡灵的心声，定格人心的表情。”正是有了这样的思考，作者不仅独异地摄取地震的镜头，而且在叙事处理、情感书写和思考深度以及批判性等方面超越了同类题材的作品。

有思想的非虚构，需要达成报告客体的本真、呈现主体自我的元真，从而实现报告文学文体有自我且真实的文体性。真实是报告文学的生命，是其文体力量生成的支点。报告文学的真实说到底需要作家独立地思考和判断，不违心，不唯上，不唯书，不唯权威名家，而能唯实，尊重并敬畏叙写对象本身的历史存在。作为一个有思想的非虚构作家，李鸣生是严格持守这样的写作原则的。其作品里有一个关于钱学森的个例可以说明这一点。钱学森是名满世界的杰出科学家，“钱学森的脑袋比一般人的大，略呈方形；尤其是额头，非常宽阔，而且发亮。你很难说清他的脑袋具体哪点与众不同，但给你的印象就是与众不同，似乎藏有一座智慧的金山，又像装着一组成功的密码，满脑袋都长满了天才的花朵与知识的森林，甚至连每根头发丝都像是一棵智慧的大树”。（《走出地球村》）可是就是这样的科学家，当年却坚持航天飞船“五人舱”的设计主张。“钱学森解释说，这五个人的分工是：一个是指令长，一个是航天员，一个是随船工程师，一个是随船医生，再加上一个政委。”（《千古一梦》）就是“再加上一个政委”的极简叙说，意味无限地实写了当时中国航天发展的复杂的政治生态。尽管科学的“钥匙”可以开启政治的“后门”，但科技的研发需要盖上“政治的印章”。“再加上一个政委”并不是钱学森的非科学，而是政治异化下一种集体无意识的表达。这便是历史的真实，也是一个关于钱学森的真实的插曲。

三

研读李鸣生的报告文学，我以为他的最大优势，并不在于新闻性，而体现为作品思想性的整体生成和他对非虚构文学性的自觉追求。这是决定李鸣生报告文学写作能在较高水准上长期可持续发展的关键因素。而这对新常态语境中的报告文学写作，更具有切实的意义。所谓“新常态”，取自经济学界的一个热词，报告文学的“新常态”就是全媒体或融媒体的存在。全媒体时代的报告文学，它原有的“新闻性”红利大为减少，文体一般的新闻优势已不存在。这就需要报告文学基于非虚构原则，通过有深度有个性的思想表达和非虚构文学的美学建设，激发文体内在的活力，有效强化非虚构叙事的优势。

文学性不高，是制约报告文学作为审美文体而发展的一个重要因素，也是影响读者阅读的一个基本问题。尤其在全媒体时代，报告文学文体的新闻性优势已经失去，报告文学的写作并不能简单依赖新闻性，在此背景中，文学性的意义就显得特别重要。报告文学的文学性是什么？烦琐的学院派式的论证最终也许还是无解。在美国非虚构作家杰克·哈特的《故事技巧——叙事性非虚构文学写作指南》中，“叙事性非虚构文学”命题及其展开的思路，对于报告文学文学性的研究和达成，或许能给我们一些有意义的启发。

我以为作为一种叙事文学样式，将报告文学定义为“叙事性非虚构文学”，是符合这一文体逻辑的。报告文学是真实的叙事，小说是虚构的叙事，它们共同的要求是叙事。叙事构成报告文学写作的本体，它既承载着作品思想情感等价值表达，同时又是写作本身的重要目的。

李鸣生的作品具有强烈的叙事意识。《中国“长征号”》是中国火箭发射美国卫星的大叙事，作品以事件演化为叙事线索。这是作品建章的目录：第一章《怪圈》、第二章《变轨》、第三章《推销》、第四章《天机》、第五章《谈判》、第六章《碰撞》、第七章《发射》、第八章《草图》、第九章《保险》、第十章《贷款》、第十一章《合同》、第十二章

《失败》、第十三章《检讨》、第十四章《发愤》、第十五章《官司》、第十六章《爆炸》、第十七章《阵痛》、第十八章《反省》、第十九章《雪耻》、第二十章《代价》。由章目设置可见，作者十分重视作品的叙事构篇，贯穿其中的线索主干清晰而又跌宕曲折，故事性很强，对读者别有一种牵引力。《发射将军》是一部人物报告，作品以“发射将军”与发射相关的人生历程为叙事线索，具有某种纪传体的特征。作品从第一章《军委令》将主人公由战场奉调至发射场作为故事的发端，以人物离休生活“晚年赋”作结，突出了“故事性”人物的叙事。吸引读者的是将军的传奇和在传奇中蕴含的伟大精神。

一个叙事优化的文本，首先需要建构一个与之适配的叙事结构。李鸣生能根据客体本身内在的逻辑和主题思想表达的需要来配置这样的结构。《走出地球村》写的是“东方红一号”卫星飞天的故事。卫星的研制动议于1958年，发射成功在1970年。这是一个具有特殊的政治生态的时期。根据这样一种特殊的存在，作品设置卫星叙事和政治叙事双线叙事结构。政治叙事在《走出地球村》中是充分的，从开篇“苏联第一颗卫星上天，艾森豪威尔总统手中桥牌落地”，到“美国人造‘小月亮’挂到天上，周恩来午夜拿起直通毛泽东的电话”，一直贯穿到收结“卫星功臣登上天安门”。而“‘小弟弟’找‘老大哥’学放卫星”“忍着饥饿的肚子，中国从八公里起飞”“‘东方红一号’人造卫星方案诞生”“马灯前钱学森坐卧不安”“火箭司令神游戈壁”等则为卫星叙事。这种双线并置反映的正是“东方红一号”卫星的一种特殊的历史真实。这样的安排一方面强化了对科学家忍辱负重、刻苦创造、献身科学光辉形象的再现，另一方面对非科学的政治对于科学的干预、对于科学家的摧残，进行了深刻的反思和批判。

一般来说，李鸣生的报告文学叙事构架是宏大的，这是因为叙事对象具有先在的宏大性。但是单纯的宏大无法抵达文学叙事所需要的细部深层的景致，宏大叙事需要有具体叙事作坚实的支撑。李鸣生也有作品如《发射将军》，表面看不是宏大题材，书写的只是某个人物。但对于这样的作品作者并不就小写微，而是注意将人物推置时代与历史的宏大背景中加以表现。在历时演进的纵轴上融合将军的个人叙事、导弹部队的集体叙事和共和国历史的大叙事。作为文学的非虚构叙事，在李鸣生报告文学中大叙事与小叙事是相生的，而小叙事的核心则是具体的人物叙事。“叙事需要三大支柱：人物、动作和场景。排在第一位的是人物，因为人物能够推动动作和场景的发展。”① 对于人物叙事的意义，李鸣生是充分认知的。他说自己的作品“希望通过人物把我们的历史，一个非同寻常的历史写出来”②。李鸣生把人物作为历史叙事的要素，而在我看来人物就是历史的本身，作者笔下的许多人物，航天人、科学家等，正是他们创造了作者叙写的历史。不仅如此，作者再现的人物，许多是中国脊梁式的人物而又具有常人情怀。作品的感染力来自于这些走近读者的真实而感人的人物。

李鸣生报告文学的人物叙事，颇多性格叙事、精神叙事。《中国863》是一部题材重大的长篇，作品首章《悄悄发生的革命》格局甚大，由美国“星球大战计划”、欧洲“尤里卡计划”、日本“振兴科学技术政策大纲”叙述领起，导出中国的“863 计划”。这是典型的宏大叙事。以后的全部篇幅从第二章到第七章都为具体的人物叙事，其中第二章《科委来了个“厉害的老太婆”》，是作品重点写作的一章。“厉害的老太婆”是朱丽兰。“厉害”是其作为管理者的主导性格，改革创新，敢于担当。但作品没有将她写成一个单面的概念人物，而是运用细节集成的方法，还原朱丽兰既“厉害”又和蔼；既是工作狂，又会理发、织毛衣、弹钢琴的圆形立体的本真。而李鸣生航天系列中的航天人的形象，是最烙印在心底的、难忘感人的。作者叙写这些人物，不只写他们的科学智慧、科技才能，而更重于对他们作精神性叙事。赵廉清是创建西昌发射场的指挥者，在非常年代，知其不可为而为之，积劳成疾。他留给这个世界最后的镜头是：“他手上紧紧揣着一样东西。这样东西不是别的，就是他

① 杰克·哈特：《故事技巧——叙事性非虚构文学写作指南》，第 74 页，叶青、曾轶峰译，中国人民大学出版社，2012 年。

② 《李鸣生在〈千古一梦〉研讨会上的发言》，中国作家网 2009 年 5 月 22 日。

生前一直随身携带的那个军用挎包！而护士打开挎包后，只看见两样东西：一份皱巴巴的施工图纸，一个被啃了小半的冷馒头！”（《千古一梦》）从这样的细节中我们可以看到，一个瘦小羸弱的生命里，升华出一个伟大的精神形象。

四

故事是什么？乔恩·弗兰克林在《为故事而写作》中为我们给出了“定义”之一：“当人物遇到错综复杂的情况，而他又不得不面对和解决时，行动就发生了，故事正是由一连串这样的行动所构成的。”[①] 这一表述中关键词是冲突，是矛盾。故事存在于冲突、矛盾之中，冲突、矛盾推衍出故事。非虚构的报告文学作者无法依靠想象力制造故事，但是他可以从对真实客体冲突、矛盾的存在中，选择并呈现其中的故事。李鸣生说，在他的作品中，“我希望呈现大的矛盾”[②]。《走出地球村》中有极“左”政治与卫星科技的矛盾，《中国“长征号”》中有开放与保守、体制与市场、国力基础与航天发展、中外文化等之间的矛盾，航天人存在的价值就是“面对和解决”“错综复杂”的矛盾冲突。这些形成了李鸣生叙事的基本构架和基础。这样的矛盾构篇也决定了李鸣生报告文学叙事的丰富性和复杂性。在总体的矛盾叙事基础上，作者再相宜地采用悬念式叙事方法，就更有效地强化了作品叙事的故事性。悬念不是虚拟的，而是实际发生的状况，也是航天高风险的一种表征。作品一环扣一环的悬念叙写，渲染了其时其地其情的紧张感。而报告文学所需的现场感就在这紧张感之中，特别扣人心弦，使人身临其境，强化了故事性叙事对读者的吸附力。

李鸣生报告文学的叙事方法是富有变化的，他能根据不同的报告对

① 杰克·哈特：《故事技巧——叙事性非虚构文学写作指南》，第6页，叶青、曾轶峰译，中国人民大学出版社，2012年。

② 《李鸣生在〈千古一梦〉研讨会上的发言》，中国作家网2009年5月22日。

象运用相应的方法。在他的作品中读者可以分享到多种叙事艺术所产生的叙事之美。在《千古一梦》中，作者设计了“双声叙事”，即作者（采访者）叙事和人物（被访者）叙事的结合，特别是导入当事人的自述，以人物的亲历亲验，真实地还原出特定时空中人物和事件的现场情状。这是一份珍贵的活的航天档案。《发射将军》则注意在“实体叙事”中有机地穿插“软性叙事”。所谓“实体叙事”是指与作品主人公“发射将军”直接关联的主干内容的记写，而“软性叙事”则如对导弹部队饥饿、文艺生活极度贫乏等的叙说。《震中在人心》则是一部运用镜头观察和叙事的作品，“用镜头定格真相，让文字留下思考”，大量的照片极具视觉冲击力和情思震撼力，不只是为文字的叙述提供了直观的背景，而且照片本身也成为作品的一种独特的叙事元素，生成了超越文字的叙述力量。

五

文学是语言的艺术，报告文学也是。语言是作品思想的现实，也是叙事生成的工具，还是作为审美的报告文学的要素。报告文学创作中语言的问题，主要是缺乏主体鲜明个性的语言新闻化，另一个是小说化的语言絮叨铺张。李鸣生的报告文学大多为长篇，但语言凝练具有表现力，诚朴简约不过度藻饰，并且具有自己鲜明的个性，许多语言表达有意味、情味、趣味，有效地增强了他作品的文学美感。在这里，我不打算对李鸣生报告文学的语言艺术进行全面的解析，只就他的“智慧语言”和“软语言”运用之美作一解读。

所谓“智慧语言”，是指形象生动、意含新异别致、具有特殊表现力的语言。比如“已经点火的火箭竟然无视天下众生，老练得如同一位千岁老人，打个盘腿坐在那儿，连动都懒得动弹一下”。（《澳星风险发射》）写卫星发射的失败，作者用拟人化的手法形容，以独特的冷峻与幽默，写意地写出发射失败的状态和航天人的尴尬，用语非常新颖。作者以幽默笔法言说失败，正与作品正视失败、超越失败的主题相关。幽默的语言是典型的智慧语言。在李鸣生的作品中已不是偶尔为之，而是一种个性的语言景观。“在国际市场上，美国人早就大把大把地捞着美元，中国人为什么不能去弄点‘零花钱’？在国际空间俱乐部里，美国人可以大口大口地喝着‘咖啡’，中国人为什么就不能去喝上一杯‘清茶’？”（《中国“长征号”》）这一表达的语境是，对于中国航天进入国际市场，国内以为冒险，西方设置障碍。这里的美元与“零花钱”之喻，客观地表示中美航天科技实力和航天市场份额的差距，“清茶”之类意含走中国自己的航天发展之路。整体的表意是非常清晰的，就是中国应该进入国际航天市场进行竞争，只不过用“李式语言”表达，意味意趣就大不一样了。“已经欠着一屁股账的中国专家当然拿不出这笔钱来，他们只有一个价值连城的传家宝，这就是：自力更生！”（《中国“长征号”》）“一屁股账”与“价值连城”对举，极简地实写了中国航天发展的境况，高度凝练了中国航天的伟大精神。

李鸣生幽默的语言可分为“麻辣幽默”和“冷幽默”。“这一年，‘反右斗争’刚刚过去，‘大跃进’的旋风又骤然卷起，中国人像被灌了一桶大剂量的兴奋剂。”（《千古一梦》）“据说，两年前一所中学考试时，发生过这样一个故事——试卷问：爱因斯坦是谁？学生答：美国当代著名歌星。”（《飞向太空港》）这种幽默让我们无法轻松说笑，其间的麻辣唤起读者对非常年代的反思与批判；是对过度娱乐化，忽视科学世相的揭露和讽刺。“美国人把这条山沟称为‘神秘的峡谷’，而当地彝族老人则说：‘什么神秘不神秘，这山沟就是我们过去放羊的地方！’故此，当地人称‘赶羊沟’。”（《飞向太空港》）这样的文字可谓冷幽默，读起来会忍俊不禁。报告文学拒绝虚构，但它同样需要作家具有丰富的想象力。想象之翼可以飞扬智慧的语言。“世界各国许多中学的少男少女们，每晚相聚在迷人的星空下，像谈论童话似的，长时间不知疲倦地谈论着卫星、卫星、卫星。仿佛苏联的这颗人造卫星，成了他们嘴里一块永远嚼不够的口香糖。”（《走出地球村》）以“口香糖”喻说人类第一颗人造卫星发射后对各国学生的影响力，新颖生动，可意会，也可言说，体现了李鸣生语言表达的一种智慧。

软语可人，是我阅读李鸣生作品时的一种直觉。我这里无法给出

"软语"的标准解释。所谓软语，是一种"闲语"，它不属于主干叙事，但与主干叙事有所关联；在表情表意方面偏于柔细，静安之中，可入情入心。"将军家的院门是双扇的大铁门，夕阳照在斑斑驳驳的门上，给人暖洋洋的感觉。每当这时，将军便坐在门外一张自制的小折椅上，像一位坐在长满颗粒饱满的庄稼地边的老农，静静地守候着儿孙们的归来。夕阳在他眼角的皱褶里绣着陈年旧事，时光在他花白的头上写着岁月沧桑。"(《发射将军》)将军从战场到发射场，军人形象刚硬，棱角分明。而此时进入晚景的将军没有了豪情、霸气，却有人间的亲情和慈祥。"夕阳在他眼角的皱褶里绣着陈年旧事，时光在他花白的头上写着岁月沧桑。"我们从诗一样的句子中，可以读出将军人生种种的况味。

李鸣生的报告文学有种种特点和优点，而我最为看重的是他的作品有思想，也很文学。有思想，也文学，这就是我所希望读到的报告文学。

2015年8月28日

目　录

开　头

“长征号”

自 1970 年起，中国“长征号”火箭实施了七十一次发射，成功率达百分之九十一以上！不仅成功地发射了二十七颗外国商业卫星，还成功地发射了四艘“神舟号”试验飞船，并即将把中国航天员送上太空！“长征号”不仅是中国人的骄傲，也是世界航天界独特的风景。其国际震撼力和影响度，绝不亚于当年的“两弹一星”！

“长征号”就是中国火箭。准确地说，是中国当代火箭。

“长征号”包括“长征一号”“长征二号”“长征三号”“长征四号”和“长征三号甲”“长征三号乙”“长征三号丙”“长征三号丁”以及“长二捆”系列等十二种不同型号的长征系列运载火箭，统称“长征号”火箭。

我第一次亲眼看到“长征号”火箭，是在位于四川大凉山峡谷的西昌卫星发射场，时间是 1984 年。

而今的西昌卫星发射场早已名扬天下，二十九年前却默默无闻。二十九年前那个大雪弥漫的冬天，年少无知的我被一辆老牛似的军用卡车拉进了一个蛮荒的大山沟。当我第一次以一个士兵的眼光打量着那个一片荒凉的大山沟时，除了有一种被命运暗算的悲愤与无奈，看不到任何希望与存活的理由。在此后十多年里，我在那里站岗、放哨，拉沙子、修公路，打山洞、建靶场，春夏秋冬，年年岁岁，每天忍受着孤独与寂寞、忧虑与失望，就像每天呼吸着空气。我做梦也没想到过，中国的火箭有一天还会在这与世隔绝的大山沟里发射美国的卫星。直至 1984 年 4 月 8 日晚，中国第一次用“长征三号”火箭在这个大山沟里发射了第一颗同步通信卫星，并引起世界瞩目，我这才触电似的被惊醒！

那天夜晚，我站在离发射架大约二百米处的山坡上，第一次亲眼看到了“长征三号”火箭如何缓缓升起，又怎样迅速离去。火箭腾飞的一刹那，是我有生以来看到的人世间最壮美的一幅风景。一枚几百吨重的火箭，背负着几吨重的卫星，完全依靠自己的力量，居然扶摇直上隆隆跃起，而后穿云破雾直上九天！尤其当火箭听到“点火”的指令后，竟轰然一声爆响，化作一团熊熊燃烧的烈火，用焚毁自己生命的方式将卫星送入太空！火箭博大的胸襟，雄伟的气魄，神奇的力量，无私的精神，令我高山仰止，感动不已！

后来，还是在西昌卫星发射场，我又亲眼看到中国“长征号”火箭成功地发射了美国的卫星；再后来，我又在西北酒泉卫星发射场，亲眼看到“长征号”火箭成功地把“神舟号”飞船送上太空……

是的，“长征号”对我心灵的震撼是巨大的，留给我的思考也是无限的。它不仅让我感到了人类的智慧与力量的伟大，而且还让我改变了过去跪着看待人生的姿势；它不仅教我懂得了应该从社会的角度看待自然，还让我懂得了应该从自然的角度看待社会。然而不知什么原因，每当我站在发射场上，望着那高高挺拔的“长征号”火箭时，总会情不自禁地想起这样几个小故事：

——1868 年，日本明治维新结束不久后的一天，十几个留日的中国学生兴致勃勃地走进东京博物馆。当他们来到标有“中国物”三个大字的橱窗下时，亲眼看见摆在里面的展品是：锈蚀鸟枪六支；破布九龙袋两个；破瓷烟缸两个；坏竹鸦片烟枪两支！

——1900 年，美国在费城举办世界科技成果博览会。博览会开幕那天，来自世界各国的人们潮水般涌向展厅，急不可待地去看自己国家送来的科技展品。美国人在展厅看到的，是莫尔发明的发报机；英国人在展厅看到的，是瓦特发明的蒸汽机；中国人在展厅看到的，则是一个手工制作的挖耳勺和一双小脚女人的绣花鞋！

——1986 年，原长城公司副总经理乌可力去美国考察。一天晚上，他去拜访美国特雷卫星公司的总经理，刚一落座，这位总经理便将一本画报递到他的手上，并指着画报上的一幅漫画说：“有些美国人说，中国的发射架是啤酒瓶做的；‘长征号’火箭，像一挂小孩子玩的鞭炮！”

——1986 年，中国商业发射服务代表团去美国宣讲中国火箭。有一天，中国代表团在中国驻美大使馆刚刚宣讲完中国火箭，一位白发苍苍的老华侨便来到台前拉着代表团团长的手说：“你们来美国宣传中国的火箭，太让我们高兴了！但你们知道有的美国人说什么吗?”团长问：“说什么?”老华侨流着眼泪说：“他们说，中国人在美国只会开饭馆!”

此外，总让我联想到的，还有火柴，就是男人吸烟时划拉一下就会着火的那种火柴。这种火柴，不过是一根小小的木棍，又瘦又细，总共不足两寸长。可就在一百年前，中国人却怎么也造不出来。造不出来又想用，怎么办？只有到外国去买，用今天的话来说，就是“进口”。由于进口的火柴是“洋人”的专利，所以中国的老人们管火柴都叫“洋火”；而当年与“洋火”一起进入中国并同享“洋”字待遇的，还有“洋钉”“洋碱”“洋马”“洋车”“洋枪”“洋炮”等。

这就不得不让我想到一个问题：曾以“四大发明”雄霸天下的中国，近几百年来在世界上露脸的，为什么不是绣花鞋就是掏耳勺，不是破瓷烟缸就是鸦片烟枪？中国早在三十三年前即 1970 年就成功地发射了“长征一号”火箭，为什么到了 90 年代，还有美国人说中国的发射架是啤酒瓶做的，还有人说中国的火箭像小孩玩耍的鞭炮？中华民族自古便是一个智慧的民族，怎么到了今天，在有的美国人眼里居然“只会开饭馆”？东方与西方，为何差距如此之大？中国与世界，为何变得如此遥远？而更令人不可思议的是，中国早在一千年前就发明了火箭，但在发明之后的一千年时间里，不但造不出火箭，反而连一根小小的火柴棍也造不出来！

这又是为什么呢？

今天重提这个话题可能有点不合时宜，或者说有失中国人的脸面。而一些已经健忘的中国人想必也不愿意提起；即便偶尔提起，肯定也不会像谈论“四大发明”那样神采奕奕、沾沾自喜。但有什么办法呢？历史就是历史，既不可篡改，也不容遮蔽。火柴棍儿虽小，实实在在写就的，就是中国人自己的历史。这段历史尽管写满了耻辱，却很真实，况且都是出自我们自己的手笔。

然而中国人毕竟是中国人，后来不仅用我们的聪明造出了两寸长的火柴，还靠我们的智慧造出了楼房高的火箭！1970 年中国“长征一号”火箭首次发射成功，沉寂千年的中国火箭终于重新问世；1984 年“长征三号”火箭发射成功，引起世人瞩目；1990 年“长征三号”火箭发射美国卫星，石破天惊，世界哗然！从 1970 年至 2003 年，“长征号”火箭共实施了七十一次发射，成功率高达百分之九十一以上；不仅成功地发射了二十七颗外国商业卫星，还成功地发射了四艘“神舟号”试验飞船！

因此说，“长征号”火箭不仅是中国人骄傲的资本，也是世界航天独特的风景；它在国际上的震撼力和影响度，绝不亚于当年的“两弹一星”！没有“长征号”火箭，就没有“神舟号”飞船；没有“神舟号”飞船，中国航天员就不可能上天！如果说“四大发明”是中国古代文明的标志，“长征号”火箭就是中国当代文明的象征；如果说“两弹一星”是计划经济体制下中国高科技的半壁江山，“长征号”火箭就是市场经济体制下中国撬开国际商业市场的经济杠杆；如果说“神舟号”飞船是飘扬在中国高科技珠穆朗玛峰上的一面旗帜，“长征号”火箭就是将这面旗帜插上珠穆朗玛峰的登山运动员！

总而言之，就我个人看来，“长征号”其实就是中华民族的一种象征，它象征着力量，象征着智慧，象征着精神！“长征号”从封闭走向开放、从靶场走向市场的历史，就是中华民族从传统走向现代、从国内走向世界的历史；“长征号”与世界接轨的历史，就是中华民族与世界融合的历史。

于是，写下这段历史，既是一种义务，也是一种责任，于今天、明天，于中国、世界，或许多少都有意义。

第一章
怪　圈

中国是世界公认的火箭故乡，13 世纪便将火箭技术传入欧洲，后来为何远远落在了西方人的屁股后面？“两弹一星”是中国的金字招牌，一直支撑着中国科技的半壁江山。但进入 80 年代后，中国航天出路何在？是继续死啃“两弹一星”这个老本，还是让中国火箭走出国门另寻发展？

一

在我们居住的这个星球上，恐怕很少有人不知道中国的“四大发明”。但在 20 世纪 80 年代前，却少有人知道中国的“长征号”火箭！

谈到中国的“长征号”火箭，我们不得不首先谈谈中国的古代火箭。据考证，在宋朝，即一千年前，中国便研制成功了世界上最早的火箭。这种火箭用火药作推进，其推进系统可算作现代火箭的雏形，工作原理和工作结构也为后来现代火箭的设计与制造提供了有益的启示。到了明朝，也有两种火箭问世，一种俗称“一窝蜂”，一种俗称“火龙出水”，其特点是杀伤力较强，并用于战争。这两种火箭闻名遐迩，威震四海，不仅史书有载，且有图为证，以致英国著名学者李约瑟也感叹说：“明代的二级火箭，简直就像‘原始的阿波罗’!”

13 世纪后，随着各国商船的往来和蒙古族的西征，中国的火药和古代火箭的技术开始传入欧洲。由于中国的西部与阿拉伯帝国相邻，双方无论海路或陆路都交往频繁，因而随着中国对外交通贸易和科学交流的展开，火药和火箭技术也就随之开始向西传播；而西传的第一站，便是阿拉伯帝国。

尽管历史记载，阿拉伯帝国早在拜占庭的战争中便掌握了希腊人制造火药的技术，但火药和火箭技术却是从中国直接传入的。据研究中国火箭史的专家潘吉星先生分析，火药和火箭传入阿拉伯，与造纸术的西传有着某些类似的经历。所不同的是，造纸术是公元751年唐代军队与阿拉斯王朝军队交锋时由被俘的中国士兵传到阿拉伯的，而中国的火箭技术则是由开赴伊儿汗国的中国士兵和工匠直接传去的。阿拉伯掌握了火箭技术后，又随之传给了欧洲；欧洲人掌握了火药、火箭技术后，开始了实验研制。对此，1857年恩格斯在为《美国新百科全书》撰写“军队”条目时，曾写下了这样一段珍贵的文字：

> 法国和欧洲其他各国是从西班牙的阿拉伯人那里得知火药制造和使用的，而阿拉伯人则是从他们东面的各国人民那里学来的，后者却又是从最初的发明者——中国人那里学到的。

于是，欧洲人掌握了火药和火箭技术的初步知识后，很快开始了实验研制工作。结果一批早期的火箭，先后在欧洲诸国诞生。据一份意大利文手稿记载，在1379至1380年间，两个自由城市的热那亚人和威尼斯人之间为争夺海上贸易，在基奥贾岛上的要塞附近发生了一场激烈的争夺战。在这次争夺战中，欧洲人首次使用了火箭。而据法国13世纪编年史——《圣路易王本纪》记载，曾被火箭袭击过的法国人不久也制造了火箭，并在1429年保卫奥尔良的战役中首次投入使用。难怪现代航天之父布劳恩说：“法国军队有火箭的传统。”

德国在1241年最先受到蒙古军火箭的袭击，所以对火箭技术也相当注意。早在1668年，德国炮兵上校盖斯勒就在柏林对五十磅和一百磅的火箭进行过发射实验，后来用于了战争。

俄罗斯是蒙古西征时到达欧洲的第一个落脚点。后来蒙古在俄罗斯境内建立了钦察汗国，使俄罗斯人有机会掌握火药技术。但俄罗斯人最感兴趣的是火炮。所以早在15世纪中期，莫斯科便成为欧洲重要的铸炮中心之一；到了彼得大帝时代，火箭便引起了俄国人的重视。1680年，彼得皇帝下令在莫斯科成立了“火箭营”，并由他亲自监督研制，不久便研制出了一枚零点四五公斤重的信号火箭。这种射程只有一公里的火箭，俄国人一直沿用到19世纪。

位于多佛尔海峡西面的英国，和欧洲大陆有一海之隔，对火箭技术的掌握要晚于欧洲大陆。直到16世纪后半期，由火药制成的烟火才开始在英国盛行起来。据载，1572年，当英国女王伊丽莎白一世巡视沃里克附近的坦普尔场时，炮兵总监沃里克伯爵用烟火和炮仗迎接了这位英国女王。此后，英国烟火火箭便在伊丽莎白女王妩媚的笑声中得到了雨后春笋般的发展。但英国人真正开始研制火箭是在受到了火箭的轰击之后，那是18世纪英国军队入侵印度时，印度南方的首领迈索尔苏丹狄波·萨布率领印度军队在塞林加帕坦用火箭多次打击英军。于是在血淋淋的现实刺激下，英国军械部决定在沃尔威治炮兵工厂实验室研制军用火箭，并由炮兵军官康格里夫主持。1805年，“康格里夫”火箭研制成功，这是欧洲近代火箭发展史的一个开端。此后，欧洲诸国加紧了对新式火箭的研制，很快跨进了一个新的火箭历史阶段。

德国是一个善于制造意外的国度。1241年，德国最先受到蒙古军火箭的袭击，故德国人对火箭技术的认识比其他西欧诸国更为敏感，对火箭技术的研究也比其他西欧诸国更加专一。第一次世界大战后，德国成了战败国，凡尔赛和约因此规定：必须限制德国的军备；重炮和坦克等常规武器，不准发展。然而，不知是因战胜国被胜利冲昏了头脑，还是由于一时的疏忽，抑或压根儿就是一种天意，国际组织的首脑们在制定凡尔赛和约时，恰恰忽视了一个重要的问题：在限制德国武器发展的项目中，偏偏漏掉了“不准研制火箭”这一条。于是狡猾而又不甘罢休的德国陆军在1930年便奉命开始秘密研究液体火箭。1942年10月3日晚，当德国制造的世界上第一枚现代火箭从波罗的海之滨突然升起随后又突然爆炸时，全世界都震惊了！德国宣传部长特意为这枚火箭取了个很奇特的名字：“V-2”火箭。“V”在英语中是胜利的意思，在德语中则是复仇的第一个字母！

“V－2”火箭的问世，标志着世界现代火箭的起步。但“V－2”火箭问世仅两年多时间，德国的火箭基地便遭到了彻底清除。1945年5月5日，苏军攻占了世界现代火箭的摇篮——德国佩内明德，将留下来的德国技术人员和图纸资料以及机器设备全部押运到了莫斯科；与此同时，美军也占领了德国的诺德森地下工厂，将布劳恩等一大批专家和技术人员以及三百节车皮的资料设备全部带回了美国。就这样，德国多年来苦心经营的火箭事业被苏美两国连人带物彻底瓜分。二战结束后，苏美两国在德国人火箭成果的基础上，迅速发展了现代火箭，并将现代火箭推向高峰。1957年10月4日，苏联用一枚大型运载火箭发射了人类第一颗人造卫星，从此，火箭从血淋淋的战争原野一步跨进了造福民间的航天大门。而在第二次世界大战中同样也是战胜国的中国，却连德国火箭的一份皱皱巴巴的草图也没捞着。

…………

由此可见，正是成吉思汗的铁蹄，惊醒了欧洲人的黑梦；正是蒙古人的西征，打开了中世纪欧洲城堡的窗门；而火药和火箭技术的西渐，则成了中国人送给欧洲人的一份厚礼！当欧洲人吮吸了中国火箭技术的奶水后，渐渐变得强大起来，对欧洲军事作战技术的变革起到了不小的作用；而同一时期的中国，在长达数百年的日子里，却好像完全忘了本是自己发明的火箭！

当然，实事求是地说，清朝开国后，对火箭技术也曾有过研发。康熙皇帝初期，对火箭就相当重视。但到了康熙皇帝中期，因战事较少，火箭技术被用作娱乐表演。据俄国人记载，1721年彼得一世遣使来华时，康熙皇帝曾让沙皇使臣一行在宫内观看了由火箭发射的烟火，并将两箱发射烟火的中国火箭作为礼物交使节送给了沙皇。直到鸦片战争爆发，当英军的火箭落在了清皇们的头上时，清皇们才惊慌失措地摇晃着手中的烟枪呼救道：“火箭！中国的火箭呢？”

鸦片战争后，中国火箭专家丁拱辰和丁守存根据英国的“康格里夫”火箭的样器，于1850年在广西桂林成功地研制了一枚近代大火箭。这枚火箭接近当时国际先进水平，标志着中国近代火箭的开始。到了洋务运动时期，朝廷又花费巨额资金，从国外重新引进了生产近代火箭的机器装置。1865 年，李鸿章和钦差大臣曾国藩奏准在上海设立近代兵工厂，开始生产“康格里夫”型火箭。之后，又建立了火箭分局。

很有戏剧意味的是，该火箭分局聘请的火箭技术顾问，不是千年前就发明了火箭的中国人，而是一个叫马格里的英国人！

然而，由于清廷闭关锁国，禁锢思想，中国最终没有建立起自己独立自主的近代火箭生产体系。

于是，中国火箭从此从世界视野中逐渐消失。

二

中国现代火箭的历史，起始于 1956 年。

1956 年是个什么年？朝鲜战争的硝烟刚刚散去，年轻的共和国正蹒跚起步，百废待兴。有幸的是，这年初，刚从美国回来的钱学森向共和国呈上了一份很有分量的报告——《建立国防工业意见书》。在这份报告中，钱学森为中国火箭和导弹技术的发展提出了重要的实施方案。周恩来专门听取了钱学森的意见后，经中央研究决定，火箭和喷气技术被列为国家重点发展项目，中国第一个导弹研究机构——国防部第五研究院也于 1956 年 10 月 8 日正式成立。

1957 年 9 月，以聂荣臻为团长，陈赓、宋任穷为副团长的中国政府代表团赴苏，就新技术援助一事同以别尔乌为首的苏联代表团进行了历时三十五天的谈判，于 10 月 15 签订了中苏著名的新技术协定。该协定规定：在 1957 年至 1961 年底，苏联将供应中国几种导弹样品和有关技术资料，派遣技术专家帮助中国进行仿制导弹，并提供导弹研制和发射基地的工程设计，增加接收中国火箭专业留学生的名额，帮助中国培养火箭专业技术人员。于是，1957 年 12 月 24 日，一辆从莫斯科出发的专列在一声长鸣的汽笛声中悄然抵达北京。专列上除了一百零二名苏联火箭技术专家外，还有苏联“老大哥”送给中国“小弟弟”的重要礼物——两枚V-2导弹，即P-2近程地地导弹。

二百年前，中国的康熙皇帝曾送给俄国沙皇两箱发射烟火的火箭；二百年后，苏联总统赫鲁晓夫送给中国领袖毛泽东的，却是两枚现代火箭！这是偶然的刺激，还是必然的嘲讽？两枚导弹从苏联来到中国后，所有知情的中国人都兴奋不已，因为在苏联的导弹尚未来到中国之前，六亿中国人中除钱学森在美国见过导弹外，几乎没有一个人见过导弹！非但没人见过导弹，而且对导弹的相关常识也非常陌生，以致面对“导弹”这个俄语字眼，连经验丰富的翻译们都不知道该作何翻译。原因是当时在中国的词典里，还找不到“导弹”这个名词。于是有人将导弹译作“飞弹”，有人则将导弹译作“可控制的弹”。最后，还是钱学森说了一句，我看就叫“导弹”吧！大家才把那玩意儿叫了导弹。

“老大哥”送来的这两枚导弹，的确是个好东西。德国人在第一次世界大战中首次使用时，就吓倒了好几排将军和一大片士兵。二战结束后，经俄国人反复折腾，又变成了大推力火箭，首次发射时，令全地球的人都大吃一惊！如今，“老大哥”又把这看家的“宝贝疙瘩”从遥远的西伯利亚送到中国北京，并亲自交到“小弟弟”的手上，好比雪中送炭、雨中送伞。中国有了这两枚导弹，便有了搞火箭的前提和基础。于是在和煦的科学的春风里，在“老大哥”的悉心指导下，具体说是在“老大哥”手把手的操练下，中国从此开始了默默书写现代火箭的历史。

关于这段历史，是一段有争议的历史。有人说，这是中国人完全自力更生的历史；有人说，这是中苏携手合作、并肩前行的历史；也有人说，这是苏联修正帝国主义背信弃义的历史；还有人说……

不管怎么说，事实就是事实，历史终归是历史。在这段非常的历史里，中国人始终坚持独立自主地搞自己的火箭，这是事实，毋庸置疑；但我们也必须看到问题的另一面，那就是，苏联的火箭专家们确确实实对我们有过帮助，而且是很大的帮助！无论中国人再怎么“艰苦奋斗”，不管中国人再如何“自力更生”，假如当年没有苏联“老大哥”的援助——尤其是那两枚V-2导弹，中国现代火箭的历史，肯定不是后来的历史。

因此，公平合理地说，中国火箭最初的这段历史，应该是中国人和苏联人共同书写的历史。无论后来两国的政治家们发生了什么“口角”，也不管“社会主义阵营”出现了怎样的变化，苏联曾经给予中国的援助，历史是不会忘记的，中国人更是不该忘记——如同中苏公认的革命导师列宁所言：“忘记过去，就意味着背叛。”

当然，“老大哥”和“小弟弟”后来闹翻了。“老大哥”在赫鲁晓夫的一声号令下，扔下刚刚学会起步的“小弟弟”而不顾，卷起导弹资料图纸，从北京和戈壁滩全部撤走了！这对中国无疑是个沉重的打击。在那段时间里，一下失去了“老大哥”这根拐棍的“小弟弟”自力更生造火箭，简直比登天还难！

然而就在苏联专家撤走的第十七天，即 1960 年 9 月 10 日，中国人咬着牙，挺着腰，忍着饥饿的肚子，发愤图强，在茫茫的大戈壁滩上用自己生产的燃料成功地发射了一枚苏制 P－2 导弹。紧接着，11 月 5 日，又在戈壁滩上成功地发射了第一枚近程导弹。

之后，中国卧薪尝胆，从仿制苏联导弹，转为自己设计导弹。1964 年 6 月 29 日，终于在酒泉卫星基地成功地发射了第一枚自己设计的中近程火箭！

中国现代火箭的历史，从此掀开了新的一页。

1965 年 6 月，国防部五院开始研制中国的三级运载火箭。最初，这枚三级运载火箭取名为“卫运一号”，后正式命名为“长征一号”。参加“长征一号”火箭研究、设计、生产和试验的单位多达五百多个，历时五年，于 1970 年 4 月 24 日终于发射成功！之后，中国又经五年奋斗，独立研制成功了“长征二号”火箭。再之后，中国又独立研制成功了“长征二号丙”火箭。

中国在苏联专家撤走、大饥饿降临、“文化大革命”爆发、“左”的政治运动不断等极其不利的社会背景下，依靠自己的力量独立研制出“长征一号”“长征二号”和“长征二号丙”等八种型号形成的系列运载火箭，从而构成了一个小小的“长征号”火箭家族，应该说这是一件非常了不起的事情。

然而遗憾的是，由于中国火箭几十年来一直处于自我封闭、与世隔绝的状态，每次发射都是自己关起门来在计划经济体制下的轨道上运行，在1984年4月8日之前，尽管“长征号”火箭的发射次数已达八次之多——除一次失败之外，其余全部成功，但国外绝大多数人还是不了解中国的“长征号”火箭，而只知道中国的“四大发明”和“两弹一星”。

三

在80年代前，中国科技界的“代表作”，就是“两弹一星”了（作者注：“两弹”指导弹、原子弹，而不是原子弹、氢弹）。

二十多年来，“两弹一星”支撑着中国高科技的半壁江山，特别是在国际舞台上为中国人挣了很大的脸面。它不仅是中国科技界的一座历史丰碑，同时也是挂在中华民族脖子上的一块金字招牌。而中国正是靠着这块金字招牌，在国际上就比别的国家多了几分豪气，几分神气，几分傲气，乃至几分牛气！

然而问题是，“两弹一星”不管多么成功，无论怎么辉煌，毕竟是一个发生在昨天的传奇故事，毕竟是高挂在历史天空的一轮太阳或者月亮。当历史的车轮驶过60年代、70年代随之进入80年代后，中国科技的江山，靠什么来支撑？中国的航天，又该如何往前发展？设想一下，如果“两弹一星”是一个软绵绵的绣花枕头，我们能继续安安稳稳地“睡”下去吗？如果“两弹一星”是一块金字招牌，我们能永远高高举在胸前吗？如果“两弹一星”是一笔厚厚的老本，我们好意思继续吃下去吗？

众所周知，1977年10月以后，随着一个“左”的政治时代的结束，中国进入了一个新的改革开放时期。在这个新的历史时期里，各行各业都在思考，都在反省，都在寻求，都在突围。一句话，都在改革开放，都在搞活经济，都在试图探索一条新的出路。中国航天界，自然也不例外。

然而中国航天界的现实，却不容乐观。从世界发展趋势的角度来看，自1957年苏联成功地发射了世界上第一颗人造卫星后，便将人类带进了一个前所未有的航天时代。此后，进军太空，开拓天疆，造福人类，成为 20 世纪人类最伟大、最神圣、最惊心动魄的宏伟事业。苏联和美国、法国与日本等，长期以来在通往太空的路上你追我赶，步步紧逼，而且在投资上也从来不惜血本。据不完全统计，从 50 年代到 80 年代，世界上已有六十多个国家投资发展航天技术，有一百七十多个国家和地区应用了航天技术的成果，用于航天方面的总投资已高达七千多亿美元！所以从 50 年代到 80 年代，是世界火箭技术迅速发展的年代，也是世界航天事业突飞猛进的年代。尤其苏美两个航天大国所取得的辉煌成就，任何国家无与伦比。如：1961 年苏联宇航员加加林乘坐飞船遨游太空；1965 年苏联人首次进入太空行走；1968 年美国人首次进行环月飞行；1969 年美国“阿波罗”飞船登月成功，美国人首次漫步月球；1973 年美国人成功发射了试验性空间站；1977 年苏联成功发射了“礼炮号”空间站；等等等等。

而在这数十年里，中国却一直忙于“反右”，忙于“跃进”，忙于大搞特搞“阶级斗争”，忙于“轰轰烈烈”的“文化大革命”，一句话，忙于各种各样的政治运动。却未将高科技的位置摆放在应有的高度，未重视到应有的程度。尽管其间也作出了不懈的努力，并在某些方面取得了辉煌的业绩，但如果我们一旦拿出去，与世界发达的国家像美国、苏联相比，我们就不得不承认，80 年代前的中国航天与苏、美等国相比是难以望其项背的，无论在哪方面都还存在很大的差距。而这些差距还不是一项决策、一次会议、一声号令就能解决的，也不是三年四年、五年八年就能赶上或者超越的，它需要十年二十年，甚至半个世纪或者更长时间；尤其是在国际商业发射市场上，中国还是一张白纸，一个大零蛋！

再从国内的现实情况来看，一方面，中国航天界号称“百万大军”，这“百万大军”长期以来都是拿工资，领薪水，靠国家养着。不少部门人浮于事，形式大于内容，常年既没多少紧迫的事情可干，又不能直接创造经济利润，一旦改革开放进入市场经济后，便成了国家一个很沉很沉的包袱！比如，国防科工委在全国建有十几个试验基地，不少基地都没有什么试验任务，有的基地几年才有一次试验任务，有的基地十来年才有一次试验任务，有的基地甚至二十年才有一次试验任务。而即便是有试验任务的基地，其任务也都不重，有的三年打一颗卫星，有的两年打一颗卫星，最多的也就一年打一颗卫星。数千人十年、二十年待在一个大山沟里，几乎无所事事，仿佛最重要的事情就是一年又一年的“待命”：有的开荒种菜，上山打柴；有的长年抱着几本《电工学》《无线电基础知识》，翻来覆去学了一遍又一遍；有的除了睡觉，几乎无事可干……由于没有任务，人渐渐变得懒惰、麻木、恍惚起来。结果是人心涣散，人才荒废，队伍失去战斗力。而航天部的一些研究所和工厂也是如此，同样处于一种长年待命的状态。这些研究所和工厂所承担的任务，都是国家指令性的任务，看起来一年四季都在忙，其实并没有多少事情要做，不少人都在那儿闲着，都在那儿耗着。

另一方面，中国的火箭几十年来一直在旧的计划经济体制下运行，一直在国内的试验轨道上飞翔。而且，这种“运行”的时间并不长，这种“飞翔”的机会也不多，即使有一些发射，也都是一种带有试验性质的发射，发射的卫星也都是中国人自己制造的卫星，无论打得有多么好，不管次数再多，最终也变不成银子。也就是说，纵然火箭再好，也只是一种试验的工具，而并非投放于市场的高技术产品，既不能为国家赚来美元，也不能为自身带来实惠。

所以，仅是这浩浩荡荡的“百万大军”，无论对国家还是对国防科工委和航天部门自身而言，都是一个相当沉重的包袱。再加上一个旧的运行机制，中国火箭要想与世界先进火箭比翼齐飞，显然是一件很不现实的事情，也是一件不可能的事情。特别是 80 年代后，随着改革步伐的加快，中国的大地天翻地覆，原有的体制已很难适应飞速发展、步步逼人的新形势。

1984 年 8 月，中央在北戴河召开军委扩大会议。在这个会上，小平同志提出调整我军的战略方针，军队从临战状态，转到和平时期建设轨道上来。并说十五年内打不起大仗来，我们不要再搞“备战备荒为人民”，再备战，这对国民经济发展有影响。于是，为了有利于整个国民经济的发展建设，国务院和中央军委对国防科工委和航天部提出了由军品转入民品的新思路。即是说，除了被列入国家重点项目的工程之外，国家将不再拨专款来养活这支“百万大军”，过去长期靠吃皇粮的航天工业将面临重新找米下锅、自谋生路的生死选择！

这是新中国成立以来中国航天界最大的一次调整。一大批过去几十年完全依赖于国家拨专款的军工型号产品，等中央和航天部的文件精神一传达，在很短时间内，噼里啪啦，说下马就下马了！这一下马，对常年搞军工产品的航天人来说，关系可就大了，甚至对某些行业、某些部门、某些群体而言，更是要了命了！比如，中国火箭研究院过去是好几个亿的科研经费，可到了 1985 年军品型号一下马，就只剩下了四千万了。别说搞大的产品，连小型的东西也没法搞了，甚至许多工人的工资，也都难以支付了。时任中国火箭研究院副院长的王永志说：“当时我们火箭研究院的领导都在考虑，我们这么大一个火箭研究院，国内市场平均一年才发射一颗卫星；我们这么大的工厂，一年才生产一枚火箭！你说这个日子怎么过呀，只能喝西北风了！”

紧接着，根据全国改革的形势和中央的精神，以张钧部长为首的航天部领导又提出“转轨变型”的方针，即从计划经济轨道，转向市场经济轨道；从试验轨道，转向商品轨道；从军用产品，转向民用产品；从科技人员原来一直靠吃皇粮，变为一切靠市场；从过去“上面给多少钱，下面就办多少事”，变为“上面不给钱，下面也要找钱去办事”；等等。这一“转”一“变”，中国航天人手中捧了几十年的“金饭碗”，就彻底被打翻了；吃了几十年的“大锅饭”，想吃也吃不成了。本来就穷得叮当响的中国航天人，除了贫穷，便只剩下最后一条路：事情自己去干，钱自己去找，路自己去找，然后再自己去闯。

这突如其来的、前所未有的变革，给中国航天人带来的是精神的恐慌和灵魂的阵痛。但再恐慌、再阵痛，也必须作出选择；而选择，就不可能像饮酒一样痛快，像喝茶一般轻松。

从当时的实际情况来看，改革开放后摆在中国航天人面前的路，无非是三条：

第一，裁减“百万大军”。最省事、省力的办法，就是砍掉一些基地和研究所，或者一些工厂。因为这些基地、研究所和工厂，长年全靠国家财力支撑，不砍，本来就穷的国家就会更穷；不砍，本来就穷困潦倒的单位更无力养活。但如果砍了，随之带来的问题是，航天发射是一个大的系统工程，它需要依靠多种多样的部门和基地来支撑。从当时的现状和发展趋势来看，似乎哪一个部门哪一个基地都少不了，一时间里谁也难以说清到底哪个部门该砍，哪个基地该留，哪个部门不该砍，哪个基地不该留。如果盲目地砍了，将来一旦有新的发射任务，技术力量没有保留下来，需要完成的任务完不成，怎么办？再说，航天系统一大批专家的年纪都不小了，或者说已经到了退休的年龄了，而年轻的一代一时半会儿又接不上茬，如果这个问题处理不妥，那老一辈专家所开创的航天事业很可能就再也难以继续发展下去，甚至有断送的可能。

第二，行业大转变。即是说，从原来搞军工产品，转而去搞民用产品。但难办的是，究竟是所有行业都变，还是一部分行业变？如果全变，肯定不行，中国这么大一个国家，不可能把所有军工产品都变为民用产品；要是只变一部分，那么是哪一部分变，哪一部分不变？要变的那部分又怎么个变法？比如，像国防科工委这样庞大的发射队伍，如果都去生产民品，都去搞生产经营，小打小闹，急功近利，既不是自己的技术所长，也不是根本的出路，长久下去，不但挣不来钱，还会削弱技术力量，甚至搞不好还会拖垮这支队伍！而其他搞航天的专家们，长期从事的也都是高尖端技术，一旦让他们技术转轨，虽说也可以，但转了之后干什么？能干什么？最合适干什么？搞冰箱，产彩电，固然是条门路；造轮胎，做灯泡，也是一种办法；开公司，做生意，同样可以对付；摆地摊，卖茶蛋，甚至去当二道贩子，也无可非议。但搞这些东西到底能挣多少钱？对国家科技的发展有何用处？最终的出路又在哪里？

第三，继续吃老本。我们不是有“两弹一星”吗？这肯定是最大的老本。这个老本如果想吃，是可以继续吃的，是谁都可以吃的，也是应该吃的。反正，吃一天是一天，吃一天算一天，吃的是共产党，又不是自己家。何况，共产党的老本已经吃了几十年，吃惯了，吃舒服了，吃上瘾了，甚至吃红眼了。不吃吃什么？干吗不吃？不吃干吗？不吃白不吃，吃了不也白吃吗？可问题是，这老本能吃一辈子吗？这老本有一天吃光了怎么办？

毫无疑问，上述三条路，无论走哪条，都左右为难，进退维谷，甚至荆棘重重。于是，当改革的大潮风起云涌时，从中央领导到国防科工委和航天部的头头，从研究院的火箭专家，到发射场的工程技术人员，便开始吃不好饭睡不着觉了。他们不得不考虑的是：走过了千年历史怪圈的中国火箭，怎样才能寻找到新的出路？在计划经济体制轨道上运行了几十年的中国火箭，在改革开放后的今天，到底应该在一个什么样的轨道上运行发展？

然而，尽管从上到下，都在绞尽脑汁，冥思苦想，大家的心里还是没底，眼前依然一片迷迷茫茫。

中国火箭，出路究竟在哪里呢？

第二章
变　轨

1984 年 4 月 8 日，“长征三号”横空出世，中国航天开始悄然变轨：航天部副部长刘纪原率先组织“开拓国际市场十人小组”；航天部部长李绪鄂顶着国内外压力向世界大胆宣布：“中国火箭可以对外承揽发射任务!”中国航天从此敞开了封闭的大门。问题是，大门敞开后如何与世界接轨?

一

应该说，世界重新认识中国的火箭，是从 1984 年 4 月 8 日这个夜晚开始的。

这个夜晚，中国在西昌卫星发射场成功地发射了自己研制的“长征三号”火箭，将中国自行研制的第一颗同步通信卫星成功地送入太空，使中华民族在三万六千公里高的赤道上空从此不再缺席!

“长征三号”火箭全长四十三点二五米，粗三点三五米，起飞重量二百零二吨，可将一千四百三十公斤重的卫星送入远地点为三万六千公里高的静止轨道，是世界少有的一种大推力、多用途的三级火箭。美国早在 20 世纪 50 年代便开始了这种大型火箭的研制，直到 1963 年才研制成功；西欧七个国家从 1962 年开始研制，历时十年，耗资八亿美元，结果以失败告终。但从 1973 年起，西欧十一个国家再度联手，组成强大的欧洲空间局，重新研制这种火箭。结果又历时七年，耗资八亿美元，才终成正果。中国为研制出“长征三号”火箭，也屡遭挫折，历经磨难，虽然耗资远远低于美国和西欧，却也花了整整八年时间！特别值得一提的是，在此次发射中，“长征三号”火箭的第三级火箭采用的是世界上最先进的低温燃料发动机——氢氧发动机。氢氧发动机被世界航天界公认为当代火箭皇冠上的一颗明珠，谁能摘下她，谁就是火箭天国的白马王子。全世界能掌握氢氧发动机技术的，除了美国和欧联共同体，便是中国。而能解决氢氧发动机在高空失重条件下进行二次点火技术的，全世界只有美国和中国。

因此，“长征三号”堪称中国火箭的一座高峰，一旦横空出世，便在国际上引起强烈反响。美国《华盛顿邮报》发表评论说：“中国这次发射成功，是具有军事意义的技术突破，它可能改变中国生活各个方面的联系。”美联社发表言论说：“中国‘长征三号’火箭的发射成功，表明中国精确的火箭推进计算的能力有了突破，表明中国的火箭、指令和控制设备已经相当高级。这确实是一个里程碑。”国际上其他的舆论也普遍认为：“中国‘长征三号’火箭的发射成功，是中国航天技术史上的一个里程碑，它表明了中国火箭的崛起与强大！”1984 年 4 月 15 日，美国国家宇航局局长贝格斯还专门给中国航天部部长张钧发来一封贺电：

亲爱的张钧部长先生：

请您接受我对中国 4 月 8 日成功地发射地球同步轨道卫星的祝贺！你们完全可以为中国航天发射中这一里程碑式的重要成果而感到骄傲与自豪！为“长征三号”火箭的性能感到自豪！世界上仅有少数几个国家达到了这次发射所显示的技术能力。为此，我们为中国在和平利用空间方面的重要进展而欢呼！请向贵部完成这一光荣任务的人员转达我的祝贺！

的确，“长征三号”火箭发射成功，不仅让世人再次想起已经被遗忘的中国火箭，而且让世人对中国火箭再次刮目相看，同时还为中国航天人增添了信心。本来，在“长征三号”火箭发射前，中方有关部门已经开始对外招标，准备购买外国的通信卫星，然后再请法国的“阿里安”火箭和美国的航天飞机进行发射；并且有关部门已经向法国和美国预订了四个座位，还给法国和美国分别预交了十万元和二十万元的发射订座费。但是，“长征三号”火箭发射成功后，中国航天的决策者和火箭专家们茅塞顿开，大受启发，一下子看到了中国火箭的一线曙光，思考问题的角度和思路很快发生了变化：在计划经济体制的轨道上运行了几十年的“长征三号”火箭，能不能走出国门，另寻发展？中国的“长征三号”火箭既然能发射自己研制的卫星，那么能不能也尝试一下去发射外国的卫星呢？

这最初的思考者之一，便是刘纪原。

二

在引领中国火箭走向世界的进程中，时任航天部副部长的刘纪原，是其中一位重量级的人物！

刘纪原似乎天生就是属于那种喜欢攀登的人。无论是在家还是在外，凡是上楼，他从不坐电梯。即便在北京京西宾馆开会，十九层高的楼房，他也只靠自己的双腿，一步一步往上爬。且一步两个台阶，常常搞得年轻力壮的秘书由于跟不上步点而很不好意思。按理说，像他这样的性格，应该去做登山运动员，可命运却偏偏安排他干了航天。而他的人生道路又如同中国的火箭史一样，总是波澜起伏，曲曲弯弯，并始终与“革命”二字生死相连。

刘纪原本该姓陈，却偏偏姓了刘。刘纪原的父亲陈原道，是一位优秀的革命家，1933 年 4 月 10 日连同其他十七位共产党人一起被国民党秘密杀害于南京雨花台。年仅三十二岁的父亲被害时，刘纪原尚在母亲的腹中。等他呱呱坠地时，父亲已经离开人间四个月了。

刘纪原的母亲，便是老一辈优秀的无产阶级革命家刘亚雄。刘亚雄从小争强好胜，不甘平庸，性格中颇有男儿风范。她是本县第一个不缠足的女孩子，也是第一个考进省城的女学生。“五四”运动期间，她在太原女子师范就读，因积极宣传新思想，被学校予以记大过处分，随后考入北京女子师范大学。1926 年年初，她加入中国共产党，不久“三一八惨案”发生，又被校方开除，遂根据党的指示前往莫斯科中山大学受训。在莫斯科中山大学，她结识了年轻有为的共产党人陈原道，随后结为伉俪。两人结婚仅一年，陈原道便惨遭杀害。为让孩子继承父亲未竟的事业，并纪念未见过面的父亲，同时也避免暴露儿子与陈原道的关系，免遭敌人的伤害，刘亚雄给儿子起了一个名字——刘纪原。

刘纪原来到这个世界后，苦难的日子像早就排好队似的在等着他了。母亲长期从事地下秘密工作，加上父亲牺牲，身体受到严重影响，所以他一生下来就没奶吃。虽然当时太原城里可以买到鲜牛奶，可由于刘家的钱当时都用于设法营救王若飞等共产党人了，根本无钱购买，母亲只好用熬得很烂的小米糊糊喂养儿子，致使刘纪原从小营养不良，体质很差，后来在延安已经长到九岁了，还咬不动一根小小的生萝卜。

不久，母亲领着刘纪原辗转回到老家山西兴县，悄悄寄居在外祖父家。母亲是地下党，每天只有抱着他躲在外祖父家的后院不敢见人；即使偶尔到前院走一走，一听到外面有脚步声或敲门声，立即便退到后院躲藏起来。因此，刘纪原从小便落下了个胆小的毛病。后来母亲为寻找党组织，又扔下襁褓中的刘纪原远走他乡，刘纪原只好由外祖父抚养。

刘纪原的外祖父，便是大名鼎鼎的刘少白。在《毛泽东选集》第四卷中，有一篇《关于民族资产阶级和开明绅士问题》的文章，是毛泽东在 1948 年 3 月为中共中央起草的一个文件。该文提到两位开明绅士，一位是陕甘宁边区的李鼎铭，另一个便是晋绥边区的刘少白。1942 年 5 月，刘少白带着三个孩子——包括十一岁的儿子刘易成和八岁的外孙刘纪原，率团赴延安访问。到延安后，他想送孩子读书，但有关部门却因住房困难不愿接收。刘少白正赶上参加政治协商会议，便趁开会的间隙将这一情况报告了毛泽东。而毛泽东也从王若飞那里得知此事，便当即作了如下批示：“刘老先生的孩子一定要收下！没有窑洞可以挖嘛。”刘纪原和他的两个舅舅这才在延安上了小学。这件事让刘少白非常感动，离开延安之前，特赋诗一首——《颂毛泽东》，以表达对毛泽东的崇敬。1946 年 6 月，刘少白要离开延安了，毛泽东专门接见了他，并与他共进晚餐。席间毛泽东向他传达了“五四指示”的精神，并对他说：“中央决定要实行土改，你回去后将你家的土地全部献给农民，起个带头作用。”刘少白当即电告兴县政府要求献地，回到家乡后又说服弟弟刘象坤，将全部土地以及一处四合院和上百棵树木全部献给了共产党。没想到刘少白返回晋西北后，正赶上轰轰烈烈的群众运动，因替一桩冤案说情而得罪了晋绥公安分局的一位书记。这位书记大骂刘少白是地主阶级的代言人，捐献土地是假开明，是想收买人心等——据说康生在当地的一次土改工作会议上也讲过类似的话。于是刘少白被武装人员从县城押送回黑峪口村，接受数千人的批斗，并被当场撤销了副议长职务。

此事一出，社会反响强烈，连阎锡山的电台、报纸也作了报道，说刘少白对共产党忠心耿耿，做了许多事情，却仍然难逃厄运，这就是跟随共产党的下场云云。后来毛泽东得知此事后，对晋绥分局的领导人说：“像刘少白这样的人都被你们斗了，那以后还有谁敢跟我们合作?”但刘少白的问题仍没得到解决，一家六口从城里被赶到乡下，无奈之下，只好在小山沟里找了一孔破窑洞藏身。当时刘纪原只有十三岁，为了生存，他被迫和舅舅刘易成一同去背煤炭。1948 年 9 月，刘少白被迫致信毛泽东。一月后，毛泽东回信说：“九月十五日大示读悉。我们的工作是有错误的。好在现已一般地纠正，并正在继续纠正中。正如你在来信中所说的那样，情形既已明白，则事情好办。你也就可以安心了。大函已转付彭真同志。党籍一事，请与彭真同志商酌。”刘少白大受感动，当即给“敬爱的毛主席同志”又回一信，表示今后要以“行百里者半九十”的态度，“撇开往事，力追后尘”。后来，毛泽东从延安来到晋绥，得知刘家情况后大发脾气，说：“这样的党外人士，我们怎么能如此对待呢?!”刘少白这才带着三个孩子重返城里。

回城不久，刘纪原被送往东北，找到了母亲，然后在哈尔滨上了中学，并在那里参加了毛泽东青年团。1948 年底，刘纪原随母进了北京，高中毕业后考上留苏外语部，又去了苏联。因刘纪原在哈尔滨四中上学时，四中的校长就是李鹏的母亲赵君陶，她和刘纪原的母亲彼此很熟悉，所以刘纪原从小也和李鹏熟悉。后来刘纪原到苏联学习，时值李鹏留学期满即将回国。为了鼓励刘纪原在苏联好好学习，李鹏离开苏联前还买了一盒当时在苏联很不好买的绘图仪送给刘纪原。1960 年，刘纪原从苏联莫斯科包曼高级工业学院自动控制专业毕业回国，分到航天部中国火箭研究院，从事火箭控制系统研究。

然而，“文化大革命”开始后，灾难一个接着一个地降临到了刘纪原和他家人的头上。1966 年冬，刘纪原的母亲刘亚雄被说成是“草岚子监狱的叛徒”，很快遭到“革命的”大批判。在一次又一次的批斗中，刘亚雄气病交加，不得不住进了医院。1967 年 5 月 7 日，一伙造反派又冲进医院将刘亚雄押到国子监海运研究所一间阴暗的小屋子里关押起来。此后批斗大会接连不断，不是让她挂着牌子挨批挨斗，就是让她戴着高帽子游街示众；不是让她“坐喷气式飞机”接受审问，就是在烈日下暴晒三至四个小时，“不准乱说乱动”；甚至还将她的照片丑化后印发全国各地，从肉体到精神，反复进行双重折磨。刘亚雄年事已高、体力不足，又患有多种疾病，每次批斗以后都处于半昏迷状态。但刘亚雄当年被国民党关押时，就积累了丰富的狱中斗争经验，所以常常事先暗中准备好一些应急药品，一旦发现病情不妙，便偷偷咽下几粒药片，以顽强的毅力抵抗着一切折磨；同时她还不断鼓励安慰其他被批斗的同志坚持挺住。

不久，刘亚雄被强迫送去劳动改造。于是在 1967 年那个北风夹着雪花的寒冷的冬季里，交通部的大院里每天可见一位步履蹒跚、头发凌乱的老太太，先是吃力地划动着大扫帚清扫着院里的积雪、纸屑，然后又拖着沉重的拖把拖着楼梯楼道，最后再一遍一遍地冲刷着每个楼层的每一个厕所。1968 年 5 月，刘亚雄又被关押进了交通部大楼地下室一间阴暗潮湿的小屋里。开始还准许她两个星期回家一次，后来就完全失去了行动的自由，甚至连家人偶尔送点生活必需品也不准许。

已愈八十高龄的刘少白目睹了女儿两年来被迫害的情景，内心悲愤无比。当女儿的消息完全断绝之后，他的精神受到极大刺激和摧残，每天彻夜不眠，常常喃喃自语：“我要见毛主席，我要找周总理……他们为什么这么狠毒啊，我要去反映情况……”

不久，刘少白病危，造反派依然不准刘亚雄回家看看老人。一天夜晚，刘少白顶着刺骨的寒风，一个人拄着手杖颤巍巍地走出了家门。他一边走，一边叨念着“我要见毛主席，我要找周总理，我要反映情况……”，可没走多远，便一个跟斗跌倒在了冰冷阴暗的大街上，再也没有起来……

而这时的刘纪原，因母亲的问题在一篇日记里写了几句真话，便被造反派关进了牛棚；并被说成是“苏联特务”，整天接受批斗审查。刘纪原先在航天部院里管制劳动，每天运煤渣，打扫厕所卫生，一年后又下放河南正阳劳动改造。就在劳动改造期间，他和另一批专家被列入调离航天部的人员名单。幸亏名单上报后，周恩来没有批准，他才没有离开航天战线。

在此期间，刘纪原的舅舅刘易成——一位留苏物理学家、中国第一颗人造地球卫星轨道多普勒锁相跟踪系统的设计者，也被单位传讯审查。而且造反派还抄了他母亲的家，并将刘家所有的人全都赶到外祖父刘少白住过的小屋里。

1969 年深秋，刘纪原的母亲刘亚雄又被押到东北长白山脚下一个僻远的山村“劳动改造”。蜿蜒的长白山，终年白雪皑皑，冬天，尖厉的寒风卷着冰雪横扫莽林，不仅环境恶劣，生活也异常艰苦。但年近七十的刘亚雄始终不肯“低头认罪”，整天不是挥动着斧头劈柴，就是挑着水桶到结着厚厚冰雪的井台上打水，一不留神，还会摔上一跤；饮食上除了一点粗粮，几乎见不到蔬菜，更别说肉了；虽然村子里偶尔也有蜂蜜出售，但上面有令：不许卖给刘亚雄！为了治病，刘亚雄只好恳求医生，医生好不容易给她开条批了一斤蜂蜜，结果还被监管人员克扣了一半。1969 年底，刘亚雄等“走资派”又被转押到河南省漯河县一个偏僻的农村。那儿没房住，他们就自己动手盖房，等勉强可以遮风避雨的土草房盖好了，刘亚雄又被驱赶着去野地里打猪草。她每天背着沉重的草筐，早出晚归，有时血压高得惊人，便将疲惫不堪的身子靠在草筐上，歇上一会儿，再咬牙坚持往前走。后来病情实在严重，才于 1970 年夏遣送回京。

回京后，刘亚雄依然坚持实事求是，不说假话，结果恼羞成怒的“四人帮”很快便在中央五号、六号文件上点了刘亚雄和陈原道的名，甚至勒令南京雨花台革命烈士纪念馆，撤掉了陈原道的展示材料。

从小在这样一个革命家庭长大并经受了如此人生风雨的刘纪原，在思想和精神上深受母亲的影响。尽管“文化大革命”中他身处逆境，却始终怀着对国家对人民的一腔热忱，暗自下定决心，一定要像母亲献身革命一样献身航天事业！他从技术员到工程组组长，到研究师，到研究所所长，到火箭研究院副院长，再到航天部副部长，自下而上，一步一个脚印，扎扎实实，勤勤恳恳，从未有过丝毫的松懈与懒惰。由于他起步于基层，长期从事火箭的技术和管理工作，再加上属于专家型的领导，所以对中国火箭的真实现状了如指掌，对中国火箭的发展前景也早有思考，当“长征三号”火箭发射成功后，便开始了对中国火箭如何走出国门这个问题的思考。

刘纪原当时的具体想法是：中国航天技术虽然尚存在着不尽如人意之处，但毕竟依靠自己的力量研制出了“长征号”系列火箭，若是能设法让“长征号”火箭挤进国际商业市场，承揽少量的商业发射任务，既可以造福于人类，又能为国家赚取外汇，还可以保存、锻炼、提高中国的航天队伍。

实事求是地说，刘纪原的这一想法，当时也只是一种想法而已。在旁人看来，甚至还有点异想天开。因为这一想法毕竟与当时的计划经济体制格格不入，与人们旧有的思想观念也大有冲突。能否被人接受，能否把这一想法变成现实，连他自己心里都没底。

三

想到把中国火箭打入国际商业市场的，不只刘纪原一个。

时任航天部技术局副局长的乌可力、科研局总工程师的陈寿椿等人，在“长征三号”火箭成功后不久的一天上午，专门来到刘纪原办公室，谈了打算让“长征号”火箭走出国门的想法。刘纪原听了后，对几位专家的想法表示赞同，并当场表态说：“这样吧，你们回去再认真琢磨琢磨，最好先形成一个书面的东西，看采取一种什么样的方式，向部里报一下，然后再视情况作下一步打算。”

乌可力和陈寿椿回去后，经过一番琢磨，终于想到一个点子：给宋健部长写一封建议信，看看宋健部长的态度如何，而后再作下一步打算。

两人便连夜动笔，给宋健写了一封关于想把中国“长征号”火箭打入国际市场的建议信，其大意是：用“长征号”火箭搞对外商业发射，把中国的航天技术打入国际市场，是一件有利可图并可以作到的事情，建议尽快组织人马展开先期工作……

宋健见到乌可力、陈寿椿的来信后，非常高兴。让中国火箭走出国门，打入国际商业市场的问题，同样也在他的思考之中。此前，刘纪原曾经和他谈过此事，现在乌可力和陈寿椿又来信，既然相关的领导和专家们都想到并认为应该做这件事情，还有什么可犹豫的呢？于是他当即在信上作了如下批示：

> 我们通过用火箭发射外国卫星，可以更好地为第三世界国家服务！这件事完全正确。我同意这个建议。请纪原副部长阅。

刘纪原接到此信后，在信的天头也批了四个字：“完全同意。”

接着，在 1984 年 4 月下旬的一个晚上，刘纪原又特意将乌可力为首的几名专家召至办公室，专门开会讨论中国火箭打入国际商业市场的问题。会上，刘纪原再一次认真听取了几位专家的意见，同时也把自己多年的思考和近期的构想和盘托出。然后，大家针对国内国外航天发展的种种问题和现实情况，围绕中国火箭如何挤进国际商业发射市场的问题，作了认真的分析讨论。

讨论中，大家觉得要干这事，心里确实没有多少把握；但有一点在认识上却是一致的，那就是无论有多大的困难，不管有多大的阻力，这事一定要干，也应该干，值得干！因为人类进入 20 世纪后，世界便结束了单打独斗的历史，地球开始渐渐变成了一个村，国家与国家之间相互的依赖性变得越来越强，世界各国为寻求进一步的发展，纷纷开始寻求合作。美国由西方市场开始转向东方市场；法国将竞争的视力投向中国；俄罗斯从国内转向国外；日本和印度也跃跃欲试，瞄准了有利可图的国际市场。特别是高科技领域，在对宇宙的开发和利用上，往往需要两个、三个甚至无数多个国家的强强联手方能完成一项事业，从而各得其所，各获其利。如，太空中的商业卫星发射，太空中的空间站发射，维护世界和平的一些高科技手段等。这就需要各国打破原有的僵局，撤除原有的隔墙，改变原有的竞技状态和运行轨道。一句话，全世界都需要变轨！

全世界需要变轨，中国自然也需要变轨。中国只有通过变轨才能适应世界，世界也只有通过变轨才能适应中国，从而获得相互合作的基础。大家还认识到，变轨是一个全球化的概念，国际性的问题；接轨也是一个全新的概念，崭新的课题，需要全人类重新加以认识。变轨的目的，是为了与世界接轨，倘若变了之后不与世界接轨，或者说不知道怎么与世界接轨，等于没变，等于白变。这一课题完成得如何，决定着人类今后的发展前景乃至根本命运！人类只有顺利完成了这一意义非凡的接轨，历史才可能往前大大推进一步。

因此，中国只有打开国门，与世界沟通，与世界交流，最后与世界接轨，才能消除误会，增进了解，加深认识，共同携手，开辟空间，造福人类，从而真正融入世界潮流之中，获得真正历史意义上的进步。而走在中国各行各业前列的航天，理所当然地应该从落后的、不适应新形势发展的旧体制中挣脱出来，想方设法把中国火箭打入国际商业市场，与飞速发展的世界接轨，并且同步。这既是中国火箭发展的方向，也是必然途径。假如中国火箭始终在本民族的乡间小道上独自缓缓散步，不仅前程黯淡，搞不好还会死路一条！

最后，刘纪原强调说："这事目前不管有多大的困难，先把相关的准备工作开展起来再说。"

会后，几位专家便开始悄悄准备起来。

当然，在航天部内部，大家对此事的反映并非一片喝彩。多数领导和专家对此表示支持，认为这是一个很新的思路，虽然谁也不敢肯定一定就能干成，可至少有必要闯荡一番，尝试一下；也有一部分人持反对意见，认为中国目前不具备到世界去竞争的能力，干这事太离谱，有点天方夜谭；还有一部分人则对中国的"长征号"火箭缺乏自信，对能否打入国际商业市场表示怀疑，认为现在考虑中国火箭打入国际市场的问题有点为时过早，应该再等等、再看看……

面对这些意见，刘纪原等人还是坚持认为，中国火箭走向世界，是迟早的事情，做比不做好，早做比晚做好。于是刘纪原很快从航天部有限的经费里拨款三十万元人民币，并从部机关、有关司局以及一院、五院等单位抽调人马，正式组成了由他亲自领导的“十人小组”，负责早期市场开发的筹备工作。

这个“十人小组”，后来被称为“开拓国际市场十人小组”。他们是：

乌可力　陈寿椿　黄作义　曹正邦　朱维增
何克让　包克敏　陈中青　崔鑫水　褚桂柏

与此同时，国防科工委以沈荣骏副主任、上官世盘部长以及胡世祥等为首的部分领导和专家，也对中国火箭打入国际商业市场问题作着积极的酝酿与策划。特别是沈荣骏，在“长征三号”火箭上天不久，便组织国防科工委机关和各个基地的有关专家，对发射、通信、测控等各系统的问题进行了多次论证。大家最后的意见是，让中国火箭走出国门，条件成熟，技术可行，意义重大，对带动、锻炼、培养国防科技队伍大有好处，值得一搏！

四

1984 年底，一份关于把中国“长征三号”运载火箭打入国际商业市场的正式报告，摆在了国防科工委领导的办公桌前。

此报告受到高度重视。国防科工委参谋长张敏很快组织航天部、西昌卫星发射中心、西安测控中心、洛阳测通所和科工委有关部、局负责人，对此报告进行了充分的讨论与研究。同时，国防科工委领导还向张爱萍将军当面作了汇报。那天，张爱萍听了汇报后非常高兴，激动地从藤椅上站起来，连连跺着手中的黄藤手杖说：“好！让中国的火箭走向世界，打入国际市场，是壮国威、壮军威的大事，一定要想方设法干成！我们既然有了这个能力，就要敢于竞争，敢于向世界挑战，而绝不落于人后，更不能受制于人!”

接着，国防科工委和航天部的领导又向中央军委和国务院有关领导专门作了口头汇报。中央军委和国务院有关领导听完汇报后，同样表示出了极大的兴趣，并对这一设想给予了充分的肯定与鼓励。最后，国务院领导的指示是：“希望科工委回去后抓紧这一工作，尽快拿出个具体的方案和意见来。”

1985 年 4 月 2 日，国防科工委在国防部大楼五楼会议室主持召开关于“长征三号”运载火箭发射外星可行性的论证会，各路航天专家几乎全部出席了会议。会议开得很热烈，很民主，尽管有异议，有争辩，甚至还有针锋相对的意见，但最后多数人认为，中国可以发射外国卫星。其理由主要有如下四点：

一是中国航天经过三十年的努力奋斗，现已形成了一套完整的研制、生产、试验、发射体系，建立了与之相配套的设施，拥有了一支庞大的、专业齐备的科研试验队伍，具备了承揽外国卫星发射的能力；

二是用中国的火箭发射外国卫星，不仅是一件壮国威、振民心的好事，而且可以给任务尚不饱满的航天产业带来新的生机，进而培养锻炼新一代科学技术人员，使设备得到充分利用和更新换代，以此促进航天产业能力的进一步提高；

三是通过发射外国卫星，能增强海外华侨的爱国凝聚力，同时可为国家创造外汇，增加经济效益；

四是中国曾以“四大发明”闻名天下，也以“火箭故乡”著称于世，但这些老本已被列祖列宗们吃光了，如果再不让“长征号”火箭走出国门，参与国际商业市场的竞争，中国在高科技领域的形象就很难支撑，社会主义的优越性也难以体现。

当然，与会者也认识到，航天作为一个产业，在国际上正处于开发的初兴阶段，肯定会遇到不少困难和阻力，甚至还要冒很大的风险。但只要大家树立信心，下定决心，脚踏实地地去干，相信终归能把事情干成。因为发射外国卫星不仅仅是科工委和航天部的一件大事，也是整个中华民族的一件大事！一旦做成，会改变中国在世界的形象，也将在历史上留下深远的影响。

会议一结束，一份关于把中国“长征号”火箭打入国际商业市场的正式报告，由国防科工委送到了中央。

接着，从国防科工委到航天部，很快紧锣密鼓地展开了一系列的准备工作——

1984年秋，以乌可力为首的“国际市场开拓十人小组”也开始了早期的市场调查及相关的组织工作。他们在没有任何张扬的情况下，四处查找相关资料，多方咨询相关常识，并自己动手编写有关对外发射的“白皮书”，悄悄拉开了靠近国际商业发射市场的序幕。

1985年1月24日，航天技术销售小组正式向航天部领导报告了工作计划。刘纪原在报告上作了如下批示：先走出去，了解实际情况后再确定方针。出去之前要作好准备。

1985年3月，中国参加了日本筑波城万国博览会，首次向国外展出了中国第一颗人造卫星、第一颗试验通信卫星、“长征三号”运载火箭模型以及测控站模型、古代火箭模型等巨幅照片，扩大了中国航天技术在国际上的影响。

1985年4月22日，国防科工委和航天部代表出席国际空间技术讨论会。代表团就中国火箭进入国际市场问题请示国务院，获李鹏和外交部钱其琛同意后，中国代表在会上作了题为《中国空间活动及其提供国际服务的可能性》的发言。由于此次发言是中国向西方世界放出的第一颗试探性“气球”，故“气球”刚一“升空”，便引起与会者的浓厚兴趣。

1985年5月，在法国巴黎布尔歇举行的第三十六届国际航空与宇航展览会上，中国展出了人造卫星和运载火箭的模型及照片。展览期间，中国参展团与美国、法国等国的公司和银行，就中国提供发射卫星服务等问题，进行了相关的接触和某些商务性的洽谈。

1985年6月，以乌可力为团长的中国代表团参加了在巴黎举行的、由近一百个国家、二百多名记者出席的国际航空航天展览会。中国的火箭、卫星在开幕式上登台亮相。开幕式一结束，乌可力在戴高乐机场附近的一家私人餐厅里召开了新闻发布会，向来自世界各国的记者们大胆发布了中国“长征号”火箭准备进入国际商业市场的消息。不少外国记者听了后当场表示说：“过去，我们只知道中国有原子弹、氢弹，没想到中国还有世界级的‘长征号’火箭!”

1985 年 6 月，以陈寿椿为团长的中国航天工业部代表团出席了在日内瓦举行的国际空间会议。会上，陈寿椿作了题为《中国为世界提供发射服务可能性》的发言，首次宣布中国的“长征号”系列运载火箭将投入发射市场，承揽世界各国发射卫星业务。陈寿椿在会上明确表示：“中国‘长征三号’火箭发射服务的价格，将比国际市场同类发射服务价格低百分之十五。因为中国并不打算借此谋取高利润，同时也因为中国的原材料和劳动力比较便宜。”为了形象地说明问题，陈寿椿还在会议期间播放了中国“长征三号”运载火箭研制、发射的录像。陈寿椿的言行在会上引起强烈反响，致使会议主持人后来不得不在会上郑重表态说：“没有中国参加的空间会议，是不完整的。”

1985 年 10 月，当中国又一次将一颗科学探测卫星和技术试验卫星发射成功后，航天部和国防科工委及时组织有关人士召开会议。会议经认真讨论后认为，面对急剧变革的世界形势，中国航天再也不能沉默了，到了必须作出选择的时候了!

于是，1985 年 10 月 27 日，由航天部部长李绪鄂代表中国政府，以答新华社记者问的形式，向世界正式宣布：

> 中国自行研制的“长征三号”和“长征二号”运载火箭将投入国际市场，以优惠价格承揽国外卫星发射业务，并负责培训技术人员；而且，中国人民保险公司愿意以国际市场优惠价格，为要求发射卫星的外国用户承担经济保险。
>
> …………

中国航天，从此打开了封闭已久的大门。

然而大门打开后，中国与世界如何接轨呢?

第三章
推　销

在国际市场上，美国人早就大把大把地捞着美元，中国人为什么不能去弄点“零花钱”？在国际空间俱乐部里，美国人可以大口大口地喝着“咖啡”，中国人为什么就不能去喝上一杯“清茶”？七百年前，中国火箭不经意间便走向世界并受到热烈拥戴；七百年后，中国向世界推销火箭，却为何阻力重重，难上加难？

一

用中国的火箭去发射外国的卫星，从国内试验轨道转入世界商业轨道，从而参与国际商业竞争，这对中国人而言，是有史以来第一次。所以中国“长征号”火箭投放国际商业市场的消息一经公布，不仅国内反响强烈，国际也众说纷纭，甚至有人还大惊失色，不可理喻。

然而，用火箭发射商业卫星，对已有十年商业发射历史的美国人来说，早已司空见惯，不足为奇。

众所周知，人类发射第一颗人造卫星的历史，是从苏联人手上开始的。但人类发射商业卫星的历史，却是从美国人手上开始的。而美国人发射商业卫星的历史，又是先从发射通信卫星开始的。人类第一颗人造卫星上天后，美国人对苏联人抢了风头一直耿耿于怀，于是从不服输的美国人决定把宝押在通信卫星上。1964 年，美国历经十年磨砺，成功地发射了世界上第一颗同步通信卫星！通信卫星的问世，标志着人类社会进入信息时代，也预示着通信商业化即将到来。1965 年，美国又成功地发射了世界上第一颗国际商业通信卫星！于是人类揭开了商业卫星发射的序幕，火箭从此跨入商业服务的时代。

然而，世界上最早发明火箭的中国，这一时期由于忙着搞运动、“干革命”，瞎胡闹、穷折腾，致使火箭的研制工作大受影响，有的火箭不能得到充分利用和开发，有的火箭甚至多年锁在仓库无人理睬。一句话，由于国门的长期关闭和国际的死死封锁，中国火箭一直被挡在国际商业发射市场大门之外。特别是在 60 年代，苏联断绝了对中国的援助，加上美国等西方国家对中国的封锁，中国只有在与世隔绝的条件下发展自己的航天事业。这一极为不利的国际环境，给中国的航天事业和从事航天事业的科研人员造成了极大的困难，甚至说沉重的打击！及至 70 年代末，封闭的国门渐渐打开，中国航天人这才意识到，中国的航天技术应该走出国门，开展国际间的技术合作与交流。

于是从这个时候起，中国航天人才小心翼翼地走出国门，面对世界航天的新鲜空气，开始了第一次深呼吸。

中国航天人最早与西方接触的国家，是法国。1977 年 9 月，七机部外事局局长陈杰率领中国航天技术代表团首次出席了欧洲空间学术会议，并对法国空间研究中心进行了技术考察与交流。

接着是日本。中国航天人与日本宇航界的交往，起始于民间。1978 年 7 月，以任新民理事长为团长的中国宇航学会代表团访问日本，同日本宇航界首次进行了接触。任新民还在日本记者招待会上首次介绍了中国航天技术的基本情况。此后，两国宇航界的学者、专家的互访活动日益增多。

再接下来，中国航天人叩开了美国航天界的大门，时间是 1978 年的深秋。这年 11 月 6 日，应美国国家航空和航天局弗罗什局长的邀请，中国宇航学会理事长任新民率团首次赴美，访问了该局下属的哥达德等七个研究中心，以及几个卫星制造公司，从中学到了不少先进的管理经验。此外，中国还多次参与了有关的国际性活动。如 1982 年 8 月，以章文晋为团长的中国政府代表团出席了联合国第二次探索与和平利用外层空间大会，副团长孙家栋在会上首次向世界介绍了中国航天技术的发展情况。

总之，在改革开放后的短短几年时间里，中国在航天技术方面先后与四十多个国家和地区建立了联系，与数百个国外的研究机构、公司和厂家有了交往，与德意志联邦共和国、意大利、美国、法国、英国和日本等签订了航天科技合作或交流协议，与巴西和其他一些发展中国家探讨了合作的可能性，同时还积极参加了国际电信联盟会、国际宇航联合会、国际自动控制联合会等活动。

当然，严格说来，上述这些交流都是一些“表面文章”而已，几乎也都带有浓重的外交和观光色彩；一些所谓的合作项目，也不过是纸上谈兵，并未进入实质性的运作。直至 1985 年，“长征号”火箭正式宣布对外承揽发射任务后，中国进入国际商业市场才有了前提。

而这个时候的中国航天人也才明白一个道理，或者说知道一个常识，即：国际商业发射市场，谁都可以进进出出，谁都可以参与竞争，联合国从来没有规定，国际商业发射市场的地盘只有美国、法国才能占领。于是中国航天人就开始琢磨了，既然美国人和法国人早就在国际商业发射市场大把大把地捞足了美元，中国人为什么就不能去弄点“零花钱”呢？既然美国人和法国人可以在国际空间俱乐部里大口大口地喝着一杯又一杯的“咖啡”，中国人为什么就不能去国际空间俱乐部灌他个一扎半扎“啤酒”，或者喝上一杯“清茶”？何况，中国火箭进入国际商业发射市场，既非心血来潮，也不是空穴来风，而确实具备了一定的实力。

首先，中国已先后研制了“长征一号”“长征二号”“长征三号”三种长征号系列火箭，并利用“长征号”系列火箭进行了十七次发射，其中只有一次失败的记录。尤其是“长征二号”和“长征二号丙”火箭，更是“长征号”家族中的佼佼者，曾把十多颗各种类型的卫星送入不同的地球轨道，发射成功率高达百分之百！

其次，中国西昌发射场离赤道很近，地理位置相当优越，不仅靶场设备较为完善，发射队伍也很精干，具有较好的发射外国卫星的客观条件和技术基础。

再次，中国有一支技术优秀、不怕吃苦的高科技队伍。这支队伍当年在那样艰难的条件下都能搞出震惊世界的“两弹一星”，今天凭什么说就打不进国际商业市场！

但是，中国航天要从封闭走向开放，从国内走向世界，绝不是想象的那么简单。

中国航天的特殊性在于，一直是关起门来自己搞自己的。也就是说，一开始就是“放单飞”。原因是当时复杂的国际政治环境不允许我们与外界交流，也没人愿意和我们交流，所有的研究都是在严格的保密中进行的。中国航天人跨进航天大门上的第一课，就是“保密教育”。这种保密的程度，几十年来连自己的父母、妻子、儿女都不知道；甚至有的专家的姓名几十年来都被一个假名或者符号替代；再加上 1949 年后中国几乎没有参加过国际航天方面的活动，成了一支游离于世界大门之外的“特别队伍”。所以当国门打开、准备进入国际市场时，才恍然发现，中国航天和国际商业发射市场之间，根本无法接轨通车！

二

应该说，中国开拓国际商业发射市场的路，是被当时国际国内的生存环境逼出来的。这与中国在 60 年代初的情况如出一辙——因为苏联在华专家全部撤走，才被迫走上了自力更生的崎岖小路。

据“开拓国际市场十人小组”的主要成员陈寿椿说，他们最初靠近国际市场时，脑子一片空白，对外部世界几乎一无所知，不仅连最简单的投标书都不会写，甚至连合同的概念都没有。他们“十人小组”开始挂靠在航天部外事局，但外事局是政府部门，不具有商务的职能，不便和外国公司签订商务合同，后来又把这个部门设在了长城公司。之后不久，中国火箭技术研究院成立了由曹正邦负责的市场开发部，国防科工委成立了由上官世盘负责的中国卫星发射测控系统部，还在美国设立了由黄作义负责的驻美代表处。这些部门一个个成立起来后，他们非常高兴，也非常兴奋，对火箭走出国门充满信心。但他们当时对政治意义想得多，对实际的困难想得少；对西方商业发射市场的认识更是非常肤浅，甚至幼稚可笑。

他们最初瞄准国际商业市场时，首先把目光放在了第三世界。这一选择，恰恰忽视了一个最基本的常识，这就是，第三世界国家的航天技术人员从小受的都是以美国为主的西方教育，他们熟悉西方，热爱西方，崇拜西方，痴迷西方。而对中国并不了解，甚至相当陌生；即便知道一点中国火箭方面的知识，也不会相信中国的火箭能发射外国的商业卫星。

结果，在向第三世界进发的路上，他们首先败下阵来。

之后，他们又把目光放在了第二世界。

1985 年 11 月，正在中国访问的瑞典空间公司代表团突然提出，想看看中国的运载火箭。中方得知这一信息后，感到机会来了，当即决定，让瑞典空间公司的代表参观火箭总装车间，以借此向瑞典人展示一下中国“长征号”的实力。于是中国火箭研究院组成了一个接待班子，由何克让副院长负责。

对外联络处处长司学武是这个会谈接待班子的成员之一。据他介绍说，瑞典空间公司代表团在其副总裁安格斯特朗先生率领下参观了中国运载火箭总装厂之后，与何克让副院长率领的中方代表团进行会谈。瑞典公司预研部主任斯万格朗先生对中国“长征二号”火箭情有独钟，说中国的“长征二号”火箭是世界上最可靠的火箭之一。他告诉中国同行说，他自己很早就是一个业余无线电爱好者，曾在家里的房顶上架有一个自制的无线电接收机，从 1970 年中国发射第一颗“东方红一号”人造卫星起，就开始接收中国历次发射卫星的无线电信号。比如中国返回式卫星的发射时间、轨道运行时间以及返回时间，他都能通过无线电接收机的信号作出准确的判断。会谈中，瑞方还详细谈了他们计划研制一颗用于传输电子邮政信号的卫星的初步设想。何克让副院长等人则介绍了中国“长征号”火箭的技术状态及发射记录。会谈后，双方签订了关于使用中国的“长征二号丙”火箭发射瑞典邮政卫星的意向书。

这是中国“长征号”火箭承揽发射外星的第一份文件！

接着，1986 年 1 月，中国第一个对外服务小组派往瑞典，由副院长何克让负责。服务小组出发这天，北京已是数九寒冬，飞机抵达瑞典首都斯德哥尔摩上空时，从飞机上俯瞰整个瑞典，一片雪白茫茫。中方代表一下飞机，便受到斯万格朗先生的热情接待。洽谈中，中方火箭专家黄作义提出利用“长征二号丙”火箭搭载发射瑞典邮政卫星二次变轨的技术方案，瑞方欣然接受。而后中方借鉴“阿里安”火箭公司的订座协议，又抛出中国的“长征二号丙”火箭搭载发射瑞典卫星的发射订座协议草案，瑞方也表示同意。于是 1986 年 1 月 23 日，何克让和瑞典空间公司总裁路贝克在斯德哥尔摩签订了发射订座协议。

这是中国签订的第一个对外发射订座协议。

当晚，为庆祝发射订座协议签字成功，中国驻瑞典大使吴家淦在大使馆举行晚宴，招待瑞典空间公司总裁路贝克先生等。瑞典电视台、瑞典国家电台当晚播放了相关新闻。中国的《人民日报》驻斯德哥尔摩记者也向国内发回喜讯。但这条喜讯对西欧和美国来说，却是一个不小的刺激。美国《新闻周刊》惊呼：“中国人真的来了！”西欧各大报纸则纷纷刊登了法国“阿里安”火箭公司总裁达莱斯特的一段评语：

> 虽然中国火箭要进入世界市场与“阿里安”火箭竞争，还有相当一段距离；但中国“长征号”火箭与“阿里安”火箭的竞争，开始了！

1986 年 1 月 28 日，对外服务小组带着刚刚签订的第一个发射服务订座协议，满怀喜悦之情离开瑞典，前往欧空局空间技术研究中心和荷兰福克公司访问。飞机途经阿姆斯特丹时，他们住进了一家简易的小旅馆。一位成员刚打开电视时，突然发出一声惊叫，众人急忙围将上去一看，原来是美国的“挑战者号”航天飞机横空爆炸，七名宇航员全部葬身太空！……

突然而至的航天大悲剧，把中国专家们惊得目瞪口呆！他们时而望着电视机，时而望着对方，半天说不出一句话来。当晚，他们躺在异国的小旅馆里，手捧着方便面，不睡觉，只说话，而反复说的话题，都是美国的“挑战者号”和遇难的七位宇航员。就像一个即将准备出场的体操运动员，刚在场边热身呢，就见有人从单杠上突然重重地摔了下来！

看来，通往国际商业市场的路前景未卜。

果然，对外服务小组回国不久，在与瑞典公司进一步谈到如何将卫星运到中国时，瑞典方面说，必须得到美国政府的批准，获得美国的出口许可证，卫星才能运往中国。因为他们制造的这颗小卫星上，使用了美国的专利产品！

中国航天人这才恍然大悟，中国的火箭要想进入国际商业市场，不管怎么绕来绕去，都绕不开美国。他们原以为，只要中国的“长征号”可靠，有能力，就可以进入国际商业市场，就可以发射任何国家的卫星，然后就可以获得大把大把的美元。等碰壁之后才知道，国际商业发射市场上真正的“航天老大”，仍是美国！美国才是国际商业卫星发射市场的主要生产国，它的卫星几乎渗透到西方所有国家，国际商业发射市场早就被它牢牢地控制在了手里。中国的火箭要想挤进国际市场，必须先挤进美国的市场；只有挤进了美国的市场，才算挤进了国际商业市场。而能否挤进国际商业市场，关键要看能否搞定美国的卫星制造商，因为卫星制造商才是火箭的真正用户，购买卫星的人则是用户的用户。前者对后者有着很强的引导性，对选购谁不选购谁的火箭，起着举足轻重的作用。而目前世界上所有的商业卫星，几乎全被美国和欧洲垄断。只有攻破了卫星制造商，才等于俘虏了购买卫星的人。否则，不管你绕着地球飞了多少圈，无论你付出了多少汗水、多少心血甚至多少人民币，最后只能是竹篮打水——一场空！

所以，中国进入国际商业发射市场的突破口，不是第二世界，也不是第三世界，而是第一世界——美国！

三

为在美国找到突破口，航天工业部很快组建了中国商业发射服务小组，由科研生产局副局长乌可力任组长，科研生产局总师陈寿椿、火箭研究院研究员黄作义、外事司司学武、国防科工委作试部陈来兴为组员，于1986年4月中旬的一天上午，直飞美国华盛顿，正式踏上了探索国际商业发射市场的崎岖小路。

此次发射服务小组的主要任务是：一、到美国去，对美国各大卫星制造公司和商用卫星市场进行考察、调研；二、向美国市场推销“长征三号”火箭，同时抛出“长二捆”火箭的技术方案；三、广泛接触美国的客户，捕捉机会，争取签订一些发射订座协议。

中国有句俗话说得好，摸着石头过河。问题是，没有石头可摸，怎么过河？中国火箭要想走向世界，首先就得跨越国际商业发射市场的条条“大河”。而这些“大河”没有“石头”可摸，即使偶尔摸着一块“石头”，也又光又滑，很难把握。何况，大人物做事易，小人物干事难，小人物干大事就更是难上加难！

而中国人走出国门向外国学习，好像从来都是到了迫不得已才肯挪动懒散的步子。中国航天也不例外。改革初期，中国人出国，不过是去参观参观、访问访问而已，甚至对一部分人来说，仅是去“逛一逛”“溜达溜达”“旅游旅游”而已。但乌可力他们这次出国，性质完全不同，他们是第一次去美国考察市场，洽谈生意，推销火箭。即是说，他们要到被西方人长期统治的商业卫星发射市场去占领一块属于中国人的地盘，要从美国人的嘴里争夺一块“肥肉”，要真刀真枪地同蓝眼睛、高鼻梁的西方人争抢饭碗！

然而西方毕竟不是东方，美国毕竟不是中国，资本主义毕竟不是社会主义。要在美国人的地盘上争抢饭碗，绝非易事。何况火箭是保密性很强的产品，要把一个保密性很强的产品做成商品，再推向国际市场，本身就是一件史无前例的事情！

因此，此次出门，包括见多识广的乌可力在内，每个成员的心里都没底，一路上都在犯着嘀咕。本来，去美国之前，他们是打算使用“中国商业发射服务代表团”这块牌子的，可到了美国后，一看美国那气魄，那阵势，再一想自己是第一次走出国门，第一次到美国来推销火箭，觉得还是谦虚一点，不要张扬为好，最后还是决定使用“中国商业发射服务小组”的名义。

发射服务小组很快利用华盛顿的一个礼拜天，在中国驻美大使馆举行了关于“中国商业卫星发射服务”的报告会。第二天，《纽约日报》《华盛顿日报》等便以头版头条位置推出新闻：《中国发射服务小组到美国游说，企图与美国争夺卫星发射市场》。美国的火箭商业市场很快一片沸沸扬扬，特别是一些火箭制造商，感到情况好像不妙，警觉的神经马上绷了起来，甚至有的眼里还充满了敌意。

果然，中国发射服务小组一连和三个美国卫星公司打交道都不顺当，总的感觉就是被人瞧不起，甚至还发生了被人拒之门外的事情。尽管在国内他们个个都是人物，有的还是大名鼎鼎的人物；但在美国人眼里，不过就是满世界都能碰见的“皮包商”！比如他们想和美国一家卫星公司洽谈一下发射事宜，这家公司的副总裁态度十分傲慢，看了中国专家一眼，张口就说：“洽谈可以。不过，按我们西方人的规矩，得先付洽谈费！”此外，有的公司与中方专家交谈时，用的都是一种救世主似的口气；还有的公司一上来就摆出几十个问题让中国专家回答，并要求他们先介绍技术人员的素质情况，再谈其他问题。

发射服务小组几位成员后来说，在美国推销火箭的那段日子里，心里的压力非常大，几乎就没好好吃过一顿饭，也没踏踏实实地睡过一次觉，最深的感触是：为什么七百年前中国的火箭不经意间就走向了世界，并受到世界各国的热烈拥戴；而七百年后的今天，中国的火箭要想挤进国际商业市场的门槛，反而阻力重重，比登天还难？

这究竟是为什么呢？

首先，火箭参与商业发射，是一个新兴的国际化的产业。由于世界航天技术的迅猛发展，一个以发射通信卫星为主的国际航天商业市场早已形成，并始终被美国等牢牢垄断。而中国的航天商业队伍刚刚组建，走向世界的脚步刚刚起动，不但缺乏实践，没有经验，甚至连国际商业市场的实际需求和用户的方向都不清楚。所以国际商业卫星发射市场对封闭已久的中国来说，陌生得如同一片不知深浅的大海！比如，国际商业卫星市场发射价格问题、定位问题、发射保险问题、发射税率问题、发射风险问题、发射服务商业惯例问题以及国际空间法问题，等等，对从未涉足国际商业发射市场的中国航天人来说，全是一个陌生的世界，一个全新的概念，甚至说是一个无知的领域。这就需要中国航天人有一个认识、了解和把握的过程。

其次，旧的计划经济体制和传统的思想观念，一时难以适应新的国际形势的需要。中国的改革开放，为“长征号”火箭走向世界创造了机遇，也让长期沉闷的中国航天人呼吸到了新鲜空气。从“两耳不闻窗外事，一心只读圣贤书”的中国传统知识分子，到二三十年代的热血青年远涉重洋，勤工俭学，再到今天的火箭专家走出国门充当商人，是知识分子冲出传统樊笼的一大革命性进步。但问题是，中国的航天毕竟几十年来都在计划经济的轨道上运行，而且至今依然还在继续往前运行，现在一下要从国内的计划经济轨道转移到国际商业市场经济轨道，必然会受到来自各个方面的束缚和影响。同时还有一个现实是，这些走出国门参与国际商业竞争的火箭专家们，几十年来都是在计划经济体制的庇护下无忧无虑地工作和生活，大半辈子都是靠吃皇粮、拿工资养活自己。他们一个个本是老实巴交的专家，而非老奸巨猾的生意人，现在因为老路走不通了，才被迫走出国门，以商人的面孔奔波于世界各地，谈经论商，推销火箭。这对他们来说，无疑是一件很尴尬的事情。不仅在面子上有些过不去，在思想观念上也得有个接受的过程。因为跑到国外去推销火箭，有违中国科技知识分子几千年来的传统。更何况，兜售火箭，招揽生意，承揽商业卫星发射任务，既不是他们的专业，更非他们所擅长，弄不好，不仅毁了中国的名声，还可能赔了老本。这同样需要有一个自身调整、适应的过程。

第三，外界不了解中国，中国也不了解自己。世人皆知，中国是火药的故乡，却不知中国的近代火箭。因为中国的近代火箭一直是在“秘密”的指令下、“秘密”的试验地和“秘密”的发射场发展壮大起来的。尽管中国现在打开了尘封的门窗，但对中国近代火箭的真实情况并不了解。比如，1984 年初，中国航天人刚向世界航天界放出一个试探性的气球，便引起西方诸国的一片疑惑与惊诧：以古董闻名的中国，怎么也来涉足国际商业发射市场？是头脑一时发热来凑热闹，还是不小心吃错了什么药？是蓄谋已久居心不良，还是哪根神经出了毛病？甚至，有一份法文报纸还登出一条又是问号又是惊叹号的消息——《羽毛未丰的中国航天技术要参加国际竞争?!》其潜台词分明是：不自量力，可笑之极！还有一次，中国代表团出席某个国际空间商业会议，尽管代表团中有中国最著名的火箭专家，但在外国人看来，这种高规格的国际会议，中国人只有带着耳朵来听的份儿，因为你中国的火箭还没有进入商业发射圈！所以当中国专家向外国同行谈起中国的火箭时，对方总是惊诧不已，怎么也不相信中国能够自行研制出大型运载火箭！

总之，中国封闭太久，通向世界的航天之门刚刚打开，“东亚病夫”的形象在外国人的记忆里太深太深，所以挑剔的西方人总是习惯从“男人留长辫，女人裹小脚；一亩地，两头牛，老婆孩子热炕头”的角度来看待、理解今天的中国。在他们的眼里，中国人总是与老牛、铁犁、黄包车以及大刀、长矛、铁锤、钢钎、火枪、鞭炮、纺车、风筝联在一起，中国人只会擦皮鞋、端盘子、开饭馆，中国人只会种大豆、播高粱、炼钢铁、修长城。一句话，黄皮肤、泥脚杆的中国人永远只能在黄土地的田埂上年复一年、代复一代地繁衍生息、蹒跚爬行。至于火箭、卫星这些高尖端技术，好像压根儿就与中国无关，也不可能与中国有关。

四

不难想象，乌可力、陈寿椿、黄作义等人在海外探索中国通向世界的航天之路时，他们背负的是怎样一种使命，内心又是什么样的滋味。他们生在素有“礼仪之邦”的中国，是被古老的传统文化塑造出来的一代知识分子，看重的都是“体面”二字。他们何尝不想伸直腰杆、挺起胸脯、阔阔气气、潇潇洒洒地出入于美国各个卫星制造公司的大门。但由于中国在国际商业发射市场上还没有地位，没有资本，他们的腰杆想挺也挺不起来。美国人虽然可能也听说过中国的航天技术发展情况，但一直躲在幕后的中国火箭没有过一次公开的发射，和经济实力雄厚的航天大国相比，其火箭发射的次数，更是少得可怜。

此外，中国的基础工业和工艺水平不高，总是给人粗糙不实之感。而人家美国有的是先进的火箭，凭什么要用你中国的呢？所以当他们在美国推销中国的火箭时，只有到处鞠躬，四处求人，用他们自己的话说，“无论走到哪里，心里都很不踏实，就像70年代的个体户，很难被人正眼瞧上一眼”。

不过，据黄作义说，在国外搞航天开发，真正的难点还不完全在“面子”，也不在辛苦，根本的问题还在于国内长期使用的那一套做法难以适应世界形势发展的需要。中国封闭了几十年，火箭专家们长期打交道的都是国内各个部门，习惯使用的也都是国内的那一套做法和经验。而现在一旦走出国门，踏进国际商业市场，做对外发射服务的生意，接触的全都是外国公司、外国老板和外国同行。无论从思想、观念到语言、行为，从工作方式到管理制度，都是崭新的一套，或者说都是国际通行的那一套。过去国内几十年用惯了的那一套根本行不通，人家也不买账！

让乌可力深感为难的，是囊中羞涩，兜里没钱。乌可力他们最初走向世界时，是从三十万元人民币起步的。他们这次来美国，为了调查市场，推销火箭，从早至晚，四处颠簸，辛苦不说，还很不顺利；再加上身处异国他乡，人生地不熟，又是第一次拉下老脸搞推销，所以非常辛苦而又艰难。如果条件好一点，经费宽裕一点，事情或许会好办得多，尴尬麻烦的事情也会少得多。可他们的出国经费每天只有二十美元，几乎每到一处，都会遭到白眼，受窝囊气。受了窝囊气不说，还哑巴吃黄连——有苦难言。为了节省开支，他们住的是最便宜的旅馆，吃的是最便宜的中国人开的小餐馆；有时跑了一天下来，就躲在旅馆里，用开水泡方便面；甚至有时出去办事，连出租车也舍不得打，干脆发扬长征精神，在美利坚合众国宽阔的大街上步行！尽管步行时他们的头是昂着的，胸也是挺着的，脸上还硬撑着中国人的“面子”与自尊，可乌可力的心里感到很不是滋味。如同一个穷光蛋，不管你如何装阔，别人只需瞥你一眼，就知道你兜里没有钱。于是鄙视的目光立即便会射在你的脸上，投在你的胸前。

而陈寿椿体会最深的，是保密问题。过去几十年来，中国航天保密管理条文对各类问题的处置都有明文规定，航天技术在各个环节都有一套严格的保密措施，中国航天不仅不能对外开放，而且要严格保密。可现在，对外开放了，中国火箭要挤进国际商业市场了，一个很突出的矛盾便出现了：一方面，中国航天技术属于保密性质，按红头文件规定，必须遵守，谁也不敢违背。而且这些红头文件中国专家们已经遵守几十年了，已经遵守惯了，几乎作到了守口如瓶；而另一方面，火箭作为商品，中国作为卖主，又必须把运载火箭、发射设施的技术指标、试验数据等，作为“商品”的说明全面展示在国外用户的面前。这些用户不仅仅是卫星的使用者，还包括制造商、经营商、保险商、金融商以及法律界等，他们对你的情况都必须要有一个全面、深入的了解；你光给别人看资料还不够，还要请人家直接到你的生产厂、试验室、发射中心、测量控制现场进行实地考察，同时还要逐类逐项地作技术交流，逐类逐项地作技术评审。如，为了满足外国卫星的技术安全，必须要完成卫星与火箭之间星箭电磁兼容性试验分析，星箭热环境试验分析，星箭载荷耦合振动试验分析，星箭分离时的相对运动分析和飞行轨道分析五大相容性评审。这些评审不仅要提供结果数据，而且连同你的试验过程、试验方法都必须要向对方解释清楚。如此一来，国内过去所规定的那一套，还有什么秘可言？还有什么密可保？但假如不这样做，连谈都没法谈，中国火箭要想挤进国际商业市场，肯定没戏。

面对新的形势，如何制定新的规章制度，就成了一个新问题。而这个新问题还来不及搞清楚，弄明白，更没有一个规范的、具体的红头文件，中国发射服务小组就已经走出国门，投石问路，闯荡世界了。

所以，陈寿椿等人来到美国后，很快陷入了一个既要向美国公司介绍中国的火箭技术情况，又要严格遵守国内保密制度的矛盾之中。这个矛盾看起来没有什么，实际做起来却非常复杂，且事关重大。因为国内过去定的一些保密规则本身就不明确，也不科学，到底该讲不该讲，讲到什么程度，并没有具体的规定，全靠他们在具体运用中灵活掌握。倘若掌握好了，平安无事，要是没掌握好呢？轻者挨个处分，重者很可能砸了饭碗，甚至说不定落个“出卖机密”的罪行，也不是什么稀奇的事情。要知道，在改革初期那个特殊的年代，什么事情都有可能发生。

因此，陈寿椿等人在美国宣讲、推销中国火箭的过程，实际上是一个非常艰难的过程。除了国外市场的抵制，还有来自国内各种条条框框的束缚。每当他们向国外推销中国的火箭时，心里既没数，也没底，总有一种忐忑不安、如履薄冰的感觉。用陈寿椿的话来说，“我们是抱着随时犯错误的心理去做这件事情的”。

比如，他们在与美国公司谈到一些火箭技术问题时，不知道该讲什么，不该讲什么。向外国人宣讲中国的火箭，说有多少次成功肯定没问题，可一旦涉及失败问题，是说还是不说？如果只说成功不言失败，别人一听就知道你在撒谎，你在骗人；但如果要说失败，又会违背国家的相关规定——因为当时中国还从来没有对外公布过我们的失败问题。这就让他们感到非常的难办。因为即使你不说失败，别人也会问这个问题。一旦有人问了，怎么办？是说还是不说？总不能绕过去装聋作哑吧。

在此前的一次国外宣讲中，陈寿椿就遇到过这个问题。那天，他刚介绍了中国“长征号”火箭的有关情况，有人就问他中国的火箭有没有过失败？有多少次失败？每次失败的情况和原因是什么？面对国外同行，作为一名火箭专家，陈寿椿不能撒谎，只好把中国火箭的失败情况简单讲了讲。不料他回国刚下飞机，就接到部长秘书的电话，让他立即到部长办公室去！秘书还说：“不要回家，一定要直接去部长办公室，不管多晚，部长都在办公室等着你！”陈寿椿一听，知道自己犯错误了，且错误严重，但又不知道自己犯了什么错。反正一下飞机，家不敢回，饭也没吃，就急急忙忙直奔部长办公室。一敲门，只见部长脸上阴云密布，正等着他呢！他屁股还没放下，噼里啪啦，部长冲着他便是一顿训，还说要给他处分！陈寿椿被训得半天没回过神来，等清醒过来后，才知道自己真的是“犯错误”了——几天前他在国外讲了中国火箭的失败问题，很快便上了国内的“大参考”。一位领导看到“大参考”后，很生气，把电话直接打给了部长，先把部长批了一通，然后再让部长严肃追查：到底是谁把中国火箭的失败问题“泄露”出去的？

此后，陈寿椿每当出国宣讲中国火箭，用他的话说，就“老实多了”。尽管后来国内对有关规定作了适当的调整，航天部内部自己也搞了某些“土政策”，可几十年传袭下来的严格的保密制度依然如同一张看不见的网，或多或少会“网”住中国航天人的手脚。所以，中国发射服务小组此次来美国后，如何准确界定保密的问题，依然没有具体文件，无章可循。不少所谓的“技术秘密”问题，只能靠他们自己灵活把握。这就让他们在与美国公司的接触中，常常左右为难——既很难做事，也很难做人。

但事情再难做，也得做；路再难走，也得走。尽管在几天的接触中，中国发射服务小组的专家们确实受到了冷遇，吃了不少闭门羹，也受了不少窝囊气，但他们心里想的是，只要没有私心，该放开胆子干还得放开胆子干，否则要想挤进国际商业市场，根本没门。反正是为了国家的事业，即便自己受点委屈，也没啥了不起。再说了，既然是国际市场，就有国际市场的规矩，就得遵守这个规矩。至于不懂规矩，怨不了别人，只能怨自己。

于是，他们将发射服务小组成员分为四个小组，分别深入到华盛顿、纽约、洛杉矶、旧金山等地，逐一向美国二十多家卫星公司渗透；同时抓住时机，作了二十四场关于“长征三号”和“长征二号”运载火箭的宣讲。

有一次，在美国麦道公司的谈判室里，美国麦道公司的十位技术专家向陈寿椿和黄作义轮番提出各种各样的问题。这些问题既很刁钻，又很复杂，但陈寿椿和黄作义对答如流，一一化解，而且是用一口流利的英语回答，让在场的美国人刮目相看。一位姓沈的华裔目睹了前后过程，后来深有慨叹地说：“中国火箭专家在与美国专家的交谈中，显示出了很高的水平，讨论问题时居然能和美国人平起平坐，真让我感到自豪!”

为了能在美国获得用户，中国专家们在宣讲中国火箭的优点时，还向美国用户着重强调两点：一是中国的火箭制造和发射能力有限，除满足中国国内的发射任务外，每年只能提供有限的发射服务，所以中国的对外发射服务，只是国际商业发射市场的一种补充；二是美国航天飞机发射一颗重量二吨左右的卫星，其价格是五千万美元，法国的“阿里安”火箭是四千五百万美元，而中国的“长征号”火箭发射一颗卫星，只需三千六百万美元。

这一来，美国的卫星制造商们渐渐对中国的火箭有了兴趣，一些潜在的用户开始找上门来，表示愿意与中方洽谈“长征号”火箭的发射业务。

接着，中国发射服务小组利用三周的时间，深入考察了美国休斯公司、麦道公司、西联公司、联邦快件公司、RCA 公司、福特公司在内的十几家大公司。通过对其卫星市场的调查，发现美国商用通信卫星公司正在朝着两个方向发展：一是卫星通信容量日益增加，向重型卫星发展，如休斯公司等；二是向功能单一化、低成本小型卫星发展。鉴于此，黄作义提议：“既然卫星制造商和用户才是真正决定购买我们火箭的人，为什么我们不直接向他们推销呢?”

于是，服务小组首先向美国休斯卫星公司推荐“长征三号”火箭。他们针对休斯公司生产的 HS376 型卫星，宣传“长征三号”火箭的性能与可靠性；同时针对休斯卫星公司生产的 HS－601 卫星，又抛出了“长二捆”火箭。休斯公司的卫星专家对选择“长征三号”火箭发射很有兴趣，尤其是一位叫斯坦豪尔的专家，对“长征三号”的任何技术性能和每一次飞行记录都要问个水落石出。而美国麦道公司因其“德尔塔”火箭生产线停产，也想尽快利用中国的“长征二号”火箭为其服务。

中国在休斯公司推销火箭的信息，很快传到了美国西联公司。西联公司的市场经理为了急于同中方代表见面，从美国的东海岸专程飞到洛杉矶，提出想用“长征三号”发射该公司的“西联六号”卫星的意向，还要求中方访问他们在纽约附近的总部。之后，西联公司很快与中方签订了使用“长征三号”火箭发射“西联六号”卫星的发射订座协议。

…………

此次美国之行，中国发射服务小组不仅与美国卫星公司先后草签了两份商业发射服务合同、五份发射订座协议，而且在认识上也有一个大的改变：原来西方世界并不像过去传说中的那么可怕。

当然，他们也知道，在通往国际商业发射市场的漫漫征途上，他们不过是刚刚出门上路而已。

第四章
天　机

1986年初，美国“挑战者”号航天飞机大爆炸，接着美国“大力神”和法国“阿里安”火箭也相继失事。国际商业卫星发射市场迅速变成饥饿的市场，于是中国火箭快速启动。可时隔不久，美国航天飞机重新起飞，苏联“暴风雪号”首发成功，法国“阿里安”火箭死灰复燃。腹背受敌的中国“长征号”，还能挤进国际市场吗？

一

1986年，人类历史上从未有过的一系列航天大悲剧频频发生：先是美国“挑战者”号航天飞机升空七十三秒后突然爆炸，接着是美国的“大力神”火箭、“德尔塔”火箭相继失事，而后是法国的“阿里安”火箭瞬间化为乌有……四次大爆炸，全球震惊，一片哗然。于是世界公认：1986年是人类航天史上罕见的灾难年！航天“灾难年”的出现，使国际商业卫星发射市场的行情和局面，迅速发生了很大的改变。

从美国的情况来看，由于政府从80年代初，就认为航天飞机可以替代一次性火箭，故大幅度削减了火箭的研制经费，致使一次性火箭的发展受到严重影响。“挑战者号”航天飞机爆炸后，因需要两年零八个月的故障调查，一下便打乱了美国原有的航天发射计划，政府不得不宣布航天飞机退出商业发射，其他航天飞机全部停飞。宇航局局长詹姆斯弗莱彻发表讲话说：“航天飞机拟在1988年第一季度才可作第一次飞行；在以后的三至四年内，可能仅有三架航天飞机提供发射卫星服务。”同时里根政府也表示：为承揽美国及国外民用商业卫星的发射，“大力神”等多种火箭飞行至少要等两年之后；麦道公司的“德尔塔”火箭要恢复生产，最快也需一年半到两年；通用动力公司的“阿特拉斯”火箭，因大部分为国防部提供军事服务，仅剩下了一发库存。

如此一来，美国的一次性火箭在短时间内无法跟上市场的需要，致使各国的卫星发射计划陷入一片混乱。全世界几十颗亟待升空的卫星也只好无可奈何地躺在冷冷清清的仓库里或者生产线上，已经列入发射计划的卫星用户更是捶胸跺脚，叫苦不迭。而那些原定使用美国航天飞机发射的诸多商用卫星，也只得推迟发射，有的卫星用户则干脆取消了用航天飞机发射的合同，另外寻找火箭……所以美国的火箭制造商们想用美国的火箭参与国际竞争，短时间内根本不可能。

在美国“挑战者”号爆炸之前，法国的“阿里安”火箭是世界上唯一可与美国航天飞机抗衡的运载工具。“阿里安”火箭于 1984 年开始承揽商业卫星发射，第一年就发射了九颗卫星，一跃而成为当年世界的最佳商业卫星的发射工具。截至 1985 年底，它已占领全世界百分之四十二的商用卫星发射市场，并正暗暗发力，要在 1986 年至 1990 年间，夺取百分之五十的国际商用卫星发射市场。为此，“阿里安”公司于 1985 年又不惜耗资十二亿美元，在库鲁新建起了可供国际性卫星发射的第二个发射场，其现代化的发射能力，每月可以发射一颗卫星。而且，为了稳定国际商业发射业务，提高竞争能力，从 1986 年 1 月起，“阿里安”公司的保险子公司开始正式营业，其保险率仅为百分之十一至百分之十三。但是，由于“阿里安”火箭在 1985 年和 1986 年连续两次惨败，人们对它的可靠性开始产生怀疑；加之其故障分析影响了后续的发射计划，“阿里安”公司也只得被迫决定：为了补偿美元的贬值，必须大幅度提高新的国外发射用户的发射价格。而发射价格的提高，就必然削弱它在国际商业发射市场的竞争能力。

因此，全世界的运载火箭在 1986 年出现了严重短缺、供不应求的情况。如有人所言，“1986 年的国际航天发射市场，简直就是一个饥饿的市场!”面对这个饥饿的市场，美国和西欧诸国均陷入慌乱、尴尬、被动的局面。

而同样是 1986 年，东方的中国却福星高照，平安无事。1986 年 2 月 1 日，中国用“长征三号”火箭再次将一颗通信广播卫星成功地送入太空！于是过去一直盯住美国、法国的世界各大卫星公司老板的眼睛，情不自禁地便转移到了中国“长征号”的身上。这对中国挤进国际商业市场，无疑是个天赐的良机。

二

1986 年，不仅世界形势有利，国内形势同样可喜。中国启动承揽发射外国卫星的业务后，从中央到地方，从国防科工委到航天工业部，从火箭研究院到卫星发射基地，从火箭专家到技术人员，无不表示深切的关注。

改革开放后，随着整个国家工作重点的转移，中央曾经决定：国防科技工业实行军民结合、平战结合，在优先完成军品任务的前提下，要全力以赴地参加国民经济建设，大力发展民品生产。早在 1984 年 10 月的军委座谈会上，中央领导人就曾经强调，国防科技工业必须服从国家建设的大局。在 1985 年 5 月军委扩大会议上，中央在进一步分析了国际战略格局和战争形势后，果断决定：中国人民解放军的建设由临战状态转移到和平时期发展的轨道；同时要求国防科技工业也要随之实行战略大转变。在 1986 年上半年，邓小平和国务院、中央书记处、中央军委有关领导在多次接见国防科技工业部门的代表时，也作了一系列有关国防科技工业要实现战略转变的重要指示。

因此，中国自宣布中国火箭对外承揽发射任务后，沈荣骏、刘纪原等人便将主要精力投放到了对外发射上。在这些日子里，他们每晚工作至深夜，有时为解决一个难题，甚至彻夜不眠。作为在航天领域摸爬滚打了几十年的老将，他们深知中国火箭打出去的战略意义和深远影响。虽说中国的火箭过去也发射卫星，但以往的发射都属于科研试验性质，不能像盐巴、酱油一样拿到市场去参与竞价。即是说，火箭不但不能转化为钱，反而所有发射费用都得靠国家拨专款支撑，而且高科技必然是高投资。但如果中国的火箭能发射外星，就属于商业性质，就可以从原来的科研试验轨道转移到商品经济轨道。不仅可以自己养活自己，还能为国家赚取大量外汇，同时迫使中国航天人从思想到观念、从技术到管理等各个方面来一次大改变。由此带来的不仅是一次技术革命，而是一次思想革命！

1986 年 2 月 12 日，在联合国外层空间委员会召开的第二十三届科技小组委员会会上，中国代表团根据航天部的指示，特别强调了中国的立场和态度：

> 外层空间作为人类的共同财富，应该完全用于和平目的，造福于全人类。中国愿将“长征二号”“长征三号”运载火箭投入国际市场，为发展国际空间合作和开发利用外层空间作出自己积极的贡献。

接着，在刘纪原的过问下，1986 年 5 月 19 日，航天工业部正式下文，批准长城公司成立宇航部。其任务是：具体负责承办航天部卫星及运载火箭服务业务的对外联系、洽谈、报价、签约、运输等商务工作。

1986 年 7 月 17 日上午，国务院在中南海第十三会议室召开重要会议。出席会议的有国务院领导、中央专委委员、中央财经领导小组成员、国务院各部委负责人以及国防科工委和航天部主要领导等。会议中心议题是，听取国防科工委和航天部汇报关于发射外国卫星的工作情况。

会议开始后，国防科工委负责人首先汇报总体情况：“迄今为止，我国已先后成功发射了十八颗不同类型的人造卫星，并已自行研制出了能满足中、小型卫星发射要求的‘长征’系列运载火箭。特别是‘长征三号’运载火箭可将同步通信卫星送入三万六千公里高的赤道上空。目前，发射中心、地面测控系统和‘远望号’测量船队均已组建完备，基本具备了打入国际商业市场的条件。”

接着，刘纪原介绍相关情况："中央提出军转民的战略方针后，为了减轻国家的负担，自谋生路，原来有许多生产任务吃不饱的航天工厂，都开始大力生产民品，自己四处找米下锅，开展另一战线的创业活动。但尽管如此，由于大都是小打小闹，生产基金和生活费用仍然十分短缺。为了能让中国的航天产业继续发展壮大下去，为了能保住现有的这支航天技术队伍，有许多老专家、科技人员和普通工人，都主动提出少发奖金或不发奖金，好省下来作为发展航天产业的基金。特别是当他们知道了我国的'长征三号'火箭将要打入国际市场、承揽外星发射业务后，航天部全体同志更是振奋不已，决心很大，纷纷表示愿意为此作不懈的努力！"

国务院的领导一边认真听，一边在笔记本上作着记录；中央专委会和中央财经领导小组的同志，则对一些数字和技术问题不时提出询问。

刘纪原继续说道："最近一个时期来，我们收到一些国家通过不同渠道传来的信函，他们希望中国能尽快提供卫星发射服务。"

"好啊！"国务院一位领导激动地站起来说，"如果航天技术进入国际市场的时机和条件成熟，我看各部门应大力协同，全力支持，尽快促成此事！"这位领导人停了停，又接着说道，"不过，为外国发射卫星，一定要发射好，要注意信誉。如果能够成功，这不仅在经济上有好处，政治上也有好处。"

"对！"另一位国务院领导也强调说，"发射外星，是团结海外炎黄子孙共同振兴中华的一个大举动！我们有剩余的发射能力，国际上又需要，无论对内对外，这都是一件好事。当然了，将要碰到的困难肯定不少，我们要作好克服困难的准备。这是一项全新的工作，在国内国际都有较大的难度。中国开放了，要进入国际市场，肯定会有人不欢迎的。怎么办呢？那就先迈进去一只脚，然后再侧身挤进去！"

这位领导人说完，笑了笑，又补充道，"当然，这挤进去的滋味，恐怕是不太好受的。不过，你们都是些登天的勇士，我相信没有什么困难可以难倒你们！过去美国人认为中国仅是一个造自行车的国家，现在居然可以发射美国卫星了，这必然会在世界产生重大影响。现在外国人谈到中国科技进步时，一谈就是原子弹、导弹。可见‘两弹’为中华民族添了光彩。显然，发射外国卫星也必将促进 21 世纪我国高技术的发展。总之，一定要抓好这项工作!”

当晚，国防科工委和航天部立即召开紧急会议，研究发射外星的具体实施方案；并连夜起草了《关于发射外国卫星若干问题的请示》报告，呈报国务院、中央军委。

第二天，国防科工委和航天部的领导和部分航天老专家，又向中国科技大军的老帅聂荣臻作了汇报。坐在轮椅上的聂荣臻听完汇报后，心情非常激动，拉着他们的手说：“发射卫星，这对中国航天事业来讲，具有划时代的意义。中国能为世界上最发达的美国发射卫星，这是一个了不起的现实。这件事做好了，既可在政治上产生巨大影响，同时作为一个行业干下去，也会在经济上得到许多好处。”

紧接着，国防科工委在北京远望楼宾馆主持召开了外星发射工作会议。国防科工委和航天部主要领导及国务院有关部、委、局及有关省、市领导共二百余人出席了会议。中央军委副秘书长兼国防部长张爱萍手持黄藤手杖，亲临会场进行动员。孙家栋副部长则以一个老专家的身份深有感慨地作了发言，他说：“既然我们的航天能力和发射水平已具备了对外承揽卫星发射服务，既然我国政府已经庄严地向国际社会作了宣布，我们就要横下一条心，坚定不移地把我国航天对外开放的步子迈出去!我们要相信我国航天研制和发射队伍的能力和水平，我们要敢于承担风险，敢于承担责任，同时要号召航天领域的各级领导、职工和技术人员继承和发扬我们当年搞‘两弹一星’时的那股子攻克难关的劲头，把各项工作做好。”

孙家栋刚一讲完，有人就问：“如果我们投入了大量资金，到时却承揽不到卫星发射业务，怎么办?”

孙家栋说：“只要我们的东西比别人的好，我们的条件比别人优越，在同等情况下我们的价钱又比别人的便宜，应该没有理由出现这个问题。总之，事在人为!”

当然，与会者也意识到，中国毕竟从来没有发射过外国卫星，一旦真要发射外国卫星，国家将投入巨大资金，还会涉及方方面面的矛盾和困难，必然就存在巨大的风险，甚至在某种意义上说，就是一场“豪赌”！要是耗资巨大的发射场一旦抢建起来了，设备也购置并安装好了，却签不来发射外星的合同，或者说煮熟的鸭子又突然飞了，怎么办？其责任和风险谁来承担？

所以，会议就发射卫星中可能会出现的种种问题和困难、矛盾与风险，也展开了充分讨论。例如，根据当时的计划安排，首先准备发射美国的卫星，所以仅对如何将美国的卫星从美国运到中国、再进入西昌发射场这件事情，就提出了如下四个方面的问题：

> 一、美国卫星采用何种方式运入中国？假定采用美国专用大型运输机运送卫星，那么该运输机进入中国领空后，中方应如何管制？中国领航员又该如何配合？
>
> 二、美国卫星进入中国境内后，该按什么性质来处理？执行哪一项海关规定？
>
> 三、美国专用大型运输机降落西昌机场后，如何把庞大的卫星集装箱从机舱中卸下来，再用什么样的运输工具把卫星从机场运到百里之外的卫星测试厂房？
>
> 四、连同卫星一起来中国的不光是美国专家，还有大批成套的测试设备、仪器仪表以及工作、生活必需品，比如牛奶、面包、矿泉水、威士忌、自行车等。这些东西怎么检查？如何处置？

此外，会议认为，中国火箭要与国际接轨，首先至少要解决好如下七个问题：

> 一、中国火箭涉及与外国卫星的技术接口问题，不光要进行严格的修改设计，还要对各种匹配参数进行试验，而后再加以验证；

二、西昌卫星发射中心的机场要具备起降大型飞机的能力；

三、西昌发射场要具备满足美国卫星停放和测试的恒温、恒湿、超洁净度的卫星测试厂房及发射塔架工作区；

四、西昌发射场要向美国卫星提供多种特殊支持设备；

五、中国要按国际商业卫星发射的规矩，向国际航天保险界购买保险；

六、发射时中国要按国际惯例，进行实况电视转播；

七、美国专家的住宿、娱乐必须按西方人的星级宾馆的标准建设和配备。

孙家栋特别强调："倘若上述这些最基本的东西都无法作到，或者不能按时作到、保质保量地作到，就不具备与国外洽谈卫星发射服务的资格。既然国家改革开放的政策为航天产业创造了难得的机遇，我们就是拼着老命，也一定要把这件事做好!"

张爱萍将军也从会场上站起来，激动地戳着手中的拐杖，以四川人特有的热烈与直爽大声说道："发射外星，是举国之荣的大事，事关民族的威望与利益，只能成功，不可失败!"

会后不久，在美国华盛顿举行的国际空间商务会议上，中国"长征三号"运载火箭首次在美国、英国、法国、日本、澳大利亚等数十个国家的代表面前正式亮相，并经受了来自各个方面各式各样的考验。随后几个月，美国、加拿大的四家保险公司和十七家空间公司先后与中国开展了业务联系，二十多颗不同类型的卫星开始微笑着向中国逐步靠拢。

1986 年 8 月 2 日，国家计委、国防科工委、航天工业部联合向国务院、中央军委联合递交了《关于发射外国卫星若干问题的请示》报告。其主要内容是：任务代号、渠道疏通、贷款、价格政策、保险、发射设施、机场开放及国际通信电路开通等。

1986 年 8 月 12 日，航天部副部长鲍克明率中国宇航代表团访问美国和加拿大，拜会了两国政府有关部门，对中国进入国际通信卫星发射市场的意向以及对外承揽卫星发射的政策和能力等问题，作了必要的说明，希望得到两国政府的理解和支持。

1986 年 9 月 4 日，国务院、中央军委向国家计委、国防科工委、航天工业部批转了《关于发射外国卫星若干问题的请示》报告，同意把发射外国卫星列为国家重点工程，并转发各省、自治区、直辖市、人民政府，国务院各部委、各直属机构、军委各总部、各军区、各军兵种。由于原报告的起草日期是 1986 年 7 月，故中央将发射外星这一重大工程命名为“867 工程”，由国防科工委负责组织实施，并要求全国相关部门予以大力支持和积极配合。

1986 年 11 月 4 日，航天工业部向中国人民银行申请 1987 和 1988 两年低息贷款四点五亿元专项贷款指标，以用于对外发射服务工程。

1987 年 1 月 20 日至 23 日，应美国空间基金会主席希尔的邀请，刘纪原一行出访美国，参加在科罗拉多举行的美国国家空间讨论会。会议期间，刘纪原与美方商讨了有关航天发射的合作问题，还参观访问了美国有关公司和部分航天设施。

1987 年 1 月 28 日，美国特雷卫星公司与中国在北京举行了正式的合同签字仪式，并向中方支付了卫星发射订座费。

1987 年 2 月 5 日，刘纪原与美国休斯飞机公司副总裁斯蒂文·道夫曼在美国洛杉矶休斯公司总部签署了技术合作协议。该协议规定：中国长城公司和休斯公司就草拟发射服务合同样本将进行初步商讨。此外，印度尼西亚、澳大利亚、加拿大、西德和泰国等国家开始与中国接触，而其他一些公司也向中国表达打算发射卫星的意向。

于是，一些人对中国发射外星的事，信心满满，很是乐观。

然而，国际商业发射市场，绝不像中国人想象的那么简单。

三

1987 年的春天，本该是一个充满欢声笑语的春天，然而就在这个春天刚刚来临之际，曾与中国有过亲密接触的几家外国公司，却在和煦的春风里放出了要“拜拜”的冰冷讯息。

很快，美国西联卫星公司倒闭。接着，美国特雷卫星公司倒闭。最后，国外所有与中国签订的发射合同与订座协议通通被退得一干二净。

而到了 1988 年，世界航天局势的骤然巨变，对中国火箭挤进国际商业市场更是雪上加霜：美国航天飞机恢复了发射；苏联“暴风雪号”航天飞机首次发射成功；法国“阿里安”火箭死灰复燃，并连续七次发射成功，将十四颗不同国家的通信卫星送入轨道。其“阿里安－4”型火箭在首次发射中也首战告捷，为争夺国际卫星发射市场又增添了一枚新的砝码。

而且，据西方媒体报道，在欧洲空间局频繁的活动下，“阿里安”火箭已夺取了百分之五十的国际卫星发射市场，它们与各国签订的发射订座合同已排到了三年之后，其商业利润已高达一百五十亿法郎！而身居岛国却一向精明的日本人，更非等闲之辈。为了让自己的火箭乘机打入国际商业市场，日本也和中国一样，四面出击，频频活动，并果断取消了具有八百公斤发射能力的某种火箭发射计划，而直接研制具有两吨发射能力的“H－2”大型运载火箭；同时还以惊人的速度，在美国华盛顿设立了卫星发射服务办事处。

如此咄咄逼人的竞争态势，使名噪一时的中国“长征号”火箭一下就陷入僵局。于是不少人开始担心：中国火箭，还有希望挤进国际商业发射市场吗？

了解国际商业发射市场行情的人都知道，像火箭卫星这类高技术产品进入国际商业发射市场，是一件很不容易的事情。截至目前，这种运载工具能进入国际商业卫星发射市场的，全世界只有美国和法国。而法国还是靠欧洲十一个国家联手搞成的，它的“阿里安”火箭打入国际商业市场，前后花了整整八年！苏联的“质子号”火箭本来具有相当大的运载能力，并且也一直在积极争取打入国际商业发射市场。但一方面西方政府担心自己的卫星技术外流，总是想方设法限制本国的卫星让苏联发射；另一方由于苏联多年来实行的是不开放政策，对“质子号”火箭的技术资料一直过于保密，国外用户难以了解其真实性和可靠程度，致使西方诸国对苏联的火箭发射服务政策及火箭技术性能仍持观望态度。

所以，尽管苏联的卫星发射价格相当低廉——据说比中国还低，但也只能板着委屈的面孔，被冷落场外。

中国呢？从开始到现在，摸爬滚打，不过才短短一年多时间。在如此短的时间里，就想一下站稳脚跟，显然不太可能。何况，外国卫星公司的专家和老板们看重的都是事实。而事实上，一方面，中国“长征三号”火箭发射的次数太少，可靠程度不高，难以取得国际保险界的信任——万一失败了，找谁赔钱去？另一方面，中国到底能不能拿到美国的卫星出境许可证，外国卫星公司表示怀疑。因为卫星在美国属于高技术产品，而高技术产品出境是非常困难的。

综上所述，中国火箭一下子就想挤进国际商业发射市场，是不现实的，也是不可能的。

问题是，此前满世界都知道中国的火箭要打美国的卫星，现在却风云突变，陷入困境，怎么向国人交代？更为严峻的是，国家动用巨款抢建的发射外星的工程，正处在争时间、抢速度、大干快干拼命干的热潮之中，如果生意真的做不成了，已经轰轰烈烈上了马的工程怎么办？

然而，山重水复疑无路，柳暗花明又一村。正当中国左右为难、进退维谷之际，1988 年 3 月 7 日，中国的“长征三号”火箭又将我国的一颗通信卫星成功地送入太空。此次成功，再一次向世界显示了中国火箭的实力，同时也给了国人一份自信。而值此关键时刻，由英国大东电报局、中国国际信托投资公司、香港和记黄埔公司三家共同投资的、在香港注册的亚洲卫星公司敢冒天下之大不韪，不惜巨款，购买了美国休斯公司的“亚洲一号”卫星，与中国正式签订了发射合同，从而使中国“长征号”火箭，重新获得了走向世界的一线生机。

“亚洲一号”卫星是由美国休斯公司设计生产的一颗国际通信卫星。而休斯公司是世界著名的卫星制造公司，它生产的卫星占全世界通信卫星总数的百分之四十，在美国享有“当代卫星之父”的美称。该公司制造的“亚洲一号”卫星又名“西联星六号”。1984 年 2 月，“西联星六号”同另一颗卫星一起，由“挑战者号”航天飞机发射上天，但两颗卫星都未进入预定轨道。1984 年 11 月 4 日，美国“发现号”航天飞机用了六个多小时，才将“西联星六号”从天上“捞”了回来。几经周折，卫星又归回到休斯公司的手中。亚洲卫星公司从休斯公司买过来后，重新将它命名为“亚洲一号”卫星。该星重一点二四吨，装有二十四个C波段转发器，发南北两个波束，覆盖面积可达三十多个国家和地区。卫星上的二十四个转发器每一个都可以同时接收一百个电话信号，百分之八十的容量可用于转播电话节目，还可用于高速信息传播、传真服务和国际电话等。如果中国的“长征三号”火箭能将其发射成功，便能为亚洲地区提供良好的通信服务。

不过且慢，亚洲卫星公司购买了美国的卫星，并与中国签订了正式发射合同，只是事情的第一步。按国际法规定，发射美国的卫星，必须要有美国政府签发的卫星出境许可证，没有许可证，中国不但发射不了美国的卫星，甚至连双方技术人员坐在一起讨论问题都不可能。而要想获得这张许可证，就必须得到美国政府的批准。

美国政府能批准吗？

第五章
谈　判

中国发射美国卫星，要有美国的许可证，里根总统的条件是：必须先进行商务谈判。于是两国的谈判桌从北京搬到华盛顿，再从华盛顿搬到北京。谈判危难之际，姚依林副总理指示：只要先挤进去就行！而就在此时，1989年“政治风波”骤然而起，美国政府当即下令：停发许可证！面对腥风血雨的国际商业市场，中国火箭是退还是进？

一

中国火箭进入国际发射市场，美国政府从一开始似乎就没多少诚意，心里好像也从来没有痛快过。1985年，当中国刚一宣布中国火箭要进入国际市场时，美国使馆方面马上就有反应：美国使馆科技处、武官处多次找到航天部外事司，以核不扩散为由，反复进行交涉，劝阻中国的运载火箭不要进入国际市场。

1988年，当中国的“长征三号”火箭已经稳获“亚洲一号”通信卫星、瑞典弗利亚卫星的发射合同并已签订了五个卫星的发射订座协议后，美国方面见中国火箭进入国际市场的趋势越来越明显，以前所设的障碍均被突破，又以美国的出口法律来加以限制，说什么中国采取了“政府补贴，低价倾销”的手段，扰乱了国际商业发射市场等。其目的是给中国进一步施加压力，以减缓甚至阻止中国进入国际商业发射市场的步伐。

对此，1988年8月中旬的一天，林宗棠部长专门召开新闻发布会，向报界发表谈话，重申了中国政府对外发射的基本政策：外国卫星送到中国发射，其技术安全能够得到保证，中国不谋求任何技术秘密；中国的对发射服务只是对世界发射服务市场的一种补充，绝不会对欧美发射服务商构成威胁。

中国对世界的这一公开承诺，消除了某些国外用户、厂商以及同行对中国航天从事对外发射服务的疑虑，进一步奠定了相互信任的基础。但一些对中国缺乏了解的国家和卫星商，仍持观望态度，甚至怀疑中国航天技术的能力和水平；还有一些国家和公司，则对中国进入国际航天市场持反对态度，散布诸如“外国卫星到中国发射，技术秘密得不到保证”，“中国的发射服务价格低廉，会对其他国家的发射服务商构成威胁”等言论；加上美国政府向来对高技术管制非常严格，把卫星出口按军品待遇管理，于是卫星出境许可证便成了中国进入国际市场的一只拦路虎。

1988 年 9 月 2 日，里根政府通过美国驻华大使洛德先生正式向中方负责人表示：中美两国政府只有先完成发射美国卫星的有关协定的谈判，并达成谅解，正式签字生效后，美国政府才会同意发放卫星出境许可证，允许卫星到中国发射。

为了能让美国政府同意发放美国“亚洲一号”卫星的出境许可证，1988 年 10 月初，中国航天部专门致函美国国会，就中国火箭发射美国卫星一事，阐明中国进入国际商业市场的基本条件和种种理由。美国国会收到中国方面的公函后，对这封公函进行了专门的讨论，并将国会讨论的意见提交里根政府。里根总统很快表明了自己的立场和态度，其原话是：

> 中国火箭要发射美国的卫星，原则上同意；但是，中美政府两国之间，必须就相关问题进行认真会谈。只有在会谈成功的基础上，美国政府才可能发放卫星许可证。

于是中美两国政府决定组织代表团，就种种相关问题进行会谈。1988 年 10 月 17 日，一个庞大的美国谈判代表团来到中国。该代表团由美国国务院从国务院、商务部、运输部、国防部、安全部等部门抽调的二十多名政府官员组成。团长是国务卿助理、商务代表尤金·麦卡里斯特先生。而中国经国务院批准，也从外交部、国防科工委、航空航天部抽调了若干精兵强将，联合组成了一个阵容庞大、实力雄厚的谈判代表团。团长便是时任航空航天部副部长的孙家栋。

孙家栋高高的个子，挺拔的身材，宽宽的额头下长着一双睿智的眼睛。不管什么季节，他总是留着一个小平头；无论什么时候，脸上总是带着一副慈善的笑。这位当年曾向周恩来汇报过第一颗人造卫星情况的航天专家，而今已是一位七十四岁的老人了。在他的身上，从来看不到一点大科学家的神气，更见不到一点傲气。如果他走在外面，很难想到他是一位中国科学院院士、国际宇航科学院院士、国际欧亚科学院院士；当然更没人知道，当年他跨进航天大门时，居然与一顿红烧肉有关。

孙家栋爱吃红烧肉。在他七十四岁的生涯中，他不知吃过多少顿红烧肉，但留给他印象最深的红烧肉，却只有两顿。一顿是 1962 年，中央领导人为给知识分子补充营养，在人民大会堂三楼宴会厅宴请首都知识界代表，年轻的孙家栋也有幸在邀请之中，而那天晚上的主菜便是红烧肉。由于那是一个极其罕见的饥饿年代，所以那顿红烧肉孙家栋吃得最多，也吃得最饱！另一顿是 1949 年，有一天正在哈尔滨工业大学上学的孙家栋本打算去姐姐家吃晚饭，可当听同学说晚上食堂有红烧肉时，便马上改变主意，决定等吃了红烧肉再去姐姐家。晚饭时间到了，孙家栋刚走进食堂门口，便一眼瞥见了贴在食堂门口的一个通知：解放军空军部队要在学校挑选人才，有意者请速去报名。孙家栋当即就去报了名。结果，就因了这顿红烧肉，孙家栋被中国人民解放军空军第四航空学校选中，从此与航天结下不解之缘。

孙家栋到航空学校不久，被分配给苏联航空教官当授课翻译。1951 年 9 月，又被派往苏联茹柯夫斯基空军工程学院学习飞机设计。行前，空军司令员刘亚楼亲自找他们单独谈话，还特别下令给他们每人发了一个非常高级的牛皮箱。于是背负着祖国的嘱托，手提着高级牛皮箱，孙家栋来到了仰慕已久的苏联。一年后，茹柯夫斯基空军工程学院的“明星榜”上便出现了孙家栋的照片。茹柯夫斯基空军工程学院有一个激励学生上进的奇特做法，即每年把年终考试获得全优五分的学生照片贴在“明星榜”上，倘若某个学生的照片每年都能出现在“明星榜”上，毕业时便会获得一枚纯金的斯大林头像奖章！能获此殊荣的苏联学生不仅可以高套一级军衔，而且还可以优先选择工作，并特许拿着双份工资享受三个月的休假。要想获得这枚奖章很难，外国留学生就更难。但孙家栋年年榜上有名。五年后，他为自己也为祖国捧回了一枚纯金的斯大林头像奖章！

1956 年，孙家栋学成回国，被安排到国防部第五研究院一分院导弹总体设计部，直接参加苏联“P－2”导弹的仿制和改型设计工作，而且还在著名科学家钱学森身边工作。不久，他出色的工作引起了钱学森的注意。1964 年，孙家栋被任命为中国第一枚自行设计的中程战略导弹的总体主任设计师，并且挑起了导弹总体设计部总体设计研究室主任的重任。之后，孙家栋又升任为总体设计部副主任，先搞导弹，再搞卫星，一搞就是几十年。

孙家栋能说善道，口才极好，回国不久，曾以一名高级翻译的身份陪同中国代表团前往苏联进行过有关谈判。1982 年以来，又以中国代表团副团长、团长的身份，多次出国进行过空间技术方面的谈判。因此，在国际谈判席上，称得上是一名久经沙场的老将了。

1988 年 10 月 18 日这天，孙家栋率中国谈判代表团同美国政府代表团开始了第一轮的会谈。美方的主谈，是美国商务部的资深律师，也是纵横南美及西亚的谈判老手西蒙先生。谈判地点：北京钓鱼台国宾馆。谈判内容涉及三个专题：一是国际商业卫星发射业务商务协议问题；二是国际商业卫星发射责任协议问题；三是国际商业卫星发射技术安全协议问题。这三个专题谈判的关键，是卫星的发射价格、卫星的配额和卫星的技术安全三个问题。

谈判一开始，孙家栋先是简单的几句开场白，而后单刀直入，直切主题，陈述中国政府的原则和立场。他说：

中国在外国卫星发射服务过程中没有任何技术和秘密谋求，卫星运到中国发射属于过境性质，中国海关将对卫星免检、免验。卫星到达发射中心将由卫星制造商自己监护，所以技术安全是完全有保证的；中国属于发展中国家，运载火箭的制造能力和发射服务能力都是有限的，不可能对欧洲对美国的发射服务商构成威胁，充其量只能成为国际卫星发射服务市场的一种补充，而对卫星用户来讲则多了一种选择；至于说中国的发射服务价格低廉是价格倾销和政府补贴，也是不符合事实的，中国的发射服务价格标准是依照中国的综合因素确定的，并且按照国际惯例，发射服务在商业市场的初期，由于服务质量和服务水平的原因，价格也都相对便宜一些……

孙家栋讲话时坐于美国谈判对手对面的中央位置，言辞真实恳切，观点明朗清晰，态度不卑不亢，声音不高不低，甚至每句话、每个手势、每个眼神、每个音调，都把握得很有分寸。特别是一些事关大局的问题，他始终作为谈判的主线贯彻始终，直至达到目的方才罢休；即便在一些很不起眼的环节上，他也丝丝入扣，十分认真。

孙家栋在谈判桌上所表现出来的谦虚风度、豁达气质以及真诚胸怀、质朴感情，赢得了美国代表团的信赖和尊敬，让人觉得他是一个既有原则也有人情味的人，同时也是一个言必信、行必果的人。当然，作为一名谈判老手，孙家栋心里明白，与美国人谈判，绝不是一件轻松的事情。谈判桌上，各种情况千变万化，你来我往，错综复杂，任何一点小小的失策，都有可能在经济、法律等方面埋下隐患，甚至祸根。何况，他的对面，坐着的是一群在国际经济商务领域有着丰富经验的外交谈判高手。不过孙家栋也是自信的。这种自信来源于他对中国航天技术的真实了解。他坚信像中国这样的大国迟早会立足于国际商业卫星发射市场。所以在整个谈判中，他采用的是在战略上藐视对手、在战术上重视对手的谈判策略，在他慈眉善目的外表下，常常掩盖着东方人特有的智慧与精明。

对于这次谈判，国务院非常重视，李鹏询问发射卫星数量的多少，姚依林副总理专门作了具体指示："要求不要太高，只要先挤进去就行！"外交部刘华秋副部长、国防科工委副主任沈荣骏以及刘纪原副部长等还专门会见了美国代表团。而且，在谈判过程中，刘纪原和沈荣骏等还在后台夜以继日，运筹帷幄，不断向前台的谈判代表团传递上级的指示、对策以及各种动态信息，使前台的谈判代表们感到心底踏实。

孙家栋后来说，这次谈判进行了整整四天，谈得相当艰巨。最后三个专题谈判的焦点，全都集中在了卫星发射的价格、配额和技术安全上。双方围绕这三个问题，你来我往，讨价还价，互不相让，甚至在某些关键环节上的争论，达到了白热化的程度。但不管争论多么激烈，应该坚持原则的，孙家栋们一定坚持，不该让步的，决不让步。比如，允许中国发射多少颗卫星的问题，一开始中方提出要发射二十颗卫星，美方坚决不干，只同意中国发三颗。经过反复激烈的争辩，最后还是争取到了九颗。在发射价格问题上也是如此，美方一开始认为中国的发射价格定得太低，抢了他们的生意，中方却根据自己的国情，遵循国际市场的一般价格原则，坚持自己发射价格的定位。因为中国人多，劳务廉价，火箭的研制成本低，所以发射价格自然要低于西方其他国家。另外，在不失主权和主权不受侵害的原则下，孙家栋们又采取灵活的谈判策略，能让步的，就作一些让步。如在卫星专机入境、海关检查、卫星监护等方面，都作了较大的让步。

此次会谈，虽然言辞激烈，气氛紧张，彼此却增进了了解，对许多问题也达成了共识，越过了前进中最关键一步。

最后，中方代表孙家栋和美方代表麦卡里斯特分别代表两国政府，签订了两份重要的协议：《中华人民共和国和美利坚合众国关于卫星技术安全的协议备忘录》和《中华人民共和国和美利坚合众国关于卫星发射责任协议备忘录》。两份协议的签订，意味着中美双方的合作迈开了真诚的第一步。

然而遗憾的是，由于有关卫星商业发射服务中的若干国际贸易问题，双方最终未能达成一致意见，故两国政府的谈判，还要从北京到美国，再进行第二轮的谈判。

二

1988年11月24日上午，中国谈判代表团前往美国，进行第二轮关于卫星商业发射服务问题的会谈。代表团的团长，仍是孙家栋。

11月25日，中国代表团抵达旧金山。在飞机上，代表团将谈判文稿从头至尾改了一稿；一下飞机，又对谈判稿进行了一整天的复议，并连夜将改动后的中文稿译成了英文。

26日下午，代表团一到华盛顿，又立即找到驻美大使馆的大使韩叙先生，就谈判一事作了商量。韩叙大使是新中国第一任驻美大使，早在1972年中美建交时便是中国驻美第一任联络处主任。据孙家栋说，此人思维敏捷，谈话极有风度，在美国政界中很有威望，是一位出色的老外交家。他和代表团商量后，决定第二天开始和美方谈判。于是代表团当晚便在大使馆的房间里，对第二天谈判的内容和对策进行了讨论。

第二天一早，中美双方便在美国总统商务代表处摆开了谈判的阵容。美国总统商务代表处是美国总统下设的一个商务机构——一幢充满商业气息和现代色彩的豪华小楼，世界各国同美国的各种贸易活动，都是经过与商务代表处洽谈后，再由商务代表处向总统直接报告的。美方代表团的团长，仍是国务卿助理尤金·麦卡里斯特先生；其首席谈判代表，是威克逊先生。威克逊先生是一位有着多年外交生涯因而经验丰富的谈判老手，美国同国外的所有商务联系，几乎都是由他出面进行主谈的，因而在西欧诸国享有盛名。

果然，谈判一开始，威克逊先生的发言便有点先来个下马威的意思。他说：“我们认为，中国的火箭进入国际商业发射市场似乎有些不妥，因为你们有国家力量的支持。而美国的火箭公司，都是商业性的私人公司，这就构成了对西方火箭公司的威胁，违背了平等竞争的商业原则，因而不符合一般的国际商业规律。”

中方代表马上作了回应。

谈到中国火箭的发射价格问题时，美方的一位代表说：“中国的发射价格太低，是在利用倾销价格进入国际市场。这就扰乱了国际市场的价格。另外，中国在挤进国际卫星发射市场的过程中，某些做法不符合商业规则。”

孙家栋再次说话了：“对不起，先生，中国的发射价格低，是因为我们的劳务低，这是由中国的国情所决定的。关于这个问题，我想只要了解中国国情的人都应该知道。我在此必须郑重声明的是，我们的火箭进入市场，只是对国际市场的一种补充，而不是什么扰乱。”

谈到中国火箭的发射能力问题时，美国商务部的代表西蒙先生很坦率地说：“中国的长征火箭已经成功地发射了十多次卫星，这是事实。但我想提醒中国同行的是，有能力发射卫星和进行商业发射，是两回事情。就像飞机发明出来以后，首先是能飞行，然后是能作战。可是要发展到向旅客卖票，按照航班进行商业飞行，这当中还有很长的路程！”

陈寿椿后来说：“当时听了西蒙这话，让我很不舒服，好像是瞧不起我们。后来才体会到他说的是实话。他说这话的时候，我们的长征火箭一共才发射过十八次，而‘长征三号’火箭只发射过三次，其中还有一次失败，怎么能让用户放心呢？再说了，我们对国际市场的底细，甚至一些常识，也都还没搞清楚，在谈判中怎么可能掌握主动权呢？”

的确，火箭国际贸易问题的谈判，对中国代表团包括团长孙家栋在内，都是第一次，许多问题都相当陌生。所以在谈判中不少人都显得很谨慎，甚至很紧张，同时也很不自信；再加上一开始的谈判是以美方的文本为基础，中方准备不足，所以中方出师不利，第一个回合下来，美方便占了上风。而恰在这时，中方开始定的主谈人又不幸病倒！

于是第一轮谈判结束的当晚，身为团长的孙家栋就睡不着觉了。尽管他是一名谈判老手，却也感到了压力，而且这压力还很大！他心里非常清楚，此次谈判事关重大，非同小可，倘若谈判成功，用中国的“长征号”火箭发射美国的“亚洲一号”通信卫星便将成为可能。反之，中国“长征号”火箭的信誉在世界不仅会受到很大的影响，而且过去所作的努力，都将功亏一篑，付之东流！而这，正是他和所有中国航天人都不愿看到的结果。此次来美国，林宗棠部长和刘纪原副部长亲自到机场为代表团送行，临上飞机了，还握住他的手一再嘱咐说："无论遇到多大的困难与阻力，这次谈判，只能成功，不可失败!"而不少白发苍苍的老专家，也含着热泪到机场为代表团壮行。一位老专家拉着他的手说："我们这些人搞了一辈子火箭，最大的心愿，就是希望中国的火箭能在世界获得应有的地位。这次就看你们的了！希望你们能用事实证明，我们中国人不仅过去行，现在也行；我们中国的火箭不仅古代厉害，现在也同样厉害!"老专家们虽然话很少，甚至有的连一句话也没说，但从老专家们那殷殷的目光中，孙家栋却感受到了期盼与分量。到美国的当天，他还接到不少美籍华人朋友打来的电话，纷纷询问中国代表团这次的谈判情况，并表示鼓励与祝愿。有的在电话里就当即表示："你们放心，我们一定尽全力支持中国谈判代表团!"有的在电话里深有感情地说："中国的火箭只有成功地走向了世界，我们这些海外的炎黄子孙，才能真正抬得起头，挺得起腰。祝你们这次谈判取得成功!"

孙家栋后来说，那天晚上已经到了凌晨两点，还是睡不着。最后，不得不将全体代表团成员召至房间开会，再次研究美方的谈判文本，反复拟定第二天的谈判对策；同时鉴于原主谈人身体有病，又决定临阵换将，由上官世盘出任第二天的主谈人。

第二天，上官世盘一出场，便开门见山地说道："各位朋友们，先生们，请允许我先作一个补充发言。请原谅，有不少问题是在座的先生们听过的。但简单的重复，或许有助于诸位耐心地了解和考虑我们的观点。我准备只占用十分钟的时间……"

上官世盘是美方早就熟悉的人物，但今天的出场，美方有些始料不及。上官世盘扫视了对方一眼，继续说道："中国提供国际商业卫星发射业务，是中国利用已取得的科技成就，为人类征服空间、开发空间资源作一点力所能及的贡献。它将促进国际商业发射市场的繁荣和发展，而不会对已有的国际商业发射市场构成威胁。因此，我们不能接受贬低中国进入国际商业市场的有关种种描述。比如，说我们'扰乱国际商业发射市场'，说我们'靠政府补贴'，说我们'低价倾销'，等等。中国的发射价格低于同行的价格，这是事实。但价格低并不等于就会扰乱国际市场。中国‘长征三号’火箭发射服务的价格，将比国际市场同类发射服务价格低百分之十五。这是因为，一方面中国不谋求高额利润；另一方面，每个国家有每个国家的国情，中国的国情较为特殊，许多特殊的条件是你们西方国家所不具有的，也是无法具有的，诸如原材料价格较低，劳动力较便宜等等。因而火箭的生产成本低于西方，是很自然也很正常的事情。举个例子来说，中国科技人员与贵国公司的雇员干同样一项工作，中国科技人员的收入却只有贵国公司雇员的四分之一。”

美方代表开始小声议论起来。

上官世盘稍稍停顿了一下，抬腕看了看表，然后提高嗓门，用充满激情的声音结束了他的讲话：“女士们，先生们！美国是一个伟大的民族，中国也是一个伟大的民族，中美两国政府之间的谈判，我想应该在互利互惠的基础上进行，充分体现友好平等的精神。因此，我们希望在今后的诸多方面，双方都能更好地反映出这两个民族、两个国家的友好精神和共同利益。我发言结束，谢谢大家！”

然后，是美方代表发言……

在第二轮谈判中，既有针锋相对的激烈争论，也有相互谅解的友好对话，但谈判桌上始终弥漫着一股看不见却能闻得着的商战气味，许多问题仍处于扑朔迷离之中。经历了第一轮的谈判，中方代表团多少积累了些经验，找到了一些感觉，自信心也开始逐渐增强。在团长孙家栋的精心组织和策划下，代表团白天在美国贸易代表处谈判，晚上一回到中国驻美大使馆，就连夜研究，重大问题请示韩叙大使，一般性问题便和大使馆科技处的陈保生参赞一起研究讨论，然后再商量具体对策和一些敏感细节。而且，每天都要把当天的谈判情况连夜用密电发往北京。北京接到密电后，马上研究，再将指示用密电传回美国。收到北京密电后，代表团再根据北京密电的指示精神，研究下一步谈判对策。

最紧张的谈判，莫过于卫星的发射数量问题。那天，会谈一开始，孙家栋就发言说：“按我们此前商量好的意见，中国火箭发射美国卫星的数目是十二颗。从我们火箭的发射能力来看，我们希望能在这个基数上再增加一些。”

美方代表马上说："NO，NO、NO，这个数根本不可能再增加!"

孙家栋说："如果暂时增加不了，那这十二颗的数目我们能不能尽快得到确认。"

孙家栋刚一说完，美方代表就连连摇头说："要确定这十二颗卫星，也是不可能的。"

孙家栋很是吃惊："这十二颗卫星的数目，原来我们不是已经谈妥的吗?"

美方代表说："原来是原来，现在是现在。现在，我们这里遇到了困难，不可能让你们发射十二颗。"

孙家栋感到很突然，也意识到问题的严重性。卫星的数量问题，是此次谈判的重点。临来美国前，从中央到航天部领导对此都非常重视。因为中国只有多争取到一些卫星的发射数量，才能在国际市场扩大影响，同时让火箭队伍获得更多锻炼提高的机会。何况，多争取一颗卫星，就能多收入二千多万美元的发射费，这对面临重重困境的中国航天队伍来说，是一笔不小的收入。所以孙家栋不管美方如何说来说去，始终咬定原来数目，不肯放弃。

最后，双方僵持不下，谈判只好中止。

美方突然变卦，葫芦里到底卖的是什么药？孙家栋一时难以把握。由于事关重大，孙家栋竟然忘记了时差，刚一离开会场，抓起电话就给远在北京的刘纪原副部长打去电话。

刘纪原接到孙家栋的越洋电话，正是凌晨两点。听完孙家栋讲完情况，也感到事情来得突然，一时不知如何是好。他只好对孙家栋说："不要着急，等我请示中央后，马上再给你作答复，你先等我电话。"

放下电话，刘纪原再无睡意。时值午夜，不便惊扰中央领导，他只好先在沙发上靠一靠，直至天明，才给李鹏办公室打去电话。可电话接通后，李鹏办公室的秘书告诉他，总理正在国外访问。他又把电话直接打给副总理姚依林。还好，接电话的不是秘书而是姚依林。

姚依林听完刘纪原的汇报，当即指示说："没关系，少几颗就少几颗吧，先挤进去再说。只要能先挤进去，就是胜利!"

刘纪原放下电话，马上就给孙家栋打去电话，转达了姚依林的指示。孙家栋听后非常高兴，心里一下踏实了许多。他放下电话，接着又和美国人谈。最后，虽然没有争取到发射十二颗卫星，却也争取到了一个比较满意的数目。

…………

就这样，在半个多月的时间里，中国谈判代表团的密电每天飞越太平洋上空，来往于北京与华盛顿之间。谈判，从第一稿谈到第十稿，依然尚未最后签字。到了圣诞节前一天，美国谈判代表团的家属纷纷跑到会场的外面吵吵嚷嚷，强烈要求散会，放她们的丈夫回家过圣诞节！

直到这时，一直处于紧张谈判的美国官员们这才想起老婆，想起西方人最重视、最讲究的圣诞节！但谈判没有结束，怎么办？无奈之下，麦卡里斯特助理国务卿和孙家栋副部长只好亲自出面，向那些自由民主惯了的家属们表示歉意，请求谅解。

中美间又经过好一阵激烈的拉锯战，最终才草签了两国政府间的最后一个协议文件——《关于商业发射服务的国际贸易问题协议备忘录》。

至此，中国“长征号”运载火箭才算真正迈出了走向国际市场的第一步。

亲身经历了此次谈判的陈寿椿后来说：“这次谈判的艰难，非身临其境是难以想象的。我们面对的是美国商业部的谈判高手，而我们自己却是初出茅庐的新手。开始他们并不把我们当成对手，但是后来却发现中国人也不是好对付的，也会打太极拳。”

刘纪原对此更是深有感触，他说：“美国政府之所以层层设卡，美国的火箭制造商之所以反对，谈判桌上之所以突然变更卫星数量，实际上是为了保护自己的利益，不想让中国进入国际市场，怕我们抢占了他的市场。另外，说我们是政府补贴，是因为它是市场经济，不平等。实际上每个国家在走向国际商业市场的初期，都有或多或少的政府补贴，比如法国一开始政府就补贴了八十个亿。其实，在中美谈判中，发射外国卫星，最重要的是为国家打了一张外交牌。美国动辄说我们偷了他的技术，打的其实也是一张外交牌。”

是的，能和美国人谈判，是对一个民族资格的认可。百年前的中国，曾有过无数次的谈判，也曾签订过无数个条约，可没有一个是自愿的，没有一个不是被迫的。因为愿签要签，不愿签也得签，别无选择。现在不同了，要谈，得平起平坐；要签，得先讲条件，而且原则是：互利互惠，平等相处。

这是一个民族强大的标志，也是一个民族成熟的开始。

三

然而，中国火箭要想挤进国际商业发射市场，仅有谈判桌上的签字协议是不够的，还必须得到国际组织的认可。所谓国际组织的认可，具体说就是要得到国际空间组织——联合国和平利用外层空间委员会的相关法律的承认。否则，就没有参与国际航天事务的资格，承揽的发射项目就不具有法律效应。

由于中国火箭过去发射的都是自己的卫星，并未进入国际商业发射市场，所以并不受有关的国际空间法的约束。现在中国火箭要发射外国的卫星，就必须受到国际法律的约束。如果你不加入国际空间法的相关条约，谁也不会把自己的卫星给你发射，也没人敢把自己的卫星给你发射。

1988 年，长城公司正式向澳塞特卫星投标，此举惊动了美国和法国政府。美国一家报纸在一篇题为《中国要发射美国卫星吗?》的文章中说："长征火箭是享受政府补贴的，允许中国政府支持长征火箭以低价倾销扰乱国际市场，将有害于美国振兴太空工业的全部努力，导致美国的先进技术单向地转让给中国。"美方如此出言不逊，其实就是担心中国通过发射美国的卫星抢占市场，并得到美国卫星的技术秘密。为阻止中国进入国际市场的步伐，美国政府还向世人抛出一个"理由"，说中国没有参加有关航天活动的国际公约，不是"国际航天俱乐部"的成员，所以中国人在国际商业发射方面无章可循，不受任何约束。

中国航天人这才认识到，要进入国际商业市场，首先还得先解决

"入场券"的问题。这张"入场券"，就是中国必须加入三个外空条约，即：《关于外空物体所造成损害之国际责任公约》《关于援救宇航员及送回射入外空的物体的协定》《关于登记射入外空物体的公约》。加入这些国际条约和公约后，能给中国的航天活动带来两个好处：一个是可以参加国际商业发射的竞争；另一个是在发射国内卫星时一旦发生意外，便有了解决问题的法律依据。如，以往我们发射火箭或导弹，每次最担心的一个问题是，万一掉在了周边国家，就有"入侵"他国的嫌疑，弄不好就会引起国际纠纷。周恩来总理当年对这事就十分重视，每次发射前都要反复告诫专家们一定要发射准确，千万不要抱有侥幸心理！而中国专家们每次也都总是担惊受怕，提心吊胆，为避免万一出现偏差，引起"入侵"的嫌疑，有时不得不改变发射弹道。如果中国加入了上述三个条约，发射中一旦发生意外，由双方政府按照国际条约进行解决，便再也不用担心被送告上国际法庭了。

于是为使中国空间活动得到国际法律的保护，正式成为"国际航天俱乐部"的一员，著名航天专家、全国人大常委会委员任新民在人大常委会上专门向常委们解释了上述三个国际条约的内容以及中国加入该条约的必要性。1988 年 11 月，全国人民代表大会常务委员会通过了中国加入三个外空条约的决定。同年 12 月，中国驻联合国代表黄华又代表中国政府在"国际太空三条约"上签字，正式完成了加入条约的法律手续。

中国加入"国际太空三条约"后，理直气壮地成了"国际航天俱乐部"的一员。这不仅为中国火箭进入国际市场提供了重要的法律保障，同时也标志着中国的空间活动与世界正式接轨。从此，在外国人眼里，中国不再是游离于国际法规之外的"非法个体户"！

接着，1989 年 1 月 23 日，在北京人民大会堂江苏厅，中国长城工业公司副总经理乌可力代表中方，亚洲卫星公司总裁薛栋代表用户，签署了用中国"长征三号"运载火箭发射"亚洲一号"通信卫星的正式合同。中国火箭发射美国卫星，在法律上也有了保障。

但中美之间还有一个实质性的关键问题没有解决，这就是，中国的火箭与卫星还必须先进行技术谈判和火箭卫星的对接试验。只有技术谈判、对接试验成功，发射才能如期进行。否则，此前的一切努力，等于白费。

四

中国技术代表团第一次去美国进行技术谈判和对接试验，是 1988 年的 8 月。代表团团长是中国火箭研究院副院长余龙淮。技术首席谈判代表是“长征三号”火箭的副总师范士合。地点在美国洛杉矶“乡村俱乐部”。

技术谈判一开始就进行得很不顺利。协调会开始那天，当双方坐进会场，各自摊开事先准备好的火箭、卫星的图纸资料，而后进入实质性的技术谈判时，美国人这才发现，中国的火箭与卫星的接口，原来不是按照国际标准设计的；而中国人也才明白，国外的火箭与卫星的接口，原来都有统一的国际标准！

为什么会出现这种情况呢？

据参加这次谈判、协调的专家说，主要原因在于，一方面，中国几十年来一直处于封闭状态，所以中国不了解美国的卫星在技术上的设计要求，美国也同样不清楚中国的火箭设计的技术指标；另一方面，中国的火箭与美国的卫星由于是第一次合作，双方保密技术如何确定？保密界限怎样划分？美国的卫星对中国的火箭有什么具体要求？等等这些问题，一开始并未明确，彼此都不清楚。而美国的卫星和中国的火箭又从来没有过“见面”的机会——按国际游戏规则，也不允许有“见面”的机会。星箭之间的接口问题此前就只能靠双方专家纸上谈兵。所以双方一接触就暴露出问题来，也就没什么奇怪的了。

中国的火箭与美国的卫星进行对接试验和分离试验时，同样也遇到了麻烦。按照国际惯例，这种试验的标准非常之高，火箭和卫星既要作到完全黏合到一起，又要保证发射时能干净利落地分离出去。这就要求中美在对接试验中，任何一个细小的环节都必须完全吻合，达到绝对的天衣无缝，绝对的干净利落！

这天，对接试验开始后，本来就认真的美国专家们显得格外认真，他们拿着中国火箭的技术指标，一边仔细对照，一边认真计算，唯恐漏掉丝毫的问题。开始，试验还进行正常。可不到十分钟，一位美国专家突然便瞪大了眼睛，说：“喏，你们火箭过渡锥的尺寸有问题！”

中国专家们急忙仔细查看，果然，火箭过渡锥上的某一部件与美方卫星上的尺寸相差了七毫米！

接着，美国专家又发现，中国的包带、卫星整流罩等若干技术指标，均与美方卫星上的技术指标有所不同。休斯公司的一位专家当即摊了摊手说：“看来，这次星箭对接的试验，是无法进行了。”

中国专家们一听，心里一下就紧张起来，忙问：“为什么？”

美国专家说：“你们设计的过渡锥和包带有问题。”

“什么问题？”

“不符合国际标准。”

“那怎么办？”

“必须回去重新设计！”一位美国专家态度坚决地说。

“回去重新设计？！”中国火箭副总设计师范士合一听，心里就更紧张了。要知道，美国—北京，北京—美国，来回一趟，得花多少银子啊！

“是的，过渡锥和包带，在火箭与卫星的连接和分离中，我们认为非常重要。”美国专家说，“如果这两个部件不能按国际标准设计生产出来，那贵国的火箭与我们的卫星就无法进行对接和分离，发射‘亚星’的事也就很可能化为泡影。”

“不，我看可以进行。”中方“长征三号”火箭的副总设计师范士合突然说道，“我们先在这里想个办法，让这个过渡锥先进行初步的对接试验。如果行，我们再回国正式生产一个新的过渡锥！”

“那就先试试看吧！”美国专家不抱什么希望地说了一句。

中国专家们回到宿舍后，连夜展开讨论。很快，改进方案讨论出来了，然后就是通宵达旦地干……

两天后，中美进行初步对接试验。结果，试验获得成功。中国专家当即赶回国内，连夜重新设计星箭过渡锥——当然是按国际标准。

负责星箭过渡锥的设计的，是两位女专家，一位叫刘淑云，另一位叫曹丽君，两位都是中国火箭研究院的专家。刘淑云的特点是足智多谋，细心谨慎；曹丽君的特点是艺高胆大，能说会道。在美国的谈判中，一个温柔似棉球，一个泼辣像钢炮，两人配合密切，善于抓住问题的实质和要害，给美国人留下了深刻的印象。两人一回到国内，马上展开设计工作。刘淑云负责搞过渡锥的结构设计，并负责具体的图纸设计；曹丽君负责过渡锥的总装设计。

两周后，中国第一个具有国际标准的星箭过渡锥，便重新出现在了美国人的面前。试验前，不少美国专家都是抱着一种“试试看”的心态走进场地的，可试验结束后，前后表情截然不同，因为除包带还有一点小小的问题外，其他方面完全成功。休斯公司一位负责人高兴地握着中方专家的手说：“这是美国和中国在空间技术上具有历史意义的第一次结合！”另一位美国专家得知过渡锥的设计者是两位女将时，禁不住感叹说：“中国搞火箭的专家，不光男人厉害，怎么连女人也都这么厉害？”

1989 年 10 月，中美双方又在北京举行了第二次技术谈判协调会。

1989 年 12 月，中国的火箭与美国的卫星在美国洛杉矶再次进行了对接与分离试验。试验刚一结束，休斯公司技术负责人在评审会上便激动地宣布：“这次试验完全成功！非常成功！”并且，美方当即决定，这次试验用的星箭过渡锥，就作为在西昌正式发射时使用，中国不再做新的过渡锥。

更令人惊喜的是，就在圣诞节的前一天，美国总统布什正式宣布：同意美国休斯公司的卫星用中国“长征三号”火箭发射！

但事隔不久，美方又提出了一个重要问题，即关于卫星的起旋问题。中国过去发射的二十多颗卫星，全都是在火箭与卫星分离之后，卫星自动起旋。即是说，卫星飞行的方向，是靠卫星起旋后自己确定的。但美国的这颗卫星，却要靠火箭起旋来确定卫星飞行的方向。因此，美方提出，卫星必须在与火箭分离之前一秒钟先起旋，而且每分钟必须保持五至七转的转速，否则卫星无法准确入轨。由于美国和法国的火箭上都安有一个回转盘结构装置，所以能够作到这一点。但中国的火箭在设计结构上已经确定，不允许再装一个类似美国那样的装置。这就逼着中方必须重新采取一个新的方案。而要改动火箭原有的设计方案，难度相当大。

后经中国火箭总师们反复研究讨论，决定采用第三级火箭和卫星同时旋转后，再让卫星和火箭分离的方案。这个方案在全世界的火箭家族中没有先例，只有中国的“长征三号”火箭有这个方案。当中方将这一方案告诉美方后，美国休斯公司认为在理论上可行，但又同时强调说，必须经过实践的检验。因为不事先拿出试验结果数据，国际保险公司就不会保险，也不敢保险。所以美国休斯公司提出，中国必须在国内的发射中，先作一次试验。

本来，像这样的方案，对中方来说，是有把握的，不作试验也是可以的。但要在技术上让人信得过，没有试验数据就不行。所以，中国在发射第五颗通信卫星时，又专门对此作了试验。结果证明，方案完全可行。当中方把经遥测判读后得到的试验数据交给休斯公司和国际保险公司后，这才得到了对方的认可。

中国的火箭与美国的卫星在空中如何配合兼容的问题，同样是一个很棘手的问题，因为它涉及成千上万的数据需要计算和五大系统的软件需要分析。但中方几经努力，最后还是将五大软件计算结果寄往了美国。按原计划，这五大软件的计算结果是要在会上讨论的，可休斯公司看了后，却在会上当场宣布：“我们双方的计算结果完全吻合，用不着再讨论了。”

此外，美方在技术上还提出了许多别的要求。比如，要求卫星在同火箭分离前和分离过程中，表面污染的尘埃每平方米不能超过两毫克，为此，中方改动了爆炸螺栓；比如，要求卫星在起飞前要有空调设备，为此，中方在发射架的卫星平台上增设了一套空调净化器；等等等等。

总之，此次中美技术谈判，中方仅硬件方面的改动，就多达二十余处。为了保证有足够的运载能力，中方还在火箭原起飞推力二百八十吨的基础上，又在一级发动机上增加了四点八吨的推力。发动机称为火箭的“心脏”，要对“心脏”再进行改动，难度极大，何况当时一级发动机已经装配完毕。但上海新新机器厂接到任务后，对关键的部件进行技术攻关，经过三十多次艰苦试验，终于获得成功，使一级火箭的推力提高了四点八吨。并用局部可靠、高精度的小试验代替了发动机热试车，一举为国家节约人民币二百多万元！

当然，公正地说，美国方面也作出了很大的努力和某些让步，同时也付出了一定的代价。比如，美国为了用中国的“长征三号”火箭发射，被迫更改了自己卫星上的远地点固体发动机。而要更改远地点发动机，过去已经做好的许多软件系统就需要重新分析与计算。所以美国休斯公司的技术专家们和中国的专家们一样，也是夜以继日、加班加点，才使这次技术协调最终得以顺利完成。

最后，在事实面前，美国专家们不得不承认，中国专家的技术水平和业务素质远远超过了他们的估计。尤其是中国专家余梦伦先生的轨道分析报告和朱礼文先生的载荷耦合分析报告，与美国专家的分析完全吻合，让美国专家们感到惊奇不已！一位多次参加过国际商业卫星发射的美国专家说：“中国有一批杰出的火箭专家，他们有四个特点：最有能力，最有耐心，最谦虚，最好合作。”更有意思的是，在中美最后一次技术协调会上，中方专家刚准备作最后的陈述，美方负责人却急忙站起来，连连摆手说道：“此项目免于讨论，通过评审！”于是，中方的全部评审项目最后一致通过，参加会议的四个国家的七方代表也全在接口控制文件上郑重地签下了自己的名字。

关于中美间这次史无前例的技术谈判和技术协调，作为亲身经历者的范士合副总设计师深有体会，他后来这样回忆说：

> 谈判开始时我们就遇到很大的阻力。由于过去产品对外保密，技术协调内容国际上到底都有哪些惯例我们很陌生，必须从头学起；同时我们又要不卑不亢地与外国专家们平等协作。要达到这些要求，就必须克服许多难以想象的困难。就拿保密来说吧，那是国家法律有明文规定的，在技术协调中如果每个重要技术问题都要向上级请示，一个报告几个月也批不下来，就会延误时机。在改革开放的新形势下，领导把保密的界定权

交给了总师，这样我们就可以根据实际情况放开手脚干了。事实上，按照国际惯例，人家花几亿元人民币购买你的火箭和卫星时，即对你的生产实行了监督，无论是卫星经营商、制造商，还是保险公司，都聘请了一批懂技术的专家到我们的生产厂、试验基地实地考察第一手资料。只有我们的产品质量控制是有效的，生产的产品是可靠的，才允许进一步开展工作，保险公司也才给予保险。

在谈判过程中，对于大部分难题双方都是实事求是地想办法解决，但也有少数外国专家曾对我们的设计水平及质量控制表示过怀疑。但当他们了解到我们参加"长征三号"研制的工程师大部分都有几个型号的设计经历后，非常佩服。有两位加拿大的质量专家带着加拿大的公司专门到北京、上海进行了考察，他们在考察总结中写道："中国火箭生产质量管理在某些方面要高于北美。"而中国专家在谈判中表现出的技术水平同样为外国专家所叹服，加拿大的卫星发射主任说："北京万源公司（即火箭研究院）的工程技术人员是一批杰出的火箭设计专家。"休斯公司的专家也表示说："我们对火箭一直很放心，中国的火箭专家造诣很深。"

这次技术谈判和技术协调尽管充满曲折与艰辛，但中国航天人却从中明白了一个道理，这就是，在全球一体化已经形成的今天，光懂得中国的规矩是不够的，还必须懂得世界的规矩。既然同在一个地球上，同在一片蓝天下，彼此遵循的，就应该是同一规矩，同一原则，同一尺寸；否则，便会遭到嘲笑，受到冷遇，甚至被人抛弃！

五

当今时代，科学与政治，似乎从来就纠缠不清。中美之间的空间合作，看似科技问题，实则隐藏着政治问题，而且有时还是大的政治问题。

1989年夏，正当中国“长征三号”的生产和试验处于最紧张、“亚星”的发射工作拼命往前推进之际，北京数十万学生纷纷开始上街游行了！

一时间里，外界传闻频频，全球众说纷纭，美国和欧洲的卫星制造商们更是瞪大了满是疑问乃至惊恐的眼睛：怎么了？中国到底怎么啦?!

不久，连一向对中国很有信心的亚洲卫星公司也开始动摇了。该公司向中方连连来电催问：“亚星”的发射，到底能否按原计划执行？

中方当即发去传真：没有问题！

接着，为消除亚洲卫星公司的疑虑，中方决定请亚洲卫星公司派代表团来北京实地考察。该代表团如约来到北京后，确实看到了中国火箭研究大院门口的马路上，有学生在围堵、在示威、在狂喊、在游行；但同时他们也亲眼看见，火箭研究大院内无论是车间还是试验室，不管是专家还是技术员，每天都在夜以继日、紧张而有序地工作着；而且不少办公室和车间，竟然热火朝天，通宵达旦！

他们这才放心了。

但是，1989年6月4日，“政治风波”还是发生了！

而就在这天，美国政府下令：暂时中止向中国颁发卫星出口许可证！同时宣布：此令从6月5日起执行！

美国的这道命令，当即卡住了中国火箭挤进国际发射市场的大门。

美国卫星要进入中国境内，必须由美国政府颁发卫星出境许可证，否则卫星无法从美国出境。此前，经过多年的艰苦谈判，里根总统已经在1988年批准了双方签订的协议。尽管这个协议条件苛刻，只允许给中国发放八颗卫星的出境许可证，但少发射卫星总比没有卫星发射好，何况卫星是人家的孩子，给不给，给多少，都是人家说了算，所以中国还是接受了。但要真正得到卫星的出境许可证，就不那么容易了。这里面的关卡很多，名堂也很微妙。一张小小的许可证，竟还要分成几个阶段下发。本来，前不久美国政府已经同意发放卫星出境许可证，没想到1989年春夏之交的“政治风波”偏偏在这个时候发生了！于是国外有的卫星商便乘虚而入，想从中挖走“亚洲一号”卫星；法国的“阿里安”

火箭也再次忍痛降低发射价格，乘人之危，加入竞争；甚至有的客商还明确表示：要不惜一切代价，从中国手上夺走美国的这颗卫星，另找发射的主人!

如果真是这样，这对刚刚迈进国际市场的中国航天人来说，无疑是雪上加霜，当头一击！当时中国的具体情况是：西昌卫星发射基地新建的具有现代化水平的卫星综合测试厂房已经基本竣工；发射塔架已按恒温、恒湿、高洁净度的技术要求准备就绪；按“亚洲一号”卫星技术要求设计的“长征三号”运载火箭正在生产线上日夜加班加点抢进度；“远望号”测量船也正为出征太平洋实施测量控制而作着精心准备……此外，为了这张许可证，几年来中国外交部、中国驻美大使馆、中国航空航天工业部和中国卫星发射测控系统部等部门，通过各种渠道，采用各种方式，向美国政府和国际巴黎统筹委员会做了大量难以描述的工作；为了这张许可证，几年来航天部部长林宗棠和副部长刘纪原费尽心思，远涉重洋，找到英国、美国、西德、日本、意大利等国的大使们，多次反复交涉，让他们向本国政府反映中国的情况，然后再通过各国政府向巴黎统筹委员会反映中国的情况，由此形成一种国际舆论，最后好不容易才促使美国政府和巴黎统筹委员会同意发放“亚星”的许可证。

可现在，眼看就要发射卫星，又被美国的一声禁令化作了泡影。

为确保这来之不易的发射机会，中国专家一方面开始四处奔波，与美方有关部门积极沟通；一方面加倍工作，用大量实际行动和可靠的事实，争取对方的信任。

1989 年 9 月 29 日，美国政府终于宣布：解除“亚星”许可证暂停令!

1989 年 10 月 5 日，美国驻华大使李洁明先生在北京钓鱼台国宾馆三号楼约见林宗棠部长，通报了美国政府关于中国对外发射服务方面的意见。然后，林宗棠部长同李洁明大使和美国科技参赞就卫星出境许可证一事，又进行了专门的会谈。会谈结束时，李洁明大使表示：对中国急于挤进国际商业发射市场的心情表示理解，愿意及时将中国的意愿转告美国政府；并在可能的情况下，尽快让美国政府发放卫星出境许可证。

话虽如此，中国方面还是不太放心，因为离合同所签订的发射日期越来越近，而许可证的期限又是有限的，万一再出现一个什么万一，事情恐怕就再也难以挽救了。为防止夜长梦多，节外生枝，刘纪原和孙家栋两位副部长经过商量，觉得应该主动出击，再到美国跑一趟，以确保卫星出境许可证尽快落实。

于是1989年12月17日，经中国驻美大使馆与美国有关当局联系，孙家栋副部长专程赶往美国，同美国议会会员、科技委员会主席罗伯特·罗埃先生以及美国国务卿克里斯托弗·C. 汉金先生等官员进行专门会谈。会谈第一天，双方刚一握手，罗伯特·罗埃先生便坦诚地对孙家栋说："中国与美国打交道，不能只与行政当局打交道，还要和议会打交道。美国人期待着中国采取步骤的信号，这将是极其重要的事情，愈早发生愈好。人民之间误解的消除，将有助于政府议会间了解的增进。"

孙家栋表示说："至于中国发生的事，我国政府领导人已清楚地向美国朋友作了介绍，为了取得美国人民和议会的了解与支持，也一再作了阐明。最近美国派特使对中国作了访问，会晤了包括邓小平在内的中国领导人，这将对某些问题的解决是有益的。我希望能按他们商量的意见一步一步地去做。在这个问题上，请相信我们会做好的。"

罗伯特·罗埃先生说："新的一年马上就要到了，人们在旧的一年快结束时都愿意进行反思，愿意作出妥协。如果采取某种步骤，对于中美之间的友谊的恢复是太重要了。我们期待着下一步能有机会到中国去访问。"

孙家栋说："欢迎，非常欢迎！"

汉金先生接着说道："我们非常清楚卫星许可证的期限，也知道剩下的时间的确不多了，但这是没办法的事情，也是我们不愿看到的事情。至于发放许可证的具体日期，目前还不太清楚，正集中在美国政府高层研究。本月15日发放'亚星'许可证的时限，可能是大约的时限。我们正在考虑，最高层也在积极考虑，特提请中国政府予以注意。"

孙家栋先对两位美国朋友的诚意表示了感谢，然后强调说："'亚洲一号'卫星许可证的发放日期，牵涉到发射场各项具体准备工作的安排与实施。为了保证明年 4 月能够发射，卫星在明年的 2 月就必须要运往西昌发射场，现在时间已经相当紧迫了，希望你们务必提请贵国政府注意。”

罗伯特·罗埃先生当即表示：“许可证一事，一定尽快予以答复。”

…………

孙家栋同美方的这次会谈，自 1989 年 12 月 17 日起至 12 月 26 日止，历时十天。整个会谈期间，不仅气氛平静，而且双方都很坦诚。然而无法回避的一个非常敏感的政治问题是，当时毕竟存在“政治风波”的背景。所以，1989 年 12 月 19 日，当美国政府最后商定是否发放许可证时，会议还是出现了两种不同的意见：一种意见认为，应该同意中国发射本国的卫星，但发射数量务必严加控制；另一种意见认为，决不能让中国发射美国的卫星，否则会搅乱原有的国际发射市场，且后患无穷！

两种意见争执不下，各持一端。值此关键时刻，据说布什总统站起来，只轻轻说了一句：“我不愿意得罪十亿中国人！”于是三十分钟后，美国白宫发言人菲茨沃特先生向外界正式宣布：

> 布什总统今天批准了“亚洲一号”卫星的出口许可证。这项决定是基于美国的国家利益作出的，因为它将为美国公司赢得三亿美元的生意！

三天后，即 1989 年 12 月 21 日，渴盼已久的美国休斯卫星公司终于拿到了由美国政府颁发的卫星出境许可证。

至此，中国火箭挤入国际商业市场，终于结束了漫长的“纸上谈兵”。

第六章
碰 撞

中国和美国这对政治上的“老冤家”，第一次在西昌发射场共同竞技，远征太空。美国人说英语，中国人说汉语；美国人的电话要畅通全球，西昌发射场的电话却打不通；美国人每周要到香港玩一次，西昌却没有直达香港的飞机；美国人要骑车游山玩水，中方却不准进入“禁区”。发射场冲突不断，卫星如何上天？

一

中美之间从长期敌对的政治对抗，转为友好的空间合作，应该说这是历史的一大进步。

然而，历史的任何一点进步，都要付出代价。

美国休斯卫星公司虽然拿到了美国政府颁发的卫星出境许可证，但这颗卫星能否如期顺利进入中华人民共和国的领地，又成为中国航天界从上到下都担心的一个问题。

也许有人会问，不是布什总统已经批准了吗，怎么还有这样那样的顾虑和担心？是的，布什总统确实已经批准了，而且美国休斯公司也已经拿到了卫星出境许可证。但实际还存在的问题是，美国的“亚洲一号”卫星还封锁在属于美国人的库房里，并未进入中国的领地，更未进入属于中国管辖的西昌卫星发射场。据来自美方的情报表明，尽管布什在文件上已经批准让中国火箭发射美国的卫星，但美国国会近一个时期来，仍在暗中大做手脚，极力阻挠此事。而且有确切信息表明，国会部分要员将准备在国会复会时，推翻布什总统的这一决定！

事态的发展，比预想的复杂得多。

谁都明白，夜长梦多，美国的这颗卫星越早离开美国国境越好。但要真正离开，又的确不易。客观原因是，无论美国方面还是中国方面，都有许多具体的手续等着要办，都有许多具体的问题需要处理，都有许多复杂的矛盾亟待解决。本来，为了把发射准备工作做得更充分一些，中方原打算稍稍推迟一点火箭和卫星进入发射场的时间，可当中方有关部门征询亚洲卫星公司的意见时，亚洲卫星公司当即发来加急电传：务必不要提出推迟日期的任何建议，否则后果严重！而且还在这封加急电报中的“后果严重”四个字下面，重重地画了两道杠杠！

而在此期间，据美方相关情报透露，当布什总统得知国会将在复会时提出反对发放卫星许可证时，为避免反复，还向部属发出暗示：卫星必须在他结束休假的 1990 年 2 月 11 日前离开美国，这样可以造成既成事实，以免节外生枝。

1990 年 2 月 6 日，美国休斯卫星公司有关专家和亚洲卫星公司负责人专程赶到中国西昌卫星发射中心，用了整整三天时间，对机场、卫星测试厂房、宾馆以及装卸运输工具等作了严格的评审检查，认为西昌发射条件满足要求，卫星可以起运。

于是，1990 年 2 月 10 日晚上 6 点 30 分，一架波音 747 飞机载着历经周折的“亚洲一号”卫星，终于从洛杉矶起飞。

北京时间 2 月 12 日凌晨 6 点 15 分，波音 747 平稳地落在了首都机场。按照中华人民共和国和美利坚合众国政府签订的《关于卫星技术安全的协议备忘录》中的规定，航天器（卫星）及其他设备将由美国人驾驶的在美国注册的飞机运抵中华人民共和国。非美方人员可在中华人民共和国政府指定的进口港作发射场的导航工作。飞行中，非美方人员不得进入飞机装货区。因此，当波音 747 专机降落后，中方除直接有关工作人员外，其余任何人员不得以任何借口靠近飞机。

在中方现场指挥部和民航局的精心组织指挥下，海关边防及首都机场等有关单位密切配合，很快便顺利完成了对专机上的人员、设备验关入境以及专机勤务保障等工作。从专机落地到专机升天，前后只用了两小时三十五分钟。

2月12日12点40分，飞机安全降落西昌机场。

又经五个多小时的折腾，远涉重洋、惊魂未定的美国“亚洲一号”卫星，终于平安地进入中国卫星测试厂房……

美国卫星落宿中国西昌卫星发射场，如同一位世界超级女明星突然嫁到了偏僻落后的彝家寨，不仅让西昌卫星发射场的全体官兵兴奋不已，连附近的汉族老百姓和彝族、藏族的山民们也一下显得非常亢奋；而那条高高耸立着发射架的、沉寂了千年的原始的大山沟，似乎也因了美国卫星的到来，一夜间变得生机勃勃、红红火火起来。

随同美国卫星一起到达西昌发射场的，还有美国国防部派来的几位官员——实际上就是政府派来的监督人员，以及休斯卫星公司六七十位卫星专家。此前，为迎接这些美国人的到来，中方做了大量的准备工作，光在交通、住宿问题上就绞尽脑汁，吃尽苦头。本来，世界发展到了今天，交通问题不该是个问题，但美国人要从洛杉矶到中国西昌发射场，却偏偏成了一个不是问题的问题。首先，美国人从洛杉矶到北京怎么走？从北京到成都又怎么走？从成都再到西昌卫星发射场又怎么走？是坐火车，还是乘飞机？就是一个世界级的大难题。有人提议，美国人先坐飞机到北京，再从北京坐火车到成都，然后再从成都坐火车到西昌。根据这一提议，中方有关部门便花了两百多万人民币，从唐山、大连买了两节火车车厢，接着又派了几个人专门作了一次试验——从北京坐火车到成都，再从成都坐火车到西昌。结果认为不行。原因是太远，太麻烦，也太累。然后又去购买飞机，巴西等国都去了，还是不行。折腾了好长时间，最后才又想了一个方案：让部分美国人从美国飞香港，再从香港直飞西昌；另一部分人则从美国飞北京，再从北京飞成都，而后从成都再坐火车到西昌。这样，两路飞机，一路火车，才总算把万里之外的美国人从洛杉矶弄到了西昌发射场这个原始的大山沟。

可谁都知道，美国是这个世界上的霸主、头号富翁，既是经济大国，又是军事强国，还是航天大国——不得了啊！而这些来中国参加卫星发射的美国休斯公司工作队，也都是些美国宇航界有名的大专家，个个学识渊博，见多识广，一年四季都是满世界转悠的主。现在，他们从西方的“极乐世界”，一下来到东方的“贫瘠之地”；从世界闻名的洛杉矶，突然来到默默无闻的凉山大峡谷，没有“女人”，没有酒吧，没有天鹅舞，没有小夜曲，第一次置身于如此荒凉、如此寂寞、如此不可思议的环境里，无异于到了另一个世界。据说，美国专机降落西昌机场那天，有的美国人一下飞机就东张西望，四处寻找——找的士，找宾馆，找酒吧，找舞厅，结果什么也没找到。甚至，一位美国伙计刚一走下舷梯，竟然发出一声无比夸张的惊叹：“哇！像一脚踏上了月球！”

这当然就不习惯，而且很不习惯，方方面面都很不习惯。

美国人不习惯，中国人同样不习惯，甚至说更不习惯。

别看西昌卫星发射基地这支队伍是中国专门从事火箭发射的特种部队，其中确实也不乏优秀的指挥官、组织者、火箭专家以及技术员，如王成司令员、侯福司令员、胡世祥司令员、唐贤明参谋长以及几位总师等。但实事求是地说，这支队伍中多数人毕竟都是所谓的“土包子”出身。他们中，有土生土长的火箭发射专家，也有从各大院校培养的技术骨干，有大学生、高中生，也有初中生甚至小学生，素质有高有低，学历参差不齐。有的人家在农村，但经过部队多年的熏陶和自我奋斗，先是完成了从农民到军人的转变，而后再完成了从军人到专家的转变，最终成了一名有文化的军人——或是校官，或是高工，或是将军；但有的人同样出身农村，同样在发射场待了十年二十年，在生活习惯和思维方式上却始终还是老家的那一套，最终也未摆脱一个“土”字；当然也有一部分人本来不土，非但不土，反而很洋，不是出生在上海，就是从小长在北京，而且都是从全国名牌大学挑选出来的高才生，可一旦来到了大山沟，一旦待上十年二十年甚至更长时间，便什么“洋味”也没了，不土也得土了，非土不可了。

这又是为什么呢？

西昌发射场最早是为发射载人飞船而专门建造的一个发射靶场，从一开始保密性就很强。所以从 1970 年至 1986 年长达十六年时间里，一直处于保密状态，几乎不与外界接触，更不向世界开放。它与外界的信息沟通，至多是一些家在城市的人，出差或探亲时与家人或同学的偶尔接触而已。他们长年除了翻来覆去弄自己那点所谓的“业务”之外，外面的世界几乎与他们没多大关系。特别是一些从上海、北京等去的女大学生，从小生活在大城市，本来皮肤白嫩，身段苗条，长得既漂亮又洋气，但在山沟待的时间长了，女人的美连同女人的味儿，也就随着岁月的流逝像空气样渐渐飘散在云山雾海之中了。而那些大部分家在农村的干部战士，封闭的程度就更不用说了，入伍前几乎什么不知道，入伍后也几乎不知道什么，即使几年回一趟家，家乡比部队还要封闭，所以回家也等于没回家一样。至于国外的航天世界真正是一个什么模样，国际航天技术到底发展到了一个什么样的水平，美国专家到底是好饮咖啡还是喜喝稀粥，统统不知道。甚至发射商业卫星到底是怎么回事，它有哪些特点，哪些风险，也闹不明白。这部分人看起来从事的是高科技发射技术，实际上在思想观念、工作观念、价值观念以及思维方式、工作方式、生活方式等方面，都是比较陈旧的，甚至在某些方面还是相当落后的。他们中的大多数人，并没想过要在那个原始的大山沟里有什么大的作为，也没想过要在那儿待上一辈子，更没想过有一天要和美国的大专家们在自己家的发射场上同场竞技，携手合作。几十年来，他们中绝大多数人已经习惯了自己的工作方式，习惯了自己的生活方式，习惯了自己的思维方式，习惯了自己的行为方式，同时也习惯了自己为自己设定的各种条条框框以及社会主义公有制下中国人民解放军特有的运行机制。而习惯这东西，往往是最难克服的。所以，当有一天，突然天空变了，山沟变了，对象变了，一句话，中国航天要参与国际商业竞争了，中国的火箭要发射美国的卫星了，美国人说来就来了，在大山沟里憋了几十年的他们终于有“为国争光”的机会了，或者说他们居然也可以凭借自己的智慧和能力去挣美元了，于是没有心理准备的他们，或者说心理没有准备好的他们，当然也和美国人一样，会感到很不适应，很不习惯。

此外，中美这对政治上的“老冤家”，要在发射场首次接轨，携手合作，远征太空——要把美国的卫星与中国的火箭顺利完成对接，顺利完成发射，顺利完成分离，而后再顺利完成定点，完成天地通信，是一个非常复杂而艰难的过程。所以当美国人连同美国的卫星一起来到西昌发射场后，中美间一旦进入真正的接触，各种矛盾与碰撞，自然而然地便发生了。

二

美国人千里迢迢一路辛苦，从大洋彼岸来到中国西昌，首先得有个地方住。但美国人来到西昌后，住宿问题却成了首要的一个难题。

美国人来西昌之前，关于美国人来了住哪儿、怎么住的问题，曾让西昌卫星发射基地感到非常为难。此事说来有点可笑，甚至令人不可思议，难以置信——社会发展到了 90 年代，怎么还会为住宿问题而为难呢？事实就是如此。西昌发射场过去没有宾馆，只有一个招待所——还是一个简易招待所。这个招待所平常没人住，几乎空着，上面来了人，临时住几天还可以凑合。但美国人要来了，如同皇帝驾到差不多，住宿问题便成了天大的事情，搞得西昌发射基地简直不知所措。好比一个多年穷惯了从来无人理睬的乡下人，有一天突然从京城要来一帮贵客，非但不知道该怎样安排贵客睡觉，甚至连贵客要坐的凳子也不知该如何摆放是好了。

为解决好美国人的睡觉问题，北京曾派工作组专程赶到西昌，由组长带着几位组员，亲自到每个地方看房间，再亲自到每个房间数床位，然后再一个一个地检查床位的质量是否合格。结果，一共二百二十张床位，没一张是合格的！至于厕所，就更不用说了——有的厕所那个脏呀，简直就别提了！要知道，西方人对厕所是最讲究的，如果让美国人使用这样的厕所，就是让屎尿憋死，恐怕也不会进的。

怎么办呢？最后经研究，专门拨一笔专款，专门为美国人抢修一座宾馆，再专门请张爱萍将军亲自挥毫运笔，专门为宾馆题了三个大字——腾云楼。

这才解决了美国人的睡觉问题。

实事求是地说，像腾云楼这样的宾馆，在西昌地区恐怕算是最好的了，一般人想住，掏钱还住不上呢。比如，同在一个发射场参加卫星发射的中国航天人，就没有资格住这样的宾馆——别说一般的工程师技术员，就是火箭总师一级的专家也住不进去，只能住在一般的小招待所里，而且还是美国人最忌讳的住法——两个人一个房间。

但是，不知道是美国人的标准高还是毛病多，住上了腾云楼这样高级的宾馆还不满足。他们一进房间，不是说这儿不对头，就是讲那儿不合适；不是嘀咕电灯不亮，就是嚷嚷柜门打不开；不是说水龙头不好使，就是说厕所有臭味；甚至还有一个美国女人，一进门就大喊大叫："有老鼠！有老鼠！"老鼠的事反映到上面，基地司令员胡世祥立即下令，组织人马马上灭鼠！同时，宾馆经理也作出安排，在房间里铺上地毯，在厕所里洒上香水。虽说这些香水是国产货，而且还是乡镇企业的国产货，味道肯定不如美国的香水纯正，但再不纯正的香水也是香水——闻香水总比闻臭味好。

住的问题安顿好了，吃的问题又来了。

美国人习惯吃西餐，不习惯吃中餐，更不能吃中餐里的川菜。川菜最大的特点就是麻和辣，而美国人最怕的，就是麻和辣。西昌地处号称"麻辣国"的四川，摆上桌的菜，当然就麻，也辣！不麻、不辣，还叫川菜吗？第一顿饭，美国人吃点麻的辣的，还觉得新鲜，也很刺激。但没过两天就不行了，一不小心吃上一口，麻得直喊爹，辣得直叫娘，甚至有的美国人刚吃上一口，便大声叫嚷说："中国菜有毒！中国菜有毒！"后来，中方只好用高价从成都请来西餐厨师，专门西餐伺候。

吃住问题解决了，喝水问题又来了。

吃了饭要喝水，中国人如此，美国人也一样。但美国人喝水，比中国人讲究，只喝装在瓶子里的矿泉水，不喝西昌的水。为什么？他们说西昌的水是山沟里流出来的水，怕！怕什么？怕喝了拉肚子。

的确，西昌的水与中国别的地方的水有些不同。这儿的水很怪，别说外国人喝了要拉肚子，就是中国的外地人喝了也容易拉肚子，常常一拉就是一年半载，吃什么药也不管用。这肚子一旦拉上了，虽说没有生命危险，但长时间的折磨，却让人痛苦不堪，苦不堪言。

此前，有美国人来西昌考察时，不知内情，喝了西昌的水，就拉起了肚子。等回到美国，拉肚子的事也就很快传开了，而且越传越玄乎。说什么“西昌的水不能喝，一喝就生病，一生病就没治!”所以美国人未到西昌之前，便对中国西昌的水有一种莫名其妙的恐惧感。他们从美国洛杉矶出发时，便将一桶一桶的纯净水搬到飞机上，等漂洋过海抵达西昌后，再从飞机上一桶一桶地搬到发射场，而后再从发射场一桶一桶地搬到自己的房间里。

其实，西昌的水绝不像美国人想象的那么可怕，不过是碱性比别的地方重了一点而已。为打消美国人的后顾之忧，也减少美国人的麻烦，中方专门组织有关人员为美国人烧开水。可美国人还是不放心，心理上总有一种腻味感，仍然坚持把一桶又一桶的纯净水从洛杉矶空运到西昌。于是在发射场上常常会看见这样一种情景：中方专家和技术员每天大口大口地喝着西昌水（开水），甚至有的战士直接蹲在水龙头边上咕咚咕咚地喝着自来水（冷水）；而美国的专家们喝的则是用精美的瓶子包装好的纯净水。二者不同的是，中国人喝水，是大口大口地喝，喝得无所顾忌，酣畅淋漓；美国人喝水，是小口小口地饮，饮得有滋有味，极有分寸——因为美国人非常清楚，他们喝的每一口水都是自己掏钱买的，从美国洛杉矶漂洋过海运来的。

三

其实，中美间在发射场上的冲突，主要还是表现在工作上。

按理说，像发射美国卫星这样跨国界的高科技合作，都该使用通用的国际语言——英语直接对话才是。但遗憾的是，中国方面从高级指挥官到普通技术人员，大多数人都不会英语，至多能蹦几句“您好!”“谢谢!”“古得拜”之类的大众化单词。而美国人也是只会英语，不会汉语，除个别人能用汉语生硬地说一声“您好”“谢谢”之外，其他一句不会。

于是，因语言问题而引发的冲突便连连不断。

由于参加这次卫星发射任务的人来自四个国家八个地区，许多问题就必须依靠会议来商量解决。而四个国家八个地区的人一旦要凑在一起开会，问题就大了！美国人说英语，中国这边，香港人说粤语，台湾人说闽南语，各唱各的曲，各奏各的调。同是中国人的大陆人与香港人、台湾人交流起来还行，但中国人与美国人交谈时，彼此就啥也听不懂了。有时为一个问题吵嚷了半天，争得面红耳赤，唾沫四溅，等翻译一翻译出来，原来根本就不是那么回事情，或者双方谈的压根儿就不是一个话题。

还有通信问题，最初也让美国人感到恼火。比如美国休斯公司工作队队长到西昌第二天，就给洛杉矶总部打电话。可电话拨通后，刚讲了几句话，线路就突然莫名其妙地中断了。接下来，电话故障，在其他美国人的身上也不断发生。于是，中方几乎每天都会接到来自美方的告状电话。甚至有一天美国休斯公司的一位专家还亲自找到中国长城公司的一位负责人，一见面就毫不客气地说："对不起，我要马上离开西昌，回美国！"

通信不通，对西昌航天人来说，不算什么事；但对美国人来说，却是一件天大的事！究其原因，一方面，西昌与全球通信，这是第一次，发射场的条件的确有限；另一方面，也是最重要的一方面，是西昌卫星发射场去年遭遇了一场百年不遇的泥石流！当时，大约只半小时工夫，西昌基地通信团的房屋纷纷倒塌，所有通信线路全部中断，甚至连公路和通信建筑物也发生了倒塌和崩溃！整整一个星期，中方人员连喝水都困难。但在这种情况下，中方人员昼夜加班加点，拼命抢修了整整一个半月，才赶在美国人来发射场前，恢复了通信线路的基本畅通。

美方专家得知情况后，表示理解。然而，理解归理解，严格归严格，通信问题应该怎么解决，还得怎么解决。

美国人不仅对通信方面的要求很高，对其他方面的要求也同样如此——只要是工作方面的事，一旦发现哪怕有一小点问题，不管白天还是晚上，照样打来电话，要求及时解决。而这种要求，有时到了苛刻的程度。

例如，美国人要求卫星厂房的温度必须在二十二摄氏度，高一点不行，低一点也不行。这就要求中方的空调机连续九天九夜不能停。中方过去对卫星温度的要求也是严格的，不过有时高一点低一点，也就凑合着过去了。特别是空调机，从未有过连续工作九天九夜的历史。但现在不行了，这是国际商业合作，必须按商业规矩办。中方只好专门成立一个锅炉班，昼夜不停地烧锅炉。

此外，美国人还要求中方二十四小时必须保证有电——只要设备在，二十四小时就不能停电，即便下班了，人离开了机房，设备上的电源也不能关。特别是对卫星的供电，美方要求必须连续七天七夜不能停！因为这电是直接加到美国卫星上的，如果突然停电，容易导致卫星出现故障，后果不堪设想。但人走电灭，是中国的老传统了，人走不关电，是一种浪费。西昌卫星发射基地几十年的规定也是如此，人离开机房时，必须要切掉设备上的电源，否则就是违规。曾有一位女大学生，就是因为人离开机房时没有关电，竟挨了个处分。

但美国人对中方“人走电关”这一工作制度感到非常不理解，甚至十分恼火，说：“倘若如此简单的一个供电问题，都不能按国际标准实行，往后的合作怎么进行?”

中方只好成立了一个专门为美国卫星服务的勤务保障分队，住在卫星厂房的附近，二十四小时为美国的卫星供电、供水、供气，这才保证了美方连续七天七夜的供电问题。此外，还专门派了一名翻译住在那儿，以保证中美间的随时联络。

四

在西昌卫星发射场，美国人不仅在工作上要求很高，在精神生活上要求也很高。

这一高，便高出不少麻烦来。

当年，苏联专家在戈壁滩上帮助中国发射导弹时，精神生活问题就曾经是个问题。按当时中苏协议规定，苏联专家来中国工作不满三个月者，不能带老婆。想想看，在荒无人烟、与世隔绝的戈壁滩上，三个月没有老婆的日子，怎么过？后来中方想了一个办法，每周组织两次舞会，让中国姑娘陪伴苏联专家跳舞——说是跳舞，实则就是精神娱乐。于是，在中国姑娘们优美的舞姿和青春的笑脸中，苏联专家们才熬过了那段没有女人的苦闷日子。

现在，三十多年过去了，美国专家又来了。美国专家来了，同样面临一个精神如何娱乐的问题。美国专家和当年的苏联专家一样，来发射场工作不能带老婆；不同的是，美国人不是来无私援助，而是来与中国人共同开发宇宙，顺便也赚点美元。遗憾的是，当年苏联专家还可以搂着中国姑娘跳跳舞，今天的美国人却连利用舞场搂着中国姑娘跳舞的机会也没有了——发射场不举办舞会，也没时间举办舞会。于是美国人的精神生活怎么办？具体说女人问题怎么办？便成了一个不是问题的问题。

美国人长期生活在“资本主义花花世界”，走到西方任何一个国家，精神生活一般都不成问题。但这次到了中国，到了中国的西昌，大山沟的日子还没过几天，就开始有危机感了，就开始考虑这日子如何熬下去的问题了。

于是，美国人便提出一个要求：一个礼拜坐飞机去一次香港，放松放松，愉快愉快。

情况很快反映到基地。基地做不了主，便把报告送到北京。北京没有同意。再说了，西昌也没有直飞香港的飞机。

不过到了后来，为了满足美国人的要求，中方还是专门给美国人增设了一趟直飞香港的专机，美国人的“基本问题”这才得到解决。

但是，美国人还是觉得不过瘾，希望下班之后，游览游览发射场附近的自然风光。

西昌发射场虽是贫穷之地，却山清水秀，风景迷人，其独特的自然景观非同一般。在发射场待得有点发腻的美国人恰恰喜欢游山玩水，便想出去溜达溜达，转悠转悠。但西昌发射场没有旅游的专车，而他们自己的汽车又在美国。怎么办？美国人便想了一个点子：把一辆辆世界名牌山地自行车从洛杉矶用飞机运到西昌发射场，然后骑着自行车出去游山玩水。

可美国人万万没想到，等一辆辆世界名牌山地自行车空运到西昌发射场后，却不能使用。为什么？西昌发射场区以及发射场附近均为军事禁区，美国人当然不得入内，更不可随意游玩。所以当美国人提出要骑着自行车去游山玩水时，中方一口回绝。

从中方的角度来说，也许回绝是有道理的。西昌发射场刚开放不久，美国人毕竟不是中国人，如果不加限制，谁能保证到中国发射场来的美国人个个都是真正的科学家，其中就没有一个两个“商业间谍”？此外，还有一个安全问题。美国是个生命至上的国家，美国人来中国发射场工作，生命安全最重要。万一有人在游山玩水中不小心摔伤了胳膊甚至丢了性命，那可是要吃国际官司的！

但美国是这个世界最文明、最发达、最讲自由、最讲享乐的国家，大老远从洛杉矶来到一个荒凉的大山沟，本来已经很辛苦了，如果下班后连想游山玩水都不让，自然无法接受。所以美国人遭到回绝后，怎么也想不出被回绝的理由，仍然坚持要骑车出去“游山玩水”。于是一段时间里，美国人要在西昌“游山玩水”的事，闹得中方发射场满城风雨，紧紧张张。

事情很快反映到北京国防科工委。国防科工委很难决定，便请示国务院，请示中央。

后来，中方还是答应了美方的要求。

于是，在夕阳西下的傍晚，或者礼拜天、节假日，当西昌卫星发射基地的专家们在家属院四周的围墙边，挑着粪桶，挥动铁锹，勤勤恳恳、认认真真、挥汗如雨地经营着自己的那片小菜地时，美国专家们却骑着从美国空运过来的世界名牌自行车，一路欢歌笑语，嘻嘻哈哈，奔驰在崎岖蜿蜒的山间小道上，尽情地享受着大自然赐予的无限风光……

对美国人在发射场的种种表现，中方当然会有反应。

过去几十年中国人生活在“左”的政治的阴影下，“左”的政治教化对人的思想观念产生了很大影响，以致有一部分中方人士习惯和喜欢用阶级斗争的眼光去看待美国人，脑子里时刻绷紧的还是过去那根“阶级斗争”的弦，动辄便上纲上线，很容易把普通的工作矛盾看作政治斗争。

而在思想上也未意识到，发射美国卫星其实就是一场商业活动。既然是商业活动，中方就是要为他人服务，就是要为用户提供优质的发射服务条件，这是国际商业发射市场最起码的职业要求。而用中国火箭发射美国卫星，既是中国人与美国人在做生意，也是中美间进行的国际高科技合作，它对发展中国的航天事业是大有好处的。

由于中方一些人员认识模糊不清，所以一旦美方提点意见，有人就认为又有“阶级斗争新动向”了，说“是美国人在故意捣乱”。还有的人长期习惯了按自己的规章制度办事，认为美国人到了中国的地盘，就得按中国的规矩办事，凡事就得中国人说了算，一旦美国人提出的要求与原来的规矩不符，便不高兴，不肯接受。甚至有的战士由于缺乏法治观念，对美国人竟存在着一种敌对情绪，一听说美国人不让中国人进中国的卫星厂房，就很气愤，说：“我们给他们建的卫星厂房，凭什么不让我们进？不行就把美国人给关起来，先揍一顿再说。”而西昌当地一些老百姓听说美国人生活上太讲究，这样那样的要求太多，也感到愤愤不平，说：“美国人的臭毛病太多了！干脆让他们把卫星拉回去，不给他们发射了，让他们滚蛋算了！”

当然，总体说来，中美双方科技人员在西昌发射场的合作最终还是愉快的，也是成功的。尽管由于政治上的某些原因，限制了这种合作的深入发展。但人类在太空领域的合作是一种必然，没有哪一个国家能垄断国际航天市场和管理地球轨道的秩序，人类最终会脱离市场和政治的束缚进入全球太空合作的新时代。再说了，无论中美间存在什么区别，不管东西方有何差异，为了一个共同的目标，也为了一致的利益，双方都要在一条山沟生存，一个会场开会，一个场地合练，一个平台对接，一个灶台吃饭，甚至，在一个厕所大小便。

因此，随着时间的推移，中美之间经过多次磨合，中方基本满足了美方各方面的要求，美方也渐渐适应了中方的现实。双方矛盾逐步得到化解，冲突渐渐趋于平淡，彼此从不接受到接受，从不理解到理解，中西方最终还是交融一起，并迎来了正式发射“亚洲一号”卫星的大喜日子。

第七章
发　射

中国“长征号”火箭首次发射美国卫星。程序进入最后八十分钟时，发射场突然乌云密布、电闪雷鸣，火箭被迫推迟起飞。指挥部召开气象紧急会议，气象处长身着西装竟忘了系领带。离“点火”还有十二秒，火箭顶部突然白烟滚滚哧哧作响，胡世祥果断下达了“点火”命令。万人瞩目的“长征号”火箭能顺利起飞吗？

一

中国“长征三号”火箭发射美国“亚洲一号”卫星的日子，终于定在了 1990 年 4 月 7 日！

后来事实证明，这个日子虽然一波三折，风险迭起，却是一个让中国人感到扬眉吐气的大喜日子。只是，为了确定这个发射日，中方、美方以及亚洲卫星公司，费了好一番周折！

根本原因，是气象问题。

气象问题是每次火箭发射中令专家们感到最头疼的问题。在世界航天史上，因气象原因而造成的发射失败，可谓举不胜举。仅从 1990 年第一季度的情况来看，有三次发射失败都与气象问题有关：一是 2 月 22 日，法国的“阿里安”火箭发射日本的超鸟－B 通信卫星，因气象问题而导致失败——本来，再过几个星期，就是“阿里安”航天公司成立十周年的纪念日，没想到这次失败给“十周年庆典”蒙上了一层厚重的阴影。法国《世界报》2 月 24 日还发表了一篇题为《悲惨的生日》的文章，文中哀叹说，“人们已很难无视中国‘长征号’火箭的竞争了”；二是 2 月 28 日，美国航天飞机发射一颗侦察卫星，也因气象问题在空中爆炸；三是 3 月 14 日，美国大力神－3 火箭发射国际通信卫星－6，同样还是因气象问题而惨遭失败！

西昌卫星发射场地处中亚热带滇北湿润季风气候区，是全国罕见的强雷暴区之一，年平均雷暴日多达六十七天；特别是雨季，雷电频繁，经常发生落雷、滚雷和引雷的现象。

为预防发射时火箭、卫星被雷电击中，中国专家们早在研制阶段就把防雷电作为专题攻关，作了大量准备工作。而且在两个月前的 2 月 27 日，西昌卫星中心气象部门根据几十年的历史资料以及新获取的信息，对 4 月份的天气趋势就作出了预测：4 月 4 日至 6 日天气较好；4 月 7 日至 14 日为阴天多云，且有降水和雷暴。

所以，中外双方将发射日预选在 4 月 5 日至 4 月 9 日这个区间，并举行了相关的签字仪式。之后，西昌卫星发射基地的气象部门对气象问题又作了进一步的分析和预测，认定 4 月 5 日是个好天，提出将发射日选在 4 月 5 日为宜。但美方却没有一个人相信中方的这一预报，认为目前世界上的短期预报，最高准确率才只有百分之六十，现在离发射日还有一个月，中方却作出了 4 月 5 日是好天的预报，简直是天方夜谭！而亚洲卫星公司方面部分人士也说，4 月 5 日是清明节，清明节是鬼节，鬼节这天除了祭坟，最好别干其他事情。

3 月 28 日上午，中国、美国和亚洲卫星公司三方再次召开协调会，专门商讨发射日问题。会上，中方负责人明确表态：“先将发射日预定在 4 月 5 日，若到了 5 日那天，天气出现异常，再根据具体情况往后顺延。”

由于发射日的决定权主要取决于中方，美方尊重中方的意见。

但亚洲卫星公司的负责人却有异议，说：“我们的意见还是在 4 月 7 日发射为好，主要理由有三点：一是根据最早的协定，4 月 7 日才是发射日；二是香港卫星通信站目前尚未最后竣工；三是 4 月 5 日是清明节，按香港的风俗，人们这天不出门。”

中方负责人说："从我们气象部门的预测来看，如果定在 4 月 5 日这天发射，是最佳日子。如果你们一定要坚持 4 月 7 日发射，也可以。但届时若因气象问题不能发射，将按合同规定，推迟一天罚款十万美元!"

亚洲卫星公司的负责人这才亮出底牌，说："实不相瞒，我们公司所邀请的几百名外宾来西昌参观发射的请柬已按 4 月 7 日发出，并且所有到西昌参观发射的包机也全部定好。希望能体谅一下这个实际情况。"

会议最后只好将发射日定在 4 月 7 日。

二

4 月 7 日这天，果然不出中方气象专家们的所料，老天爷的表现很不好。

可以说，这天从早到晚，中外专家们一直都被气象问题压得喘不过气来。甚至已经临近中午了，"长征三号"火箭的低温燃料到底加不加注，还无法确定下来——原因是要看老天爷最后的脸色才能最后确定。

所以刚吃罢中午饭，指挥部不得不再次召开发射前的最后一次紧急气象会议。由于发射在即，有的刚扒拉了几口饭，就离开饭堂来到会场。有的太忙，连饭也没顾得上吃就匆匆赶到会场。而西昌卫星发射基地气象处的处长吴传竹，则是到会最早的一个。老吴是一个非常朴实的人，平常在穿着上从不讲究，甚至有时候还多少有点邋遢样。但今天是发射美国卫星的日子，他特意换了一身蓝色的毛料西装。令人啼笑皆非的是，由于心情太紧张，他虽然穿了西装，却忘了系领带!

会议经过激烈讨论，最后指挥部决定：现在一切还是按原计划进行。第三级火箭可以加注。如果到时天气发生突变，最后三十分钟，再下达推迟发射的口令。

然而，下午 3 点 40 分，当发射程序进入最后四小时准备时，发射场上空突然乌云滚滚，电闪雷鸣。接着，竟哗啦啦地下起了大雨。

火箭研究院院长沈辛荪后来回忆当时现场的情景，这样说道：

大雨突然下起来后，所有在发射场区的中外人员，全都愣住了！不少人跑出山洞外，想透透空气，刚出洞口，就见天上黑云密布，已下起了大雨。我感到迷惑不解。这天我最后一次去监测站是13点30分，看过记录曲线，非常平衡，怎么现在规律突然异常了呢？我和谢光选总师冒着大雨赶到监测站，一进去，就听说原来是电源插头不知什么时候给碰掉了，过去的记录曲线全部作废。听了真叫人哭笑不得。在这种关键时刻，开了这么个“玩笑”，心里实在恼火，但又无可奈何。好在从记录曲线看，已记录到10千伏/米的数据了。于是我又回到监测站，心想就守在这里吧，今晚发射还是不发射，很大程度上要用记录到的数据说话了。国外是有前车之鉴的。1987年3月26日，美国宇宙神—半人马座火箭发射海军通信卫星，发射前遇到雷电天气，已测得电场强度大于4.64千伏/米，起飞后不到1分钟就遭雷击，浪涌电压破坏了制导控制计算机，导致星箭俱毁。一般说，场强在1千伏/米以上，带负电会有雷，带正电则不会有雷，但火箭升空后可能发生引雷，都是应当避免的。最稳妥的办法就是确保场强在1千伏/米以下，并且越小越好。

据其他几位目击者说，那天下午的雷电，整整发作了半个小时才打住。但雷电停止咆哮后，雨仍在一个劲地下。

最后，经指挥部紧急会商，被迫暂时中止发射。

三

发射程序刚一中止，离发射场约六公里的指挥控制中心的数百名外宾立即紧张起来。

这些外宾是当日中午才从广州、香港和北京等地乘专机抵达西昌卫星发射场的，其主要代表有：以美国驻华大使李洁明为首的美国代表团、美国麦道公司和回声公司代表团、阿拉伯卫星组织代表团、泰国代表团、投资界代表香港知名人士李嘉诚、和记黄埔公司董事兼总经理马世民，以及英国、新加坡、缅甸等二十多个国家和地区的政府、商界、保险界和科技界三百多位知名人士。他们除了担心发射本身出现问题外，还有一点就是他们的行程已经安排妥当，如果今晚不能按时发射，计划就会全部打乱。

尤其是七十四岁的人大常委会副委员长、中国信托公司的大老板荣毅仁先生，心情更是十分焦虑。两年前，当投资问题成为能否发射"亚星"的关键时，荣毅仁决定同香港和记黄埔公司、英国大东电报公司合资创办亚洲卫星公司，然后购买、经营"亚洲一号"卫星，并由中国发射。正当中信公司积极参与筹划此事，1989 年春夏之交的"政治风波"发生了，中信公司筹措资金的工作顿时陷入困境。于是国外有客商乘虚而入，企图挖走美国卫星。在此情况下，荣先生四处奔波，逆流而上，顶着巨款投资的风险，终于解决了筹资问题。现在，发射程序突然中止，作为大股东之一的荣毅仁先生，岂有不紧张之理！

而此时此刻，在指挥控制大楼左侧的一块草坪上，担任当晚"亚星"发射实况直播的现场临时指挥部的全体工作人员，不仅紧张，而且忙碌！直播发射外国卫星实况，对长期封闭的中国来说是开天辟地第一次。中国在过去几十年的发射史中，无论是试验氢弹、原子弹，还是发射导弹或火箭，都是在秘密的面纱掩盖下进行的，不仅外国人不能涉足，就连中国人自己也同样不能观看。特别是在 50 年代、60 年代和 70 年代，参加发射试验的人员连对自己的妻子儿女，都是绝对保密的。部分中国人有幸去发射场观看发射实况，只是近两年的事情。可今天，中国第一次发射美国卫星，便要进行现场实况直播，而且直播范围不仅包括中国内地，还包括香港地区——纵然失败，也要面对世界。

只是，西昌发射场地处偏僻的西南大凉山峡谷，距离遥远，环境闭塞，要把发射时的图像和声音高质量地传输到北京，再发射到中国内地和香港地区，技术难度非常之大。而且这种难度，前所未有。鉴于这一情况，国防科工委和广播电影电视部联名起草了《关于发射亚星对外现场直播问题的请示》报告，在报告中明确表明：如果到时发射万一失败，按照国际惯例，照样如实直播。并当即呈送中央。经中央军委、国务院众多领导人批准的红头文件很快下发后，一支由中央电视台和四川电视台联合组成的五十余人的亚星直播队伍，于半月前才匆匆赶到西昌。为了让亿万观众看清发射场面，直播组在发射场附近想方设法安置了八个机位，使观众可从八个角度看到火箭发射的真实画面。为防止各种意外情况发生，直播组还制定了六套直播方案，如：正常发射如何直播；推迟发射如何直播；发射失败又如何直播；等等。

出乎意料的是，无情的雷雨却偏偏挡住了即将打开的发射窗。今晚到底是打还是不打？发射场上所有的人都在焦急地等待着指挥部的最后决策。

晚7点10分，即离原计划发射时间只剩下四十分钟时，发射指挥部临时召开紧急会议，最后决定今晚是否发射。

指挥部所有成员接到紧急通知后，几乎都是一路小跑跑到地下指挥室的。由于地下指挥部的空间小，加之离发射点火的时间越来越近，所以当发射场上的首脑人物全都挤在一块后，本来就比别处紧张的地下指挥部，就越加显得紧张了。

会议一开始，主持会议的发射指挥长曲从治首先打破沉默，他说："现在，发射程序已经中断，第一个发射窗口眼看就要过去，下一步咋办？今晚是发射，还是不发射？如果发射，是选择第一个发射窗口，还是选择第二个发射窗口，或者第三个发射窗口？"

所谓发射窗口，即指发射时机。卫星的发射窗口，一般来说，每晚只有一百分钟左右，一旦错过了这个窗口，就得取消当日发射，坐等二十四小时后，再重新选择下一个发射窗口。由于这个问题太重大，也太突然，会场出现了短暂的沉默。

"老吴，还是你先谈谈气象情况吧！"曲从治再次发言说。

大家的目光便投向老吴。

老吴刚说了一句，又停住了。这次是真的紧张了。

"随便讲吧，老吴，没关系。我们现在都听你的了，你就是上帝！"在关键时刻，又是胡世祥一句轻松的玩笑，让老吴的心情轻松了许多。

老吴这才说道："现在，从卫星云图上可以看到，中午预测的那片云层，刚才已经移过了场区。但现在又突然有一大片对流云团正向我们头顶移来，恰好挡住了第一个发射窗口。"

胡世祥问："这片云团什么时候能移过场区？"

老吴说："估计要在9点左右。"

国防科工委副主任沈荣骏忙问："那9点后是什么情况？"

老吴说："根据我们的测量，在这片云团的后面，有一个大约一百公里大小的云空，现在正以每小时十三公里左右的速度向发射场区移来。这个云空可能在9点前后，到达发射场的上空。"

"这个云空肯定能到达吗？"有人问。

"目前还不能肯定，但一小时后基本可以肯定。"

会场又是一片沉默。时间一秒一秒地在消失。第一个发射窗口过去了。第二个发射窗口眼看又要过去了。这时，有些性急的胡世祥再也憋不住了，他抬腕看了一下表，大声说道："我先说一方案，行，就这么干；不行，再考虑别的方案。"而后他继续说道，"我的意见是，气象问题我们暂时不予考虑，现在就瞄准第三个发射窗口的前沿。因为第三个发射窗口足足有八十分钟时间可供选择。我们在这八十分钟内作好发射的一切准备，一旦这个云空出现，只要老天裂开一道缝，我们就把卫星打出去！"胡世祥刚一说完，又赶忙补充了几点理由，然后请沈荣骏副主任拍板。

沈荣骏看了一下表，稍加思索，肯定了胡世祥的意见。

于是会议一致决定：发射时间，推迟到9点30分！

沈荣骏随后拿起电话，向北京指挥所作了汇报。

四

天有不测风云。晚9点左右，西昌卫星发射场有如神助——雷息了，雨停了，不久前还电闪雷鸣的发射场上空，不仅真的出现了一块云空，而且居然还有几颗星星在调皮地眨着眼睛。

当指挥员“三十分钟准备!”的口令下达后，从西昌到太平洋七千多公里的航线上，分布于全国二十多个省和地区的成千上万台跟踪测量设备全部进入了最后的决战状态。发射还有最后七分钟时，美方向中方送来信号：卫星工作正常，可以发射！片刻，中方“01”号指挥员下达了指令：“各号注意，一分钟准备!”

计算机立即启动了自动点火程序……

此时此刻，波涛滚滚的太平洋上，两艘“远望号”测量船所有的遥测、雷达等测量设备，均张开了电子的巨网；香港会议展览中心的几百名港澳人士几乎全都站了起来，屏住呼吸，直愣愣地望着大屏幕；美国洛杉矶休斯公司总部的几十位美国专家坐在测控大厅，焦急地等候着东方峡谷最后一道“点火”的命令；担任发射现场解说的中央电视台播音员张宏民端坐在属于自己的位置上，随时准备着那激动人心的播放；香港电视台打乱了以往的工作程序，一切让位于转播今晚的发射实况；北京、天津、南京、上海等全国各大百货商中断了正常的营业，连售货员也忘记了自己的职责，与顾客一起围在柜台前等待观看。有的街道边因围观者太多，还造成了交通堵塞；西昌卫星发射场附近的山坡上，数千名黑压压的人群早已急不可待。有的抱着大衣、雨布，有的提着干粮、小凳，有的搀扶着白发苍苍的老人，有的怀抱着牙牙学语的孩童，尽管不少人的衣服早被雨水浇湿，冻得瑟瑟发抖，眼睛却依然紧紧盯住发射场，生怕错过了这千载难逢的好机会……

可偏偏就在这个时候——离火箭点火还有十二秒，当指挥员抓起话筒，刚要下达最后一个“点火”口令之际，一个谁也意想不到的情况突然出现了：火箭上方的某个部位上，突然哧哧地往外冒起了缕缕白烟……

胡世祥发现这一情况后，仿佛连头发丝都忽地竖了起来，脱口便问了一句：“怎么办?”

由于这一情况太突然，也太严重，所以在场的人几乎全都屏住了呼吸……

现在面临两种选择：一是尽快下令打出去；二是立即下令中断发射程序。两种方案在胡世祥的脑海里飞速地运转着……经过一刹那的惊惶后，胡世祥立即冷静下来。他很快发现，第三级火箭的增压是正常的，这说明液氢贮存箱没有问题。而且，往外喷发的白烟在逐渐减弱……于是，在这千钧一发之际，凭着科学的推断、超人的胆魄以及几十年的发射经验，胡世祥与几位老总的目光经过短暂的对视后，果断下达了“点火”的命令！

“长征三号”火箭随之腾空而起！一时间，满山遍野，人声鼎沸，呼声不断，掌声、鞭炮声、欢呼声，汇成一股狂喜的热潮，在山谷久久回荡。百里之外的基地家属大院，数百名家属和孩子推开窗户，打开家门，纷纷奔跑出去，对着夜空放声高喊：“成功啦！成功啦！中国的火箭成功啦！”甚至在一个鸡窝棚前，十几位家属每人拿着一个脸盆围在一起，一边毫无节制地拍打着脸盆，一边呜呜地抹着眼泪。指挥控制大厅更是掌声雷动，呼声震天，中外专家们相互握手、拥抱、祝贺，每个人的脸上没有一个不是神采飞扬，热泪滚滚……

二十分钟后，发射指挥长曲从治一脸兴奋地走到指挥大厅的中央，高高举起麦克风，向中外来宾大声宣布道：

根据西安测控中心的测量数据表明，卫星已进入转移轨道。这次发射，完全成功！

雷鸣般的掌声，在大厅轰然鸣响。

当晚零点，亚洲卫星公司在西昌腾云楼宾馆举行盛大的庆祝宴会。宴会一开始，美国驻华大使李洁明先生首先举起酒杯，致祝酒词：

这次“亚洲一号”卫星的发射成功，是各方人士共同努力的结果。我为美方人士受到的盛情款待表示感谢。……这颗卫星的发射成功，将为亚洲地区那些从前没有现代通信的千千万万的人们带来一场通信革命！让我们为美中首次在太空的合作成功干杯！

中方代表也举起酒杯，微笑着说：

“亚洲一号”的成功发射，说明中国具有发射商业卫星的能力。当然，我们深知我们的对外发射服务还有许多不尽如人意之处，但是，请朋友们放心，将来这一切都会改变的。让我们为未来干杯！

第二天，全世界各大新闻媒体几乎都报道了中国“长征号”火箭成功发射美国卫星的消息。中国“长征号”，石破天惊，一举成名！

从此，中国开始了商业发射的历史。

第八章
草　图

中国农村改革的草图，最早出自于安徽几个农民之手；中国“长二捆”火箭的草图，最早也由几位普通专家画出。可草图变成火箭需要经费，专家们便一边拿着草图找外国老板要订金，一边捧着草图请国内领导立项目。问题是，国外都是先有火箭再签合同，中国没有火箭只有草图，如何换回合同？

一

中国的“长征三号”火箭将美国的“亚洲一号”卫星送入同步转移轨道，不仅显示了中国人具有研制火箭的能力，同时还具有商业发射的能力，从而在强手林立的国际市场占了一个小小的地盘。这无疑是中国航天史上的一座里程碑。美国休斯公司副董事长鲍夫曼先生说：“中国的这次发射，在美国类似的八十次发射中，入轨精度是最高的一次！”外电则评论说：“中国这次成功发射的意义，绝不亚于当年爆炸了原子弹！”

但在中国“长征三号”火箭尚未发射美国卫星之前，国际上是没有多少人或者说几乎是没人把中国火箭放在眼里的。“长征三号”火箭成功地发射了美国的卫星后，情况就大不相同了，不仅让世界刮目相看，同时也让外国同行们重新开始掂量“火箭故乡”这几个字的分量。

当然，实事求是地说，这次发射若与国际上先进的发射服务相比，在各方面都还存在一定的差距，甚至还有很大的差距。比如，我们的运行机制，还相当保守，很不灵活；我们的思维方式，还呆板教条，囿于传统；我们的商务谈判，还实践太少，经验不足；我们的服务质量，还不配套，很不相称；我们的人员素质，还不尽如人意，有待提升；等等。

此外，“长征三号”火箭的发射成功，也只能说明，中国的火箭首次撞开了国际商业发射市场的大门，而不等于中国已经在国际商业发射市场上站稳了脚跟。何况，商场如战场，中国要想在国际商业发射市场稳住阵脚，绝非一朝一夕；何况，航天发射是高投资，而高投资必然是高风险——美国如此，欧联如此，中国同样如此；何况，美国之所以选用中国的火箭发射自己的卫星，绝非仅仅看中的是中国的火箭发射技术，而还有一个重要的原因，就是发射价格便宜！如果我们不知天有多高，地有多厚，路有多长，山有多高，必将作茧自缚，自断前程。凡在这个行当的人都明白，与世界接轨是一门相当深奥的学问，必须经历一个曲折漫长的过程！

因此，“亚洲一号”卫星发射成功后，中国航天人又开始瞄准了下一个目标：用中国的“长二捆”新型运载火箭，发射由美国研制的、澳大利亚购买的“澳星”！

二

第一个吃螃蟹的人，常常容易被螃蟹反咬一口。然而伤口愈合后，只要能吸取教训，再去吃螃蟹时，非但不会再被螃蟹咬伤，反而能将螃蟹一口吞进肚里。

发射“澳星”的故事，与此似乎颇有相似之处。

历史常常告诉我们这样一个事实：有些了不起的事情，往往出自于名不见经传的人物之手。中国农村改革的草图，最早就诞生于安徽农村几个一身泥土的农民的手上；而中国的新型火箭“长征二号”捆绑式火箭（简称“长二捆”火箭）的草图，最早也同样由几位普通的火箭专家画出。

其中一位专家，叫黄作义。

在中国“长二捆”火箭打入世界商业发射市场的先期历史中，这是一位不可或缺的关键人物。黄作义1962年从北京航空学院毕业后，一直在中国火箭研究院从事多种火箭的总体设计工作。从“东风”系列导弹到“长征二号”系列火箭，整整干了二十八年，可谓历经风雨，饱受磨难。

1984年，“长征三号”火箭首次发射成功后，黄作义和其他几位专家一样，对中国火箭的出路问题也开始了认真的思考。

1984年4月30日这天，时任火箭研究院副院长的于龙淮来到黄作义的办公室，见面就问：“老黄，现在经济困难，你能不能想法搞一个民用产品？”

黄作义说：“我试试看吧。”

黄作义属于那种多干少说或者只干不说的人。他很快组织几个人，无声无息地干了起来。不久，便搞出了一个方案。这是他从几十年的军品思维模式跳出来后搞的第一个民用产品方案。此方案出来后效果不错，后来在海外还颇有一些影响。之后，他便开始转向如何开发航天市场的思考。

1985年，黄作义离开总体部，到了航天部科技委。在这段时间里，他算是一个闲人。但他闲不住。不但闲不住，反而想得很多。因为当时航天部不少单位和部门，为了生存，为了饭碗，为了几个小钱——当然从某种意义上说，也是为了发展——开始纷纷搞起了民用产品，诸如儿童电子琴、小孩玩具等。黄作义觉得这不是航天专家的特长，也不是航天专家的水平，更不是中国火箭眼前的出路和未来的发展方向，于是就自己开始琢磨如何把中国的火箭挤进国际商业市场的问题。

由于黄作义一直是搞火箭总体设计的，对中国各种型号的火箭的性能特点相当熟悉，对“长征二号丙”火箭更是了如指掌，所以很快便有了想搞大推力火箭的想法。

1985年3月的一天，他找到著名导弹专家屠守锷，谈了自己想在“长征二号丙”火箭的基础上搞大推力火箭的想法。屠老总听了后很高兴，表示支持，说：“你就先干吧！”

1985 年 9 月的一天，黄作义又来到当时火箭研究院导弹组的余孟伦先生的办公室，对余孟伦先生说："老余，我有个想法想和您聊聊。"

余孟伦问："什么想法？说来听听。"

黄作义说："我们的'长征二号丙'火箭到目前为止，发射率为百分之百。可靠性这么强的火箭，是不多见的。所以我想，我们能不能在'长征二号丙'火箭的基础上再加几个助推器，让它达到美国航天飞机三分之一的运载能力，这样就可以去国外参加竞争了。"

余孟伦略加思考后，说："这个设想在理论上我看是可行的，但必须先计算一下，等有了一个科学的数据之后，才好下定论。"

黄作义说："那就请您给计算一下，如何?"

余孟伦爽快答道："当然可以。"

余孟伦是导弹计算的高手，他一连开了几个晚上的夜车，终于在一个夜深人静的夜晚有了计算结果。他立即打电话告诉黄作义说："计算结果出来了。"

黄作义急忙问道："怎么样?"

余孟伦说："我看没问题。若在'长征二号丙'的基础上再加助推器，可以达到美国航天飞机三分之一的运载能力!"

黄作义非常高兴，连连说道："太好了！老余，谢谢您!"

有了科学依据，黄作义对自己的设想更加充满信心。于是 1985 年底的一个夜晚，他躲进一间简陋的小屋里，开始画起了自己心中构想多时的新型火箭草图。那是一个寒冷的冬夜，位于北京西郊的中国火箭研究院内一片寂静，多数人已经睡了，只有少数几间房里还亮着灯光；除了窗外呼呼刮响的北风，几万人的大院几乎听不到任何声响。当时火箭研究院还很穷，黄作义伏案画图的小屋子更穷——除了一张随时都有可能倒塌的"办公桌"和"办公桌"上一大堆资料图纸外，只有放在桌上的几包方便面和靠在墙角的一个破水壶。可那个夜晚的黄作义除了他的火箭草图，似乎什么都忘记了，整个身心完全沉浸在那张火箭草图上。从头天晚上 7 点，到翌日凌晨 4 点，他用了整整一个晚上，才画完了那张草图。

这张草图简单说来，就是在“长征二号丙”火箭的基础上，再加上四个助推器，然后形成一种新的两级大推力运载火箭。这既可保证在设计方案上可靠，又能节省时间，减少投资，在短期内打入国际发射市场。尽管这张草图还很简单，也不完善，可画完这张草图后，黄作义有一种莫名的兴奋和一种说不出的快感，好像堵在内心多年的一种愿望终于在那张草图上得到了尽情的宣泄与表达。

之后，黄作义把自己的这一构想向屠守锷老总作了汇报。屠老总当即表示支持。但屠老总是埋头干活的火箭专家，不是一呼百应的行政高官，手中只有知识和技术，没有权力和金钱，所以无法将这张皱皱巴巴的草图，变成气壮如牛的火箭。

1986 年 1 月 23 日，美国航天飞机横空爆炸，黄作义和其他几位中国专家在荷兰阿姆斯特丹一个宾馆的电视里亲眼看到了震惊世界的这一幕，内心受到了极大的震动，同时也引起了他的思考。黄作义曾是中国航天飞机研究小组的成员之一，对美国的航天飞机不仅一向关注，且颇有研究，所以他非常清楚美国的航天飞机有三分之一的运载能力都是用于发射卫星的。现在，美国航天飞机发生了天灾人祸，国际上大部分急于发射卫星的商业用户必然要另寻出路，这就有可能形成法国“阿里安”火箭独霸国际发射市场的局面，出现暂时的世界性“运载危机”。也就是说，不少急于想发射自己卫星的客户，会因美国航天飞机的爆炸而苦于找不到适合发射自己卫星的火箭。如果中国能及时研制出一种具有美国航天飞机三分之一运载能力的大推力新型火箭，就可以用这种火箭把外国火箭商的部分生意抢揽过来，承担起发射外国商业卫星的任务；同时黄作义还了解到，国际上第二代大型通信卫星正在加紧研制之中，而这种大型的通信卫星恰恰需要一种大推力的火箭，倘若中国能适时地研制出这种大推力火箭，就会赢得打入国际商业发射的机会和条件。

也就在这个时候，中国的高科技计划——“863 计划”经邓小平亲自批准后启动了，时任火箭研究院副院长的王永志便是“863 计划”中的专家之一。于是 1986 年 3 月初，黄作义拿着草图找到王永志，把自己的一些想法与王永志作了详细的交谈。

王永志是中国著名的火箭专家，如今“神舟号”载人飞船工程的总总师，对这种在火箭上加助推器的捆绑式火箭，可以说是再熟悉不过了。早在1970年，“长征一号”火箭发射“东方红一号”卫星成功后，他作为一部的室主任，就组织黄作义、朱维增等人，作过多个捆绑式火箭的试验，并对其运载能力作过计算。而且，脑子里一直都在琢磨着这件事，心里始终怀揣着这么一个目标。但十多年过去了，捆绑式火箭依然没有搞出来，为什么呢？王永志说，原因很简单，就是哪一级领导都没下得了这个决心。所以，王永志听了黄作义的想法后，非常高兴，当场表态说：“这个方案，我看完全可行!”

随后，王永志又以火箭研究院的名义，将此事向航天部副部长刘纪原作了正式报告。刘纪原当即表明了自己的意见：“先走出去，作国际市场调查，再作最后决定。”

于是1986年4月，黄作义飞赴美国，开始推销“长二捆”火箭。

黄作义在美国推销“长二捆”火箭期间，条件非常差。差到了什么地步？手上连一张正规的火箭设计图都没有，而只有一张火箭草图，这张火箭草图就是去年那个寒冷的冬夜他在简陋的小屋里用手画的那张草图，他自己称之为一张“白纸片”。这张“白纸片”被他在国内用复印机复印了几十份而已。所以在美国第一家公司宣讲时，因缺乏“长二捆”火箭的形象资料，黄作义竟不知道该用什么方式向外国同行讲解是好。幸亏他灵机一动，花了几个小钱，请美国一家公司的秘书临时为他搞了一个投影片，他才借助这个投影片第一次厚着脸皮给美国人“纸上谈兵”。

由于黄作义对“长二捆”火箭的卖点了如指掌，所以他向美国各个公司“纸上谈兵”时，主要紧紧抓住两点来谈：一是中国“长二捆”火箭的运载能力正好是美国航天飞机运载能力的三分之一，这样就可以把原来美国航天飞机所承担的发射卫星的任务承担下来；二是中国的“长二捆”火箭是以原来的“长征二号丙”火箭为基础的，而“长征二号丙”火箭过去一共发射了十三次，十三次次次获得成功。也就是说，发射成功率是百分之百。那么，以“长征二号丙”火箭作基础发展起来的“长二捆”火箭，自然也就具有相当高的发射成功率。

但美国人过去对中国的火箭几乎一无所知，当黄作义在一些公司宣讲时，不少人便问：“你们这个火箭技术是从哪儿学来的？”

黄作义说：“是我们自己搞出来的。”

有人说：“不会吧？你们中国不是在搞‘文化大革命’吗？怎么会搞起了火箭？”

黄作义说：“中国的‘文化大革命’早就结束了。”

有人问：“那现在干什么？”

黄作义说：“现在在邓小平的领导下，正在搞改革开放！而且搞得热火朝天，轰轰烈烈！”

有人又问：“你们这个火箭是不是从俄国人那儿买来的？”

黄作义说：“绝对不是！先生，我可以告诉您，中国的‘长征号’火箭与俄国人没有一点关系！”

尽管黄作义一遍一遍地解释着，还是有不少美国人不断地摇头。因为美国人除了事实，是不会相信一个衣着俭朴、表情羞怯，甚至说话也没多少底气的中国人“纸上谈兵”的。

不过，也有美国专家一开始便对中国“长二捆”火箭持信任态度。比如美国休斯公司的高级技术专家 Roson 博士，当他第一次听了黄作义关于“长二捆”火箭的设想后，便很兴奋地对黄作义说：“仅凭您对火箭技术的介绍与分析，我认为中国完全有能力实现‘长二捆’火箭的方案。这个问题如果让我来做主的话，我就选择你们中国的‘长二捆’火箭。”

在美国的二十多天时间里，黄作义苦口婆心，费尽心机，最后还是让不少美国客户从不知道“长二捆”火箭，到知道了“长二捆”火箭；从不了解“长二捆”火箭，到大致了解了“长二捆”火箭；从对“长二捆”火箭没有兴趣，到对“长二捆”火箭有了打算。最后，有的客户还明确表示：“如果中国能尽快研制出‘长二捆’火箭，我们愿意进一步作实质性的谈判。但前提是，我们必须先亲眼看到实实在在的火箭，而不仅仅是一张皱皱巴巴的草图！”

而美国的一些华人社团，对此反应也十分强烈。当他们听说中国代表团在美国推销中国的火箭时，都主动、热情地找上门来，纷纷表示说：“中国的火箭打外国的卫星这件事，一定要干，而且要打，就要打美国的卫星。这样可以为我们中国人争口气，撑个腰，也为我们华人争口气，撑个腰。”另一部分人则表示：“如果经费有问题，哪怕由我们华人社团一分一分地集资，也一定要干好这件事情。因为它对一个国家、一个民族在现代化历史进程中所发挥的作用，实在太重要了！”

黄作义和长城公司的专家们从美国回来后，对国际卫星发射市场的调查情况作了认真的分析，认为当时国际商用卫星的关键技术，主要出自美国。美国有二十多家公司研制卫星，但真正有实力的不过四五家，其中休斯公司的技术实力最强，市场份额占了美国卫星商务市场的百分之六十以上，在全球市场仅次于国际通信卫星组织；另一情况是，80 年代国际通信卫星以“亚星”类型为主，重量多在一点二至一点四吨左右，二十四个转发器。但大容量、长寿命、多功能、重量约为三吨左右的新一代通信卫星很快就大有取代“亚星”一类卫星之势，与此相适应的运载能力就只有美国的航天飞机和法国的“阿里安”火箭。而美国的航天飞机是大马拉小车，单次单项发射的能力绰绰有余，费用却相当昂贵，结果在两年之内便被法国的“阿里安”火箭抢去了百分之四十以上的卫星发射市场。好在根据分析预测，今后世界通信卫星的市场需求量可达二百多颗左右，运载火箭的市场潜力仍然很大。但中国的“长征三号”火箭由于自身的推力有限，发射新一代的国际通信卫星没有竞争力。因此，中国要想继续获得一定的国际发射市场，并争取在国际商业发射市场上站稳脚跟，就必须尽快利用自己成熟的火箭技术，开发出新一代大推力火箭，以适应新的国际商业发射市场的需要。而研制这种火箭的捷径，就是在成熟的“长征二号丙”火箭的基础上运用捆绑技术，加上助推器，增强火箭的推力。

黄作义等人将上述市场调查分析情况向中国运载火箭研究院院长李伯勇、副院长王永志作了详细的汇报。两位院长很兴奋，也很感动，当场就毫不犹豫地表示：“这件事一定要干！而且要干就要干好！”同时于龙淮、何克让几位院领导以及火箭专家王德臣等，也表示坚决支持。

紧接着，王永志将黄作义、王德臣等专家组织一起，对“长二捆”火箭的研制方案又作了进一步的讨论研究。在此基础上，他们又在那间简陋的办公室里，齐心协力，秉灯鏖战，画出了三张“长二捆”火箭的原理草图。这三张原理草图的设计思想是：在原有的“长征二号丙”火箭的基础上，再加上四个助推器，由此形成一种新的两级大推力运载火箭。这样既可保证在设计方案上可靠，满足国外用户目前的需求，又能节省时间，减少投资，在短期内挤进国际商业发射市场。

然而，像如此浩大的工程，光有火箭研究院的支持不行，还必须征得航天部领导的同意和支持。王永志很快向当时负责对外合作工作的孙家栋副部长作了汇报。孙家栋当即表示支持，认为此方案可行。

接着，王永志又向负责航天科技工业规划和技术管理的副部长刘纪原作了详细汇报。

刘纪原对此会是什么态度呢？

三

事隔多年之后，航天部不少人都说，如果当年没有刘纪原、沈荣骏、王永志等人的坚决支持，就没有后来的“长二捆”火箭。没有“长二捆”火箭，也就没有后来的“神舟号”飞船。因为“神舟号”飞船的发射，必须依靠“长二捆”火箭。

此话并不过分。

在中国对外发射这一轰轰烈烈、具有开创性的宏伟事业中，刘纪原的确是位举足轻重的人物。

作为航天部的统帅人物，刘纪原心里非常清楚，历史进入80年代之后，航天技术已经成为一个国家国力的重要标志，成为世界先进行列的一个重要产业，成为国民经济的一根重要杠杆。但是，随着世界航天技术的发展，中国“长征号”火箭的运载能力，已逐渐显露出了明显的不足。要想保持住我国火箭技术现有的发展势头和已取得的先进地位，就必须大幅度提高“长征号”火箭的运载能力；同时，国际卫星发射市场对运载火箭的需求也日趋多样化，重量为二点五至三点五吨的大容量商业通信卫星已经成为国际通信卫星市场的主要换代产品。而中国率先进入国际市场的“长征三号”火箭，同步转移轨道的运载能力却只有一点四吨。即使是正在研制的、多年之后方能投入使用的另一种型号的“长征三号”火箭，其同步转移轨道的运载能力也只能达到二点五吨，离国际市场的需要相差甚远。因此，为了使中国好不容易打入国际市场的“长征号”火箭能长期、稳定地在国际商业卫星发射市场占有一席之地，并争取下一步能占领更大一点的市场，就只有一种选择：大幅度提高“长征号”火箭的运载能力。而且越快越好，刻不容缓！

此外，对外商业卫星发射服务，是世界航天史上一项开天辟地的伟大事业，目前世界上只有美国、法国（以法国为首的欧洲空间局）、中国、俄罗斯等少数国家和航天机构才有这个能力。中国的航天之所以要从过去计划经济的轨道上挣脱出来，转入国际商业发射轨道，从而参与竞争，既是一个民族迫不得已的自我选择，也是一代航天人不可抗拒、无法逃避的责任与使命。而中国之所以具有这个能力，一方面是因为中国的火箭技术正逐步走向成熟；另一方面或者说是更重要的一方面，则是因为有了改革开放的大好局面。自 80 年代中期以来，中国航天系统每年都有二千人次出访、四百人次出席各种国际学术会议，与世界各国进行技术交流和商谈技术贸易合作，这就完全打破了过去中外少来少往的尴尬局面。尤其是近年来，在法国、英国、新加坡等处举行的大型国际航空航天博览会上，中国航天部门每次都派出了阵容较强的展团，以卫星、运载火箭的实物和模型以及多种高技术产品展示中国的航天成就，这就为中国火箭进入国际商业市场打下了基础。尽管商业卫星发射服务属于正常的国际贸易往来，但中国火箭发射外国卫星对中华民族而言，毕竟是一件前所未有的大事，当然也是一件难事，它对加速本民族的现代化进程大有好处——既可以为中国航天事业的发展创造巨大的经济收入，也能为增进国际航天科技交流、提高自身的技术水平带来绝好的机会。

所以，听了王永志对“长二捆”火箭初步方案的设想后，既是专家出身，同时又是站在航天部领导位置并具有决策权力的刘纪原，自然不会放过中国火箭完全有可能再次打入国际商业发射市场的这个机会。作为曾经当过中国火箭研究院副院长的他，对“长征二号丙”火箭的性能及可靠性的了解，如同自家孩子的脾气，非常清楚。所以他对王永志说：“根据以往的技术实践和借鉴国外火箭的研制经验，在火箭已有的技术基础上，采用并联捆绑助推器的技术，是提高火箭运载能力、降低研制成本并保证其高度可靠性的必经之路。何况像这种在火箭上再加几个助推器的设计方案，国外早就搞过，并不是什么新鲜事，中国要搞，在技术上完全可行。”

王永志说：“是的，这事我们已经反复讨论过好多次了，从技术上的角度看，确实没有问题。”

刘纪原说：“这对中国航天的发展来说，的确是一件很有意义也很有价值的事。所以我们一定要做，而且要做就做好，要做就做漂亮!”

王永志说：“只是目前困难不少，阻力也很大。”

刘纪原说：“我们应该有各种思想准备。但只要我们认准了，就要大胆地干，一步一步地往前拱，不然任何一件事情也干不成。”

王永志说：“现在最关键的，是经费问题。”

刘纪原说：“经费的问题，我来想办法。”

王永志说：“好，有您这句话，我心里就踏实了。”

之后，刘纪原开始频频与上级相关领导和部门谈搞“长二捆”火箭的一些设想，并到处化缘，为“长二捆”火箭的前期预研工作筹措经费。

然而，中国的事情往往就是这样，一件看起来应该做、也很有必要做、并且能够做成做好的事情，常常会经历很多的艰难曲折，甚至还会遭受一些莫名其妙的非议与责难，而到头来却有两种结果：一种是可能成功，一鸣惊人，永垂青史；另一种则是可能失败，身败名裂，遗臭万年。

“长二捆”火箭一事，同样难以免“俗”。

四

“长二捆”火箭的方案一经正式提出后，在专家内部和领导层里，便出现了两种截然不同的意见。

一种意见认为，机不可失，时不再来，中国应该先抓紧时间把“长二捆”火箭搞出来。一旦手中有了“长二捆”火箭，再到国外去与别人谈发射合同，就完全可能抓住当前这一千载难逢的机会，挤进难得的国际发射市场。因为目前国际上急需的正是像“长二捆”这样的大推力、低轨道运载火箭。否则，过了这个村，很可能就没了这个店。

另一种意见则认为，凡事得稳重，得照章行事，不能轻举妄动，操之过急。“长二捆”火箭是高投资，高风险，只有先拿到了发射合同，才能搞研制。眼下发射合同没有到手，先搞研制不符合常理。如果搞出来了却签不了合同，岂不竹篮打水一场空，白费力气？等签了发射合同再搞“长二捆”，也不为迟。

两种意见，观念不同，认识不同，思路不同，角度不同，结果自然也就不同。这很正常，也不难理解。但难就难在具体承办这笔生意的中国长城公司，难就难在与外商具体洽谈这笔生意的具体的人，譬如黄作义。

1986 年，中国长城工业公司宇航部正式宣布成立后，航天部便在美国洛杉矶设立了中国第一个承揽国际商业发射服务的专门机构——中国对外发射服务办事处，以此作为中国在北美对外开发市场的一个窗口。黄作义，便成了该办事处的老板。

这一时期的黄作义，可以说是处于最难受、最尴尬，也最孤独的时期。因为，航天部在美国洛杉矶专门设立的这个“中国对外发射服务办事处”，虽然牌子听起来十分唬人，却名不副实，形式大于内容，偌大一个“中国对外发射服务办事处”实际上就只有他一个人。他除了要满世界向外国人推销中国的“长征号”火箭之外，还要负责沟通国际国内的各种信息，掌握各种商业情报，以及负责接待随时从国内去的各路“诸侯”。因此，名义上他是办事处的老板，实际上他却要身兼数职——除了兼外交官、翻译官、谈判代表、技术协调人、秘书、导游，还要兼情报员、资料员、打字员、驾驶员和炊事员……一个人站在中国对外发射的“窗口”，春夏秋冬、年年岁岁，日夜抵挡着来自国际商业发射市场的霜风雪雨；还要事无巨细，事必躬亲，其艰难与艰辛，可想而知。

还有令黄作义哭笑不得的是，他在驻美办事处期间，始终受到美国联邦调查局的秘密监视。有一次，两位美国联邦调查局的人竟然来到办事处，亮出搜查证，先是对办事处查视了一番，然后又没完没了地对他进行盘问。尽管他出示了合法证件，也陈述了自己在美的工作活动情况，但美国联邦调查局的人还是把他当成“技术间谍”看待，对他在美国的行为持怀疑态度。直到后来，美国休斯公司的专家为他作证，说他确实是中国的一名火箭专家，联邦调查局这才罢休。可他以后的言行，仍被美方监控，比如他的电话，就一直在联邦调查局的监听之中。而最让他难受的，是国内个别思想观念陈旧的人，对他也不信任，说他长期一个人在美国，会脱离组织，泄漏国家机密，甚至有出卖情报、里外勾结、投靠美帝国主义的可能。

身处如此内外交困环境下的黄作义，要与外商谈成“长二捆”火箭这笔大买卖，自然就很难。不过黄作义根据对国际市场的调查情况分析，认为中国若是能及时研制出“长二捆”火箭，或者说哪怕至少先搞出一个成熟的“长二捆”火箭设计方案，然后再与外商洽谈，进而签订发射合同，是完全可能并能够作到的事情。因为当时的国际商业市场上，不少用户急需的正是“长二捆”这种大推力的火箭。

但当时的航天部毕竟还是计划经济体制在作主导，像“长二捆”火箭这样大的研制任务要列入型号计划，无论是资金的申请、应用，还是技术力量的调动、分配等，都受到诸多因素的限制，得有一个缓慢的过程。更何况，“长二捆”火箭到底是搞还是不搞，国内众说纷纭，莫衷一是，意见并未统一。在没有市场合同的情况下，要进行巨大的经费投入，风险很大，这个决心一般人也是很难下得了的。尤其对于求稳心理很重的中国人来说，这种风险不仅是经济的，更是政治的！而这来自政治方面的风险，又是航天界任何一位领导人或者航天专家都担当不起的，也是无法担当的。

所以，黄作义得到的有关领导的意见是：“长二捆”火箭搞是可以搞的，关键是要看你能不能拿到发射合同？到底能拿回多少合同？最好的办法是，你先把发射合同拿回来，我们再搞“长二捆”火箭。不然的话，你想想看，我们要花这么多亿的投资，万一我们投资了，也搞出了火箭，美国休斯公司不跟我们签合同怎么办？甚至有人还提出，你能不能先拿回五六个发射合同，我们再干！他们要是肯先给我们签上十二个卫星发射合同，就再好不过了，我们肯定就下决心干了！

孤军作战的黄作义很快找到美国休斯公司代表，说：“我们能不能先签发射合同，然后再造火箭？”

美方说：“No，No，No，你们要是决定研制了，我们再签合同。”

黄作义说：“我们研制一枚火箭得上亿美元，前期风险实在太大。我们的意见，只要合同一签，我们马上就抓紧研制！”

美方说：“你们只要有了火箭，我们可以和你们签上十个卫星发射合同！”

黄作义说：“如果你们不放心，我们先签上几个卫星的合同也行。”

美方还是一个劲地摇头。

如此一来，黄作义便陷入了一种非常尴尬的、难以摆脱的两难境地之中：一方面，在国内没有研制经费，没有现成的火箭，没有成功的先例，他和长城公司的专家们要凭着手中的几张草图和有关资料，想方设法让国外的用户相信中国的火箭技术实力，从而促使外商下决心与中方签约，并让对方先付预订订金，而后再拿这个预订金来研制火箭。可国际上都是先研制出了火箭再去找发射用户，还从未有过连火箭的影子都没有就去跟别人谈发射买卖的先例。另一方面，他如果真的和国外签订了发射合同，又拿了别人的预订金，到时国内又不同意搞“长二捆”火箭了，怎么办？所以黄作义又必须要在还未拿到国外发射合同的情况下，捧着草图，四处奔波，想方设法，绞尽脑汁，走进一道又一道的“衙门”，越过一个又一个的“门槛儿”去争取国内有关领导和各部门的支持，从而促使国内提前进入火箭研制状态，以吸引外商，最终拿回发射合同。

很显然，要作到这两点，很难！何况，国内的运行机制与国外大不相同，甚至说有天壤之别。所以黄作义在外"游说"十分不易，处理起问题来也相当棘手。比如，外国公司的发射招标，通常都要求在半月内甚至有的在一周内就要收到发射建议书；有些问题，还要求你当场就必须解决，或者至少在一两天内给予肯定的答复。但按国内的一般工作程序，一份报告或文件要逐级呈送审批，需多次开会，反复研究，来回论证，而后再反传下来。这样，快则十天半月，慢则一月两月，根本无法适应国外快速的工作节奏。

好在黄作义最初对"长二捆"火箭能否搞成，并没有寄予太大的希望，用他自己的话来说，"只要'长二捆'火箭能先给美国人发射一个骨灰盒，就不错了。"因为当时在西方尤其是美国社会正流行一种时髦：有的亲人去世后，愿意掏钱找火箭商用火箭把亲人的骨灰盒打到天上去，即所谓的"天葬"。

不料"长二捆"一旦投石问路后，情况要比黄作义预想的好得多。

五

1986年4月中旬，中国长城公司把准备研制"长二捆"火箭的计划透露给国际市场后，便引起一些国际客商们的关注。美国休斯公司、福特公司、通用电器公司，以及英国宇航公司等国际主要卫星制造商和许多卫星用户，开始与中方接触，其中热情最高者，当数美国的休斯卫星公司。

1986年4月22日，澳大利亚卫星通信公司（简称"澳星公司"）的卫星机械系统及飞行器经理戈登·派克（GORDON PIKE）博士致函中国长城公司唐津安总经理和乌可力副总经理，开始索要"长征二号"和"长征三号"运载火箭的有关资料。中方马上给对方提供了最大限度的方便。

1986 年 10 月，美国休斯公司代表团首次来到中国，在北京北郊一个叫“独一处”的地方与中方代表团谈了整整一天。通过第一天的交流，美国人对中国的“长二捆”火箭发生了浓烈的兴趣。中方见此情况，决定趁热打铁，让时任火箭研究院代理院长的王永志把“长二捆”火箭的情况向美国人再作一次全面细致的汇报。于是当天晚上，在航天部二楼会议室，中方邀请美国休斯公司全体代表出席会议，而航天部几乎所有的航天专家也都亲临会场。为了作好这次汇报，让尚未诞生的“长二捆”火箭给美国人留下深刻的印象，王永志作了充分的准备，不仅事先准备好了各种资料、数据，而且还在会议室的墙上挂满了各式各样的方案和图表。汇报中，王永志思维清晰，有条不紊，旁征博引，有理有据，不仅见解深刻，自信十足，而且口若悬河，激情飞扬。现场的美国人听后无不为之心动。所以王永志的思维、学识、见解以及口才，让傲慢惯了的美国人第一次领略到了中国火箭专家的水平与风采，同时也对中国的“长二捆”火箭第一次有了真正全面透彻的了解。可以说，王永志的这次总体汇报，或者说这次精彩的演讲，让美国休斯公司吃下了一颗定心丸。

1986 年 11 月 26 日，美国休斯公司银河通信公司副总裁罗兹先生致函中国火箭研究院副院长何克让先生，表示希望于 1989 年 9 月 1 日至 1991 年 9 月 1 日期间，用中国的“长二捆”火箭发射一颗卫星。为表示其诚意，罗兹先生还特意附了一份订座协议草案；同时明确表示，愿预付十万美元订金。其订金将于 1987 年 1 月 14 汇入中国银行。于是为抓住这一大好时机，中国长城公司和中国卫星发射控制系统部联名起草了一份题为《建议加速发展“长二捆”运载火箭》的汇报提纲，送交航天部党组。

1987 年 1 月 3 日，航天工业部党组第一次以组织的名义正式听取了“长征二号”捆绑式运载火箭的情况汇报。之后，航天部党组又及时召开了党组扩大会议。会议经过充分讨论，认为研制“长二捆”火箭可行。刘纪原副部长在会上作了重要的形势分析，并提醒大家说：“一定要扎扎实实地作好准备工作，切切不可错失良机!”李绪鄂部长在会上的具体指示是：“‘长二捆’火箭、‘长征三号’火箭 A 和‘长征三号’火箭 B 三个型号统一设计，一支半队伍，一笔经费，带出一批技术项目，加强市场开放!”

1987 年 1 月 9 日，航天工业部和国防科工委又联合听取了“长二捆”火箭的情况汇报。会议最后决定：可以对外明确宣布中国将研制“长二捆”运载火箭！同时，李绪鄂部长在会上正式批准，可以向美国休斯公司提供建议书；会议还建议国防科工委尽早向李鹏、张爱萍等中央领导汇报此事。

1987 年 1 月 24 日，国防科工委和航天部领导丁衡高、李绪鄂、刘纪原、孙家栋以及上官世盘、乌可力、张宏显等人，在中南海向李鹏作了关于“长二捆”运载火箭的专题汇报。

李鹏听完汇报后，很高兴，当场作了如下四点指示：

> 一、这件事可以干，大运载技术和新工位都是需要的。这种方式，我们风险比较小，要钱也不多，一亿美元嘛。
>
> 二、经费，国家有困难。国内贷款和计委商量；国外贷款和中国银行商量。贷款问题要搞个小班子，认真搞一搞，航天部和他们直接对话。
>
> 三、对外现在可以按要干的去谈。可以签订一些意向协议和预订合作书。贷款情况明确后，真的下决心干以前，国务院再组织有关部门听一次汇报，我再报赵紫阳总理。
>
> 四、国家不指望你们赚多少钱、多少外汇，现在是一个机会，是一个空当，但不要太乐观。你们用这种方式发展了高技术，保持技术先进性，培养一支队伍，为国家争光，国家需要时，又拿得出来，我们就满意了。

汇报结束后，航天部马上向美国休斯公司发去一份关于用“长二捆”火箭发射其卫星的建议书。

很快，美国休斯公司寄来一份发射订座协议文稿，希望尽快开展相关合同谈判。

于是1987年2月初，刘纪原副部长亲自前往美国，与美国休斯公司就发射中相关的问题进行了洽谈。此次谈判气氛友好，也较顺利，双方在原则问题上没有异议，均对合作表示出浓厚的兴趣。2月5日，刘纪原与休斯公司副总裁道夫曼先生分别代表东西方两个高技术集团，郑重地签下了一份关于用“长二捆”火箭发射美国卫星的技术合同协议书。

此协议的签订，使中国的“长二捆”火箭挤进国际商业市场成为可能。但是，签订了技术合同协议书，并不等于中国已经吃下了一颗定心丸。因为美方最后是否选用中国的“长二捆”火箭发射其“澳星”，还要取决于中方最后是否一定要搞“长二捆”火箭，以及能否搞成“长二捆”火箭。而“长二捆”到底是搞还是不搞，火箭专家们还得看中方高层领导的最后决策。至于决策之后“长二捆”火箭又能不能搞得出来，又是另外一码事情。

更何况，市场如战场。搞“长二捆”不仅国内忧虑重重，阻力不小，国际上也是虎视眈眈，障碍很大。原因是中国“长征三号”火箭发射成功后，让西方世界有了一种危机感。当然，这些西方人心里也明白，中国的“长征三号”火箭也就相当于法国的“阿里安—3”火箭，此类火箭随着国际卫星的两极化发展，基本上属于快要退出市场的运载工具；而对国际市场真正威胁较大的，是“长二捆”这样的大推力火箭。因为它的低轨道运载能力达到了两三吨，目前西方宇航大公司大力开发的重型卫星依靠的正是这类火箭，其潜在市场很大。所以，中国“长二捆”火箭的研制计划刚一透露，就遭到一些国际火箭商务公司的极力排斥。

如，不久前一家国际商业公司曾就几颗通信卫星的发射，在全世界范围进行招标，中国长城工业公司便以“长二捆”火箭去投标。但对中方提出的投标方案，这家公司评审部门的技术组在评语里却写了这样一段话：“中国火箭的低轨道运载能力是‘长征二号’火箭的四倍，这在世界上没有先例，风险太大，建议不要采用。”这段“建议”虽然只有寥寥数语，却等于宣判了中国火箭的死刑。结果，中国火箭的其他条件虽然都较优越，却一颗卫星也未中标。甚至，西欧的一家航天公司为了垄断国际市场，还四处活动，几乎是中国专家走到哪里，他们就跟到哪里，并到处散布中国运载火箭可靠性差、运载能力低等不友好言论。甚至，还通过美国国会议员和某些公司，向美国政府提呈否决美国卫星在中国发射的许可证。尤其是后来中国 1989 年“政治风波”发生后，其反对之声更是激烈尖锐，不绝于耳。

当然，尽管西方的火箭商对中国搞“长二捆”火箭横加指责，极力阻挠，但“长二捆”火箭到底是搞还是不搞，决定权主要还在中国人自己手里，或者说主要还在中国国家领导人的手里。

第九章
保　险

1988 年 9 月，美国政府批准休斯公司使用中国“长二捆”火箭。但休斯公司就是迟迟不签发射合同，理由是中国尚未造出火箭。同年 10 月中国代表团去美国谈判，谈到最后一天，因保险问题美方拒绝谈判。中国人民保险公司只好挺身而出，顶着数千万的风险为其担保。价值三千万美元的合同，能装进中国人的腰包吗？

一

历史的脚步跨进了 1988 年。

1988 年，林宗棠出任航空航天部部长。上任伊始，林宗棠部长便同样面临着一个艰难的选择：“长二捆”火箭到底是搞，还是不搞？

刘纪原副部长的态度和立场不变，且越来越明确，越来越坚定。所以林宗棠刚一上任，刘纪原便详细地向林宗棠谈了“长二捆”火箭近两年的尴尬情况及所面临的重重困难。两人经过交流，很快统一了意见。

而著名火箭专家屠守锷是林宗棠的老师，当得知自己的学生林宗棠上任后，一直关注“长二捆”火箭的屠老先生马上决定去找林宗棠。屠老总找到林宗棠这天已是中午，林宗棠刚从食堂端着一份包子回到办公室，人刚坐下包子尚未来得及送进嘴里，急促的敲门声便响了起来。林宗棠开门一看，是自己的恩师屠守锷，忙将老先生迎进门里。屠老总心直口快，屁股未落座，便滔滔不绝地谈了自己对搞“长二捆”火箭的想法。谈毕，屠老总只对林宗棠说了一句："我希望你支持搞'长二捆'!"

第二天，林宗棠来到火箭研究院，专门召集研究院的领导和专家们开会，听取有关"长二捆"火箭情况的专题汇报，同时还认真听取各方面的专家们对"长二捆"火箭的各种意见。在这个会上，研究院的领导和专家们的意见很统一，一致认为搞"长二捆"火箭势在必行。尤其是王永志院长，态度非常坚决，也非常自信，他向林宗棠汇报完情况后，表态说："只要上面同意干，我们是完全有把握干成的。而且我希望越快越好！因为早点定下来，我们的准备工作就越充分，参加国际竞争的机会就越多，竞争力也就越强。如果再不动的话，恐怕就来不及了！"

林宗棠听了后，只直截了当地问了一句："你现在最需要我解决的问题是什么?"

王永志脱口而出："钱！没钱，我们只有干着急，什么也干不成!"

林宗棠当场表态说："钱的问题，我马上让部里先借给你们一些，先把工作开展起来再说。"

王永志一听，非常高兴，说："林部长您放心，有关准备工作，我马上就作安排。"

林宗棠回去后，就"长二捆"火箭相关事宜很快给火箭研究院下了一份文件，以组织的名义正式通知一院开始准备。于是在林宗棠和刘纪原两位部长的通力组织下，"长二捆"火箭的总体研制方案工作大大往前推进了一步。

而此期间，外部的形势也开始朝着有利于"长二捆"火箭的方向发展。1988 年 1 月 16 日这天，澳大利亚通信卫星公司正式对外公布：美国休斯公司中标！并且，澳大利亚政府空间部门也向世界公开宣布：

> 澳大利亚购买的美国休斯公司制造的通信卫星，将由中国的"长二捆"运载火箭发射！如果届时美国政府不批准，澳方将重新考虑与休斯公司已签订的总承包合同。

澳大利亚通信卫星公司成立于 1984 年，该公司一成立，便耗资三十三亿澳元建立起了包括三颗卫星在内的第一代卫星通信系统。为确保国家通信，尽快建立起第二代通信系统，澳大利亚通信卫星公司于 1987 年 9 月又在悉尼进行公开招标。参加这次投标的有如下几个西方宇航集团：美国休斯卫星公司、美国通用电器公司、美国福特公司、德国联邦集团、法国宇航公司和英国宇航公司。上述公司在选择发射运载工具时，眼睛大多盯住的都是法国的"阿里安"大型火箭和美国的运载工具，而只有美国休斯公司逆流而动，出人意料地在其运载方案中列入了中国连影子也没有的"长二捆"火箭。但经过两轮招标，结果一公布，却令西方人大吃一惊：中标者竟是休斯公司使用中国的"长二捆"火箭发射两颗"澳星"的方案！

于是，1988 年 2 月 20 日，美国休斯公司组成一个八人代表团，专程前往中国，考察"长二捆"运载火箭的研制方案和研制进度。考察结果，美方对"长二捆"火箭的研制方案表示满意；但对"长二捆"火箭的研制进度，以及中国到底能不能搞出"长二捆"，却心存疑虑。

美国人的担心是有其道理的。像搞"长二捆"火箭这样的大工程，中国依靠的是计划经济，也必须和只有依靠计划经济，而要依靠计划经济，除了下面广大科技部门和科技人员鼎力相助外，还得仰仗中央各部委的大力支持。如果哪个部门、哪个环节、哪道关口出现问题，有点麻烦——哪怕一个小小的红色公章没有盖上或者盖错了地方，也会节外生枝，甚至前功尽弃，功亏一篑。

因此，为了让中央各部委熟悉航天，了解航天，同时也是为了使"长二捆"火箭在决策的最后关头能得以顺利通过，1988 年 6 月 16 日，刘纪原将中央各部委有关领导邀请到西北酒泉卫星发射中心，专门观看卫星发射。参观团的专机到了兰州后，需要坐一段路程的火车，才能到达酒泉发射场。就在从清水到酒泉发射场的路途中，刘纪原在车厢里趁机向中央各部委的领导们详细讲述了有关"长二捆"火箭的研制方案和基本构想，并将当初为什么要搞"长二捆"火箭，搞"长二捆"有什么重要意义，以及现在搞"长二捆"火箭都遇到了哪些困难等，全部一一道出，中央各部委的领导听了刘纪原的"诉苦"后，深受感动。他们简直没想到中国航天人居然是在条件如此之差、困难如此之多、风险如此之大的情况下搞“长二捆”火箭的，而且搞“长二捆”火箭的意义竟如此重大！于是，纷纷表示，愿意为“长二捆”火箭大开绿灯，积极筹资，坚决支持搞“长二捆”火箭！

有了各部委的支持，“长二捆”的研制工作又大大往前推进了一步。但要真正获得中央的正式批准，还有一个过程。

1988 年 6 月 23 日，林宗棠、刘纪原等向国防科工委有关领导汇报“长征二号”捆绑式运载火箭总体方案。

1988 年 7 月 7 日，休斯公司邀请长城公司赴美进行合同谈判。此次谈判，完成了三个附件的签署。

1988 年 7 月 16 日，航天部向李鹏递交了《关于夺取“澳星”发射市场的报告》。

7 月 18 日，李鹏看完报告后，当即在报告上作了如下批示：

> 同意我外交部和有关领导人相机向美、澳领导人做些工作，争取把这件事办成。

而后，李鹏致信澳大利亚总理霍克，对澳大利亚选择中国“长二捆”火箭表示感谢，并希望中澳两国精诚合作，争取使这一项目早日获得成功。

1988 年 8 月 7 日，刘纪原等人专程赶往北戴河，向中央专委汇报了“长二捆”火箭的研制方案。四天后，即 8 月 11 日，刘纪原等人再次赶往北戴河，就“长二捆”火箭的具体研制方案问题向中央专委作了更为详细的汇报。

与此同时，外交部部长钱其琛向澳大利亚外交部和贸易部部长海登提出中国为澳大利亚发射卫星一事。8 月 21 日，钱其琛外长又向美国国务卿舒尔茨提出中国为澳大利亚发射卫星一事。美国《先驱论坛报》很快透露：美国政府可能将阻止利用中国的运载火箭发射美国为澳大利亚制造的通信卫星。

针对这一情况，中国外交部提出了七点处理意见：

一、建议通报有关使馆，密切注意此问题的有关动向，收集有关新情况，及时报告。

二、建议请我驻美使馆催询美方对钱外长与舒尔茨国务卿就此问题谈话的研究结果，使美国政府履行其多次表示支持我提供卫星发射服务的承诺。

三、建议请我驻美使馆按照钱外长 7 月 14 日同舒尔茨就此问题的谈话口径，分别对美国国防部、国家安全委员会、商务部和运输部等部门的官员做工作。

四、建议请我驻澳大利亚使馆按照钱外长 7 月 11 日同澳大利亚海登外长的谈话口径，向澳大利亚政府、澳塞特卫星公司做工作，调动澳政府和澳公司的积极性，由澳方向美施加压力。

五、建议请我驻法使馆向法政府和法国有关公司做工作。

六、建议请长城工业公司向美国休斯公司和澳塞特卫星公司做工作。中国发射服务费较低，用户愿意用中国火箭，长城公司可利用这点推动有关公司向美政府施压。另外，长城公司还可以通过其对外发射服务的法律顾问、美国前副总统蒙代尔做些推动工作。

七、对那些反对利用中国火箭发射美制卫星的公司，如法国“阿里安”航天公司、美国马丁·马里埃塔公司、麦道公司、通用动力公司，这些公司在发射卫星方面与我有竞争，但有的公司同我在其他方面有合作项目，视情况也可做些工作。

根据外交部上述七点意见，各部门很快行动起来，开始分头“做工作”。

1988 年 8 月底，澳大利亚空间局局长密特莱顿应邀访问中国，参观了北京方面有关的航天设施和西昌卫星发射中心。

1988 年 9 月 2 日，美国驻华大使洛德约见林宗棠部长，就中国运载火箭发射美国制造的卫星一事转达了美国国务院的意向：美国愿意对发放许可证问题同中国进行协商。但美国国务院提出，中美双方要签订三个协议，才同意用中国的运载火箭来发射美国的卫星。

1988 年 9 月 9 日，美国总统里根签署了美国卫星由中国发射的文件，并提出文件生效的三项前提条件是：中美两国政府需就《美卫星的技术安全和保密》《中国承担发射所引起的第三方责任》《发射服务价格及数量》三个问题达成谅解协议。

1988 年 9 月 9 日，美国国务院宣布，美国政府正式批准美国公司使用中国的火箭发射美国的通信卫星。于是，1988 年 9 月 12 日，澳大利亚通信卫星与美国休斯公司组成联合代表团，由休斯公司退休副总裁龙尼为团长，专程来华进行考察。美代表团对“长二捆”火箭总体方案、研制计划、技术方案、飞行试验方案以及可靠性等问题进行了反复的讨论和严格的评审，并先后参观考察了航天部和国防科工委共二十二个点——这二十二个点大部分都是首次对外开放。考察结果，美代表团对中国上述几方面的情况，表示基本满意。

问题是，中国的“长二捆”火箭要取得发射的资格，还必须与美方签订正式的发射合同，没有发射合同，如同出租司机没有驾驶证，足球运动员没有“上岗证”。但经验丰富的商场老手——美国休斯卫星公司，就是迟迟不肯签订发射合同。

二

要让美国人在关键的时刻关键的位置签下自己关键的名字，的确很难！中国驻美对外发射办事处代表黄作义，在这方面的体会比谁都来得真切，来得深刻，因而也最有发言权。

单枪匹马，独自在外，顶着各种压力闯荡国际商业发射市场，对火箭专家黄作义来说，无疑是他人生最大的挑战。如果从 1985 年算起，黄作义在国际商业市场摸爬滚打，一晃已经三年。三年来，黄作义匆匆穿梭于国内外的每一条航线，奔忙于国际市场的每一个角落，尽管无论在心理还是生理上都显得很是疲惫，但他依然坚持着，硬挺着，因为需要他做的事情实在太多太多。有什么办法呢？国内各种型号的火箭，都得靠他向全世界的用户进行推销，并且推销的对象不是一个，而是好几个！

一是向外国咨询公司推销。美国有相当一批公司都是咨询公司，在这些咨询公司领薪水的人，一般都是在某个领域某个专业很有成就很有名望的高级顾问，他们担负着向客户提供信息、解决疑难问题等重要职责。比如，某家卫星用户如果购买了一颗卫星，这颗卫星购买回来后究竟用哪个国家的火箭发射，这就要先向咨询公司进行咨询，咨询公司的顾问们就会将各个国家的火箭基本情况向他们作一一的介绍——什么样的火箭推力大，什么样的火箭推力小；什么样的火箭性能差，什么样的火箭性能好；什么样的火箭可靠，什么样的火箭不可靠；什么样的火箭发射精度低，什么样的火箭发射精度高；什么样的火箭价格昂贵，什么样的火箭价格便宜。这就像我们平常想买一台电脑，事先得先咨询一些很有电脑经验的专家或者朋友一样。黄作义在推销中国火箭之前，首先就得向这些咨询公司作反复的推销。他只有使出浑身解数，先说服了这些咨询公司的人，这些咨询公司的人才有可能为中国的火箭叫好，而后再才有可能去说服那些想找火箭发射自己卫星的客户。

二是直接向卫星客户推销。火箭技术属于高技术，如果不具备一定的专业知识，是很难对火箭作出是非判断的，所以在推销火箭这种特殊商品时，就不像推销冰箱、彩电之类的生活用品那么简单。为了让外国客户在短时间内就能熟悉和了解中国火箭的基本情况和性能特点，黄作义自己想方设法，收集、整理、翻译了许多生动的资料，并亲自动手画了若干草图，每当向客户推销火箭时，他就一边作深入浅出、形象生动的讲解，一边逐一展示手中的草图和资料，既让对方听懂所谈的关键问题，又避免技术上泄密。再加上他能说一口非常流利的英语，同客户讲解时从来不用翻译，而是直接用英语与客户对话，于是很快便能与各国客户沟通起来，并赢得客户的信任。

而且，经过一段时间市场开发的实践，黄作义还逐渐摸到了用户的心理，这就是，用户发射卫星的目的是为了赚钱，而不是搞科研攻关；

用户选择火箭的标准是性能可靠，价格合理，进度有保证。至于火箭上有多少“新技术”，用户并不太在乎。如果你的“新技术”搞得太多，又没有足够的飞行成功记录作基础，反而会引起用户的担心。这就是商用火箭的特点。所以黄作义在作技术宣讲时，着重强调火箭技术的成熟性。这样介绍，让用户感到中国火箭的风险不是很大，可以接受。

三是向国际保险公司推销。一般说来，购买了卫星的用户如果选中了自己所需的火箭后，只是事情的第一步，还有很重要的一步，是找国际保险公司对其发射进行保险。也就是说，还得再买上一份保险才敢让人发射——如同买了汽车还得再买一份保险一样。不然发射时一旦发生意外，可就倒了大霉。所以，火箭的拥有者，除了要想法让卫星用户对你的火箭感兴趣外，还得设法让你的火箭取信于国际保险公司，否则买卖照样做不成。

但国际保险公司的保险，不是想买就能买得到的，也不是想给多少钱就给多少钱能买到的，特别是像发射卫星这种高投资高风险的保险，尤其难买。为什么呢？因为国际保险公司在卖保险之前，必须对卫星客户所选择的火箭的情况要有清楚的了解，比如这枚火箭是否可靠？过去的发射成功率到底有多高？此次发射有没有风险？如果有风险究竟有多大？等等这些问题都要经过严格的分析论证之后，方可决定是同意保险还是谢绝保险。更何况国际保险公司的人见多识广，老谋深算，个个都是圈里的高手，生意场上的人精，想轻易让他们相信中国的火箭万无一失，稳妥可靠，进而愿意为其承保，绝不是一件容易的事儿。正如长城公司的张浩青先生所言，发射服务是一种高风险的商业行为，无论用户还是火箭供应商都要对可能发生的危险预先作好准备，这就是通常所说的风险管理。发射服务的风险管理方式不止一种，最常见的是向保险公司购买保险。负责主承保的保险公司根据不同的火箭成功率定出不同的保险费率。虽然全世界保险公司多得不计其数，但是能够承保航天险的公司并不多，只有实力雄厚的大公司才敢承保航天保险。而且无论是哪一家做主承保，都要进行分保，而接受分保的还是一些大的保险公司。有些小公司虽然也参加一点分保，但只有在大的公司承担了主要风险之后，小公司才会加入。为了推销发射服务，火箭供应商一般都会协助用户购买保险。另外，自己也需要买保险，原因是商业发射一旦失败，无论是向用户退款，还是免费再发射一次，都需要资金。由于发射卫星风险大，如果不能解决保险问题，用户就不同意发射，即使有的用户愿意冒险，用户的投资者和向用户提供贷款的银行也不会同意。所以在国际商业发射服务中，保险和金融成为缺一不可的两大支柱。长城公司在市场开发中，协助用户购买保险，便成为一项既很重要也很艰难的工作。事实上，中国的对外发射服务从一开始就得到中国人民保险公司支持，但是几千万甚至是几亿美元的保额仅有这一家还不够，必须进行分保，所以还要有国际上的各大保险公司参加。而这些公司在不了解“长征号”火箭的可靠性时，是不会参与分保的。所以向国际保险界介绍“长征号”火箭的可靠性和技术方案，使保险公司愿意承保，就是保险宣讲的目的，也是黄作义的主要任务。

但与国际保险公司谈发射保险问题，是一件非常严肃的事情，气氛常常非常紧张。黄作义自己就说：“买保险是中国对外发射的另一条战线。最难的就是一个人站在外国保险公司的台前。”因为保险公司有权对每家的各种技术指标进行考核，许多事情是由它说了算，且颇具权威性。据黄作义介绍，买保险前，一般都是由国际保险公司举行一个正式会议，会议程序是：买了卫星的公司的代表先发言，其次是制造卫星的公司的代表发言，最后才是火箭方发言。等三方讲完后，保险公司便开始提问，三方代表再逐一进行答辩。火箭方发言的时间一般为一个小时。别看只有短短的一个小时，一般人站上去腿不发软，头上也会冒汗。黄作义第一次站在台上时，头上虽然没有冒汗，手心却湿了一片，而且感觉中一个小时比一天还要漫长。张浩青先生曾经问过黄作义：“对外发射服务搞了这么多年，你觉得最困难的事情是什么？”黄作义的回答是四个字：“保险宣讲。”他说：“我每次搞保险宣讲，都要作充分的准备。当我站在讲台上的时候，一个人面对着整个国际保险界。他们提出的问题有些是事先想到的，有些是事先没有考虑到的。但是回答不好，就可能买不到保险，或者保险费率会提高。责任重大啊！”他还说，“保险宣讲一般都在欧美进行，有时会场上只有我一个中国人，真感到有点孤立无援！”

的确，黄作义的本行是搞火箭的总体方案，而保险宣讲，不仅对他，对所有中国专家都是一个从未接触过的新课题。本来，保险宣讲应该是由火箭的研制部门派人完成的，但当时一时找不到对火箭状况熟悉、又能够用英语进行宣讲的人，这个任务便落在了黄作义的身上。他为此吃了不少苦头，作了很多的准备。比如保险宣讲的资料并不是真正的火箭设计技术文件，都是黄作义专门为保险宣讲编写的，图文并茂，言简意赅。为了让国际保险界相信中国火箭的可靠性，他除了要提供以往历次发射的情况，还要回答保险公司提出的各种复杂甚至刁钻的问题。一般来说，保险商并不是火箭专家，讲得过于深奥，他们听不懂，达不到目的。但有些保险公司很聪明，他们会带着火箭专家来听宣讲，如果你讲得过于简单，不行；你把你的火箭夸得像朵花，也没人信。

所以黄作义采取的办法是，先对自己的讲稿和草图进行一番精心的设计，轮到上台发言时，先深入浅出、形象生动地把中国的火箭性能特点作个一般性的介绍，而后再抖出几个很专业的、高难度的技术问题进行阐述。阐述时，不温不火，有理有据，恰到好处，讲究分寸，使人听起来顺理成章，水到渠成。最后再认认真真、诚诚恳恳地回答每一个人提出的问题。等用很专业的高难度问题把在场的几位专家镇住之后，其余的人一看你是一个真正的行家，马上就会变得老实起来，再也不敢对你贸然发难了。黄作义说，最困难的是在发射失败以后，为下一次发射作保险宣讲时，必须分析失败的原因。因为保险商在没有搞清楚失败原因并相信问题确实能够得到解决之前，是不会承保的。在这种情况下，就必须作更多更细的准备。

此外，黄作义还能作到当场解答和及时处理各种问题。这一点对保险公司的决策尤为重要。比如某些数据，某些参数，甚至包括某些技术细节和某些技术信息，保险公司都要随时掌握，并搞个水落石出，明明白白。你若回答不出来，或者不能及时回答出来，或者回答出来后模棱两可、含含糊糊，都会直接影响到保险公司的决策。因为一次发射，价值一般都是好几亿美元，而国际保险公司干的这个买卖，说穿了就是赌，赌输了就赔，赌赢了就赚。所以，国际保险公司一般是不会轻易承保的，即便要承保，在承保前也总是权衡再三，慎之又慎。而深谙此道的黄作义正是抓住了国际保险公司的这一心理，极其看重保险公司需要了解和解答的每一个细小问题，每当对方有问题需要解答时，他当场能回答的就当场回答，当场不能回答或者回答不清楚的，等一散会或者当天晚上或者第二天一早，再给对方一个满意的答案。如此一来，国际保险公司对中国黄作义这位“说客”的意见，总是十分看重；而黄作义的知名度和信任度，也由此大增。

那么只身一人漂泊海外的黄作义，为什么能对各种复杂的技术问题对答如流，且反应如此快捷呢？

因为他的身后有一个“秘密武器”。这个“秘密武器”，就是他和国内的火箭专家们始终保持着一条“秘密热线”。

黄作义虽然只身在外，但刘纪原和王永志等领导对他的工作非常支持，加之设在美国洛杉矶的中国对外发射办事处就他一个“和尚”——谁都知道，在东方的庙里，一个“和尚”向来好“念经”。再者，黄作义是从火箭专家和技术员的人堆里钻出去的，不仅对中国的火箭总体设计情况谙熟于心，而且对中国火箭专家的根底了若指掌；同时对中国的国情也知根知底。因此，一方面他及时把外面的信息传递回“家”，另一方面又随时把“家”里的情况掌握在手，始终和“家”里保持着热线联系，一旦有需要了解的情况，或者遇上有不懂、不明白的问题，他便给“家”里打来电话，不厌其烦地反复咨询。这样，不知道的情况他马上就能知道，不懂的问题他马上就会明白。而后，他再现炒现卖，把刚刚获得的第一手“情报”或者一分钟前才搞清楚的问题，及时反馈给外国用户或国际保险公司，既准确又及时。

比如，多年来黄作义和火箭研究院的导弹专家、科学院院士余孟伦先生就总是热线不断。每当黄作义突然有了一个比较好的设想，或者想到一个新的点子，需要某个准确的具体数据而自己又无法计算时，他就马上给余孟伦先生打回一个电话，请老余帮忙计算一下。老余接到电话后，连夜加班熬夜，第二天一早，就把计算结果打电话告诉他。他再拿着数据给客户一看，一份新的合同很可能就因了这个确切的数据谈成了。

从表面上看，黄作义是孤身一人站在国际商业市场的前沿，实际上他的身后却有两大支柱：一是上有用人不疑、疑人不用的各方领导，二是下有情同手足、有求必应的专家群体，从而使他每当遇上风风雨雨和棘手的问题时，心里总有一种很踏实的感觉。

然而，尽管黄作义在中国对外发射中做了许许多多的工作，并曾经促使美国休斯卫星公司签订了“亚星”等发射合同和保险合同，可在“长二捆”火箭的问题上，他苦口婆心，反复“游说”，美国休斯卫星公司就是迟迟不愿签订发射合同，而国际保险公司也同样不肯痛痛快快地答应为其承保。本来，一般的发射保险，黄作义对国际保险公司只讲一个小时就够了，可为了“长二捆”火箭能获得承保，有一次他头天讲了六个小时，第二天又讲了四个小时，最终还是未能让国际保险公司“缴械投降”。

于是，为促进美方尽快与中方签订合同，中方经反复商讨研究，决定组织一个代表团，亲赴美国，再作最后一次谈判。

三

中国谈判代表团抵达美国洛杉矶的准确时间，是 1988 年 10 月 28 日。

这是中国在最后时刻，准备打出的最后一张王牌。

中国代表团从北京起程后，先赴华盛顿，再去洛杉矶。一到洛杉矶，便与美方展开了艰苦的谈判。为使此次谈判获得成功，中国代表团颇费了一番脑筋，将谈判人员分为一线和二线，即前台和幕后两班人马。前台人物是黄作义、田国栋、丁运洲和廖律师，幕后人物有乌可力、李宝铭和曹正邦。之所以如此煞费苦心，是为了作到有攻有守，有进有退，左右斡旋，游刃有余。但尽管代表们绞尽脑汁，费尽心血，第一轮谈判下来，美方还是不肯签订正式发射合同。

矛盾的焦点，是美国休斯卫星公司不肯接受中方再次发射“澳星”

的条件。

时间眨眼到了10月30日。这是一个临近希望破灭的日子，也是一个极为关键的日子。因为半年前，中美双方曾签订过一个协议，协议中有这样一个规定：在半年之内，即1988年10月31日前，如果双方还不能签订正式发射合同，那过去双方签订的有关“长二捆”火箭的所有协议，统统自动失效。即是说，“长二捆”火箭从此将失去与美国合作的机会！

现在，留给中美合作的机会，只剩下四十八个小时了。

中国人着急，美国人同样着急。

在这双方都着急的最后四十八个小时里，中国代表团是坚持继续谈下去，还是打道回府？两种选择，两种结果。最后，中国代表团决定：坚持与休斯公司继续谈判。别说还有四十八个小时，就是只剩半个小时，也决不放弃。

于是10月30日一早，中方通告美方：希望明天再谈一次。

美方当即回告中方：明天是礼拜天，公司老板休息。

中方一看美方在有意摆谱，态度马上来了个一百八十度的大转弯：如果贵公司认为没有再谈的必要，那我们只好放弃合作的机会，另作打算。

其实，别看美方迟迟不肯签订发射合同，不等于内心不愿做成这笔买卖。事实上，美国休斯公司一开始便看中了中国既好又便宜的“长二捆”火箭，只是想在工作计划和法律程序上作到稳妥可靠、万无一失罢了。所以美方一看中方“变脸”，马上便改变态度道：公司老板同意明天再作最后一次谈判。

第二天，中方主谈代表黄作义和中国人民保险公司的丁运洲，以及律师——美籍华人乔治·廖瀚章先生一行，连早饭也没来得及吃，便匆匆赶到了休斯卫星公司总部大楼。

美国洛杉矶的早晨是宁静的。1988年10月31日这天早晨，宁静中的洛杉矶似乎又平添了几分焦虑与不安。或许是礼拜天的缘故，往日紧紧张张的休斯卫星公司总部大楼显得安静与宽松。

身着西装、手提公文包的黄作义尽管一夜未眠，此刻却像一个即将跃出战壕的士兵，满身都鼓荡着力气和精神。昨晚，他和乌可力、李宝铭、丁运洲等经过反复研究讨论，商定了各种对策，最后一致的意见是：黄作义和丁运洲与美方在前台对阵，乌可力和李宝铭在幕后静观；遇到棘手问题，及时交换信息，随时商定、变换对策；必要时，中国人民保险公司可以给出优惠条件，适当作一些让步，但大的原则不放弃。无论在谈判中遇到多大的阻力和困难，一定要想方设法把合同签下来！否则，回去无法向国人交代。

离九点还差十分钟，黄作义一行来到了休斯公司总部大楼门前。他抬腕看了一下表，而后和丁运洲、廖律师一起，一步跨进了休斯公司总部大楼电梯的大门。

九时整，谈判正式开始。

谈判一开始，气氛便很紧张。

此前，双方从发射合同文本的起草到修改，已经反复讨论好几次了，文本也不知修改过多少次了，但一旦涉及要签订发射合同的问题，就不是那么简单了，必须对原先起草的合同文本进行逐条逐条的讨论。因此，此次谈判的内容，除了要谈妥、敲定过去遗留的所有问题外，还要对已经起草好的发射合同文本，逐条进行审定。

从上午九点，一直到晚上八点，双方在极为紧张的气氛中不知不觉便谈了整整十一个小时。在这十一个小时中，无论是美方还是中方的代表，没一个人吃过一口饭——事实上压根儿也没有时间考虑吃饭的问题。这一方面从美国人的工作习惯来讲，就是那样；另一方面，刚刚走出国门的中国代表团当时在国际上没有地位，自然没人把你当回事。要知道，当年的中国代表团绝不是我们想象的那样，会受到隆重欢迎，热情款待——用黄作义的话说，最初出去时，美国人能让你坐一会儿，喝上一杯水，说上几句话，就算不错了。哪像我们国内接待外国代表团那样，又是大鱼大肉，又是“五粮”茅台，像伺候爷似的。

遗憾的是，长达十一个小时的谈判过去之后，中美双方不但没有谈出令彼此都很满意的结果，反而使谈判陷入僵局。

矛盾的焦点，是保险问题。

四

航天发射由于是高风险，就必须要有高保险，故每次发射前，卫星的购买者都必须要为自己的产品找到保险。否则，本钱如此之大的买卖，谁也不敢轻举妄动。不幸的是，从 1984 年至 1987 年四年间，由于美国和法国的发射连连失败，致使保险公司连连支付了大量灾难性事故的保险赔偿费，如美国因两颗卫星发射失败，航天保险商总共付出两亿美元的赔款，造成数十亿美元的亏损，最终导致不少保险公司被迫停止营业，有的甚至倒闭，从而使保险费率一下比原来抬高了五倍之多！保险单的周期和条件也由此受到了更大的限制。

从全球航天保险的总体情况来看，全世界航天保险总额为二点五亿美元，其保险市场的分布份额是：美国九千万美元；英国五千万美元；欧洲大陆一亿美元；日本和澳大利亚一千万美元。1984 年前，每次发射成本平均只有一亿美元，其中包括卫星成本以及发射和重新发射服务的费用。卫星经营者支付给保险商的保险费，仅为五百万美元。但 1987 年后，许多保险公司都不敢出面作保了，敢作保的公司便乘机抬价，致使每次发射活动的平均保险费高达一点五亿美元！于是国际航天发射市场的保险危机从这时起开始悄然降临。

为化解这种危机，满足卫星用户的要求，火箭拥有者和卫星制造商只好被迫自己为自己的产品作保，并承担发射阶段中的大部分风险。有什么办法？用户就是上帝。但这一前所未有的变化，虽然有利于卫星用户的选择，有利于促进彼此间的合作，有利于国际商业发射市场的繁荣，但随之带来的问题却是：卫星制造商和火箭拥有者所承担的风险越来越大；这种巨大的风险常常使每一颗卫星的发射，都压得卫星制造商和火箭拥有者喘不过气来。

此次美国休斯公司选用中国“长二捆”火箭发射“澳星”，便是一个最典型的例子。它不像此前中国“长征三号”火箭发射“亚星”，火箭是现成的，而且有过成功发射的记录，所以保险公司下起决心来就容易得多，一旦为其担保后，心里也踏实得多。

而这次“长二捆”火箭的发射，性质完全不同，情况也十分特殊。特殊就特殊在，美国已经有了现成的卫星，中国却没有造好的火箭。即是说，中国的“长二捆”火箭目前只有理论上的研制方案，一切还停留在“纸上谈兵”的阶段。也就是说，中国能造出“长二捆”火箭，只是一种可能性而已。尽管美国人也知道，这种可能性的确很大，大到了几乎与事实等同的地步，但再大的可能也只是一种可能，而不是事实，更谈不上火箭是否可靠的问题。既然连火箭可不可靠都不知道，也就没人敢贸然出面担保。既然没人敢出面担保，在国际市场上摸爬滚打了二十多年的美国休斯公司迟迟不签发射合同，也就在情理之中。

于是，一方面，美国为了能让中国的“长二捆”火箭把“澳星”发射上天，四处为澳大利亚卫星公司寻求保险；另一方面，中国为了保证美国的这颗“澳星”能用中国的“长二捆”火箭发射，也八方为其寻求保险。然而双方寻求的结果，都令人很不满意。最后，中国人民保险公司出于对国家民族利益和荣誉的考虑，只好冒着巨大的风险，出面为“长二捆”火箭的发射承担保险。

但是，像这种国际市场上的卫星发射，到底如何保法？究竟保多少金额才是最佳？对中国人民保险公司而言，同样没有借鉴，没有经验，也就同样感到难以适从。为了顺利促成“长二捆”火箭与美方的合作，中国人民保险公司和航天界一样，可谓煞费苦心，穷其心智，不仅相关人员专门前往英国等地就有关保险问题进行过多次磋商洽谈，而且这次还随中国代表团一起来到了洛杉矶，竭尽全力促成双方发射合同的尽快签订。只是像“长二捆”这种新型运载火箭，中国是首次研制，所承担的风险比别的火箭要大得多！所以面对数千万美元的保险额，不仅美国休斯公司迟迟不敢一锤定音，中国人民保险公司也同样有些犹豫不定。

此时此刻，中国人民保险公司国际部的经理丁运洲，就坐在中方的谈判席上。据黄作义后来回忆，这天坐在谈判席上的丁运洲，是代表团中最紧张的一个。

丁运洲尽管过去在国内经手了众多的保险项目，且经验多多，成功率也很高，但像发射外国卫星这样的国际保险，毕竟还是第一次，精神上显然不可能轻松。其次，丁运洲此次来美国之前，虽然中国人民保险公司愿意为“长二捆”火箭担保这一大的原则已经敲定，但到底应该担保多少数额才合适，“家”里事先并未说死，全由他自己视谈判的具体情况而定，底气自然不可能太足。再次，按美国人的规矩，谈判席上是不能吸烟的。而丁运洲是个有名的“烟鬼”。从早上九点开始，十一个小时过去了，谈判一直处于非常紧张的状态，尽管丁运洲曾多次烟瘾大发，却始终没有机会离开会场，当然也就始终没有机会吸上一口烟。这对他的情绪和精神，都产生了很大的影响。因此，当谈判进入最关键时刻，即美方要求代表中国人民保险公司的丁运洲明确表态——中国人民保险公司到底为这次发射承担多少数额的发射保险费时，丁运洲的额头开始冒汗了……

是的，别看表态只是简单的一句话，可在当时那种历史背景下，任何人站在丁运洲那个位置，要作出一个明确表态，恐怕都是一件非常困难的事情。须知，只要一张口，就是数千万乃至上亿美元呀！而这数千万美元中的每一分钱，都是中国人民的血汗钱，万一有个闪失，如此巨大的风险，不堪设想的后果，谁来承担？谁又承担得起？

所以，在究竟能保多少险这一最为关键的问题上，一脸沉重的丁运洲犹豫了一下，还是没有表态。

美方一看中方没有明确表态，自己马上表态：“如果中方保险公司不能出面担保，或者愿意担保却不能达到一定的保险金额，我们只好考虑是否还有继续谈下去的必要。”

美方话一出口，会场当即陷入一片死寂。

端坐于谈判席上的黄作义，这时反而显得出奇的冷静。谈判发展到这一步，是他早就有所预料的。他与休斯公司打交道的历史已有四年之久，可谓“老交情”了，并且该公司的不少专家都是他的朋友，甚至有的专家早就与他称兄道弟。所以他对眼前谈判对手的真实心态，是再了解不过了。他知道，美国休斯卫星公司这次卖给澳大利亚的这颗卫星，采取的是总承包的经营方式，即是说，澳大利亚从美国手中购买的这颗卫星，由美国休斯卫星公司来当总承包商——从寻找火箭，到把卫星打上天，再到卫星在天上变轨、定轨、正常通信之后，再交付给澳大利亚使用。对此，美方对澳方早有承诺。所以，如果美国与中国的合作今晚真的就此告吹，美方是无法与澳方交代的；另一方面，由于此前美国航天飞机爆炸，法国“阿里安”火箭连连失败，火箭便在国际发射市场上显得紧俏起来，因而国际卫星组织也早就盯住了中国的“长二捆”火箭——这一点美方是略知一二并有所警惕的。因此，黄作义有意拖延了十几秒钟，然后按事先与乌可力、李宝铭商定好的对策，既平静又显得有些为难地说道：“如果你们真不愿再谈下去的话，这没有什么。只是，你们给我出了一道难题。”

美方忙问：“黄先生，有什么为难的？”

黄作义说：“很遗憾，属于我们的时间已经不多了。如果我们今晚还签不了这份发射合同，那明天将有另一家公司等着和我们谈判。当然，我不知道明天我会给我那家客户提供什么样的价格。”

美方立即追问了一句：“黄先生，您这话是什么意思？”

黄作义说：“很抱歉，我们的优惠价格只向最先使用中国‘长二捆’火箭的用户提供，这一点，你们是知道的。现在，另一家公司的代表就候在我老板的房间。实话对你们说，我老板很着急，正等着我们的确切消息，以便考虑下一步到底作何选择。”

美方代表自然听出了黄作义的弦外之音：如果休斯公司不想合作，中国将同别的公司另结良缘；要是想另找机会再度合作，那优惠价格就没有了。而这优惠价格，恰恰是美方最感兴趣的。

是的，美国休斯公司和“澳星”公司之所以选用中国的火箭发射“澳星”，除了信任中国的火箭技术外，最重要的一点，就是价格优惠！作为生意场上的老手，休斯公司当然比谁都清楚国际航天发射市场的行情：美国的“大力神”火箭一次发射的价格大约一点二五亿美元；“宇宙神”火箭一次发射的价格为四千至九千万美元；“德尔塔”火箭一次发射的价格为四千五百万至五千万美元；法国“阿里安”火箭一次发射的价格五千万美元；而中国的火箭一次发射要价，才只有二千五百万美元！即是说，中国的要价，低于国际市场一半！能给出这个价码的，全世界除了中国，就只有苏联。但苏联一方面政策不开放，另一方面航天技术太发达，美国担心如果用苏联的火箭发射自己的卫星，技术容易被窃，故不肯与其来往，却非常愿意与价格便宜而又“遵纪守法”、热情周到的中国打交道。

不过，美国人心里清楚，今晚一旦过了十二点，就意味着将失去享受中国优惠价格的机会。因此，美方代表在一阵短促的交头接耳之后，很快表态说：“黄先生，对不起，我们先休会三十分钟，如何?”

黄作义点了点头，说：“当然可以。我等着你们的好消息。”

美方代表立刻离开会议室，去了另一个房间，并随手自然地关住了房门。

黄作义和丁运洲、廖律师等，也乘机回到另一间办公室，与后台遥控指挥的乌可力、李宝铭等人作紧急会商。

三十分钟未到，美方代表便面带微笑地回到了谈判席上。刚一坐下，便说：“我们很有诚意和你们继续合作下去，只是不知贵国保险公司究竟能承担多少保险费?”

丁运洲这才笑了笑，说出了一个刚刚商定好的数目。

美方代表无可奈何地摇了摇头，从一个褐色公文包里拿出一份文件。黄作义抬眼一看，美国人手里捧着的，正是那份中方代表期盼已久的发射合同文本!

晚9点30分，黄作义终于代表中方，同美国休斯公司草签了用“长二捆”火箭发射“澳星”的发射服务合同。

发射合同草签后，一天没吃饭的中方代表们这才感到腹中早已饥肠辘辘，马上赶到一家小饭馆，狼吞虎咽地吃了一碗面条，感觉中，似乎比山珍海味还要可口，还要舒坦。

翌日上午9点整，在休斯公司总部大楼第二层会议室里，中美双方就“长征二号”捆绑式火箭发射两颗“澳星”一事，又举行了一个正式的签字仪式。中国长城公司副总经理乌可力与美国休斯公司副总裁道夫曼分别在合同书上郑重地签下了自己的名字。

至此，中美合作终于迈出了实实在在的第一步。

第十章
贷　款

中美合同规定：中国若不能按期造出火箭，美方有权撕毁合同并罚款百万美元！美国“大力神”火箭副总师说：“中国人是不是吃了鸦片？”1988年底中央终于批准“长二捆”研制方案，但不拨一分钱专款。专家们表示：只要能搞出火箭，贷款也要干；这辈子还不清，就让下一代接着还！问题是，几个亿的贷款风险谁来承担？

一

先签合同后造火箭，翻开国际航天发射史，史无前例。因此，中国在没有“长二捆”火箭的前提下，居然能从美国人手中拿回一份正式的发射合同，便成了轰动一时的重大“国际新闻”。

不过，美国人的合同可不是那么好签的。因为这份合同白纸黑字，有着严格的规定：一是美方将在1990年4月前后，对中方的运载火箭、发射场等发射服务设施进行一次严格的评审。若在评审中美方有充分的理由和根据认定中方不能发射或者不能按时发射，美方有权单方中止合同，并对中方罚款一百万美元。二是中方必须在1990年6月30日前，保证“长二捆”火箭在西昌有一次试验发射。倘若此次试验失败，美方有权终止合同，并对中方罚款一百万美元！

应该说，上述合同规定是相当苛刻的，一般的火箭制造商根本不可能接受也是不敢接受的。但是，中方出于对自己实力的自信和打入国际商业市场的决心，认为通过努力可以作到，于是成交了。

然而，可以作到毕竟还没有作到，可以作到更不等于已经作到；再说了，国际法律不等于中国法律。尽管中国与美国签订了正式的发射合同，但不可抗拒的风险和巨大的压力依然存在。而且，这种风险和压力不想承受也必须承受，想推卸也无法推卸。因为这时的中国不但没有现成的火箭，许多与对外发射配套的工程设施也还是零，甚至连发射架的设计图纸都没有！更何况，“长二捆”火箭最终到底是搞还是不搞，不搞怎么办，搞又怎么个搞法，中央和国务院均未最后拍板。

事情当然就很严重。

尤为严重的是，或者说更为可怕的是，“长二捆”火箭首次试验发射的时间，按照合同的规定，只剩下十八个月了！而按国际惯例，通常情况下研制一枚“长二捆”这样的新型火箭，即使像美国那样的航天大国，至少也得三至四年！难怪当美国著名的“大力神”火箭的副总设计师史密斯先生同中国“长二捆”火箭的总设计师王德臣相见时，七十六岁高龄的史密斯先生不得不以一位过来人的身份，用一种讥讽的口吻对王德臣说：“王先生，你们想在这么短的时间内造出‘长二捆’火箭，是不是吃了鸦片?”

的确，要在十八个月内造出“长二捆”火箭，不光外国专家难以置信，不少中国人也认为是天方夜谭，甚至一部分相当权威的中国火箭专家也公开表示反对！于是，围绕“长二捆”火箭到底上不上马、怎样上马以及能否保证十八个月内造出火箭等重大问题，国内上上下下，众说纷纭，莫衷一是；而在航天界内部，更是掀起了一场轰轰烈烈的学术大讨论、大争鸣，并由此惊动了国务院，惊动了中南海！

二

在科学界，最可怕的是只有一种声音。

技术面前人人平等，这是中国航天领域数十年来的一个优良传统。正是因了这个传统，中国航天技术才得以发扬光大，走到今天。可以这么说，中国航天自1956年揭开序幕之后，三十多年来任何一个新的重大科技项目的上马，几乎无一例外地都在学术上引起过大辩论、大争鸣，甚至，有的还针锋相对，互不相让，掀起过一阵又一阵的“狂涛巨浪”。而正是在这种激荡着科学理性精神和充满了民主气氛的大辩论、大争鸣中，中国航天才不断得到发展与壮大。若是没有专家们这种当面锣对锣、鼓对鼓的大辩论、大争鸣，中国航天就不可能有今天，更不可能有今天这样的大好局面。这种充分体现科学与民主精神的大争辩，数十年来如同艰苦奋斗一样，在中国航天界形成了一个非常好的优良传统——任何重大项目的上马，都充分发扬民主，决不搞一言堂，决不搞一手遮天，更不搞“理解的要执行，不理解的也要执行”。

于是，每当一个新的重大的项目出台时，专家们无论是同意上马，还是不同意上马，抑或坚决反对上马，从来都是一件正常的事，也是一件屡见不鲜的事。因为科学就不能只有一种声音，也不该只有一种声音，倘若真的到了只有一种声音的时候，那离毁灭的日子就肯定不会太远了；再说，航天是一个复杂的系统工程，是一个千军万马的会战，如同一位老航天人所言：“搞航天的人，没有一贯正确的，也没有一贯错误的。失败了，不是一个人的错；成功了，也不能说就是某一个人的功!”所以，一个重大科技项目或者一个技术方案在诞生之前，辩论无论有多么激烈，争吵不管有多么厉害，都属正常的学术争鸣范畴，对事业有利无弊。

以“两弹一星”为例。当年无论提出搞氢弹、原子弹，还是第一颗“东方红一号”人造卫星时，有一部分专家是不同意的，也是不理解或者不完全理解的，甚至连一些资深的老专家也是坚决反对的。其理由是，中国实在太穷，眼下没有必要与美国、苏联在财力和物力上硬拼；中国应该先埋头搞自己的经济建设，没有必要、也不值得在国际政治舞台上与美国、苏联较劲儿。（时至今日，中国依然还有人持这样一个观点：中国之所以穷，就是因为当年搞“两弹一星”搞的）持这种反对观点的人也许有失偏颇，但你不能说他们的意见就没有一点道理，更不能说他们反对搞“两弹一星”，就是“反对党中央，反对毛主席”。而恰恰相反——这种反对之声正是一种爱国的真实体现，它常常会给人一种警示，甚至一种鞭策。当然，无论这种争辩、对抗此前有多么激烈，或者持续多年，一旦中央最后拍板，剩下的就只有坚决照办认真执行了。

再以“长征三号”火箭为例。当年提出搞“长征三号”火箭时，火箭围绕上不上氢氧发动机方案的问题，从下到上，也是争论了好几年。原因是氢氧发动机是世界的顶尖技术，不上，跟不上世界的发展形势；上，又有延误时机的风险。主张上的有上的道理，主张不上的也有不上的理由。在这种情况下，领导往往很难决策。结果论证会议开了不少，论证报告更是堆积如山，双方你来我往，争论了好几年，吵得一塌糊涂，也没吵出个结果，最后还是上级领导拍板：上！

载人飞船计划也是如此。此计划早在70年代初就提出来了，一提出来就有不同的意见。等到90年代初第二次提出时，不同的声音也是好大一片：有的专家认为时机尚不成熟，需过几年再说；有的专家认为应该搞航天飞机，不应该搞载人飞船；有的专家认为搞飞船已经过时，要搞，干脆一步到位，直接搞宇宙空间站；甚至有的专家认为，天上的事情太复杂，太费劲，也太费钱，现在犯不着去操心，先把地上的事情做好再说……各种意见，几种方案，上上下下，反复论证，等到搞载人飞船的方案真正确定下来，时间已过去了六七年。有什么办法呢？搞科学，就得讲民主，讲民主，就得付出代价，尽管这代价有时来得沉重了一点。

“长二捆”火箭更不例外。设想和方案从最初提出那天起，便有两种截然不同的声音，并由此引申出去，逐步形成了两大派系——主战派和反对派。而且，上马还是不上马的争辩，从来就没停息过：1986年有，1987年有，1988年还有，甚至直至后来正式发射前，反对之声依然不绝于耳，始终回荡在发射场的上空。

当然，最激烈的一次，还是1988年9月中国宇航学会就“长二捆”火箭问题在北京怀柔召开专家论证会议上。关于这次会议，后来不少专家都反映说，“火药味很浓，浓到了呛人的地步，会议几乎从一开始就吵，吵得一塌糊涂。”

反对方说：搞“长二捆”火箭不是方向。现在发展方向是要搞小火箭，打小卫星，而不是搞“长二捆”这样的大推力火箭，打大卫星！

主战方说：小卫星在哪儿呢？我们找不着呀！根据我们对国际市场的调查，小卫星是大学实验室的，那不是商家的。再说了，即使要搞小卫星，他们也不会给你几个钱，怎么搞？……

开始，双方的争辩还显得体面堂皇，有规有矩，可到了后来，争辩越来越激烈，措辞越来越尖锐，嗓门越来越高，火药味也就越来越浓。

主战方的代表人物之一陈寿椿，刚发表了自己的意见，反对方的代表就立即予以反驳。火箭研究院院长王永志在会上的压力最大，但态度明朗，立场不变，坚决支持“长二捆”火箭上马！他强调说，如果“长二捆”火箭能尽快批准上马，我们是有把握搞成功的。如果“长二捆”火箭搞成功了，就可以和欧洲的“阿里安－4”火箭、日本的H－2火箭并列世界第三。

王永志刚一讲完自己的观点，立即就有人站起来针锋相对地发表不同意见。甚至，一位老专家因情绪太激动，竟一下站起来，拍起了桌子，扯着嗓门说：“并列世界第三，你想得倒美！‘长二捆’火箭你搞得出来吗？你要是搞不出来怎么办？如果你把‘长二捆’火箭搞砸锅了，就降你三级，看你还搞不搞?!”

听了这话，王永志有话要说，又有苦难言。一方面，他面对的是德高望重的老专家，他了解他们，熟悉他们，对他们知根知底，知道他们反对“长二捆”上马也是出于公心，并有自己的理由：一是“长二捆”火箭还没研制出来，就去揽生意、签合同，有点违背常规，不合情理，风险的确很大；二是“长二捆”火箭原来不在计划之中，是突然冒出来的一个东西，用有的人的话说，是打了一个横炮。因为中国办什么事情都讲计划，什么明年规划、五年规划、十年规划，第一年就得把第二年的事情规划好了，所有经费才能按计划批钱。否则，没计划就不能批钱，没有钱就什么事也干不了。所以，“长二捆”火箭一旦要上马，就必然会影响甚至打乱原来的规划。但另一方面，王永志还得坚持真理——至少是在他看来是真理的真理。认理不认人，是王永志一贯的性格，也是他一贯的工作作风。因此听了老专家对他严厉的批评甚至指责后，王永志首先想起的就是亚里士多德的那句名言——“我爱我师柏拉图，但我更爱真理”。于是他还是忍不住说道：“如果我把‘长二捆’搞砸了，别说降三级，降到底，我也心甘情愿!”

听着双方措辞激烈的争论，刘纪原副部长在台上终于坐不住了。他激动地站起来，首先表明自己支持“长二捆”火箭上马的态度，最后又补充说了一句：“这事中央也是支持的!”

一听这话，有位专家不干了，竟一下冲到主席台前，指着刘纪原副部长的鼻子说：“中央支持？中央支持又怎么啦？你别以为中央支持就可以定下来了。中央根本不知道实际情况，你们这是欺骗了中央！我看呀，你是拿着中国人民的血汗钱在开国际玩笑！你搞‘长二捆’火箭，就是想出风头，就是为了保住自己那顶乌纱帽!”

面对此情此景，刘纪原该说什么，又能说什么呢？作为一个共和国的部长，他有他的威严；作为一个男人，他有自己的自尊。但他心里明白，专家们之所以如此满腔热血，慷慨激昂，如此直言快语，如此不顾一切，其实和他都是一个想法、一个目的：研制“长二捆”火箭投资极大，风险极大，必须慎之又慎，必须把风险减小到最低程度，绝不能让国家和人民的利益受到损失！如果能通过不同的意见，甚至针锋相对的辩论，换得一个最佳的方案，那他宁肯抛弃一个部长的威严，甘愿牺牲一个男人的自尊！所以，面对专家们激烈的言词，过分的指责，甚至是一种失控的情绪，他依然平静地听着，默默地想着，不作任何解释，也不作任何反驳，始终保持一个部长应有的风度，一个男人应有的气量与胸怀。而他之所以这样，就是希望反对“长二捆”火箭上马的专家把心里想说的话全都讲出来，把心里所有的气都发泄出来，而后再在这个基础上进行讨论，下一步彼此沟通起来就容易得多。

于是，争论越演越烈。

每次争论，尽管支持“长二捆”火箭上马的林宗棠和刘纪原两位部长就坐在台上，但反对上马的专家们该说什么照样说什么，决不留一点情面。甚至最后争论到最激烈的时刻，一位坚决反对搞“长二捆”的专家竟跳到主席台上，从包里掏出录音机，啪地一下搁在桌上，说：“科学最讲认真，共产党最讲认真，‘长二捆’火箭上马不上马，事关国家民族的根本利益问题，绝非儿戏！今天，我们每个人都要对自己讲的话负责，对国家和人民的利益负责，对历史和后代子孙负责！为了让历史作证，如果大家同意的话，今天就把我们每个人的意见都录下来！”

“录下来就录下来！”王永志说。

结果，双方谁也不甘示弱，谁也不肯让步，争辩声非但没有减弱，反而更加强烈！而且，录音机真的就搁在了桌上，双方的争吵，彼此的观点，全都录了下来……

然而尽管如此，吵得沸沸扬扬的“怀柔会议”依然没有最后解决问题。“长二捆”火箭到底是上马还是不上马，上马之后到底能不能搞出来，这种新的捆绑技术方案到底行不行，“长二捆”的研制究竟需要多少经费，如此巨大的经费到底从何而来，等等这些问题意见均未得到统一。

甚至，已经到了 1988 年 11 月初，即长城公司已经从美国人手上拿回正式的发射合同了，反对之声依然不绝于耳，认为先签合同后搞研制，绝对是一种冒险，是一种不负责任，甚至是在胡闹，是在欺骗中央！

而主战方和长城公司的人则认为，无论是先签合同后造火箭，还是先造火箭后签合同，都不过是生意场上的一种策略或者手段而已，没什么不正常的，更没什么大惊小怪的。当今国际商业发射市场，机遇比什么都重要，如果你想先造好了火箭再去谈判，再去争取合同，那生意早就被别人抢走了。道理很简单，人可以等人，机遇却不等人；中国人有时间等中国人，外国人却没有耐心等中国人；今天的中国人靠等不行，靠混也不行，靠耍嘴皮子更不行！当下的中国最需要的，不是走狗，不是奴才，不是混子，不是懒汉，更不是政客和贪官，而是那些敢于冒着风险，勇于开拓，勇于创新，并实实在在地去做、去拼、去干的人！如果大家都求稳、求妥，或者穿新鞋走老路，玩深沉装老练，那民族的发展，历史的进步，永远没有希望！

因此，为了进一步解决“怀柔会议”没有解决的问题，大力发扬技术民主，航天部又召开了著名的“大兴会议”。

“大兴会议”召开的时间是 1988 年 11 月 11 日至 11 月 13 日。会议地点在北京，主办单位是航空航天工业部科学技术委员会，会议主持人是著名航天老专家庄逢甘。国防科工委副主任沈荣骏，航空航天工业部副部长刘纪原、孙家栋，以及任新民、屠守锷、黄纬禄、陆元九、梁思礼、张履谦、史长捷、陈怀瑾、崔国良、王永志、李一鸣，陈寿椿、王德臣等七十七名著名航天专家出席了会议。国防科工委、航空航天工业部、长城公司以及有关院、局、基地等领导，也参加了会议。

会议首先听取了长城公司关于市场预测和经济分析的报告，接着又听取了火箭研究院关于"长征二号"捆绑式运载火箭技术方案概要的报告，而后，会议对"长征二号"捆绑式运载火箭的技术经济方案进行评审，对航天技术进入国际市场和"长征二号"捆绑式火箭进行国际发射服务问题进行讨论，再之后，会议针对"长二捆"火箭技术可行性分析论证、整个工程经济概算、大型试验设备、靶场建设、火箭研制试验周期等问题，展开了针锋相对的大讨论、大辩论。

应该说，这是一次决定"长二捆"火箭命运的会议。后来有人将这次会议戏称为航天部的"遵义会议"。参加这场辩论的专家，各个院都有代表，"863 计划"专委会也有三名代表。会议分成三个组论证讨论，一个是规划组，第二个是进度组，第三个是市场组。规划组有著名航天专家梁思礼、一院院长王永志；计划进度组有副院长于龙淮和火箭专家王德臣。每个小组的负责人先发言，阐述自己的观点，而后大家再分别进行讨论。

此次会议的论证方式十分特别：主张搞"长二捆"火箭的专家为一派，反对搞"长二捆"火箭的专家为一派，两派代表先后登台，畅所欲言，尽情阐述自己的观点。而后再短兵相接，唇枪舌剑，由此掀起一浪高过一浪的大争辩。

著名航天专家梁思礼代表规划组首先作了发言。而后，火箭研究院院长王永志从火箭技术的角度，针对搞"长二捆"火箭的必要性和可能性以及搞"长二捆"火箭对中国今后火箭发展的重大意义等几个方面发表自己的意见。他说，不管怎么规划，"长二捆"也是要搞的，那么到底怎么个搞法呢？你那儿搞"长三甲"，重点是把氢氧发动机搞出来，我这一块搞“长二捆”，目的是大幅度地提高运载能力，解决对外发射问题，解决近地轨道大运载能力问题，解决载人航天的问题。然后，下一步在“长二捆”头上，放一个“长三甲”氢氧级，把同步转移轨道的运载能力提高到五吨。这样，不仅国内的卫星能发射，国外的大卫星也能发射，而且还能让中国的运载火箭技术上升到一个新的台阶。

王永志刚一讲完，有人就说了，你突然搞个“长二捆”，插这么一杠子，不把我们原来的整体航天计划全给打乱了吗？

王永志急忙申辩说，这、这怎么会乱呢？过去我们提高运载能力，要提高千八百公斤，都要费出牛劲来，可我这次提高多少？二点五吨到九点三吨呀！这么好的事情可以干，怎么能不干呢？这么大的潜力可以挖，为什么不挖呢？如果搞成了，中国的第一代运载火箭就可以到此结束。再说了，既然国际市场上出现了这么一个空缺，一个机会，我们为什么不抓住它呢？就像一个没有名气的演员，一直没上台施展自己演技的机会，有一天名演员突然病了或者出现意外事故，不能登台演出了，这就需要有人上台救急。如果这个机会一旦抓住了，就有可能一举成名，从此在舞台上站住脚跟，而后一展风采！但这样的机会如果你不去抓，或者抓不住，那就只能怪自己了。

王永志停顿了一下，又接着说道，中国的运载火箭怎么发展？我认为就应该这么发展，就是说，要上一个新台阶！当然，这个台阶很高，要上去并不容易，但它却是非常关键的一步，我们必须上去！这是我这个当院长的规划。这个规划与我们原先的发展规划并不矛盾，是一致的。因为搞“长二捆”火箭的目的，不只是为了打卫星，它与中国的整个宇航发展是紧密结合在一起的，怎么是打乱仗呢？再说了，既然我们准备要搞载人飞船，就必须搞“长二捆”火箭！

王永志讲完了，望着台上的四位主持人，等着听取不同的意见。其中一位主持人想了想说，噢，我明白了，原来你都已经全部规划好了。

接下来，是陈寿椿代表市场组向大会作关于《捆绑式运载火箭投资可行性初步分析及建议》的报告。陈寿椿闯荡世界多年，风风雨雨，曲曲折折，经历了太多的事情，也见了不少的世面，可面对眼前赫赫有名、如此众多的一流专家发表自己的观点和意见，却还是头一次。但他不得不说：

根据我们在国际市场调查的情况来看，一点四吨至二点五吨这种小卫星，目前国际市场上只剩下七颗。我们现有的运载火箭能打得动的，也就是这七颗了。可这七颗卫星，别人首选是欧洲的“阿里安”火箭，我们不一定捞得到。即使捞得到，即使全都给你，也不过才七颗而已，剩下的全都在搞大卫星。而大卫星是二点五吨至四点五吨，我们现有的火箭根本无力发射。你想再进入国际市场，就必须搞像“长二捆”这样大推力的火箭。

从我们对市场的分析来看，在今后四年内，国际商用卫星将大规模地更新换代，发展方向是大容量、大功率、长寿命和低价格的大型卫星。美国主要的卫星制造商正在根据市场的需要有计划地用二点五至三点二吨级的卫星逐步代替70年代生产的一点四吨级的卫星；法国正在研制的“阿里安4型”火箭，运载能力为四吨；日本研制的H－2大型火箭，运载能力为四点二吨，计划1992年投入使用。而像二点五至三点二吨这样的大卫星全世界约有五十颗，同我们建立直接联系的已有三十二颗！所以，用大推力火箭发射大卫星，是当今世界航天技术一个必然的发展趋势。我们搞“长二捆”火箭，正是顺应了当今世界这种发展趋势。由于美国航天飞机退出商业发射的政策，使一大批原来准备用航天飞机发射的商用卫星面临缺乏运载能力的困境。因此，这些制造商正在迫切地寻求稳定的发射服务供应商。但我想，这种机会是不会长期存在的。如果我们不采取提高运载能力的对策，而仍以“长征三号”火箭为主要商用火箭，那么用不了多久，我们就会被人家从国际市场上淘汰出局。总而言之，我意见就一句话：“长二捆”一定要上！

陈寿椿说到这儿，一位专家便问，你能保证拿到合同吗?

陈寿椿说，签合同是双方面的事，不能一厢情愿。所以我无法保证，保证了也没用，也没有实际意义。我只能说有把握，有相当大的把握!

专家说，万一拿不到合同，这笔投资将来你怎么还?

陈春椿说，市场问题，谁也说不太准，为什么?变化多端。但是，我认为市场问题，想拿则有，不想拿则无。一切事在人为。

接着，陈寿椿端起茶杯，猛地灌下几口，然后从国际商业发射市场需求和竞争的角度，详细阐述了搞“长二捆”火箭的可能性和紧迫性。从开始到结束，他一口气讲下去，居然讲了七个半小时!

第二天，不同意上马的专家也纷纷上台，引经据典，旁征博引，明确表明了自己为什么不同意搞“长二捆”火箭的理由。于是会场也随之升温。

后来，陈寿椿在回忆这次会议时不无感慨地说:“中国航天要走向世界是不容易的，这个过程中最困难的，是改变人的观念。不过，要理解一些老专家的心情。我们的专家都是对国家对人民负责的人。他们提出反面意见，是出于好心。搞对外发射服务是有很大风险的，他们担心万一投入巨大资金研制的火箭不能进入国际市场，会浪费国家大量的资金。但是中国航天的出路不能维持在三十年研制四种火箭、二十年发射二十颗卫星的水平上。中国的航天要乘改革开放的春风大踏步前进，创出一条新路，就必须要搞大推力的捆绑式火箭!”

最后，是进度组的代表发言。

进度组一发言，便引起大家高度的重视。因为如果一切前提都能成立，而偏偏火箭的研制进度达不到要求，即不能在按美方要求的时间内完成火箭的研制任务，那一切不等于白搭!所以，大家认真听了进度组的发言后，又专门针对研制进度问题再次展开了讨论。可讨论来讨论去，最后还是不约而同地把眼睛盯在了王永志的身上。王永志是火箭研究院的院长，如果他都不敢表这个态，谁敢表态!

王永志当然明白这个道理，更懂得大家的意思，他稍稍想了想，便明确表态说:“总之一句话，从中国今后航天技术的发展角度来看，我认为‘长二捆’火箭是很需要搞的。现在的问题是进度很紧张，可以说是相当的紧张！大家可以掰着指头算一算，留给我们的时间到底还有多少?不过，进度问题嘛，大家别担心，我自有办法。我最担心的是经费！现在，我们最关键的是经费，我们最需要的也是经费！我干脆这么说吧，只要你航天部领导能筹措经费，给我打通协作关系，剩下的事，全由我院负责。我保证在 1990 年 6 月 30 日前把‘长二捆’火箭竖立在发射台上。”

王永志的表态，赢得了大家的掌声，同时也赢得了大家的信任。有人当场就对王永志说：“老王，你这个表态真干脆，我还从来没见过这么干脆的。不过，老王，这担子可不轻呀！”

王永志当然知道担子的分量，更清楚自己所肩负的责任。可为了能让“长二捆”尽快上马，他也顾不上那么多了，只好拍着胸脯，当众立下了军令状！

有了王永志的军令状，反对“长二捆”火箭上马的声音渐渐趋于平静。尽管依然还有，甚至有的依然还很激烈，但会议最后还是通过了“长二捆”上马的决议。

会议一结束，报告当即送往国务院。

三

1988 年 12 月 14 日，国务院召开办公会议，专题研究“长二捆”火箭是否上马的问题。会议由李鹏亲自主持。姚依林、宋健、王丙乾等中央领导以及国防科工委和航空航天部领导出席了会议。此外，外交部、国家计委等有关部门的代表也参加了会议。

把“长二捆”火箭打入国际商业市场的问题，国务院从一开始就很关注，也很重视，并做了不少工作。只是因为“长二捆”火箭所涉及的棘手的问题实在太多，使国务院一时很难从容决策。但与之相关的国际和上层方面的工作，却始终没有停止。就在上个月，即 1988 年 11 月 10 日，李鹏应澳大利亚政府邀请访问澳大利亚时，还让航空航天工业部部长林宗棠一起随同出访。访问期间，林宗棠首先会见了澳大利亚商务技术部部长、议员巴顿，双方就两国空间技术合作问题进行了磋商。磋商的结果是，双方同意采用中国“长征二号”捆绑式运载火箭发射澳大利亚两颗通信卫星，并签署了会谈纪要。而且，为确保澳大利亚的卫星能用中国“长二捆”火箭发射，11 月 17 日李鹏又亲自出面，会晤了澳大利亚有关部门的头头脑脑。

李鹏此次会晤的目的不言而喻：通过会谈，巧妙地做一些有利于中澳空间合作的工作。这一方式果然奏效，访问结束后，澳大利亚卫星公司正式确认，用中国“长征二号”捆绑式运载火箭发射澳大利亚的两颗卫星。

至于国内有的专家反对——甚至强烈反对、坚决反对“长二捆”火箭上马的情况，国务院自然早就有所耳闻。正因为此，国务院才决定召开办公会，再次听取各方面的意见，以作最后决断。

会议一开始，李鹏首先作了引导性发言。

接着，国防科工委主任简要汇报“长二捆”火箭的总体情况。林宗棠、沈荣骏有关领导作相应补充。

而后，会议针对“长二捆”火箭几个重大问题，展开论证。

论证过程中，多数与会者认为，尽管搞“长二捆”火箭风险确实很大，但这是中国航天发展的一个方向，一种有益的尝试，一种积极的探索，应该搞。而且，现在是天时、地利、人和，倘若一旦错过这个良机，届时再想搞恐怕就搞不成了。外交部的代表在发表意见时就强调说：“中国火箭现在进入国际商业市场，是非常有利的时机，因为里根总统正在交接班，应该争取在他卸任前把这件事办好。如果我们不抓住这个时机，就不知道又要拖到什么时候了。”

但也有一部分人持不同意见，对“长二捆”到底是上还是下，十八个月究竟能不能造出火箭等问题，仍持怀疑态度。甚至在涉及某些敏感问题时，还发生了争辩，使原本应该平和的气氛显得紧张。反对者的主要观点是，搞“长二捆”火箭风险大，时间紧，前景迷茫；加之数亿元的投资，将由航天部贷款，其结果是祸是福，谁也难以预料。

国务院副总理姚依林一开始便是“长二捆”火箭的积极支持者。当听了不同意见时，他旗帜鲜明地表明了自己的态度：

> 搞“长二捆”火箭这件事，关系重大，要坚决办。我们一定要下决心挤入国际商业发射市场。为了进入国际市场，我们要向美国让步，实际上是向法国、日本让步。为此我们要付出代价。但不付出代价，就不能进入国际商业市场。中国纺织品开始进入国际市场时，也是赔了钱的。这是一个策略问题。
>
> 市场的问题，要树立一个新的观念，一定要挤，不挤，你永远进不去，就得挤。不管怎么样，先挤进去再说，挤进去就是胜利！同时，我们要争取美国发放许可证，有了许可证，再向澳大利亚谈推迟二十二个月的问题。既然要推迟日期，就要准备付出代价。别说十八个月搞出来要干，二十八个月搞出来，也要干。总之，一定要干！干，比不干好；不干，就永远没有出路！经费的问题，找银行贷款，先干起来再说。

姚依林表态后，会议的态势马上朝着有利于“长二捆”上马方面倾斜。

李鹏此前曾多次听过刘纪原关于“长二捆”火箭的情况汇报，所以对“长二捆”火箭的基本情况很熟悉。当双方代表都充分表明了自己的态度和立场后，他谈了五点意见：

> 一、原则上同意采用“长征二号”捆绑式运载火箭发射国外卫星的方案。
>
> 二、要下决心进入国际市场。航空航天工业部、外交部要继续努力，积极争取。
>
> 三、“长征二号”捆绑式运载火箭发射国外卫星的方案一定要稳妥可靠，保证一次成功。短期内要采用成熟技术，第一、二颗发射，新技术不要搭车，以后可以考虑。这样可以缩短周

期，提高可靠性。航空航天工业部对技术方案要进一步研究、落实。为了作到万无一失，研制周期合同定的十八个月，美批准后可与澳大利亚方谈判，争取推迟二十二个月。推迟合同，要准备付出代价。具体工作安排可以按十八至二十个月进行，由各单位研究决定，各方面关系要协调好。

四、银行、财政部在资金上要加以安排，能节约的，要尽量节约。

五、要加强领导。由丁衡高同志负总责，林宗棠同志负责“长征二号”捆绑式运载火箭。必要时成立协调小组，加强协调组织工作。

李鹏讲完后，大家再次进行了讨论。

最后，国务院办公会通过了“长二捆”火箭上马的决议。

会议一结束，心情激动的林宗棠部长马上跑到旁边的一个办公室，随便找了一张纸条，匆匆写了几句话，当即用传真给火箭研究院院长王永志传了过去。这份传真的内容是：

老王：

告诉你一个好消息，国务院办公会已经通过了“长二捆”上马的决议。但留给我们的时间已经非常有限了，只有十八个月。即是说，1990 年 6 月 30 日之前，必须将“长二捆”火箭竖立在发射台上！接到传真后，你务必迅速作出安排！

林宗棠

12 月 14 日

当然，林宗棠部长在这份传真里并没有给王永志透露姚依林副总理讲的另一层意思，那就是：如果“长二捆”十八个月造不出来，二十八个月也行。直至后来“长二捆”火箭在西昌卫星发射场首次发射成功之后，一直在现场指挥的林宗棠才把王永志叫过去，悄悄对他说：“老王，我告诉你一件事，当初国务院开办公会讨论的时候，姚依林副总理说，哪怕二十八个月搞出来，也要搞！但我没给你说，就给你说只能用十八个月。没想到你硬是给干出来了！”

王永志说：“这可把我害苦了！您要早告诉我二十八个月也行，我也就没那么大的压力了！”

林宗棠部长笑了，说：“你的压力大，我压力也不轻呀！”

说罢，两人都长长地出了一口气。

1988 年 12 月 23 日，航空航天工业部、国防科工委、国家计委联合向国务院、中央军委上报了《关于开发“长征二号”捆绑运载火箭的请示》报告，同时还上报了“长征二号”捆绑式运载火箭研制方案及技术经济方案的评审意见，并请国务院、中央军委解决“长征二号”捆绑式运载火箭研制经费专项贷款问题。

1989 年 2 月 26 日，国务院、中央军委以国函（1989）12 号文件复国家计委、国防科工委、航空航天工业部、中国人民银行，同意采用“长征二号”捆绑式运载火箭为外国发射卫星的方案，其代号仍用“867”工程。并决定成立“867”工程协议小组，对其经费、物资、能源、重点建设项目及工作分工、工作进度等，也作了妥善安排。

至此，用“长二捆”火箭发射“澳星”的任务，正式列入国家重点工程项目。但是，有关“长二捆”火箭的研制及发射费用，将由航空航天部自行想法解决，国家不拨一分钱的专款！

没有专款，怎么造火箭？

四

在中国干事情，最需要的也是最要紧的，恐怕是两个条件：一个是政策，一个是金钱。

在改革开放前的几十年中，尽管以周恩来为首的国家领导人对科技事业的发展始终给予了很大的支持，但由于政治运动不断，中国的科学家最缺的，其实不是金钱，而是一个稳定的好政策。改革开放后，在市场经济的牵引下，随着形势的一天天好转，一个接着一个的好政策开始出台。但遗憾的是，好政策有了，钱又紧缺了。对此，不少专家深有感触地说："过去干事情，有钱，缺好政策；现在干事情，有好政策，钱又缺了！"

而航天技术是高技术，高技术就必须有高投资；唯有高投资，才可能有高技术。并且，所有的高投资都是由国家统一拨专款，否则个体根本无力承担。换句话说，没有钱，就别想搞航天！

可惜的是，中国是个发展中国家，几十年来一直是在少于发达国家几十倍投资的艰难条件下从事和发展航天技术的。不过，中国又有中国的特殊国情，1949 年后到改革开放前，几十年来一直是计划经济体制。因此所有的科研项目，一概都是由国家统一拨专款作保证。而且，按时到位，一分不差。

比如，当年搞"两弹一星"时，尽管国家很穷，但凡是属于"两弹一星"所需的研制经费，一概由国家财政部拨专款给予保证，而且必须保证。因为这是天大的政治任务，经费再紧，也得让位于这项任务。如此一来，从事"两弹一星"的科学家们虽然工作起来很难，但再难也不会为经费问题犯难；尽管生活上很苦，但再苦也不会为没有经费而犯苦。至于科研之外的一些事情，比如人员组织、计划安排、市场预测、经济效益等问题，也用不着科学家们去操心，更用不着要他们自己去挖空心思，绞尽脑汁，四处求神拜佛，八方托人找关系，解决这解决那的。至于让他们顶着风险、担惊受怕去贷款搞研制，更是从未有过的事情。

但现在不行了。

改革开放后，中国开始了由计划经济向市场经济的变轨，中国航天也同样开始了由国内的科学试验轨道向国际商业发射轨道的变轨。因此，除个别国家立项的重大项目之外，所有的科研经费都自行解决。像承揽外星发射任务，参与国际市场竞争，用火箭搞商业发射的经费，也同样由自己解决。这大概也是没有办法的办法。因为进入改革开放后的中国，最需要的是钱，最缺少的也是钱。所以享受专款搞科研，依赖"皇粮"过日子的时代，一去不复返了。

如此一来，几十年一直依赖专款搞科研的科学家们，当然也就难以适应，也无法适应。

不光专家们难以适应，航天部的领导更难适应。譬如，主抓“长二捆”研制工作的航天部副部长刘纪原，有生以来第一次深深感到金钱的重要和缺钱的苦恼以及没钱的尴尬。过去在计划经济体制下，每个项目都是由国家直接拨专款，所以他从来没有因为钱的问题而感到为难；即便有难处，也只不过是钱如何科学分配、怎样合理使用的问题，而绝不是压根儿就没有钱，却硬要想方设法去找钱的问题。

这次却不同。

本来，发射“澳星”的合同签订了，酝酿了多年的“长二捆”火箭终于可以抓紧时间研制了，没想到经费问题又成了一只可怕的拦路虎。是的，造火箭得有钱，没钱怎么造火箭？问题是，这钱从哪儿来？而且，根据预算，研制“长二捆”火箭的经费，加上设备改造费，大约需要三点五亿元人民币！如果还是计划经济，如果“长二捆”火箭还像当年“两弹一星”一样，被当成一个最大的政治任务，这三点五亿元可能算不了什么。但现在是市场经济了，“长二捆”火箭属于商业发射。既然是商业发射，就得自己想办法找钱，而且所有的政治风险、经济风险、法律风险、信誉风险，全都由企业自己承担。

事实上，为解决“长二捆”火箭的研制经费问题，刘纪原曾多次找过有关主管部门的领导，并抓住一切机会宣传“长二捆”，希望在财力和物力上得到各部委及社会的广泛支持。他除了找国家科委主任宋健，还找国家计委主任邹家华，甚至还多次找到李鹏，反复谈“长二捆”火箭的研制经费问题。但国家一时要拿出几个亿来，确有困难；而当时反对“长二捆”上马的人，其中一条理由就是担心“长二捆”火箭一旦上马后，会挪用正常的科研经费。所以为了能尽早启动“长二捆”，刘纪原只好向国务院表示：只要批准“长二捆”上马，决不挪用其他项目的科研经费；“长二捆”所需全部经费，由航天部自己去想法贷款。

于是国务院办公会在批准“长二捆”火箭发射方案的同时，有明确指示：

“长二捆”火箭的研制经费国家不拨专款，由航空航天部从银行自行贷款解决。至于贷款的巨额本息的偿还，等“长二捆”研制、发射成功之后，从发射“澳星”的收入中扣除！

在中国搞科研，从国家那儿拿钱，一般有三种方式：

第一种，计划经济体制下的拨款，即由国家计委作计划，从财政部统一拨款，专款专用。改革开放前，中国搞科研，采取的都是这种方式。这种方式专家们什么心也不用操，最省事，日子也最好过。

第二种，将国家拨专款改为低息贷款，即由财政部将计划款项转入银行，用钱部门再从银行低息贷款。这种模式一般是搞国家基础设施使用，比如修建桥梁、铁路、公路、电站等。这种方式也不错，因为享受的是国家低息贷款的优惠，利息低，贷款当然就划算。

第三种，不享受国家低息贷款的优惠，企业自己向银行贷款。至于利息高与低，多与少，完全由企业自己与银行谈。其贷款的前提条件与社会上所有贷款的前提条件完全一样，即：要有相应的资产作抵押，否则银行不予贷款。这种方式不享受国家的任何优惠，利息高，所以是最不划算的一种，也是最具风险的一种。

“长二捆”火箭的贷款方式，就是属于第三种。

第三种，吃亏当然就大了。

吃亏其实也没关系，只要能顺理成章，痛痛快快地选择第三种贷款方式也就罢了。问题是，要从银行贷款，就必须拿出资产给银行作抵押。而航空航天部属于国有性质，所有的资产都姓公，不姓私，资产只有使用权，而无经营权。即是说，航空航天部自己没有东西给银行作抵押。没有东西作抵押，就无法从银行贷款；无法从银行贷款，就无法解决“长二捆”火箭先期的研制启动经费问题；无法解决经费问题，“长二捆”火箭的研制工作就不能启动；研制工作不能启动，美国方面就不会跟你签合同；合同签不了，“长二捆”打入国际商业市场的计划就全部泡汤！

所以，为了确保“长二捆”火箭能够上马并尽快投入研制，以便尽快从美国人手中拿回正式的发射合同，刘纪原决定采用自筹资金的办法来解决。后几经努力，费尽周折，绞尽脑汁，刘纪原总算为中国火箭研究院筹措了二千万元的启动资金！

在当时那种艰难的情况下，能自筹二千万人民币，绝不是一件轻而易举的事情。因为这不仅仅是一个筹款过程艰难的问题，而是一个潜藏着巨大的政治风险与经济风险的问题。要知道，在资金的筹措过程中，许多工作是不能按常规去“做”的，许多路子是不能按老路去“走”的，一些做法也是不得不偏离现行规章制度甚至现行政策的。倘若某一环节稍有不慎，某一问题处理不当，搞不好就会背上“挪用科研经费”的罪名！

但面对如此巨大的风险，刘纪原这么做了。历史证明，他做对了。后来这二千万在“长二捆”火箭关键技术攻关时，起到了决定性的作用。难怪有人说，如果没有这二千万，就没有后来的“长二捆”。

由此可见，在中国这块土地上搞科学，不仅需要知识和智慧，也需要胆魄和勇气；不仅需要有人实干苦干拼命干，还需要有人在关键时刻挺身而出，敢于承担风险。这种风险在计划经济条件下，主要是政治风险；在市场经济条件下，则既包括政治风险，又包括经济风险。而刘纪原甘愿冒着丢掉乌纱帽的危险，用个人的政治生命去做赌注，其勇气，其胆识，其敢为天下先的无私精神，在当今中国的官场上，应该说是不多见的。

有了二千万的启动经费，“长二捆”的研制工作很快得以展开，为与美方签订正式发射合同创造了前提条件。至于其他所需的几个亿的经费，航空航天部决定从中国人民银行贷款。

然而，贷款谈何容易！据王永志说，当时他们算了一下，光火箭的研制经费大概就需要二点四五亿！而他们自己就得承担四千五百万！如果能打五到六颗外星，可以把本钱赚回来，但先期的经费必须通过贷款。问题是，贷了款，到时还不上怎么办？

几十年来，中国航天人为民族的发展付出了沉重的代价，为中国和世界文明的进步作出了不可估量的贡献，如果用“一贫如洗”来形容他们的生活境况，用“穷过渡”来形容他们的工作条件，并不过分。可现在，要让他们去贷款几个亿的人民币，自个儿背着债务去为国家造火箭，不管在心理上还是生理上，肯定都是一种折磨。他们能承受得了吗？

所幸的是，当航空航天部决定自行贷款搞“长二捆”的消息一经传出，专家们不但没有怨言，反而坚决拥护，坚决支持！

于是航空航天部当即决定：以航空航天部的名义向中国人民银行担保；由中国长城公司向中国人民银行贷款（具体运作办法是：用和美国签订的发射合同向银行作抵押，并将美方付给长城公司的二百分之二十的预付金打入中国人民银行的账号）；让中国运载火箭技术研究院作为总承包商，承揽“长二捆”火箭的研制任务。

然而，等这些基本条件具备时，离合同规定的首次试发时间，只剩下十八个月了！

十八个月，满打满算只有五百四十天。中国能如期履行来之不易的商业发射合同吗？

第十一章
合　同

研制一枚火箭美国三至四年，中国五到六年，“长二捆”却只有十八个月！专家们感叹说，市场经济条件下搞商业发射，绝不亚于当年搞“两弹一星”！但合同就是法律。于是火箭研究院院长立下军令状：火箭若是不能按时竖在发射架上，甘愿撤职罢官！可发射前燃料泄漏，两条人命祭天。有人坚持发射，有人主张中断。发射合同，如何兑现？

一

研制“长二捆”火箭的大幕一经拉开，在短短几天时间里，大半个中国几乎都被惊动了。

1989 年 1 月 27 日至 30 日，“长二捆”火箭协调小组在北京、上海召开了有关“长二捆”运载火箭急需的金属材料、电子元器件、机电产品等订货会。冶金部、化工部、机电部等十五个工业部门和数十个省市的相关领导参加了会议。会后，研制“长二捆”火箭的庞大的系统工程便在全国迅速展开，所涉及的部门和单位有外交、电子、能源、交通、铁道、民航、海关、公安、物资、冶金等二十个部委和总公司，以及北京、辽宁、四川等二十六个省七十四个市的三百多家企事业单位。

1989 年 2 月 16 日，国防科工委正式任命了研制“长二捆”火箭负责人，他们是：

总 指 挥：王永志

副总指挥：于龙淮

总设计师：王德臣

副总设计师：李占奎、孙凝生、周载学、褚祥生

压力最大的，当然是王永志。

作为中国火箭研究院的院长，王永志大半生中经历过的挑战和承受过的压力，可谓举不胜举。可他自己说，最大的挑战，最大的压力，还是这一次！

我们只需先看一眼下面这张有关“长二捆”火箭的时间调度表，王永志心灵深处究竟承受了多大的压力，就一清二楚了——

1. 时间：一百天。任务：解决“长二捆”火箭结构动力学耦合分析、捆绑连接、助推器分离等二十项技术难题。

2. 时间：一百天。任务：完成“长二捆”火箭二十四套四十四万多张设计图纸。

3. 时间：四百天。任务：必须设计、生产出五千多套特殊工装、几十个部段和十几万个零件。

4. 时间：一百八十天。任务：必须作完火箭仿真、分系统、综合匹配试验和助推器捆绑分离、全箭振动等三百项大型地面试验。

5. 时间：十八个月。任务：设计、研制出“长二捆”火箭，并从北京拉到四川西昌卫星发射基地，顺利地竖立在发射架上。

…………

要完成上述工作，并将“长二捆”这样的大型火箭竖在发射架上，按中国过去的干法，需要五至六年；即使在美元过剩、技术条件雄厚的美国，至少也要三年。而按合同规定，“长二捆”火箭的研制时间却只剩下了十八个月！倘若这十八个月造不出火箭，或者火箭造出来又不行，那中国火箭专家们的形象、尊严以及商业信誉等，肯定会受到严重影响；巨大的经济赔款以及来自国内外的各种压力，也必将使中国进入国际商业市场的步子陷入非常被动和十分尴尬的二难境地；甚至中国好不容易刚刚打开的发射外星的大门，还会重新关闭，中国几代航天人奋斗了几十年才赢得的这个优势和机会，也很可能前功尽弃。总之，用火箭专家们的话说，就是“丢不起脸，赔不起款！”

更何况，中国正处于一个大改革、大转型、大动荡的历史时期，身处这样一个时期的航天界在各方面都将受到很大的影响；而中国的经济基础也还相当落后，国家用于航天方面的投资一直极其有限。据有关权威部门统计，四十年来国家投入航天事业的资金，比美国和苏联的投资相差两个数量级，比西欧、日本相差一个数量级。例如，欧洲的“阿里安-1”火箭与中国“长征三号”火箭相比，尽管二者同属一个档次，运载能力也旗鼓相当，但前者不仅研制时间充足，而且耗资数额高达八亿美元。而后者的投资却不及前者的三分之一，以至于“长征三号”运载火箭的总设计师谢光选，在他的一篇论文中竟得出了一个相当令人惊奇的计算结果：

1 元人民币=2.5 美元

即是说，美国需要投资二点五美元才能办成的事情，中国只投资了一元人民币！如此低投资、高效益的事情，在世界航天发射领域，恐怕唯有中国才能做成。

当然，谁都知道，干任何一件事情，条件优越总比条件恶劣强，钱多总比钱少好办事。可王永志们是为国际商业发射市场赶造“长二捆”火箭，根本不可能有更好的条件和更多的金钱。何况这件事在中国火箭技术研究院三十多年的历史上，从无先例；何况王永志除了要承担技术风险和进度风险，还要承担经济风险和政治风险。所以王永志面临的挑战和困难、压力和风险，是常人根本无法想象的。难怪不少专家都感叹说：“市场经济条件下搞商业发射，绝不亚于当年搞‘两弹一星’!”

那么王永志为什么要冒这个风险呢?

采访中，他这样说道：

因为这个建议是我和几个同志提出来的，不干怎么交代?当时，有些比我资格老、经验多的人都不同意搞，是我在那硬顶着要干。假如他们都同意干，还好说，因为万一搞不好的话，有人在那顶着。可我要搞不好，责任全都在我身上了。然后，一上马，我又当总指挥，全是我。出了问题，全部承担，所以说搞“长二捆”是我一生中冒的一个非常大的风险。我无论走到哪儿，都有人说：“王院长，这事压力太大了，搞不好，你吃不了还得兜着走。”

不过话又说回来，我觉得这个风险值得冒，对中国航天技术的发展影响甚大。从中国航天的发展上来看，捆绑和推进剂利用技术是必须尽快掌握的，否则难以取得突破性进展。恰好这时出现利用这种火箭打入国际发射市场，是中国火箭走向世界的难得机遇。机不可失，时不我待。关于承揽发射外星的意义，当时中央有个88号文件，定的调子很高。正因为这样，才鼓舞着我们火箭研究院全体人员为之奋斗，再苦再累，没有怨言。

还有，这一文件是发向全国各有关部、委、省、市的，所以我们才得到了全国的大力支持。当时黄作义在外面联络市场，他回来就给我说，他一到美国华人社团，华人们就跟他说，一定要干这件事，而且要打外国卫星，就要打美国的卫星，这样好给我们争口气，给我们撑撑腰，证明中国人是行的。如果经费有困难，我们华人社团可以集资。黄作义这么一讲，令我非常感动。为什么大家那么齐心，我个人冒那么大风险?我有群众基础啊！我相信研究院的力量，一年半能拿出来。因为我对院里的情况是很熟悉的，像捆绑和推进剂利用技术，在我脑子里酝酿好多年了，我们也早就研究过了，我心中有数。像捆绑助推器这件事，在国外早就干了。我们搞总体的，知道这个事，干这件事，有什么不行的！

是的，我承认，时间的确是很短，十八个月要搞出个新型号的火箭，可以说全世界都史无前例。但这并非我愿意要这么干，是被迫的，我是1986年建议的呀，可你1988年底才批准。如果不是其中老有人在里面折腾，早点定下来，我就不是十八个月而是三年了，那样的话我们会很从容。现在只给我剩了一年半，我有什么办法？放弃吧，实在舍不得丢掉中国火箭走向世界登上新台阶的大好时机！

但是，我对火箭研究院的力量有充分的估计。像这种壮国威、振民心的大事，我能动员起来，研究院的同志们能跟我一起干！

是的，王永志是自信的。他有这个自信的资格。

1952年，王永志以优异的成绩考入清华大学航空学院。1955年他被送往苏联学习飞机设计专业，后来根据国家的需要和安排，他又从飞机设计专业改学导弹设计专业。1961年3月毕业时，他获得优秀生毕业证书和工程师称号，成为新中国第一个导弹设计专业的毕业生。从苏联回国后，王永志分到了中国火箭研究院，从事各种型号的火箭的设计和研制，直至1994年调入国防科工委，出任中国载人航天工程的总总师。

就在国务院批准“长二捆”火箭研制方案当月的一个上午，在中国火箭研究院可容纳一万多人的礼堂里，王永志主持召开了全院紧急动员大会。会上，各系统代表纷纷上台表决心，王永志也敞开心扉，当众表明了自己的态度与决心：

研制“长二捆”火箭的决定已经下达，我们的决心也已经下定！这是我院天字第一号任务，我们无论如何也要完成它！

希望大家要团结一致，准备打一场硬仗，打一场恶仗！部里负责在物资器材、经费贷款以及外协条件等方面予以保证，我院的任务则是保证在1990年6月30日以前把“长二捆”竖在发射台上。过去各级领导都鼓励我们说：“一院是一支政治素质好，技术水平高，能打硬仗和善打硬仗的队伍。”我们究竟怎样，就在这次任务中来证明自己吧！至于我自己，已向部领导表明态度，如果在1990年6月30日前不能将“长二捆”火箭竖立在发射架上，就撤了我的职，罢了我的官！

…………

话音刚落，全场掌声雷动，不少人都感动得流下了热泪。

望着如此火热的群众场面，王永志也被深深感动了。他想起二十年前日本抢先于中国一个多月发射了第一颗人造卫星的情景。这一幕，曾在他年轻的心灵上刻下了耻辱的一页。如今，日本的H－2大型运载火箭又在加紧研制当中，如果中国在这次大推力运载火箭的竞争中再抓不住已经送上门来的机会，身为中国火箭研究院院长的他，那就真是无颜再见江东父老了！

因此，全院动员大会一结束，王永志立即将“长二捆”火箭的研制计划作了公布。

不料，这个计划刚一公布，上至研究所的所长，下到工厂的厂长，甚至一些车间主任和很有经验的老师傅，全都大惊失色，异口同声：“这是一个不讲理的计划！”

计划的确很不讲理。为什么呢？过去设计一枚火箭至少一年半到两年，现在只给三个月；过去生产一枚火箭至少两年半到三年，现在只给十四个月！而且，行也得行，不行也得行。天底下有这样的“计划”吗？

一位车间主任反复掰着手指头，把时间压缩了又压缩，然后大着胆子跑去找到王永志，说：“王院长，这样吧，为了赶进度，我们想了很多办法，我们的时间就少一点，只要一个半月！”

王永志嘿嘿一笑，说：“你想得美，哪有一个半月给你？只给你十八天，行也得行，不行也得行！到时完不成，我就找你算账！”

还有两个工厂的厂长拿着计划表，找到王永志说：“不行啊王院长，我们对所需工时经过严格计算，从现在起，我们就是把其他任务全部停下来，也还缺十几万工时。你这个计划也太不讲理了！”

王永志拿过来一看，说：“你这是什么算法啊？你这个工时定额算法就不对，你为什么不把群众动员起来？一旦群众动员起来了，你知道一小时能干几小时的活儿？只要你发动群众，大家能认识到这件事的重要性和严重性，肯定远不是你算的那个工时。再说了，现在是什么时候了，我不能跟你们讲这个理那个理，也没时间跟你们讲什么理了，你们什么时候再讲这个理，我就批你们！”

两个厂长老老实实地回去了。第二天，全厂开大会，两个厂长便对全体员工说：“王院长昨天说了，不讲理了，也没什么理可讲了，现在我们只有一个选择，那就是干！同志们啊，干吧，只剩下十八个月了，再不干，就更不行啦！”

工人们知道了这个“不讲理的计划”后，也纷纷着急起来。下班时，见王永志骑车路过门口，便全都围上去，问：“王院长，我们厂长说，你不讲理了？”

王永志平时和工人就很熟，一见工人们过来，便主动下了车，然后将车靠在路边，说：“你们对这件事情怎么看？”

工人们说：“王院长，你说得对，如果一天到晚光这理那理的，讲个没完没了，那就什么事都干不成了。要干点事情，就得这样才行。光说不干，哪成呀！”

“好，有你们这几句话，我就放心了。”王永志说。

不过，一想到按合同规定的时间只剩下十八个月了，王永志的心里同样紧张。

合同，关键是合同！

中国这次研制“长二捆”火箭与过去最大的一个区别点，就是先签合同，再造火箭！中国是一个人治历史悠久的国家，因而中国人的法治意识一向都很欠缺，也很淡漠。法治意识的滋生与觉醒，是近些年的事情。过去，中国每一次火箭的研制与发射，都是按单位制度执行，而不是按市场合同办事。现在，中国火箭进入国际商业发射市场后，一切要按合同办事，而不是按制度执行。而制度和合同，完全是两码事情。按合同办事，就是按法律办事，这法律还不是普通法律，而是国际法律。而国际法律对刚刚开始迈进国际商业市场的中国航天人来说，自然就很不适应，也很不习惯。

但历史从来不按习惯办事。

中国人习惯感情用事，也习惯按习惯办事，什么事习惯讲“够意思”或者“不够意思”，即所谓办事情要重“义气”，讲“义气”。而西方人则只讲合同，只讲法律，除了合同和法律，六亲不认。西方人视合同为神。在他们的眼里，合同就是合同，一旦签订，就只想着如何去执行好合同，而不考虑合同之外其他因素。中国人则略有不同。本来，一份合同一旦签字画押，内容便已锁定，只需去履行就是了，用不着再瞻前顾后，考虑别的。可有的中国人不一样，合同签订后，往往考虑的不是如何认认真真、扎扎实实地去按合同办事，而是习惯琢磨点合同之外的事情，比如送点什么礼呀，吃顿什么饭呀，旅个什么游呀，逛个什么景呀，洗个什么“澡”呀，搓个什么脚呀，揉个什么腰呀，等等等等。总想试图通过感情贿赂的方式，去改变合同的某些内容，或者准备应付事后某些不测；一旦与对方在合同上发生了某些纠葛，或者利益上的冲突，对方拿出合同要照章办事时，就认为对方不讲义气，不够意思。却忘了合同就是法律。而法律这东西，从来是不讲义气，也没有义气可讲的。

所以在与世界接轨的过程中，中国航天人起码应该具备的就是合同意识！每个航天人首先应该学会的是如何遵守信誉，怎样履行合同；必须明白也必须懂得，在生意场上尤其是在国际生意场上，合同高于一切！合同就是法律就是真理，合同就是爹就是爷！什么请客、送礼，什么吃饭、喝茶，什么糊弄、凑合，什么欺骗、作假，什么关系、后门，什么高官、特权，等等等等，统统都得靠边站！

于是王永志除了安排好工作计划之外，在大会小会上也不断灌输合同意识，强调合同意识。他提醒大家说，我们现在已经不是在计划经济体制下干活了，而是在市场经济体制下参与国际商业竞争。合同，在任何时候都是第一位的，也是不可亵渎不可侵犯的！合同代表一个企业的信誉，代表一个企业的生命，我们必须懂得合同，并学会如何遵守合同。我们只有牢牢地确立了合同意识，才可能履行完成这份来之不易的合同。否则，到时不能履行合同，合同就会主动追上门来，找我们算账！

当然，对初涉国际商业市场的中国火箭研究院的全体员工来说，要真正具备合同意识，还得有个过程。

二

为了如期履行发射合同，中国火箭研究迅速作出了《关于“长二捆”研制工作的决定》，并很快建立健全了行政指挥、技术指挥、物资供应、质量保证、思想政治工作和后勤生活保障六大系统。

当时，全国一年一度的物资订货会议已经开过，好多生产厂家的一年生产计划已经排好，但为了满足“长二捆”研制任务的需要，国家物资部、国家计委、国防科工委等部委，又专门召开了三次全国范围内的有关“长二捆”专项物资的紧急订货会，让全国二十六个省七十四个市的三百多个厂家与火箭研究院“供需双方见面”，仅一天半时间便签订合同五千项，使百分之九十的急需物资得到落实。并且，所有这些协作单位回去后马上组织精兵良将，加班加点抓紧生产，仅短短七个月，“长二捆”急需的七千四百四十五项重达两千多吨的金属材料、一千一百多项机电产品和五十八万电子元器件，其中有百分之九十八便源源不断地运到了中国火箭研究院。

然而，高科技领域毕竟是智慧和力量的集中凝聚。一枚将近二十层楼高的新型火箭，包括总体、控制、动力、结构、遥测、外测、地面设备等各大系统，涉及大大小小几十万个零组部件的设计、生产和试验。尤其是采用了一系列新技术、新材料、新工艺之后，设计、生产、试验、发射的每一个环节，都会碰到不少技术难关。而研制人员所依靠的，又不是先进的设备，只能是人的因素、人的觉悟、人的精神和人的高超技术。于是在具体实施过程中，中国火箭研究院采取了一系列打破常规的重大决策和措施，仅其中一项决策，便至少抢回六到八个月，还节省了三枚火箭的生产费用。

中国设计师们搞捆绑式火箭是第一次，无疑是个难点。而这难点中的难点，又在“捆绑”二字上。捆绑技术的关键，就是“牢靠传力，可靠分离”八个字。但这种在一枚大型火箭上再捆绑四个助推小火箭的结构，中国设计师们除了在国外的一些画报上见过外，从未见过实物。至于受力情况，理论上知道一些，实际数据也从未有过。所以设计师们无论白天晚上，甚至吃饭、走路、上厕所，都在琢磨这事。

主任设计师李福昌就是其中最辛苦的一位。他白天在办公室和同事们一起琢磨，晚上等家人都睡了之后，再在一张刚刚放过稀饭、馒头、咸菜和花生米的饭桌上，用铁丝和牛皮纸糊捆绑火箭的小模型。如此折腾了一段时间，当捆绑结构静力试验、分离螺母分离试验、助推器受力试验、助推器分离试验等六个基本试验完成之后，才掌握了大量数据，正式确定了方案。

捆绑技术的方案解决后，在作火箭结构动力学耦合分析时，设计部门又遇到了一大难题——没有大型计算机。说来令人难以置信，这种高精度的火箭导弹的设计生产，研究院许多仪器设备，居然都是五六十年代的产品，甚至个别设备还有40年代的产品！如此落后的生产条件，如何保证高精度？如何达到国际标准？又怎么可能搞出具有世界一流水平的尖端产品？

没有办法，只有请美国同行帮忙。

美方爽快答应，提出两个方案供中方选择：一是中国既然没有能力做这样高精度的计算，可以把火箭的所有数据提供给美方，由美方帮忙做，条件是：预付订金三十至二百六十万美元；二是对中方人员进行短期培训，但只教一种计算方法，条件是：一次付费三十万至六十万美元！

已经欠着一屁股账的中国专家当然拿不出这笔钱来，他们只有一个价值连城的传家宝，这就是：自力更生！他们偏要试一试，离了洋人的拐棍，中国人到底还能不能走路？这“偏要试一试”的人，便是研究员朱礼文和高级工程师鲁昌鉴等。他们经过反复考虑，决定采用“模态综合方法”，依靠小容量的IBM个人微型计算机进行捣鼓。由于这种小计算机无法进行大规模数据计算，他们只好自己动手，编写了一万多条程序。整整五个月，他们白天夜晚守在小小的荧屏前，一条一条地在计算机上进行调试，通过后，再用各种考题来验证是否正确，仅演算出来的稿纸，摞起来就有一米五高。计算结果出来后，居然连小数点后面的尾数也同美国的大型计算机计算的结果相同，从而在微型计算机上建立起了捆绑火箭的结构动力学模型，向美方提供了星箭相连的动力学依据。

火箭上还有一个部件，精度要求极高，如果按中国现有的设备仪器条件，根本无法达到要求。能拿下这个绝活的，只有一位叫徐青松的老师傅。徐青松师傅干了一辈子的航天，不仅敬业精神强，而且怀揣绝技。可惜徐师傅老了，又不幸患了膀胱癌，前不久才刚刚作完手术。怎么办？若是自己人不干，不仅要求外国人，还得花上一笔冤枉钱。躺在病床上的徐师傅知道这事后，马上拖着虚弱的身子来到车间。领导劝他回家休息，他却摆了摆手，说：“合同都已经签了，干吧，不干怎么办？中国人赔得起钱，可丢不起脸呀！”说完，他佝偻着身子走到工作台前，慢慢打开了工具箱……

制造大型卫星整流罩，是工艺难度和生产劳动强度都很大的一项新技术。不仅是第一次搞，没有经验，而且还必须在三个月内完成第一套生产任务。从浸胶、拼裁到铺层，好几道工序都得靠手工操作。铺层蜂窝状结构和蒙皮的黏合剂有毒，工作时间长了，黏合剂通过乳胶手套，能把手掌腌黑；打磨下来的玻璃钢粉尘弥漫整个车间，人们的头上、脸上都有一层黄色的尘垢，刺激得皮肤发痒。由于长时间的超负荷工作，全车间三十六人体质普遍下降，春季流感一来，多数人患了感冒，甚至有的发高烧达40℃，但没有一个人停下手中的工作。最辛苦的是搞固化的人，十几道工序中每一道都需要送到热压罐内去固化，二十四小时大罐不闲，人也不能离岗，六个人分成十二小时两班倒，轮流看守，连续加班干了三十九天。

赶建六十一米高的全钢振动塔，更是一场硬仗。由于没有电梯，大量设备仪器，全靠人用肩膀一件一件地扛上去。一支由年龄半数在四十开外的七男七女组成的突击队，在接受任务后的几个月里，每天都跟着试验件摸爬滚打。在助推器分离试验中，箭上火工品已经安装好，电缆、电线密如蛛网，只要拆除箭体周围三层楼高的脚手架，试验马上便可进行。但人在操作时却只能在三十厘米宽的缝隙间进行，还不能磕碰到箭体、导线和应变片。突击队从下午三点干到夜里十一点半，连续八个半小时不停息，尽管有的磕伤，有的被地面的钉子扎伤了脚掌，但稍事包扎后，接着又干，最终为助推器分离试验赢得了宝贵的时间。

除了抢进度，把好质量关也是关键。刘纪原等组织相关人员，除了在设计、生产、试验全过程中坚持把好质量关外，还先后进行了四次大规模的全面质量复查。仅一次复查，就审查了技术文件一百八十七份，设计图纸十六万多张，各种设备近千台，零组部件十三万多件。同时对外协单位生产的零部件和元器件，也逐个进行检测，合格后才允许使用。先后三百多项地面试验表明，其设计、生产，一次成功率高达百分之九十九。

…………

总之，在研制“长二捆”火箭的日子里，火箭研究院内到处可以看到这样一幅标语：“绝不让研制‘长二捆’火箭的列车在我们这里误点!”整整十八个月，五百四十多个昼夜，超负荷的工作成了他们的家常便饭，研究院变成了灯火辉煌的“不夜城”。无论是专家、技术人员还是工人，时刻不忘的是：“贷款造火箭，负债壮国威。不赔钱，不丢脸!”而嘴上和心里，则全都惦记着两个字：合同!

是的，合同成了最大的压力，也成了最大的动力！十八个月里，中国火箭研究院成功地采用新技术二十一项，突破技术难题二十个、新工艺难题一百二十六项；完成设计图纸二十四套四十四万张，完成地面试验近三百项；完成近八十项数十万个零组部件的加工生产和总装，其中包括五千套特殊工装的设计和生产。

如此短时间、高效率的战绩，在全世界的火箭史上，恐怕都算一个奇迹。事隔多年后，王永志还非常动情地说：“我那阵子老是去厂里看干部、工人，他们都是心连心，抢着干。有的女工说：‘我把家都给忘了，连家里的锅瓢碗盏放在哪儿都不知道了。’大家都付出了很大的代价，说什么也要按期完成合同，不丢中国人的脸。这一点我真佩服！”

也许有人会问，如此玩命地干，赶造“长二捆”的航天人，究竟拿了多少奖金？

有两个很实际的小例子，或许算是最好的答案：

有一个承担火箭导管加工任务的小组，一共九人，第一次上阵，全组人员就连续干了五天五夜。困了，趁管子酸洗的机会倚在墙上打个盹儿；累了，靠着管体歇一歇。十五天，完成了两个月才能完成的任务。任务完成的那一天，厂长递给小组长一支烟，以示慰问。可这位小组长费了好大的劲儿才说出一句话来：“不抽了。”厂长问：“为什么？”他说：“已经抽不出味来了。”

按过去的规定，这些人的奖金每个工时是三毛钱，但这次是贷款造火箭，奖金便从原来每个工时三毛钱，降到每个工时一毛五分钱；加班费每个小时一元钱，改为加班一个通宵一元钱！

还有一个生产厂，由于上年减少了民品生产，厂里收入下降，只好停发奖金。后来在赶造“长二捆”火箭的过程中，钱实在不够了，干脆连浮动工资也停发了。可他们仍然按时交付了“长二捆”所需的三套精密平台。对此，一位因参加抢险而中毒住院的师傅说：“为了履行合同，遵守信誉，我们连命都不要了，哪儿还顾得上钱！要是光想着钱，抢险时无论给我多少，我也不会冲上去！”

是的，学会遵守合同，是中国人与世界接轨中的一大进步。

三

在中国火箭研究院赶造“长二捆”火箭的同时，另一项重要的工作——对外的竞争与协调，也在积极地努力之中。

商场如战场。随着各国航天技术的兴起与发展，国际航天发射市场的竞争日趋激烈。在对待中国“长二捆”火箭的问题上，欧洲某些航天公司采取的手段是，一方面通过美国国会议员和美国某些火箭商业公司，向美国政府提呈反对为中国发放卫星许可证的意见；另一方面又用压低自己火箭发射价格的办法，接近澳大利亚卫星通信公司，竭力扮演“第三者”的角色；甚至还暗中串联，事先准备好合同，只等中国火箭一旦失败，便乘虚而入，移花接木，抢走合同。

于是，为了疏通、理顺国际上有关的各种关系，取得美国政府发放“澳星”的出口许可证，外交部、外贸部、中国人民保险公司以及海关等对外联络部门，对外做了大量的斡旋工作；中国人民保险公司还按照国际惯例，在相同的保险条件下对“澳星”发射承担了保险，使中国发射“澳星”有了可靠的经济后盾；与此同时，中国“长二捆”火箭与美国的卫星，彼此在技术方面也积极展开协调工作。

经各部门的共同努力，1989 年 3 月 3 日，巴黎统筹委员会终于审批通过了“澳星”许可证。接着，3 月 16 日，美国政府也批准了发放“澳星”的出口许可证。

于是，3 月 27 日，“长二捆”火箭的总设计师王德臣带队前往美国洛杉矶，与美国休斯公司和澳大利亚卫星公司举行了关于“澳星”的第一次技术协调。5 月 8 日，美国休斯公司首席科学家斯坦豪尔和火箭采购部主任施多特来到中国运载火箭技术研究院，了解“澳星”合同执行情况，并参观了部分工厂和研究所。美方考察之后，对中方工作情况表示满意。5 月 15 日，澳大利亚卫星公司和美国休斯公司也来到北京，与中方进行第二次技术协调。时值 1989 年春夏之交的“政治风波”前夕，社会秩序比较混乱，为不影响“澳星”发射的进展，中美澳的技术协调工作照常坚持进行。中方还想法排除各种困难和干扰，按计划保证了澳大利亚卫星公司和美国休斯公司对有关工厂和西昌发射场的参观考察。

但 1989 年 6 月 4 日，北京“政治风波”还是爆发了！

四天之后，即 6 月 8 日，美国政府为制裁中国，下令暂时中止使用已向中国颁发的“澳星”出口许可证！也就是说，本来已经同意让中国“长二捆”火箭发射的美国卫星，突然又宣布不给中国发射了！

正进行中的中国火箭与美国卫星的技术协调工作，被迫中断。

这一突如其来的变动，对身为中国火箭研究院院长的王永志的打击相当沉重。这一信息传到他的耳朵时，他的感觉简直就像脑子快要裂了一样。他不相信这是事实，却又找不出任何理由不相信这是事实。好在王永志早已是饱经风霜，他很快调整好自己的情绪，当即召开相关人员紧急会议，明确指示，不管出现什么情况，在没有接到上级正式通知以前，“长二捆”火箭的研制工作不能停止！

尽管作了这样的安排，王永志的内心依然度日如年，焦急万分。

6 月 12 日，焦急中的王永志正在办公室审阅“长二捆”的图纸，突然秘书走了进来，请他接电话。王永志拿起电话，话筒里传来的竟是林宗棠部长的声音！他的心跳猛然加速：林部长在这个时候突然来电，莫非要停止“长二捆”火箭的研制？

林宗棠部长说：“老王，告诉你一个消息！”

“什、什么消息？”王永志屏住呼吸。

林宗棠部长的声音有些激动：“方才姚依林副总理给我打来电话……”

“他说什么了？”没等林宗棠说完，王永志便抢先问道。

林宗棠部长说：“姚依林副总理叫我一定告诉你们，美国不给卫星打，制裁我们，我们照样搞‘长二捆’！”

“真的！”王永志如释重负，一颗怦怦跳动的心一下轻松下来。

林宗棠部长继续说道：“姚依林副总理还特别强调说，没有美国休斯公司的卫星，我们也要搞‘长二捆’。不管国外情况如何，都要坚定不移地完成‘长二捆’任务。让你们不要停！一定不能停！”

王永志放下电话，如同吃下了定心丸。他后来这样说道：“我接到电话，把我高兴死了。姚副总理说，不管有没有美国卫星打，‘长二捆’照常研制！听听，多大的气魄呀！当时国内形势那么乱，要不是姚依林副总理有这个决心，‘长二捆’很可能一下子就下马了。”

为稳定军心，航天部就继续研制“长二捆”一事，很快下了一份通知。林宗棠在这份通知上还作了如下批示：

不管美国态度如何，“长二捆”火箭任务仍要照常进行，不得有误！

为尽快缓解中美间的紧张关系，1989 年 7 月 10 日，航天部副部长孙家栋还给美国国务院助理国务卿麦卡里斯特写信，对美方单方宣布从 1989 年 6 月 5 日后暂时停止“澳星”许可证的发放一事，表示深切关注与忧虑。孙家栋在信中这样写道：

卫星发射服务是正常的民用国际商务活动，一切都应按计划进行，中美签署的协议备忘录也应照常履行。……中美双方在空间领域的合作，也应从长远的眼光来妥善处理，这样才能不断取得新的进展。

1989 年 8 月 26 日，李鹏听取应用卫星与卫星应用研讨会情况汇报。汇报结束后，李鹏强调说：

在国家经济比较困难的情况下，我们的“长二捆”火箭还是要搞的。现在，西昌的二号工位进展比较顺利。1989 年以来，西方国家对我们进行制裁，“亚星”也限制我们，“澳星”也限制我们。不管他们如何限制，反正这件事情是要办的，下定决心要办！

1989 年 9 月 25 日，中国火箭研究院召开“长二捆”运载火箭决战动员大会。沈荣骏、刘纪原在会上作了重要讲话，号召大家振作精神，克服困难，坚决打好“长二捆”这一仗。

1989 年 9 月 29 日，美国政府终于宣布：解除“澳星”许可证暂停令，中美双方可以恢复技术协调，允许中方前往美国进行火箭与卫星的对接试验。

于是，1989 年 11 月 27 日，中美双方在洛杉矶举行了第三次“澳星”

技术协调。

1990 年 5 月，中美双方又在北京进行了第四次“澳星”技术协调。

至此，“长二捆”火箭发射前的各种必要条件基本具备。

四

1990 年 6 月 29 日，即合同规定时限的前一天，中国第一枚“长二捆”大推力火箭高高竖立在了西昌发射场二号工位的发射塔上。

这是专门为发射“澳星”而抢建的一个新的大型发射工位。中国过去兴建了不少发射工位，却没有一个发射工位能够发射“长二捆”这样的大型火箭。国防科工委经过反复论证，最后还是将发射“长二捆”的发射工位选定在了西昌发射场。

抢建这个发射工位，同样不易。其主要问题是：

一、经费紧缺。建这样同等规模的发射工位，美国用了一点一亿美元，法国用了二点五亿美元，而中国的费用却只有一点四亿元人民币。也就说，中国的经费仅为美国的四分之一、法国的九分之一。钱少，办事当然就难。可国家实在拿不出更多的钱来，有什么办法？就这点钱，还是李鹏有一次到西昌基地观看发射时，国防科工委和基地的领导趁李鹏高兴，动了点心眼，向李鹏“诉”了不少“苦”，李鹏后来才从他的“总理机动费”里“抠”了一个亿出来。

二、设计困难。担任发射场设计的，是北京特种工程设计研究所。在时间短、经费少、条件差的情况下，要设计出一座一流的现代化发射场，的确令设计师们感到为难。光是考虑采用一座什么样的发射塔，五十多人的设计班子，在武汉熬了四十个昼夜，搞了八九个方案，连春节也没顾得上过，最后才算完成了五千多张设计图纸，并通过了设计方案。

三、时间有限。创建如此规模的发射场，美国用了十九个月，法国用了二十九个月，而中国只有十四个月！如果十四个月内发射场不能如期竣工，不仅要遭到罚款，甚至还会影响合同的执行！为了赶时间，国防科工委调动了 124 团、科工委安装大队和西昌卫星中心工程营、汽车营等若干单位，并动用了西昌五个县的上千民工。发射场破土开工时，正值冬季，寒风刺骨，大雪纷飞，数千名施工者个个冻得瑟瑟发抖。由于没有现代化的机械设备，发射场坪的基础工作就只有依靠推土机、拖拉机、大卡车、牛拉车、毛驴车和竹筐、背篓、铁锹、铁镐、钢钎以及大量的人力。最后总算按合同规定的期限，按时建成了发射场。

准确地说，“长二捆”火箭的这次发射，是一次带有模拟试验性质的发射。也就是说，通过这次发射，先检验一下“长二捆”火箭是否可靠，是否能达到发射美国卫星的技术指标。尽管如此，从上到下，海内海外，同样极为重视。因按中美合同规定，若是成功，“长二捆”便可取得发射“澳星”的“通行证”；万一失败，中国将向美国赔款一百万美元损失费！此外，“长二捆”火箭这次还为巴基斯坦搭载了一颗科学试验卫星。该卫星的价值虽不能与美国的“澳星”相提并论，却同样有个信誉问题。而信誉这个东西，不光是中国的传统美德，也是当今社会的经商之本。

因此，当《关于“长二捆”运载火箭发射试验的请示报告》送到中央后，中央领导人在报告上作了如下批示：

> 此事务必一丝不苟，保证发射任务的完成。看起来这是一项技术合作任务，实际上是一项政治任务，在当前复杂的国际形势下，发射成功也显示了我们的国威。

于是国防科工委和航天部的领导全力以赴，精心组织；直接承担发射任务的西昌卫星发射中心更是小心翼翼，如履薄冰。为表示决心和气概，在一个阳光灿烂的上午，西昌基地司令员还率领着上千名官兵来到发射场，面对高高的发射塔，面对发射塔上“中国航天”四个赫然醒目的大字，举起双手，进行了庄严的集体宣誓。

不过，从天时的角度来看，西昌地区已进入雷雨季节，这对发射很是不利。雷雨季节是世界各国在发射中最忌讳的季节。雨季一旦超过发射所要求的气象条件，便会带来设备绝缘性能下降、防雷电困难等一系列技术问题。但从事气象工作的专家和技术人员先后搜集、分析了西昌地区五十年来二千八百多份气象历史资料，统计整理出了近七万字的气象背景资料，并与二十多个有关地区气象台站建立了全天候信息交换网；同时，为了克服雷雨对当天发射的影响，有关部门还研制了一种先进的科学技术与当地传统的土办法相结合的防雷雨系统。因此指挥部还是决定，按原发射计划程序执行。

气象问题有了保障，别的意想不到的事情又冒了出来。7 月 8 日这天，是火箭加注燃料的日子。因西昌发射场天气很热，火箭加注推进剂后，又正值火热的中午，外面的温度很高，火箭体内的温度很低，于是二者形成很大的温差；再加之周围空气极度潮湿，所以燃料一灌进火箭的肚子后，便导致火箭大量“出汗”。这些“汗水”顺着箭体流入仪器舱，浸湿了电缆，使电器绝缘阻值下降，随时都有可能导致短路。

指挥部立即召开会议，商量对策。面对从未有过的这一情况，与会者个个面面相觑，一时竟想不出办法来。最后，有人突然想到了毛巾，说可以让人用毛巾给火箭擦汗。专家们觉得这个主意不错，不妨一试。于是指挥部一声令下，紧急调来几百条毛巾，再紧急调动几十名军人，然后每人拿着一条毛巾，火速爬上塔架，替火箭一点一点地“擦汗”。

可箭体表层的“汗水”刚一擦净，箭体内不断又有新的“汗水”往外渗出。现场有关专家们又采取了多种急救措施，仍然不能奏效！

怎么办？几百吨燃料这时已经加注到了火箭的肚子里，潜藏的危险随时都有可能爆发！

最后，指挥部只好决定：推迟发射，吹干电缆插头，提高绝缘电阻。

国防科工委将这一情况当即报告中央。

7 月 9 日，李鹏给西昌卫星发射基地发来一封加急电报。电报全文如下：

> 转告参加研制的同志，不要紧张，试验有成功，也有失败，何况时间很紧迫，要从最坏的方面打算，向最好的方面努力。

7 月 10 日，指挥部组织第二次发射。但在发射程序执行过程中，仍发现有少量漏电现象。指挥部决定再次推迟发射，继续采取措施，提高绝缘电阻，确保发射成功。

7 月 12 日下午 3 时，经检查，发现四个助推器上的脉动压力传感器出现渗漏。燃料渗漏，危险极大，搞不好便有爆炸的可能。航天部试验队领导果断决定，泄出四个助推器的推进剂，换下传感器，堵死接管嘴。

泄出推进剂是个逆过程，稍有不慎，就可能导致重大事故发生。所以，基地曲从治司令员、试验队队长王永志和总体主任设计师李福昌等人，一直坚守现场，干了一个通宵。

7 月 13 号上午，排险号令一下，火箭总装厂副厂长乔守棣等人带领三十多名工人和科技人员，立即开始排险。老工人魏文举、陆阿宏戴好防毒面具穿好防护服后，抢着钻进了火箭尾舱。第一个传感器卸下后，贮箱内残存的气体便喷流出来，毒气很快包围了他俩。而此刻整个舱内也毒气弥漫，连照明灯都看不见了，他俩只能靠手摸索着爬行……

大家正担忧之际，魏文举师傅突然挣扎着爬到舱口，大声呼喊道："陆阿宏，快出舱，快出舱！"外边等候的人们忙将他俩拖出舱口。很不幸的是，魏文举因中毒晕倒，当即被送往医院。第二梯队紧接着又跨进舱里，继续排险。不久，另一名工人也被熏倒，当场送往医院抢救！

值此紧急关头，刘纪原和王永志火速赶到现场，亲自组织指挥。王永志是得到紧急情况报告后，专程从北京坐专机赶到西昌发射场的。一到现场，他先仔细查看了险情，然后同现场的刘纪原、于龙淮、王德臣简单商量了一下，当即下令停止排险，而后果断拿出了三点具体方案：第一步，把推进箱里的烟雾用氮气置换出去；第二步，把推进箱里的压力卸掉；第三步，最后再拆卸传感器。拆卸和封堵接管嘴时，要不停地吹风！

现场工作人员做完这三步工作后，险情这才得以控制。随后，陆阿宏师傅再次进舱排险。他先后七进七出，八个传感器他一人就换了七个。排险工作一直进行到当晚 12 点，终于化险为夷。

然而，陆阿宏等十二位同志却因中毒而被送进了医院，其中有四人还发了病危通知，后经抢救，才算脱离了危险。其他接触推进剂气体较多的几个同志，身体也受到很大损伤。魏文举师傅送到医院后，经检查，肺已被四氧化二氮全给烧烂了，完全失去了呼吸的功能。经医院全力抢救无效，于当晚7点去世。

噩耗传来，发射场数千名参试人员悲痛难抑，与魏文举一起工作了几十年的老哥们更是抱头痛哭。身为火箭研究院院长和发射实验队队长的王永志，心情更是格外悲痛。他后来这样说道："当时火箭已经加注，如果卸出来拉回去，就全报废了！想想吧，如果真是那样，我拉上一个废了的铁疙瘩，还带一个骨灰盒和几个病号回去，而且合同也吹了，将会是一个什么情景？我简直想都不敢想，太恐怖了！"

在此情况下，"长二捆"是继续准备发射，还是立即停止，北京指挥所众说纷纭，沸沸扬扬，甚至个别人在心理上还出现了恐慌。

有人主张按原计划继续准备发射；有人犹豫不定，进退两难；有人则坚决反对发射！

北京指挥所当即将有关情况向中央如实作了汇报。

而就在这时，也有人直接向中央反映了情况，明确提出：为了国家的名誉与利益，决不能打了，打也打不成；若是硬要打，后果将会不堪设想！

中央很快指示国防科工委和航空航天部，马上召开会议，拿出决策性的意见。

国防科工委和航空航天工业部当即在北京组织召开主要领导人决策会议。会上，"长二捆"火箭是否继续实施发射，出现了两种截然不同的意见。双方旗帜鲜明，互不相让，谁也说服不了谁。而且，火药味很浓很浓！

7月14日，中央领导及总参、总政、总后三总部领导，在北京指挥部听取了国防科工委关于"长二捆"运载火箭发射准备情况的汇报。中央领导当场指示：

一线的同志了解情况，要多听听一线同志的意见。

于是，国防科工委和航空航天部的领导连夜乘专机赶赴西昌卫星发射场，召开紧急会议。参加会议的有丁衡高、林宗棠、刘纪原、王永志以及著名火箭专家屠守锷、西昌基地司令员曲从治、副司令员胡世祥等二十余人。

会议一开始，首先传达了中央领导的指示，然后就“是打，还是不打?”这一问题，大家畅所欲言，发表意见，展开讨论。

关于这次会议的真实内情，王永志后来这样说道：会议从晚上七点半，一直讨论到凌晨一点半。林宗堂部长问我：“你说说看，到底能不能打?”我说：“我认为根本没问题，能打!”接着，国防科工委主任丁衡高也问我：“火箭到底怎么样? 有没有问题?”我当时很激动，说：“丁主任，火箭没问题，如果有人认为有问题，那得告诉我是哪块不行。你要让我把火箭拉回去，那得告诉我拉回去后改什么地方。这些，有人说得出来吗?”之后，又经过一番激烈的讨论和详细的论述，大家认为现在发射场已采取的各项措施是得力的，有效的，火箭技术状况良好，可以继续准备发射。

第二天，即 7 月 15 日，国防科工委领导向中央汇报了一线专家们的意见和决心，中央这才批准：继续组织发射!

1990 年 7 月 16 日 9 时 40 分，命运多舛的“长二捆”运载火箭终于飞向了太空!

第十二章
失　败

布什总统在耶鲁大学发表讲话，指责中国长城公司有向巴基斯坦转让导弹技术之嫌。美国政府随后宣布：将用法律手段制裁长城公司，并禁止美国卫星运至中国。长城公司断然否认，要求美国撤销制裁。美方最终同意中国发射“澳星”。然而正式发射那天，已经点火的“长二捆”火箭，就是只冒烟不上天！

一

“长二捆”火箭试发成功，对中国火箭专家们是个极大的鼓舞。但有一个一直没有披露的真相是，由于装在“长二捆”第二级的某个系统发生故障，火箭最后并没有将为巴基斯坦搭载的科学试验卫星送入预定椭圆轨道。

因此，当晚事故发生后，澳大利亚通信卫星公司和美国休斯公司十分焦虑。中国火箭研究院很快对故障系统进行了认真仔细的分析，最后确定，故障原因是某电路中一根插座的连线错误所致。

鉴于此，中美双方在技术的细节方面，就必须再作进一步的协调。

于是，1990 年 8 月 29 日，以王德臣总师为首的中方代表团在洛杉矶与美方进行了第五次“澳星”技术协调；1990 年 11 月 12 日，中美在洛杉矶进行了第六次“澳星”技术协调；1991 年 1 月 18 日，中美在洛杉矶作了“澳星”的星/箭对接试验；1991 年 3 月 6 日，中美在北京举行了第七次“澳星”技术协调。

在上述几次技术协调中，尽管双方难免会有各种各样的矛盾，但由于双方利益一致，彼此愿望相同，所以总体上还是比较友好的。只是从美国政府的层面来看，随着事态的发展，态度变得暧昧起来。甚至到了后来，竟开始制造麻烦，有了故意刁难的意思。

1991 年 5 月 27 日，美国总统布什在耶鲁大学发表讲话，说中国长城公司有向巴基斯坦转让导弹技术和装备之嫌。第二天，美国的一位官员也公开表态说：

> 在清除对导弹技术控制的担心之前，美国是不会向中国发放新的卫星许可证的！

接着，在 6 月 16 日，美国政府又对外正式宣布：

> 由于中国长城公司也向巴基斯坦转让了“导弹技术控制条例”中所列的导弹技术和装备，所以美国政府要采取法律手段制裁长城公司，包括禁止采用美国技术的卫星运到中国发射，在两年内拒绝向中国长城公司等两家公司发放“导弹技术控制条例”中所列项目的许可证。

7 月 8 日，美国使馆照会中国长城公司，就中国长城公司向巴基斯坦转让“导弹技术控制条例”中所列的导弹技术和装备问题，再次提出异议。

8 月 14 日，中国长城公司在答美国使馆照会中，向外界明确表示：

> 我公司没有向巴基斯坦或其他国家转让过导弹技术和装备。美国白宫当局 6 月 16 日正式宣布对我公司采取制裁措施和有关指责是没有道理的，是不符合事实的，严重地损害了长城公司的国际信誉。因此要求美国政府尊重事实和国际惯例，公开宣布撤销对长城公司的制裁。

在此背景下，7 月 15 日，中美双方在洛杉矶还是进行了第八次“澳星”技术协调，并进行了“澳星”B2 的星/箭对接试验。

9 月 19 日，澳大利亚卫星公司与美国休斯卫星公司联合组成一个由十八人参加的庞大代表团来到中国，在北京举行了第九次“澳星”技术协调会。中澳双方对中国“长二捆”火箭进行了全面而严格的评审，表示满意。

然而，10 月 30 日，美国国会众议院通过了《所罗门修正案》，禁止出口美国卫星供中国运载火箭发射！

为此，11 月 11 日，林宗棠部长会见了美国前国务卿黑格将军，就中国对外发射服务问题举行了会谈。会谈中，林宗棠部长再次表明了中国进入国际市场的态度，以及对美方禁止出口美国卫星供中国运载火箭发射的不满，希望黑格将军向美国政府多做一些有利于中美航天技术合作与发展的工作。

此后，美国政府的政策有所松动，发射“澳星”之事又开始朝着有利的方向发展。

但一个很现实的问题又摆在了中国航天人的面前：根据中美之间的协议，发射“澳星”的燃料将由美方负责于 1991 年 11 月 24 日运抵广州港，而后再安全护送至西昌卫星发射场。这种燃料易燃、易爆，属于发射“澳星”的专用剧毒推进剂。缺了这种推进剂，“澳星”发射便是空谈。而时间已经到了 11 月中旬，这一燃料却迟迟没有动静。倘若这一燃料不能如期运至中国，美国政府同意中国发射“澳星”一事，等于白说。因此，专用燃料能否如期运往中国，是检验美方有无合作诚意的标志。

后几经协商，美方同意按合同规定的时间，将发射“澳星”的专用燃料运至中国。

1991 年 11 月 23 日晚，从美国洛杉矶承运“澳星”专用燃料的香港华辉、中辉公司的“天鹰彗星”号货轮在茫茫夜色中随着一声长鸣缓缓进入广州港。装有燃料的四个集装箱在中方公安干警严密的警卫下，先被安全卸下，随后再由中方技术人员进行严格检查。检查中，中方技术人员发现集装箱有异味渗出。经再次检查后，确认有两个装有燃料的气罐密封不严。中方当即采取相应措施，确保了燃料不再泄漏。之后，经过五天的长途跋涉，行程二千多公里，“澳星”专用燃料才于 11 月 29 日平安抵达西昌卫星发射场。

又经努力，美方同意如期将“澳星”运至中国。

美国西部时间 1992 年 1 月 28 日，运送“澳星”的专机从关岛起飞，北京时间 1 月 29 日凌晨 4 点飞抵上海虹桥机场。因上海连日大雾，专机抵达上海虹桥机场后，无法降落。为确保安全，中美双方经紧急磋商，决定飞机改从广州白云机场入关。也许是天公作美，1 月 29 日这天广州天气很好，7 点 19 分，秘密载有“澳星”的波音 747－200F 大型货机顺利降落在了广州白云机场。根据中国对外承揽卫星发射的有关政策，卫星在广州进境时，只办理必要的报关手续，其他全部实行免检。因此“澳星”在办理入境手续时，用了不到两个小时，便接着直飞西昌机场。

飞机在西昌机场停稳后，美国休斯公司的技术人员按计划准备卸下“澳星”，却因卫星箱体积过于庞大，卸不下来。后来只好求助中国技术人员帮忙，才将集装箱顺利卸下。

1 月 30 日凌晨 4 时 30 分，“澳星”终于安然进入西昌卫星厂房。

由于“澳星”是美国休斯公司研造的新一代卫星，不仅技术尖端，且价格昂贵，在美国人的眼里简直如同一位娇贵无比的新娘。所以美国人一路上都是小心伺候，中方人员别说“动点手脚”，占点便宜，就连凑到身边瞧上一眼，也没这个机会。

“澳星”到达西昌卫星发射场后，中美双方很快商定，将“澳星”的发射日定在 1992 年 3 月 8 日。但到了 2 月 15 日这天，“澳星”的项目经理海伦却向中方打来电话，请求紧急约见长城公司副总经理陈寿椿，要对已签订的合同进行修改。他的理由是：由于休斯公司的地面控制系统尚需进一步完善，休斯公司最高决策层经过认真、慎重地考虑，决定请求将“澳星”的发射日由 3 月 8 日推迟至 3 月 22 日。

中方测控系统部部长李宝铭得知这一情况后，当即向对方作了如下回答：“对于贵方的请求，我们表示理解。卫星发射是个庞大、复杂的系统工程，难免出这样或那样的问题。这类情况我们也遇到过。我们将马上向上级禀报，并根据这一变化重新调整发射计划。当然，这会给我们的发射工作带来诸多困难与不便。至于修改合同一事，请与陈寿椿副总经理具体商谈。”

2 月 21 日，“澳星”项目经理海伦与中方陈寿椿副总经理作了具体协商，然后中国卫星发射测控系统发言人向社会正式宣布：

> 应美国休斯公司请求，中国为澳大利亚发射第一颗通信卫星的时间将由原定的 3 月 8 日，推迟到 3 月 22 日。

当晚，中央电视台发布了这一消息。

也就在这一天，美国政府宣布：打算取消 1991 年 6 月 16 日实施的对华三项制裁。美国将在 4 月初对这一决定予以确认，恢复向中国发放卫星出口许可证。

3 月 17 日下午，李鹏主持召开中央专委第六次会议，专门听取发射“澳星”工作准备情况汇报。会议最后同意，用“长二捆”运载火箭在 3 月 22 日至 27 日之间择机发射“澳星”。

二

1992 年 3 月 22 日，是中国“长二捆”大型运载火箭正式发射“澳星”的日子。

这次发射的特点之一，是新火箭与新卫星首次联姻。中国新研制的“长二捆”火箭与美国新研制的大型卫星首次联姻，其形式与性质在世界航天领域尚属首次。法国“阿里安”火箭开始进行商务发射之前，头两发都是免费服务，即是说，打成了算试验成功，白给对方发射，打不成便拉倒，也不赔偿。“阿里安”火箭先后进行了五次试验发射，才开始正式进行商业发射。而中国的“长二捆”火箭却只进行了一次试发，便正式进入商业发射，并且一进入商务领域，一切便按国际商业市场的游戏规则真刀真枪地进行。所以此次发射对中国航天队伍的技术水准和商业运作能力，是一次最实际的检验。据说，被冷落的“阿里安”公司此前曾对澳大利亚澳赛特公司说过：“如果中国拿不出新火箭或发射失败，你们再找我们，价格可要比现在高三倍!”

特点之二，是中美澳三方风险共担。“长二捆”火箭一头系着美国和澳大利亚，另一头系着中国二十六个省七十四个市三百多家企事业单位以及二十多个部委和总公司，发射中一旦出现闪失，中美不仅要承担巨大的经济风险，还要承担千金难买的商业信誉；而澳大利亚澳赛特公司，则要承担因发射失败而造成国内通信中断的巨大风险。所以，“长二捆”火箭上除了印有“中国航天”四个大字外，“澳星”的整流罩上还印有三面鲜艳的国旗。这三面国旗的主人是中国、美国和澳大利亚。它不仅是三国航天界合作的象征，同时也是共担风险的标志。难怪美国休斯公司的技术负责人说：“休斯公司在以往的发射中，从不将国旗印在卫星整流罩上。但这次来中国参加发射，因是首次启用中国新研制的‘长二捆’大型火箭发射美国新研制的新一代通信卫星，我们认为这是一件具有历史意义的大事，并将成为世界航天史上的一座里程碑，所以我们破了例。”

特点之三，是中央电视台向全国和全世界进行现场实况直播。为了搞好电视直播，中央电视台派出了阵容强大的工作班子，提前进入现场，选定最佳机位，准备直播脚本。光一个直播脚本，就反复修改审查了好几次。只是这脚本全都是按发射成功准备的，假若发射失败，直播镜头将如何面对观众，却没有准备。据后来有关部门统计，这个夜晚至少有六亿大陆观众端着饭碗守在电视机前观看发射。而台湾、香港地区以及美国和澳大利亚等外国观众，虽然无法统计，却同样可以肯定，也是一个不小的数字。至于亲临现场观看发射的本土官员、外地“亲戚”以及发射场区附近的平民百姓，更是漫山遍野，不计其数。由于现场所有参加发射的专家和技术人员事前都知道中央电视台对当晚的发射将要进行现场直播，所以心理压力很大。

正因为这是一次特殊而重大的发射，从中央到地方，从国内到国外，从科技界到新闻界，都高度重视。沈荣骏、刘纪原很早就进入西昌发射场，直接抓质量和协调工作；西昌基地司令员胡世祥带领相关技术专家深入现场，对每一个技术环节进行具体指挥。所以“长二捆”火箭进入发射场后，几次检测，状态良好，异常顺利。就在3月1日这天，当中国的卫星整流罩像蚌壳一样把美国四点六吨重的“澳星”缓缓收入腹中时，休斯公司的任务主任彼特先生还幽默地说了一句中国话：“我们现在是一根绳上系着的两个蚂蚱!”此话一方面道出了中美双方同舟共济的心愿，另一方面也道出了几分轻松与愉快。

但从另一个角度说，正是这次准备工作太顺利了，这种从未有过的顺利反而让人难以放心——专家们非但没有掉以轻心，反而越加地不放心。“长二捆”火箭设计总师王德臣在2月13日晚上试验队工作总结会上，就特意讲了卓别林在一次参加“模仿卓别林”的比赛中只得了个第三名的故事。王德臣讲的这个故事，让在场的人联想到“长二捆”火箭在这次测试中至今没有暴露什么问题，这到底是真相还是假象？究竟算正常还是不正常？是好事还是坏事？王德臣还进而告诫大家说：“对火箭质量最了解的，其实是我们自己，别人的评价往往是靠不住的。四次总检查问题少了，顺利得让人不放心，这就要我们加倍地警惕！国内外任何一次发射之前都有不少问题，问题暴露了反而让人放心，问题没暴露反而让人担心。我们现在就是要深入地想问题，决不能放过一个疑点。”事后证明，王德臣的这番话绝非多虑，而属经验之谈。

3月22日这天，老天开恩，天气不错，前来观看发射的人们心情愉快。国防科工委、航空航天工业部、长城公司和西昌发射基地邀请的一大批外宾——包括各单位领导、合作伙伴以及美澳驻华大使、港澳朋友、当地各界名流等，于当日上午陆续云集发射场，往日寂静清冷的发射场一下便显得隆重而热闹起来。西昌发射基地的接待工作，也比往日繁忙多了。但繁忙中却充满了无比的兴奋和说不出来的紧张与快乐。

下午1点左右，试验队员大部分都撤离协作楼，疏散到安全区，少数专家骨干则进入关键岗位，为一线操作人员保驾护航。发射前一个多小时，刘纪原等部院领导和基地的头头们亲临发射塔检查射前准备工作，所到之处，不少人拿着当天发射的纪念邮封让他们签名。几位领导二话不说，拿起一个又一个递来的纪念邮封，高高兴兴地签下了自己的大名，现场气氛显得很是轻松。

6 点左右，一百二十名中外贵宾在有关工作人员的组织下，集中到指挥控制大厅二层的参观大厅，隔着一层厚厚的玻璃观看发射前的准备活动。他们都是分别乘坐三架专机于一两个小时前才从不同的地方匆匆赶到西昌发射场的。他们一下飞机就吃饭，就参观，就照相，就会谈，等一切忙完之后，才好不容易有机会坐了下来。所以稍加注意便能看出，不少外宾都显得很疲劳的样子，年事稍高者，坐下之后还在悄悄捂着嘴直喘粗气。别看这些人或在政界，或在军界，或在商界，大都声名显赫，个个都是有头有脸的人物，可一旦坐进了发射卫星的指挥大厅，眼里除了好奇，还是好奇；除了无知，还是无知，仿佛一个个都变成了正在认真听课的小学生。不过由于其中大部分人没有看过发射，对发射中随时可能出现的风险没有实际体验，所以也就没有什么顾虑，心态还算比较放松。但人群中有十几位国内曾经参加过发射的大报记者，却显得比较紧张。他们不时串来串去，问这问那，还总是扬腕看表，生怕误了发射点火的时间。

中国长城公司驻美代表处老板黄作义也陪同来宾来到大厅。他是这群人中唯一熟悉这次发射前因后果的专家，却在人群面前很少说话，更没有丝毫的炫耀与张扬，给人以谦虚、沉着、冷静的印象。事实上，作为这个项目的市场开拓者和“长二捆”火箭方案的提出者之一，黄作义当时的心情是相当复杂的，其内心的压力，是常人根本无法理解的，也是常人不可能体察得到的。他只是没说而已。

6 点 40 分，在工作人员的组织招呼下，外宾们离开参观厅，开始转向楼顶露天大平台。楼顶露天大平台距离发射场只有几里之遥，只要往那儿一站，便可清晰地目睹火箭从发射架上腾飞到在空中消失的全过程。

这时，离发射场百里之外的西昌腾云楼宾馆，庆祝“澳星”发射成功的晚宴已经准备就绪，一瓶瓶“五粮液”和一大堆五花八门的饮料均已摆在桌上；两小时后将在这个晚宴上祝贺“澳星”发射成功的讲演稿，也分别装进了美国休斯公司和澳大利亚卫星公司两位代表的西装口袋；

远在北京南苑地区的中国运载火箭技术研究院也早将鞭炮、锣鼓、秧歌、标语、贺电等，一并安排停当，只等“长二捆”火箭凌空一跃，便开始欢呼，开始雀跃！

而与此同时，正忙于七届全国人大五次会议的中央领导人，在位于北京某地的国防科工委指挥大厅也就座完毕。

实事求是地说，这个夜晚的西昌发射场，既是空前的隆重，又是空前的紧张，如果要用一句话来概括当晚发射场人们的心理状态，那就是：人人都在渴望“长二捆”尽快上天，人人都在准备庆贺发射成功；至于“失败”这个字眼，几乎没有一个人想到，或者说由于当时置身于一种非常特殊的氛围中，谁也没顾得上去想！

然而，历史上任何一次突发事件的发生，从来都不在人们的预想之中。

三

倒霉的事情是在瞬间发生的。

有发射常识的人都知道，每次火箭的发射程序都是按倒计时进行的。用“长二捆”发射“澳星”这天，当发射程序进入最后五分钟时，整个发射现场安静极了——从发射场到指挥大厅，方圆四五公里之内，几乎听不见任何声响。而此时此刻，也正是发射场之外千千万万的中国人围在餐桌前一边吃晚饭一边看电视的时间。这些千千万万的看客和在发射现场的人一样，全都怀着一种焦灼不安的心情，同时在等待着大凉山峡谷中那辉煌无比而又激动人心的一刻！

“一分钟准备！”

发射现场观看的人们几乎都屏住了呼吸。

“牵动——”

“开拍——”

“点火——”

随着发射指挥员最后一道命令的下达，人们看到火箭底部忽地蹿起一股棕黄色的浓烟，接着“长二捆”火箭的六个发动机轰然喷火，导流槽旋即浓烟腾起，高高竖立于发射架上的“长二捆”火箭随之开始剧烈颤抖……于是所有的目光刷地都转向发射场的上方，紧张地等待着“长二捆”火箭那美妙绝伦的凌空一跃！

然而，一秒钟过去了，两秒钟过去了，五秒钟过去了，七秒钟也过去了，本应在点火四秒钟后起飞的“长二捆”火箭，却只在发射架上挣扎了短短的三秒钟，便如同一位突然被人点了穴位的大力士，坐在那儿再也不动弹了。人们随之看见的，是一团铺天盖地、席卷而来的黄色烟雾……

现场所有不明真相的人们，几乎全都傻眼了！

也就在这时，高音喇叭里突然响起一声口令：“紧急关机！”这声音石破天惊，震动峡谷，也震动了现场所有人的心灵。未等人们从迷惑中反应过来到底是怎么回事，忽然听得有人一声惊叫：“完啦！快跑！”于是呼啦一声，刚刚还怀着美好心情、有规有矩翘首以盼的人群，如同在战场上鏖战已久的士兵突然听到了上司撤退的口令，立即撒腿就跑……

一时间，漫山遍野，人群呼天抢地，一片惊慌……

而在离发射场大约三公里左右的指挥大厅的观礼台上，来宾们面对意想不到的情景，个个面面相觑，如堕雾里。突如其来的变动造成短暂的混乱甚至恐慌，有人低声问道：“怎么回事？”有人自作聪明地回答说：“可能出了点小问题，没事，一会再让火箭点一次火就行了。”而一些对发射火箭一无所知的来宾们则老老实实地坐在那里，继续耐心地等待奇迹的再次出现。

人群中的黄作义从一开始便紧紧盯着指挥大厅中央的大屏幕。亲自参加或观看这样的发射，他已经记不清有多少次了，发射中的每一步程序是对还是不对，是正常还是不正常，他自然一清二楚。所以，意外的情况刚一出现，他心里冒出的第一个念头就是：坏了，今晚的发射完了！因此，当身旁的人们还在一边议论纷纷一边虔诚地等着奇迹出现时，他实际上已经在考虑如何应付这个被动的局面了：“长二捆”火箭的安全怎么办？美国“澳星”的安全怎么办？这一百二十名千里迢迢乘兴而来却将注定扫兴而归的贵宾如何疏散？怎样向他们解释这次发射的失败？面对美、澳双方以及国际保险界，中国下一步该如何应对？面对国内十几亿民众以及来自其他方方面面的压力，初出国门的中国航天人又该作何交代?

指挥大厅内，担任此次实况转播的中央电视台的工作人员也陷入了一片迷茫之中。不仅摄像师们手忙脚乱，无计可施，就连大名鼎鼎、见多识广的主持人张宏民也心慌意乱，不知所措。面对突发而至、从未见过的场面，张宏民在心里早就精心准备好的有关“成功”“祝贺”之类的激动人心的解说词，现在竟不知如何张嘴、从何说起……

发射出现意外，不仅让局外人感到惊讶，也令在场的指挥员和专家们感到震惊！幸亏身经百战的指挥长胡世祥沉着冷静，头脑清醒，在火箭自动紧急关机后大约只有十多秒钟，便当机立断，迅即下达了“切断箭上一切电源”的指令。其目的是停止火箭上计算机的工作程序，以保证火箭、“澳星”和发射塔的安全。

之后，中美双方经过紧急磋商，决定由长城公司总经理唐津安对外宣布此次发射失败。于是，当晚凡是守在自家电视机前的中国人或外国人，都在电视屏幕上看到了一个极不情愿但又不得不接受的事实：在浓烟滚滚的发射架背景下，身着西装的唐津安面对亿万观众，神色紧张，声音沉痛：

女士们、先生们：

我现在向大家宣布，今晚的发射……

凄婉而悲痛的声音迅速传遍全国，波及世界。

四

“长二捆”火箭紧急关机后，从火箭的六个发动机上喷出的余火还在继续燃烧，从箭体中泄漏的燃料更是哧哧地不断往外冒，继而引起一阵高过一阵的滚滚黄烟朝着四周弥漫、扩散。势态若是照此发展下去，什么样的情况都有可能发生，什么样的恶果都有可能出现——无论是“澳星”还是火箭，不管是发射设施还是参试人员，随时都有危险。因为火箭的体内已贮满了四百多吨燃料，一旦发生意外，必将引起火箭大爆炸！而像“长二捆”这样的爆炸威力，相当于一万吨炸药的爆炸威力，发射场方圆两公里半的地方，都会化为一片火海；而因燃料毒气的辐射所引起的危害，更是不堪设想。

为了掌握第一手资料，沈荣骏、胡世祥、沈辛荪、于龙淮、王德臣等在紧急关机后十分钟左右，就从几公里外的指挥大厅匆匆赶到了发射场。当他们迫不及待地将目光投向火箭底部时，全都禁不住倒吸了一口冷气：火箭点火后，按顺时针方向已经转动了约一点五度；四个用来固定火箭的防风连接螺栓，在巨大的推力下，除一个还连着火箭外，其余三个螺栓全都错了位，且已经变形失去作用；而五十米高、四百六十吨重、头上还顶着近十吨重的“澳星”的“长二捆”火箭，这时已经离开原有位置两厘米之多，正处在颤颤悠悠、摇摇晃晃的巨大风险之中！即是说，四百多吨重的火箭现在只有一个防风螺栓与之相连，且这个螺栓已经松动，如果紧急关机再晚一秒钟甚至哪怕半秒钟，那“长二捆”火箭和“澳星”肯定早就化为一堆废铁！

几位领导经过简短的商量，立即下达了抢险的命令。西昌卫星基地发射团的官兵们以及航天部相关技术人员，迅速投入滚滚浓烟之中……

而当情绪低沉、疲惫不堪的航天部试验队员们回到驻地时，已是晚上 8 点多了。偌大的一栋协作楼失去了往日正常的气氛，显得异常的冷静。眼睁睁地看着几百名来宾和几千名当地扶老携幼的群众失望地离开发射场，大家的心里很不是滋味。炊事员早就将饭菜做好了，很多人却都不去吃饭，他们悄悄躲到宿舍里，一声不吭，当实在忍不住内心的悲痛时，才蒙头恸哭，暗自饮泣。炊事班的师傅们三番五次来催促大家吃饭，还是谁也不肯挪动一下位置。后来在领导的再三劝说下，有的人才坐到饭桌前，喝了一口汤，咽了一口饭，象征性地动了动筷子。

晚饭后，在航天部试验队简陋的食堂里，林宗棠部长主持召开航天部全体参试人员大会。本来，发射没有成功，谁的心里都不好受，现在突然把大家集中到一块儿，一种忧伤的情绪很快便开始相互感染，使得会场的气氛显得更加压抑而沉闷。人们低着头，一声不响，相互碰了面，也不言语，甚至连礼节性地点点头也被省略了。

林宗棠为了缓解一下悲痛的气氛，装着若无其事的样子，主动招呼各单位领导到主席台就座。结果，所有应该前排就座的领导，没有一个到前排就座——大家不是不愿到前排就座，而是不好意思、没有脸面到前排就座。后来，实在没辙了，林宗棠只好亲自一个个直接点名："张贵田，来来来，到前面来坐!"

张贵田是航天部067基地的主任，此时两眼通红，连连摆手说："不不不，我就坐在这儿。"由于火箭紧急关机的原因尚不清楚，这位火箭发动机生产基地的第一把手心里一直都在打鼓——他后来说，我在后排都坐不稳了，哪敢"前排就座"呀!

可最后在林宗棠的强令下，张贵田还是被人拉到了前排。

林宗棠又一连点了两位领导的名，大家都十分勉强，他只好宣布开会。

会上，林宗棠先讲话，他说："这次失败的责任，主要在领导，在我自己身上。大家已经尽了最大的努力。现在，故障的原因还不清楚，大家不要背思想包袱，不要这么低沉，要振作起来，按照中央的要求，总结经验教训，查明故障原因，为再次发射作好准备。"

然后，林宗棠在会上宣读了党中央和国务院的来电。电文的主要内容，多是鼓励和安慰的话。可没想到林宗棠越是安慰大家，大家的心里就越是愧疚，越是感到不好受。事后不少人都说，"哪怕批评我们一句心里也会好受一点。可从中央到航天部、从研究院到试验队的领导，偏偏没有一句批评。"

结果，林宗棠刚一念完中央的慰问电，大家悲痛的情绪又被触了一下，刚刚平静下来的会场马上又溅起一阵波澜，不少人便再也忍不住地失声痛哭起来……

第十三章

检　讨

“澳星”发射失败，责任该由谁来承担？刘纪原副部长主动向中央写检查请求处理，林宗棠部长向中央写报告承担领导责任。李鹏批示：“目前不宜谈处分，应找出原因，消除故障，稳定人心，力争下次发射成功。”但国内指责声谩骂声声声不断，国际上风起浪涌危机四伏。面对巨大压力，谁敢保证下次发射肯定成功？

一

在这个世界上，失败的滋味有多种多样，但发射火箭失败的滋味，只有航天人的感受最深。

“澳星”发射失败的那天晚上，对所有航天人来说，无疑都是一个十分尴尬的夜晚。应邀前往西昌发射场观看发射的一百二十位港澳同胞以及外国人士目睹了现场情景后，如堕雾里不明就里；当背着干粮、长途跋涉赶来观看发射的山民们看到发射架上的滚滚黄烟哧哧上蹿时，大惊失色，惊恐万状，直到人群散尽也没闹清到底发生了什么；打破了头才取得到西昌发射场采访资格的全国一百多名新闻记者，尽管走南闯北，见多识广，可当眼睁睁看着“长二捆”火箭就是不起飞时，也在一片骚动和惊叫中乱了方寸——据说一位摄影记者也被吓得魂不附体，连手中的照相机也摔在了地上；而现场所有的观看者几乎没有一个人相信，曾经令人引以为豪的“长二捆”火箭竟然会在六亿双眼睛的注视下，像个突然泄了气的皮球，无论如何就是蹦跶不起来！

几分钟后，法新社迅速报出了中国“澳星”发射失败的消息。接着，美联社、合众社以及世界各国的电台，也以最快的速度传播了这一信息。之后，海外电台、电视台、报刊等媒体，雪花般飞出了各种报道和评说。而国内成千上万的电话、电报、信件等，也通过各种渠道，及时传到了履行这次发射服务合同的中国长城工业公司和主管部门——航空航天部，以及西昌卫星发射基地。一时间，询问的、提问的、责怪的、安慰的、鼓励的、谩骂的，接二连三，纷至沓来……

广西一位姓陈的人士，在一封来信中对这次发射直截了当、毫不客气地进行了尖锐的指责：

> 你们作过广泛的宣传，说火箭如何如何精良，如何如何可靠，把中国推到全世界面前，可结果呢？事与愿违，没有像发射“亚星”那样为国争光，而是给中国人丢了脸！

类似的指责乃至谩骂，举不胜举。

面对这些指责和谩骂，打了败仗的航天人能说什么呢？本来，两年前“长征三号”火箭已经成功地发射了美国的“亚洲一号”卫星，如果“长二捆”火箭这次能够再将美国新研制的“澳星”成功发射上天的话，中国火箭走向世界的步伐肯定就会快得多，中国火箭在国际商业市场的信誉度也会大大提高。遗憾的是，“长二捆”火箭刚刚点火几秒钟，就一屁股坐在那儿，再也不动弹了。这无疑是一个再尴尬不过的场面。这样的尴尬场面，若是只有发射现场的人看到也就罢了，但偏偏那天晚上中央电视台搞的是现场直播。即是说，无论是西昌还是北京，国内还是国外，凡是能收看到电视的地方，凡是坐在电视机前观看“长二捆”火箭起飞的人，在那一瞬间，都清清楚楚、真真切切地看到了中国“长二捆”火箭点火后只冒烟不上天的尴尬场面！

中国的火箭发射了几十次甚至上百次，遇上的险情可谓数不胜数，但碰上如此尴尬的场面还是第一次。这对刚向国际商业发射市场迈进一条腿的中国来说，的确是一件不该发生却又偏偏发生了的事情；而对一向死要面子的中国人来说，更是一件十分难堪的事情。因此，在那个难堪的夜晚，无论是在西昌发射场直接参加发射火箭的专家，还是在北京火箭研究院坐在家里的电视机前观看发射的亲属子女，内心深处所遭受的打击，都是极其沉重的。

于是，黑色的“3·22”，成了中国航天人心上一个疼痛的印记，一道抹不掉的阴影。

“长二捆”火箭总师王德臣受到的打击，自然不轻。想想吧，千辛万苦、历经坎坷、精心设计出来的火箭，原本希望它在世人面前腾飞万里，一展雄姿，可万万没想到当发射指挥员发出“点火！起飞！”的指令后，火箭居然一动不动，根本不听指挥。如果火箭当时能飞起来——哪怕只飞上几百公里甚至几十公里，也向国人有个交代。可火箭居然连屁股也懒得抬一下，这对一个火箭总设计师来说，的确是很丢面子。而问题还在于，这不是个人面子的问题——如果真是个人面子的问题，也就简单了，而是关涉到中国的“长征号”火箭下一步还能不能打进国际商业发射市场的问题。面对这些问题，作为“长二捆”火箭总师的王德臣心里究竟承受了多大的压力，我们不得而知；但发射失败后的第二天，人们看见王德臣原本就疲惫不堪的脸上不仅瘦了一圈，而且头上还多了几丝白发，却是事实。

遭受重创的另一位人物，是“长二捆”火箭的研制总指挥于龙淮。于龙淮已过花甲之年，发射失败后，他如同一位在前线打了败仗的指挥员，带着受伤的队伍和受伤的“长二捆”随同专列返回北京。由于疲劳过度，加上失败的沉重打击，专列刚到成都，他便高烧39度，昏迷不醒。又经五天五夜的折腾，专列才在寒冷的冬夜迎着寒风驶进北京车站。专列刚一停稳，这位伤痕累累的总指挥马上就被从车上匆匆抬了下来，而后立即送进了医院……

与此同时，国防科工委大楼和火箭技术研究院同样弥漫着悲痛的气氛。在最初的几天时间里，每天上班的人们，说话走路，都格外小心翼翼，生怕惊动了什么，触动了什么。他们即便在办公室里因某个技术问题偶尔发生一点小小的争执，彼此的声音也会压得很低很低，唯恐在这失败的日子里再给领导和他人带来哪怕一点点不愉快或者麻烦。至于平常一些有关个人的利益问题，比如房子问题、子女问题、晋职问题、调动问题、婚姻问题、待遇问题、奖金问题、福利问题，仿佛在一夜间都统统烟消云散。他们只字不提，为的是让领导集中时间和精力，去处理“澳星”失败后的种种棘手问题。

而位于秦岭大山深处的航天部067基地，当得知发射失败的消息后，不少人都留下了伤心的泪水。这个专门生产火箭发动机的基地，长年匍匐在陕西秦岭腹地一个无人知晓的深山沟里。二十多年来，这儿的专家、技术人员和工人们默默无闻地完成了多种型号的火箭发动机的制造，成就了中国航天事业的腾飞与辉煌，然而生活在现代都市的人们却几乎没人知道这个山沟，没人知道这个山沟里还有这么一帮老实本分、埋头吃苦却又聪明绝顶的人。远的且不说，近十年他们便遭到了两次特大山洪的洗劫，让他们不得不住进了简易工棚，其生活、工作之艰难，常人根本无法想象。但就在这种情况下，他们依然不断贡献出质量过硬的火箭发动机。

一次，北京一位记者去067基地参观，竟被感动得流下了热泪，他没想到中国的火箭技术精英们在20世纪90年代还会生活、工作在那样一种环境里。这位记者后来说：“我长年住在城市，每天享受着现代高科技播洒的雨露阳光，也不时观赏着中国火箭腾飞时的辉煌，但我做梦也没想到，中国火箭的核心部件——发动机，竟然是那样一群人在那样一种条件下制造出来的。”

还有一次，即1989年，美、澳两国的专家考察团来北京考察中国运载火箭技术研究院，提出要看看中国的火箭发动机生产厂。当他们费了九牛二虎之力来到067基地后，怎么也无法把高技术的火箭发动机同那荒凉透顶的穷山沟联系起来，直到后来参观了基地的试车台、总装厂房以及关键零件的加工厂后，才相信眼前看到的的确是事实，于是连连感叹不已，对生活在那里的中国同行表示由衷的赞叹与敬佩。

然而，对067基地的专家和科技工作者们来说，好像一切都很自然，一切都很正常，长年的山沟生活已让他们养成了大山般的性格、大山般的气质和大山般的坚韧。本来，1992 年年初，是他们开始走出大山、搬迁进城的好日子，可搬迁工作刚刚开始，上级就下达了发射“长二捆”的任务。于是为了“长二捆”，为了这次举世瞩目的发射，他们停止了搬迁，同时也放弃了最好的搬迁机会和所有的休息日，按规定的时间提前完成了“长二捆”火箭发动机的制造任务。可他们万万没想到，这次发射，却失败了！

应该说，面对失败，中国大部分航天人的表现是坚强的，是能够经受得住挫折和打击的；但也得承认，一部分航天人的意志并不是那么坚强，甚至说比较脆弱。每次有发射任务时，这部分人最大的忧虑，就是害怕失败；一旦遇到挫折或者失败，他们便如坐针毡，不知所措，甚至如临大敌！

譬如，航天部有一位女高级工程师，平常在工作中非常敬业，非常负责，但每次发射前，就总是担心自己的设备会出什么问题。在“澳星”发射失败的那个晚上，当她听说自己负责的设备可能有点问题时，紧张得手指发颤，嘴唇发紫。她一夜未睡，反复核查自己的设备，结果心肌梗死，当即送到医院抢救，差点把命都丢在了西昌卫星发射场。

还有一位早已退休在家的老专家，一直关注着“长二捆”。失败那天晚上，当他在家看见“长二捆”火箭没有起飞时，本来就紧张的心脏突然发病，当即晕倒在沙发上，幸亏老伴及时把救心丸塞进他的嘴里，才把他从死亡线上救了回来。

也许我们有理由指责这类航天人“意志脆弱”，但需要特别指出一点的是，自 1949 年后，由于中国的每一次发射——无论是导弹还是原子弹，不管是火箭还是卫星，全社会都习惯把它与“国家”和“民族”的荣誉紧紧连在一起，所以只要一有发射任务，中国航天人心里的压力就非常大，在精神上总会经历一次痛苦不堪甚至是死去活来的折磨。尤其是改革开放后，中国的每一次发射几乎都与过去不同。过去的发射都是在极其秘密中进行的，而现在的发射几乎都是公开的、透明的——发射外国商业卫星更是如此。而这种公开的、透明的商业发射，无论是航天界的高层领导还是著名专家，不管是普通士兵还是科技人员，面对的就是全国乃至全世界数亿双渴望腾飞、渴望成功的眼睛。这些“眼睛”既充满了深情的期望，又饱含着严厉的监督。倘若这些“眼睛”都是正常的，合情合理的，倒也罢了；但在这数亿双期望值极高的“眼睛”中，不少人都属于民族自尊心很强的、情绪多少有些偏激的、只能接受成功不能接受失败的普通百姓。他们并不清楚什么是商业竞争，也不了解什么是商业发射的风险性，更不明白发射失败后究竟会造成什么样的严重后果。因此，当这些普通百姓在全社会大面积地指责航天人时，无论是有名的大专家还是普通的技术员，他们的内心都是非常痛苦的，也是非常委屈的。而这种痛苦和委屈他们又无法解释，无处诉说，只能是哑巴吃黄连——有苦难言。

比如，有一位高级工程师，“澳星”发射失败后，他去发射场附近的一个小镇赶集。由于前一时期连续加班，身心早已疲惫不堪，便想去买上一只母鸡回家炖点汤，好好补养一下身体。当这位高级工程师晃晃悠悠来到一位卖鸡的中年妇女跟前，伸手抓起一只母鸡，刚准备过秤，卖鸡的中年妇女却一下把鸡夺了回去，而且还瞪着眼睛直愣愣地看着他。

高级工程师望着妇女，问：“怎么啦?”

中年妇女斜了他一眼，答：“你说怎么啦?”

高级工程师说：“你这是啥子意思?”

中年妇女说：“啥子意思，我这鸡，今天不卖了。”

高级工程师指着地上的鸡说：“你这鸡不是摆在这儿了吗，怎么不卖了呢?”

中年妇女说：“我今天是专卖!”

高级工程师问：“什么叫专卖?”

中年妇女说：“专卖给别人，就是不卖给你们这些发射卫星的!”

高级工程师莫名其妙：“这、这是为什么呢?”

中年妇女突然提高嗓门，说：“你们在这山沟里待了几十年，每个月拿着国家几千块钱的工资，还有那么多的奖金，连一个西瓜那么大的卫星都打不上去，还好意思吃鸡?!”

这位高级工程师被噎得目瞪口呆，一句话也说不出来。

再比如，“澳星”发射失败后，北京一位著名的航天老专家要到某省参加一个重要的会议，他的助手赶到车站为他购买返程软卧车票。这位助手一早来到车站，发现排队买票的人很多，便老老实实地站在队伍后面排队。助手大约排了半个多小时，终于好不容易轮到他了，急忙把老专家的身份证和介绍信递进卖票的窗口。谁知售票员看了看身份证和介绍信后，把身份证和介绍信“啪”的一声又给扔了出来。

助手不知怎么回事，忙问：“哎，同志，怎么回事？”

售票员剜了他一眼，对着他气冲冲地说：“没票！你们这些航天部的人，把中国人的脸都丢尽了，还想坐软卧?!”

…………

面对这些，本来就打了败仗的航天人，心里能不难受吗？

二

“澳星”发射失败后，中国人难受，美国人难不难受？从某种意义上说，美国人比中国人还难受。

本来，自中国火箭专家踏上美国国土进行“游说”之日起，美国国内有不少人士对中国的火箭就抱有一种警惕甚至是敌视的态度；当中国的“长征三号”火箭要发射美国的“亚洲一号”卫星时，美国国内就有人从中作梗，企图阻止中美间的首次空间合作；当中国的“长二捆”火箭这次要发射美国的“澳星”时，美国上至布什政府，下到各个部门，都有意见分歧。而美国的各个火箭公司，意见更大。因为如果美国政府同意把“澳星”给中国火箭发射，从某种意义上说，就等于砸了这些火箭公司的饭碗。所以为了不让中国的火箭挤进美国市场，不少公司联名写信，抗议政府为中国发放“澳星”出境许可证。此外，美国还有一类人，他们担心美国的卫星一旦到了中国的领土，其尖端技术就会被中国人窃取，于是从中美开始空间合作那天起，一直持反对态度，而且反对的态度相当坚决，相当激烈。

在这样一种背景下，背着如此心理包袱来中国参加“澳星”发射的美国人，发射失败后面临的尴尬处境，就可想而知了。何况，美国人最注重的是现实，而现实的问题是，这颗“澳星”是美国休斯公司首次推出的第二代通信卫星的第一颗，美方让中国发射的本意，就是想尽快将它发射上天并很快投入使用，以便让这一新产品以人人称道的信誉迅速占领国际商业市场，好为后面一系列的卫星打开通道，从而让来自世界各地的美元英镑或者港币法郎，迅速滚进腰包。但没想到，一直看好的中国“长二捆”火箭这次偏偏不争气——不但没有上天，连屁股也未抬一下。这当然就无法用事实来回答美国新研制的这颗卫星到底是好还是不好，甚至说不定还会有人认为失败的原因就是美国的卫星。如果真有人这样认为，能说得清吗？加上美国人的工作计划性很强，发射失败后一下打乱了原有计划，既严重影响了后面的工作程序，又搞得方方面面都很被动。所以“澳星”发射失败后的美国人，并不比中国人轻松。

此外，美国人到中国来参加发射任务，光是来回跑一趟，就相当不易。一般来说，美国人在其他国家参加发射任务，各方面条件都很优越，交通也很发达，一般都有直达发射场的专机，不仅行动非常方便，时间上也相当节省。但到中国来参加发射，情况就不同了，麻烦就大了，问题就多了。别的姑且不论，仅交通问题，就让美国人伤透脑筋！

美国人的另一个麻烦，是在异国生活。美国人来西昌发射场参加发射，一般需要一两个月。中国的生活条件本来就比美国差，而位于大凉山的西昌又是一个很落后、贫穷的地方——生活在这儿的彝族是从奴隶社会一步跨入社会主义社会的，生活条件比美国不知差了多少。如果是发射成功了，美国人就可以一拍屁股一走了之，什么事儿都没有了。但这次发射偏偏失败了。既然失败了，当然就得有人留在中国，准确地说是留在中国的西昌发射场这条原始的大山沟里。那么留下来的美国人干什么呢？美国的卫星从发射架上卸下以后，需要停放在发射场附近的卫星测试厂房进行护养，等待下一次发射。这好比一位姑娘，第一次没有顺顺当当地嫁出去，不能说就永远不再嫁人了——怎么也得准备再嫁一次，其间自然就需要休养，需要调理，需要“搽脂抹粉”，也需要吃喝拉撒睡。这就需要有人负责守护，而且是二十四小时昼夜值班，严加守护，不能出一点差错！所谓不能出一点差错，说穿了，其实就是不能让中国人“窃”走卫星的秘密技术。至于留下来守护卫星的美国人，时间到底多长？谁也说不清——也许三月，也许半年，也许更长时间。总而言之，当那些该走的美国人溜之大吉后，本来该走但没有办法只好被迫留下的美国人就得继续忍受大山沟里的寂寞与无聊、空虚与孤独，以及不适应异国土地上生存的一切麻烦与痛苦！而由于中国国情的特殊，对不起，还得忍受没有老婆没有性爱的煎熬与折磨！

至于发射失败那天晚上，据说美国人几乎都没睡觉。

比如，美国休斯公司的“澳星”项目经理江深先生。江深先生第一次与中国合作就失败了，作为该项目的经理，无疑负有不可推卸的责任。回到美国后如何向上司交代，对他来说肯定是个很棘手的问题。所以据说江深先生整整一个晚上几乎都没睡觉，要么在房间里走来走去，要么满世界不停地打电话——打一会儿电话再接着走，走一会儿再接着打电话，直到后来实在太累太困了，才一屁股歪倒在沙发上。

还有美国的“大力神”火箭副总师史密斯先生。史密斯先生自接触“长二捆”火箭起，便对中国的“长征号”系列火箭怀有浓厚的兴趣，并始终充满信心。他与火箭打了一辈子的交道，参与的火箭发射次数数不胜数，发射火箭的大场面也屡见不鲜，但像中国这次刚一开始便突然结束的发射场面，他还是头一次遇上。原本性情开朗的他，不仅当晚吃不下饭、睡不着觉，而且在后来的几天日子里，也一直沉默不言。

而澳大利亚卫星通信公司的全体人员，也和中国人、美国人一样，同样一夜未眠。他们花了大价钱，从美国那儿买了卫星，并用招标的方式选中中国的“长二捆”火箭来发射“澳星”。结果出师不利，发射失败，而国内的转播又急于等着使用这颗卫星。面对这种情况，他们能不着急吗？

三

其实，“澳星”发射失败后，心里最难受的、压力最大的，还是航天部副部长刘纪原。

“澳星”发射失败那天晚上，发射中止后，刘纪原没有去参加航天部试验队的会议，而是心急火燎地去了西昌基地腾云楼宾馆。他去腾云楼宾馆的目的，是想安慰一下那些扫兴而归的上百名外宾。本来，请外宾朋友来观看“澳星”发射，是一件很有意义的事情，可那天晚上却让刘纪原感到相当棘手，非常尴尬。你想啊，费了九牛二虎之力好不容易才把那些百忙之中的贵宾大老远从国外请来，目的就是要看中国的火箭如何展翅腾飞，翱翔夜空，可满世界早就炒得沸沸扬扬的“长二捆”火箭偏偏不争气，只装模作样地喘了几口气，便蔫不拉叽地熄火了。现在，面对上百名乘兴而来的外宾怎么说话？如何安慰？所以那个晚上的刘纪原说话不是，不说话也不是；说多了不是，说少了也不是。

作为航天部主管技术工作的副部长，刘纪原亲身经历了中国航天走向国际商业市场的每一个环节、每一个步骤、每一个过程，其中的艰难与困苦、挫折与风险，他了如指掌。应该说，此次发射前，各种应该想到的问题，他和专家们都想到了，并作了种种预案。但他确实没有想到，“长二捆”火箭刚一亮相，只轻轻抖了抖肩膀，连屁股都没抬一下便谢幕了！他当然知道，失败是正常的，也是允许的；但问题是，再失败，也不该是这种失败法呀！

发射失败的第二天，他处理了有关善后工作后，又亲自到车站把大部分参加发射任务的专家和技术人员送上了回京的列车；在与同事们挥手道别的一瞬间，车上不少人都流下了眼泪，他也被泪水模糊了视线。送走了同事，他和林宗棠马上回到发射现场，一边具体指导初步调查故障，一边和专家们一起分析故障的原因，同时安排火箭生产等一系列工作。

当日下午，他还会见了美国休斯卫星公司和澳大利亚卫星公司的负责人，与对方进行了坦诚的交流，真心的沟通。两天后，美国休斯公司的高层领导对外表示：“他们不改合作初衷，相信中国航天的技术能力。”

而对于“澳星”发射失败的问题，刘纪原对部下没有丝毫的埋怨与责备，眼光也没有停留在事故的直接原因上，而是透过失败的现象，看到了在改革开放市场经济大环境下，航天系统近年来在处理军品与民品生产的关系上、质量意识上以及因不适应新的国际市场环境和游戏规则所产生的种种偏差与问题。于是一连几天时间里，他彻夜难眠。

报喜不报忧，是中国人做事的一种传统。而且每干一件事情，往往都是，成功了，某些领导便习惯把功劳记在自己的账本上，作为升官发财的资本；失败了，就变戏法似的把责任推给下属或者他人，从不主动承担哪怕一点责任！

刘纪原不同。有了成绩，算大家的；出了问题，主动承担。这是他多年来的工作作风。何况，他是航天部副部长，主抓对外发射工作，出了问题他不负责，谁来负责？当然，这次发射失败的原因是复杂的，目前还难下定论。但他认为不管怎么说，他负有不可推卸的领导责任，而且，这个责任应该由他主动站出来承担！

于是 3 月 25 日这天，吃罢晚饭后，刘纪原在发射场附近的山路上简单地散了散步，便回到招待所，把自己关在屋里，给航天部党组和中央写检查。

这是一个平平淡淡的夜晚，曾经轰轰烈烈的西昌发射场经过连续三天三夜国际国内风风雨雨的四面冲击和八方折腾后，似乎有了一种疲累之感，渐渐显得平静起来。此时除了相关的工作人员还在作着分析、查找、清理工作外，多数参试人员都带着深深的遗憾离开了山沟，离开了发射场，所以整个山沟仿佛只剩下了一种恍恍惚惚的忧伤和空空荡荡的悲凉。但这个晚上的刘纪原，心中却依然波涛滚滚。他后来说，他思前想后，考虑了很久很久，要写的问题也很多很多，一时又不知从何写起。好像越想写，反而越不知道该怎么写了。

是的，就在这个发射场上，刘纪原曾亲自起草过无数事关重大的发射文件，也曾向中央写过无数至关重要的请示报告，然而今天晚上，他要向中央写的既不是文件，也不是报告，更不是贺电，而是检查！并且这份检查还不是中央要他写的，是他主动要向中央写的。写贺电和写检查，肯定是两种感觉，两种心情。尤其是在一个多数人都习惯报喜不报忧，善于弄虚作假的年代，要作到这一点，不仅需要勇气，更需要胸襟。

这当然就很难，也很痛苦。

但最后，刘纪原还是提起笔来，一字一句地写了下去：

航天部党组并报党中央：

3月22日用“长二捆”火箭发射“澳星”的过程中，由于Ⅰ－Ⅲ助推火箭发动机未达到额定推力，实施紧急关机，造成发射未成功，在国内、国际上造成了不好的影响，损害了中国航天的形象，我心情极为沉重。

根据部党组和宗棠同志的决定，我协助部长负责航天系统的抓总工作与“长二捆”火箭的领导工作。发射前虽然反复进行了大量的质量复查工作，现在看来仍有漏洞和未认识到的问题。这次事故的发生虽然在航天事业三十多年来还是第一次，采取的应急措施和善后工作都是积极正确的，避免了更大的损失；但无论是技术方面的问题，还是管理与质量方面的问题，我都负有领导的责任。因此，我请求组织上给我应有的处分。

目前，我和宗棠同志正在现场，组织有关技术人员，认真查找故障原因，总结经验教训。我决心在部党组与宗棠同志的领导下，与同志们一起尽快查明原因，采取措施，组织好下次发射，以“按时发射，准确入轨”的实际行动，挽回影响，为中国航天、为国争回荣誉。

刘纪原

1992年3月25日

刘纪原写完检查，突然觉得少了许多疲劳，少了许多紧张，同时还少了许多无法言述的顾虑与烦恼，而多了一种近几个月来从未有过的如释重负的轻松。如同一个刚从战场上打了败仗下来的将军，尽管时刻都在作着接受上级处罚的准备，内心涌动的却依然还是一种下次再战的渴望！

刘纪原将检查逐字逐句地看了一遍，然后起身关掉台灯，走出房间，敲响了隔壁林宗棠部长的房门，将检查郑重地交到了林宗棠部长的手上，而后才迎着峡谷三月的风，向灯火闪烁的发射场走去……

这个晚上的刘纪原当然不知道中央将对他的检查作何批示，更不知道明天等待他的会是什么命运——也许降职，也许罢官，也许处分，也许调离岗位……不管结果如何，有一点他是清楚的，那就是，只要在位一天，在位一个小时，甚至哪怕在位最后一分钟，他也必须扎扎实实地做好手头的每一项工作。

而这个晚上的林宗棠部长同样心绪难平。连续几天几夜紧紧张张的现场办公，他的体力和精力都有了一种少有的疲惫与沉重；加之失败后心理上的巨大压力，他的血压很快升高了。可由于太忙，几天来他连降压药都忘记吃了。下午，他就觉着头有些晕，但他照样参加开会，照样参加分析，直到吃罢晚饭回到房间，才想起吃药。就在他刚刚服下几片降压药的时候，刘纪原敲开房门，送来了检查。

林宗棠部长后来说，他把刘纪原的检查一连看了两遍，心里涌起的是一股酸酸的说不出的滋味。几天来，他一直深感内疚，总在心里责备自己对不起国家，对不起人民。现在，刘纪原的检查就摆在面前，更让他深感痛心。他决定也给中央和国务院领导写上一封信。于是刘纪原刚一离开，他便铺开稿纸，拿起笔来，一字一句地写了起来：

…………

这次首发“澳星”未获成功，国内外影响很大，我们感到非常沉痛和内疚。为此，刘纪原同志写了一份检查，请审阅。其实，纪原同志工作非常努力，认真负责，也很仔细，发射前主观上作了百分之百的努力，发射中出现未能认识到的意外问题而紧急关机，卫星、火箭和人员都处于安全状态。此事，我应负主要领导责任，请求中央给予批评和处分。

目前，现场职工情绪稳定，正在集中全力查找故障原因，并采取有效措施，力争下次发射成功，挽回信誉，为国争光。

在党中央、国务院和中央军委的领导下，我们充满了必胜的信心。详情容后再报。

林宗堂

1992 年 3 月 25 日

写罢，林宗堂部长长长地出了一口气。

他又认真看了一遍，然后拨通了秘书的电话。

当晚，两位部长的两份检查，从西昌卫星发射场迅速发往北京。

四

第二天，即 3 月 26 日，刘纪原乘坐专机离开西昌发射场，返回北京。

在过去的岁月里，刘纪原曾无数次乘坐过这样的专机——从北京飞往发射场，再从发射场飞回北京。由于每次从发射场飞回北京时，几乎都是带着发射成功的喜讯，所以登上专机后大家都是有说有笑，热热闹闹，等下了飞机走出机场时，彼此脸上的表情更是喜笑颜开，轻松愉快。而机场外迎接他们的，也全都是鲜花与笑脸，掌声与拥抱。

可这次，情况完全不同了。所有乘坐本次专机的领导和随行人员，从登上专机、挥手道别的那一刻起，无论是表情还是心情，都很沮丧。相互间除了默默地点点头，什么也不说。在两个多小时的高空飞行中，有的不停地喝水，有的低着头看报，有的闭目反省，有的凝神思考，就是没人说话，好像说什么都是多余的。整个机舱从头至尾，弥漫着一种忧郁沉闷、苦不堪言的气氛。

刘纪原更是一路沉默不语。他匆匆登上专机后，便静静地坐在右边靠窗的一个位置上，既不喝茶，也不看报，而是将头靠在坐椅的后背上，闭着眼，一动不动。身旁的人以为他劳累过度睡着了，其实他非但没睡，反而连一点睡意也没有。他在默默思考一个问题：回京后如何召集各路专家进行火箭故障分析，尽快拿出此次故障的结论性意见。后来思路基本形成，他才稍稍侧了个身。

刚侧过身，他突然想起已经好几天没有想起的儿子。

刘纪原有两个孩子，大的是女儿，小的是儿子。女儿叫刘瑛瑛，儿子叫刘开年。女儿聪明端庄，儿子却不知什么原因，生下来不久便发现有智障。由于刘纪原当时正忙于搞火箭，对儿子的缺陷并未引起足够的重视，也实在抽不出时间去检查。等儿子长到几岁时，才发现儿子的脑子越来越不对劲，这才带着儿子到处求医治疗。但医生说，如果一开始就抓紧治疗的话，也许有希望治好，至少会比现在强；但现在从孩子的病情来看，已经错过了治疗的最佳时机，治愈的希望不大，至少说相当困难。后来尽管刘纪原还是坚持带着儿子跑了无数家医院，费尽了周折，也费尽了心血，但儿子的情况仍无好转。

再后来，儿子长大了，长到二十多岁了，仍然什么也不会干，什么也不会说，甚至连穿衣、吃饭这样简单的小事也不能自理。为此，刘纪原痛苦至极，也深感内疚，每当面对儿子，总有一种无法言说的负罪感。所以，从小到大，他把一个父亲的感情最大限度地倾注到了儿子身上，对儿子在生活上体贴入微，关怀备至，连帮儿子穿衣、吃饭、上厕所之类的小事，也尽量亲自去做，并想方设法做好。而且，二十多年如一日，坚持不懈。

作为一般的家长，如果摊上这样的儿子，在人前恐怕都会尽量回避，不愿提起。但刘纪原不。儿子尽管是个智障孩子，但他从不嫌弃，更不轻视，而是相当尊重——尊重儿子的感情，尊重儿子的权利，尊重儿子的个性与爱好，尊重儿子的人格与自尊。比如，家里来了客人，他就把儿子领到客人面前，先把客人介绍给儿子，再把儿子介绍给客人，而后再教儿子如何给客人拿烟递火，端茶倒水。儿子开始做这些事时，有点不太习惯，也没多大兴趣，但在他耐心的培育、引导下，儿子逐步变了，变得乐意了。此外，有时在一些公共场合，他还有意拉着儿子照个相，合个影。于是久而久之，刘纪原和儿子的感情越来越深，他离不开儿子，儿子也离不开他。虽说儿子与他在语言上很难有更多的沟通，但在心灵深处，儿子似乎越来越懂得他，也越来越理解他。这种懂得和理解，不仅表现在生活细节上，甚至已经渗透到了他的事业中。

比如，刘纪原有时离开北京去发射场参加发射任务，儿子便让司机带着他去机场为父亲送行；刘纪原从发射场凯旋时，儿子也让司机带着他到机场去迎接父亲。而且，迎接父亲时，儿子还会带上一束鲜花，一见父亲走出机场，便亲手将鲜花送到父亲的手上。儿子虽然不是一个正常人，却拥有一个正常人的感情。他知道火箭发射成功是件非常了不得的事情，也是一件非常不容易的事情，这成功里既有千千万万个专家和普通科技人员的智慧和心血，也有父亲的智慧和心血，所以他要用鲜花来表达他无法用语言表达的心情，表达他无法用语言表达的对父亲及所有航天父辈们的祝贺与敬意！只是，这鲜花他从来不最先送到父亲的手上。因为他知道刚从发射场归来的父亲有很多重要的事情要和那些来迎接他的领导和叔叔阿姨们商谈、交流，他不应该在第一时间跑过去凑热闹。所以，尽管他每次最先看见父亲出现在机场，却从来不先过去，而总是静静地站在一边，或者独自坐在车上，不说一句话，只远远地、默默地望着日夜想念的父亲。直至后来，等所有到机场迎接的人都与父亲握过手、说完话、上了车之后，他才默默地走过去，把手中早已攥得发热的鲜花悄悄递到父亲的手上……

每当这时，刘纪原总是感动得热泪盈眶。

然而，多年来一直让刘纪原颇为操心也颇为头痛的是，儿子个性古怪，脾气倔强，一旦发起脾气来，除了他以外，谁也管不了。而且更为严重的是，也许是儿子常年一人在家，实在孤独的缘故，从四岁起，就有一个很不好的习惯：喜欢往外跑。如果刘纪原在家，儿子还能老老实实地待在家里，可一旦刘纪原去了发射场，儿子便总是耐不住寂寞，忍不住要往外跑。如果儿子跑出去还能跑回来，事情也就罢了；但常常是，儿子一旦跑出去，就再也找不着家门了，而家里人也很难找到他了。所以儿子一旦跑出家门，只有流浪街头，受冻挨饿。有时两天三天，有时七天八天，甚至十天半月。儿子吃尽苦头，家里人也跟着受够折磨。二十多年，年年如此。尤其是随着刘纪原职务的不断升高，工作越来越忙，时间越来越紧，和儿子在一起的机会越来越少，儿子往外跑的概率也就越来越高。为此，刘纪原及家人在精神、心灵和情感上，可谓受尽折磨。

所以此时此刻，坐在专机上的刘纪原突然想起儿子时，心里马上便有了几分渴望，同时也有了几分担心：这段时间，儿子在家还好吗？

专机顺利达到北京南苑机场，刘纪原和机上人员依次走出机舱。直到这时，刘纪原和大伙的脸上才开始渐渐露出一点轻松和笑容。但谁的心里都明白，这种轻松和笑容不是发自内心的，而是为了工作和面子的需要装出来的。至于机场外迎接他们的会是什么——掌声、鲜花？还是讥笑、谩骂？谁的心里都没数。

刘纪原刚走到机场出口，一张张熟悉的面孔便出现在了他的面前。在这一张张熟悉的面孔中，有领导，有专家，有同事，有家属，还有司机和普通的技术人员。这一张张面孔虽然熟悉，可有些人脸上的表情和握手的姿势，却让刘纪原感到有些陌生。尽管他们的脸上也挂着笑容，眼里也充满了泪水，嘴里也尽是问候，可总让人觉着那是一种不得不做出来的礼节，不得不摆出来的形式，而缺少理直气壮的感觉和真真切切的内容。不过即便如此——打了败仗依然能像过去打了胜仗一样在机场受到迎接，也让刘纪原感动不已了。

但感动之余，刘纪原的心里又总觉得还缺了什么？

缺了什么呢？

刘纪原的眼睛开始在茫茫的人群中寻找……

也许是凭着一种直觉，也许是因为一种奇异的思念，也许是由于一种特殊的情感，突然，刘纪原在人群中寻找到了自己要寻找的儿子！

儿子就躲在机场出口处一个广告牌的下面，独自静静地站在那里，远远地望着他。刘纪原当然不知道，儿子其实已经在那儿站了很久很久了，他刚一走出机场，儿子最先看到的就是他。可儿子既没高声喊叫，也没奔跑过去，而是悄悄地躲在一旁——大伙拥上去与父亲握手时，他没有过去；大伙向父亲表示问候时，他也没过去；大伙与父亲交谈时，他还是没有过去……

刘纪原突然发现，儿子的手上比别人多了一样东西—— 一束他再熟悉不过的鲜花！

他急忙向儿子走去。儿子也急忙向他走来。他望着儿子，儿子也望着他，彼此似乎有好多话要说，又一句话也说不出来。片刻，儿子才和往常一样，把手中的鲜花慢慢送到了他的手上……

这一刻，刘纪原再也忍不住了，他一把将儿子搂在怀里，泪水止不住地流了出来。仿佛近一段时间的疲劳与心酸，伤痛与委屈，全都被儿子的这束鲜花给融化了……

然而，一想到失败，刘纪原心头瞬间涌起的喜悦和宽慰，很快就被潜意识深处另一种莫名的东西替代了。他快步走到车前，打开车门，然后对司机说道："快，开车！"

五

1992 年 3 月 31 日，即"澳星"发射失败后第九天，一位中央领导在刘纪原、林宗棠的检查报告上作了如下批示：

> 失败乃成功之母。我们一定要坚持胜不骄、败不馁，总结经验找出问题，认真解决，准备再发。一定要把士气鼓舞好。

国务院总理李鹏，也在刘纪原、林宗棠的检查报告上作了如下批示：

> 目前不宜谈处分，应找出原因，消除故障，稳定人心，力争下次发射成功。

之后不久，钱学森以一位老航天人的身份，也发表了自己的意见：

我还是那句老话，不要以为受到挫折便是坏事。科学家往往与百千万次的失败结为伴侣。不要以为鲜花、掌声、赞扬是科学家的生活。依我看，从事航天科技事业最不惧怕的应是失败。因为，人类的航天事业正是在成功伴随着失败这合乎逻辑的规律中进取开拓的。想想看，苏联的航天水平在世界上当属一流，人类第一颗人造卫星就是苏联最先扔到天上去的。然而，我们也许都知道那次震惊世界的发射大爆炸——1960 年 10 月，在苏联哈萨克加盟共和国境内的拜克努尔发射场，由于故障，随着一声巨响，当时的导弹部队司令、国防部副部长涅杰林元帅和苏联武装部队副总参谋长巴甫洛夫斯基将军以及杰出的原子科学家叶夫连莫夫等百余名军事科学家全部葬身火海。

美国早期火箭发射，失败也相当惨烈。“雷神”火箭于 1957 年 1 月 25 日连续三次发射遭到失败，或者爆炸，或者自毁；“先锋”号火箭在 1957 年底和 1958 年初两次发射，均告失败；美国“大力神”火箭也同样未能摆脱失败的厄运，1958 年初次发射便遭败绩；尤其是 1986 年，“挑战者”号航天飞机大爆炸，七名宇航员血溅太空，可谓震惊寰宇。

法国的“阿里安”火箭，一向以稳健著称于世，但仍然是在劫难逃。1980 年 5 月，首次试验失败；1982 年 9 月第一次投入商业发射，又遭失败，两颗卫星作废，直接经济损失八千万美元；1986 年 5 月，第十八次飞行时又告失败；1990 年 2 月又惨败一次，致使两颗日本卫星坠毁，经济损失高达六亿美元。

就是我们的国家，也曾有几次失败，总成功率为百分之八十五。这种失败首先是同火箭结构上的复杂性分不开的。一枚火箭，有几百万甚至上千万个零件组合在一起，要使得火箭的可靠性达到 99.9999999％，也就是说，抽取一百亿个零件，不可靠的不能多于一个。如何达到这样的精确度？这是很难预料的。其次，人的因素更是复杂的原因，也更难以预料。1976 年美国进行导弹试验时，由于操作员少拧了半圈螺丝，导致飞行失败。1980 年，法国的“阿里安”火箭第二次试飞时，由于操作员不慎，将一商标枢纽堵塞了，导致失败。1989 年美国用“德尔塔”火箭发射卫星时，由于加注人员疏忽，少加了二十六磅推进剂，导致两颗卫星未能进入预定轨道……

所以说，航天事业就是一项高风险的事业，成功时常与失败相伴，辉煌与挫折相随，这就是航天人应当面对的现实。

此外，喜欢在电视上看冰上舞蹈的钱学森，还从冰上舞蹈运动员的角度，谈了自己的看法：

我之所以喜欢冰上舞蹈，是因为从中受到启迪。冰上舞蹈运动员登上冰场，迅即投入滑行，自然而流畅。偶有失误，跌倒了，立即站起来，继续他们的滑行。旋转、跳跃，保持优美的舞姿。他们这种纠正失误的风度常使我赞叹不已。

与冰上运动相比，科学研究中出现偏差和失误的时候自然更多，重要的是不要害怕，不要气馁。要迅速查找失败的原因，立即纠正错误，也像冰上舞蹈运动员那样，干脆利落，毫不拖泥带水。

一开始就坚决支持中国火箭走出国门、参与国际商业竞争的张爱萍将军接到刘纪原写给他的信后，给刘纪原复了一封亲笔信。他在信中写道：

……任何人做任何事难以避免万一之失，问题是要分清是疏忽之失与不可知之失。但无论属于哪种性质之失，只要认真对待，虚心找出失之主因，即可补失，并增长才能，争取更大胜利。

对于你们的工作，近几年情况一无所知，无任何发言权。不过，我觉得，在国防科技工业战线上行之有效的工作精神和作风，即勇于改革，善于创新，似仍可长期遵循的，以为然否？谨祝工作顺利，并代问同志们好！

面对上述意见，刘纪原感到亲切、温暖，深受鼓舞，同时也感到羞愧、内疚，有一种说不出来的难过。他暗下决心，一定抓紧作好准备工作，确保下次发射成功！

然而，在国际国内的巨大压力下，谁敢保证下次发射就一定成功呢？

第十四章
发　愤

中国人习惯算政治账，美国人只算时间账和经济账。“澳星”发射失败后，美国休斯公司发来加急电传：“澳星”若不能及时发射，澳大利亚通信将陷入困境！于是为了重新赶造一枚火箭，中国专家说：“就是哭，也得边哭边干！”但再次发射时，有过失败记录的“长征号”是照常直播，还是秘密发射呢？

一

中国“长二捆”火箭首次发射“澳星”失败，在国际上产生了极大的震动，尤其对美国和西方其他某些卫星商，在心理上造成了不小的恐慌。

但美国人和中国人不同的是，中国人习惯先算政治账，再算经济账，美国人则始终算的是时间账和经济账。从美国人的角度来看，就像中国人希望自己的火箭能顺顺当当地打入国际商业市场一样，他们同样希望自己的卫星能一帆风顺地一颗接着一颗地进入中国的发射市场。道理很简单，中国要想走向世界，世界也想走进中国；中国的火箭想与美国的卫星握手，美国的卫星同样也想与中国的火箭拥抱。二者“相恋”的结果，利多弊少，互利互惠。更何况，美国人不仅要证明自己的卫星是全世界最棒的，同时还要向世界证明，他们之所以选择中国的火箭为其发射，不只在于中国的火箭物美价廉、可靠实惠，而更在于他们很有国际商业战略眼光——在东方这块神秘的土地上，他们如同当年哥伦布发现新大陆一样，又新开辟了一个卫星商业发射市场，而且滚滚财源将随着时间的推移源源不断流进他们的账上！

很不幸的是，“澳星”首次发射失败了，全世界都知道了。由于美国休斯卫星公司在国际商业卫星市场上一向以信誉著称，对自己的用户相当负责，这就给美国的政府官员和美国的卫星商们带来了莫大的痛苦与麻烦——

第一，发射失败后，打乱了中美澳三方原有的发射计划。原计划是三月份发射第一颗“澳星”，八月份接着发射第二颗“澳星”。现在可好，三月份的计划没有成功，只有推到八月份，而原计划八月份发射的第二颗“澳星”，又只有往后推到不知哪年哪月。如此一来，下一步还发不发射，怎么发射，何时发射，等等问题便成了必须由中美澳三方重新协定的问题。而这些问题都涉及时间和金钱。

第二，由于中国的首枚“长二捆”火箭已经点火，并烧得遍体鳞伤，如果真要再度合作，只能重造一枚新的“长二捆”火箭。尽管在美国人的眼里，中国人一旦真正干起事来效率高得吓人，且常会出现意想不到的奇迹，但造火箭毕竟不同于做鞭炮，中国能不能在规定的短时间内再造出一枚火箭，得先打上一个问号。万一不能按时造出火箭，或者造出火箭后又不能如愿将“澳星”发射上天，这岂不既耽误了时间又耗费了金钱。

因此，“澳星”发射失败后的第二天，美方有关负责人一大早就找到中方领导，希望对下一步计划尽快作出安排。但因故障原因尚未查明，中方无法给出满意回答。第四天，美国休斯公司总裁道尔夫曼又急不可待地从洛杉矶向中国航天部副部长刘纪原发来一封加急电传，要求中方尽快查明故障原因，并积极采取有效措施。

用最少的时间赚更多的钱，这是美国人的交易原则。一旦有违这个原则，美国人肯定是会上火的。不过，也许是美国人经历了太多的失败，或者是对失败的内涵有着不同于东方人的理解，所以他们尽管明知失败后对己十分不利，心态却仍比中国人更平静，对失败的态度更豁达，对失败的理解也更宽容，甚至干脆说，比中国人更懂得“失败是成功之母”这个道理。

事实是，发射“澳星”那天晚上，当长城公司总裁唐津安先生对着摄像机刚一宣布“发射失败”，和中国人一样深感悲痛并承受着巨大心理压力的美国休斯公司副总裁约翰逊马上就转过身去，双手紧紧握着唐津安总裁的手说：“唐先生，别难过，这是很正常的现象。”紧接着，在场的美、澳两国大使也向唐津安总裁表示：“唐先生，我们相信中国火箭专家的实力，相信下次发射会成功的。到时候我们一起还来西昌！”

我们不排除美国人和澳大利亚人在上述话语中对中国有安慰的成分、同情的友谊和外交的辞令。但失败发生后，美国人首先考虑的的确不是面子问题，而是实际损失到底有多大的问题；也不是什么民族的荣誉问题，而是下一步究竟该怎么办的问题。因此他们急于要算的账，不是政治账，而是经济账和时间账。

这一点，与中国人确实有所不同。

二

“澳星”首次发射失败后，美国人和澳大利亚人没有失去信心，中国人同样没有失去信心。

虽然，我们应当承认也必须承认，首次发射失败，为中国火箭打入国际商业市场蒙上了一层阴影，也增添了一道障碍，还有那些许许多多说不清理还乱的麻烦与扯淡。但中国航天人要把“长征号”火箭打入国际商业市场的决心和信心并未动摇。过去几十年的发射经验告诉他们，失败的事情总会时有发生且在所难免。就科学的本质而言，失败与成功如同一枚硬币的两面，二者相依相连，相辅相成，其命运永远无法改变。关键是一旦失败降临后，敢不敢面对失败、正视失败，以至最后能不能超越失败。

不错，“3·22”之夜的确发射受挫，但“长二捆”火箭的紧急自动关机，在国外专家和保险界的眼里却并非像我们国内一些人认为的那样，是一次“丢尽了中国人脸面的失败!”相反，却被国外有的火箭专家视为世界航天界的一个奇迹。这种说法并非阿 Q 式的自欺欺人，而是从问题的另一个角度来看，它确实出现了一个非常有趣的现象：在世界发射史上，无论是发射卫星还是发射导弹，不管是发射空间站还是发射宇宙飞船，要么点火程序启动后火箭成功起飞（即使起飞后空中爆炸，也算起飞），要么点火程序启动后火箭点火不着。但像“长二捆”火箭那样，点火程序已经启动，火箭发动机已经点火，却因故障突发又紧急自动关机，且关机成功，确保了用户卫星的安全，从而创造了世界航天发射过程中的第三种安全状态——火箭自动“终止点火”！这种先进的火箭设计法，全世界还是第一次。因此，中国恰恰因了这次不该有的失败，才暴露了“长征号”火箭发动机设计上的这一秘密，让“长征号”火箭反而意外地获得了更高的信誉，产生了新的吸引力，使国际保险界大受鼓舞，其他潜在的用户也怦然心动，跃跃欲试。

此外，从中国长城工业公司与美国休斯公司签订的发射两颗“澳星”的合同来看，由于中国是用一种全新的火箭发射美国全新的卫星，所以美国选择了再发射和交叉再发射的条件，这就使中国仍有一定的回旋余地。并且中国长城工业公司早在 1992 年 1 月 23 日，便与中国人民保险公司签订了一个关于“长二捆”火箭发射的保险合同。该合同规定，万一“长二捆”火箭首次发射失败，中国人民保险公司将按保险合同规定的赔偿数额给予赔偿；而美国休斯卫星公司也在国际保险机构申请了卫星保险，发射中一旦卫星受到损伤或发生意外，休斯公司同样也会从国际保险公司那儿获得赔偿。

所以，“澳星”发射失败后，中国长城工业公司并没有像外界盛传的那样受到了“高价索赔”的威胁。国际宇航界普遍认为，中国的这次发射失败可以理解，并不影响中国在国际航天界的地位。如国际通信卫星组织对中国的“长征号”火箭技术就始终表现出一种信赖。就在 3 月 24 日，即“澳星”发射失败后的第二天，该组织与中国长城工业公司副总经理乌可力在美国签订了一颗大型通信卫星的发射合同，其发射服务费高达六千万美元！按照该合同规定，中国将于 1995 年底或晚些时候发射该卫星。甚至，美国休斯公司为支持中国再次发射，还提前支付了五百二十万美元的订金！这些举动看似有点荒唐，但仔细想来又属正常。因为在澳方和美方看来，“长二捆”火箭点火后能自动紧急关机，并保证了火箭卫星的安然无恙，这完全是中国火箭技术成熟的标志，而非“瞎猫撞上死耗子”的侥幸。

当然，对中国的这次失败，也有人嘴上表示惋惜、心里幸灾乐祸的。如中国的竞争对手——个别傲慢的法国火箭商。本来，在中国的“长征号”火箭没有问鼎世界之前，能在国际商业发射轨道上称雄争霸的火箭，除了美国就只有以法国为首的“欧联”了。可当中国的“长征号”火箭一旦变轨，并打入国际商业发射市场后，在被美国人和欧洲人长期独霸的国际发射市场上就多了一个竞争对手。这个竞争对手的出现，对拥有多种发射运载工具的美国人而言，一时间似乎尚构不成什么大的威胁，但对依靠十几个国家联合支撑的法国“阿里安”火箭公司来说，就开始有点紧张甚至警惕了。他们不希望看到中国“长征号”在国际市场上一天天强壮起来，却一时又拿不出阻挡的办法。所以中国“长二捆”火箭刚一失败，个别善于捕捉信息、同时也善于伺机出击的火箭商，便开始拨动起了自己的小算盘。他们仿佛抓住了中国的小辫子，一边精心策划，一边四处活动，很快发起新一轮的游说和攻击。他们对中国的“长二捆”火箭横挑鼻子竖挑眼，对这次发射说三道四，评头论足，其目的是想找到中国火箭的致命穴，以便在关键时刻突然出击，一剑封喉，从而将中国火箭挤出国际商业发射市场的大门。而且，在四处游说的同时，眼睛还不忘盯着中国航天界的一举一动——他们要看看中国到底拿出什么新招来对付这次失败的尴尬局面。

三

一个人或者一个民族，最怕的其实是两个字：发愤！

如果一个人开始发愤，这个人就有可能做出惊世骇俗的事情；如果一个民族开始发愤，这个民族就有可能创造出惊天动地、前所未有的奇迹。

就在国际国内舆论对“澳星”发射失败一片哗然之时，带着一身疲惫从发射场匆匆赶回北京的中国航天人，没有时间去为自己开脱、辩解，更没时间去为某些谩骂或者责难斤斤计较，甚至，他们连坐下来好好喘上一口气的机会都没有。因为他们执行的是国际商业发射合同，除了重新赶造一枚火箭、准备再次发射之外，没有任何选择，也没有任何退路。用有的人的话说，“就是哭，也得边哭边干！”

所以，负责研制程序配电器的研究所所长董若环在“澳星”发射失败后的第二天，就从资料档案室调出了所有的设计图纸，重新核查了点火控制线路的线径、长度和阻值，并检查了程序配电器接点瞬间过载试验的所有数据；研究所其他技术人员随同被烈焰烧伤的“长二捆”火箭从西昌返回北京后，也几乎是下了专列就直奔研究室或工厂车间，立即商量下一枚火箭的改进方案；特别是航天部的领导们回到北京后，一下飞机更是马不停蹄，直奔火箭研究院 138 会议室（一间当年外国人赠送的很不起眼的小木屋），组织专家和管理人员，查清故障，紧急动员，商讨对策，把沉寂一时的小木屋又变成了紧紧张张的临时指挥部。

1992 年 3 月 26 日，即发射失败后的第四天，刘纪原对火箭发动机生产基地的张贵田主任下达了第一道命令：

> 不许讲任何条件，不许带任何质量问题，按时拿出八台新的发动机，保证火箭的总装！

张贵田非常清楚，这又是一道“不讲理”的命令，更是一道死命令——行要执行，不行也要执行。因此接到命令后，他二话没说，当即便向基地打去电话，同样也下达了一道“不讲理”的死命令：

> 全基地人员立即行动起来，不讲任何条件，按时拿出新的火箭发动机！

于是沉寂一时的秦岭大峡谷，又开始了昼夜不停的苦苦拼搏！

1992 年 3 月 28 日，长城公司召开对外发射服务工作会。针对中国对外发射中出现的种种情况，长城公司驻美代表黄作义在会上作了关于开拓国际市场的中心发言。

4 月 4 日，刘纪原在长城公司主持召开对外发射服务座谈会，研究中美谈判预案、对外服务投标报价及相关问题。

4 月 6 日至 8 日，中国火箭研究院就“长二捆”运载火箭发射失败一事，在南苑召开“长二捆”运载火箭研制工作会议。王德臣总师在会上通报了发射受挫的情况以及采取的技术措施；沈辛荪院长对下一步工作作了新的部署。刘纪原则从领导组织者的角度，针对此前的工作情况，作了四点检查：

> 第一，在贯彻“军民结合、平战结合、军品优先、以民养军”的方针中，部领导未能从整体上研究解决思想认识上、组织体系上、政策引导上的实际问题，缺乏调控能力的措施，未能保证一支一心一意、专心致志的军品科研队伍。
>
> 第二，改革的政策不配套，致使许多必要的经费无正当来源，要靠自己创收去解决，导致利益驱动成为必然，影响了局部与全局的关系。
>
> 第三，管理上存在漏洞，对微观管理抓得多，而对宏观管理抓得少，特别是对关系到航天技术发展前途的政策，研究得不深不透。
>
> 第四，工作作风方面还存在一些问题，今后要力戒形式主义，把各项工作扎扎实实地作到实处。

《中国航天报》很快以头版头条发表了题为《吸取教训　继续攀登》的评论文章，对航天部领导敢于自我批评的精神给予了高度的肯定和赞扬，同时对部领导在过去工作中存在的问题也进行了深刻的剖析和一针见血的批评：

首先，领导精力和技术力量严重分散。周恩来总理生前提出的“严肃认真，周到细致，稳妥可靠，万无一失”方针得不到坚决贯彻执行。这些都直接影响着科研和生产质量，更谈不上精益求精。这种状态如不采取果断措施加以扭转，我们将面临更大的危机。

其次，在质量意识和质量工作指导思想上，重视事后把关，轻视事先控制，忽略设计和生产过程的质量把关等问题仍然存在。把主要精力放在检验上，满足于试验的一次成功是不科学、不全面的。

第三，一方面现代管理意识不强，一方面缺乏强有力的法规措施。很长时间以来文件多、会议多、调查研究少，落实不力的问题始终未从根本上得到解决，这也是我们工作既忙乱又出漏洞的原因之一。

第四，缺乏对经济利益驱动的正确有力的引导和具体措施的保证，致使简化试验，质量下降，甚至影响了全局……

4月9日，由屠守锷、王永志、陈芳允、梁守磐、梁思礼、谢光选等六位著名航天专家组成故障分析审查委员会，对3月22日“澳星”发射故障原因进行了认真而严格的审定。审查委员会最后的审定意见是：

“长二捆”火箭之所以点火后未能升天，是由于“长二捆”火箭上的程序配电器第四、第五触点之间，出现了一个不该出现的铝质多余物。正因为这一铝质多余物的出现，才导致了发射的失败。而这个多余物必须同时具备两个条件才起作用：多余物必须正好碰上配电器中十个触点中电流最大的第四触点，多余物必须在触点簧片动态下接触接点。

显然，这纯属概率极小的偶发事件。而造成这一概率极小偶发事件的祸根，是一片小小的铝屑！

然而就是这片小小的铝屑，导致火箭发动机未能点火，让中外数百名航天专家乘兴而来，败兴而归；让全中国人民大失所望，心存疑虑；让国际商业发射市场众说纷纭，风起浪涌！

那么这片小小的铝屑到底从何而来呢？

刘纪原后来这样解释说："因为器件的螺母是钢的，壳子是铝的，技术人员拧的时候一不小心，便掉了一小片铝屑。这个工艺是 50 年代从苏联那儿传承下来的，几十年也就习惯那么干了，几十年都没改变。为什么呢？因为要改变一种习惯，是很困难的事情。后来故障原因查清后，才发现从苏联那儿学来的这种工艺其实根本没必要。我们把这种工艺改了，类似故障以后就没出现了。"所以，后来刘纪原和专家们定下一个原则：凡是出现了故障，不但要查出故障，还必须查出故障的原因。

4 月 13 日，航天部以下发文件的形式，对"长二捆"运载火箭发射故障的原因作了正式的说明，并对此次发射作了如下定义：

> 根据"澳星"发射服务合同有关条款规定，此次"长二捆"火箭发射，可以被定义为发射完全失败。

但是，4 月 16 日，美国休斯公司的波金斯和海伦先生访问中国长城公司时，则向中方提出：3 月 22 日的发射，不应视为发射失败，而应视为发射中止。

中方人员究其原因，美方这才如实相告：若将此次发射定义为失败，国际保险公司就得巨额赔偿，休斯公司也将丢掉一次再飞行的机会。

故此，美国休斯公司建议修改合同。

中方立即召开会议，紧急会商。会商结果，认为美方言之有理。于是中美双方遂将此次发射定义为"发射中止"，而非"发射失败"。如此，国际保险公司既可继续为其担保，中美双方又能获得一次再发射的机会。

4 月 27 日，国防科工委召开有关"长二捆"火箭再发射的工作会议。会议总结、通报了"长二捆"运载火箭发射"澳星 B1"失败的主要原因及经验教训，并部署了下次发射计划及相关工作。

4 月 29 日，航空航天工业部组团赴洛杉矶，就 3 月 22 日“澳星”发射故障原因及改进措施问题，向美国休斯公司作了详细说明。当日，休斯公司一行六人回访北京，就“澳星 B1”和“澳星 B2”的发射日期问题与长城公司进行了讨论，并签署了协议备忘录。

5 月 4 日，“长二捆”火箭总设计师王德臣、副总设计师孙凝生带着故障分析录像和一整套详尽的分析报告，专程赶往美国洛杉矶休斯公司总部，参加“澳星”发射故障评审专题会。美国休斯公司有二十八人出席了会议。会上，中方首先播放了故障分析录像，而后王德臣总师等人就“澳星”发射失败问题作了详细的分析报告，并回答了美方专家们提出的各种问题。休斯公司对中方的故障分析结论和有关技术问题的解答以及改进措施，表示满意。

此期间，中方科技人员完成了对新的“长二捆”火箭全部设计图纸的复查审定工作；负责研制程序配电器的研究所责成一名副所长，对该所完善设计后的五百多张新图纸逐一进行了审核；总设计师系统决定增加雨季防水等保证火箭可靠性的改进设计。通过这一系列的工作，首先从设计源头把住火箭质量关。

但是，无论中国航天人掰着指头如何算来算去，这次属于他们的时间已不再是十八个月，而只有一百天！即是说，从 3 月 22 日失败这天起，到 6 月 30 日这天止，无任何条件可讲，无任何价钱可谈，必须保证在一百天内造出一枚新的“长二捆”火箭！

为此，中国火箭研究院二万七千名专家和职工，在没有奖金没有假日，每天只有微不足道的一顿夜餐补助费的情况下，坚持加班加点昼夜奋战。尽管其间有人累倒，有人病倒，甚至有的家人不幸离去，但大家仍全力以赴，最后终于确保了在一百天内一枚新的“长二捆”火箭准时出厂。

四

1992 年 7 月 4 日晚 9 时 40 分，载有“长二捆”火箭的专列经长途奔波，再次安全抵达西昌发射场。

与此同时，美国、中国和澳大利亚的各路航天专家，也先后纷纷到达西昌。

于是在全国人民的热情注视下，在中外某些人士的冷嘲热讽中，中、美、澳三方航天人怀着忐忑不安的心情，再次拉开了中国火箭与美国卫星二度接轨的序幕。

7 月 27 日，“长二捆”火箭经水平测试后转往发射阵地，又经十六天的垂直测试检查，完成了与“澳星”的连接工作。测量控制系统、通信系统、加注系统、消防系统、勤务保障系统等，均处良好状态；各种火箭推进剂和所需气体，也全部化验完毕。指挥部在最后一次会议上，将“澳星”第二次的发射日确定为 8 月 14 日。

但有个问题却让领导和专家们感到非常棘手和头疼，这就是，此次发射，是自家关起门来悄悄进行，还是像上次一样对外现场直播？

按 1988 年 11 月 1 日中美双方发射“澳星”的合同规定，“澳星”发射时要向美国休斯公司、澳大利亚卫星公司等用户提供现场实况信息服务。这一规定表明，中国在走向世界的过程中，不仅在思想上、观念上和技术上要与世界接轨，同时在对待新闻媒体上也要与世界接轨；过去那种长期关起门来或自吹自擂或自欺欺人的游戏，已不被国际商业合同所允许。于是在 3 月 22 日的发射中，中方忠实地履行了这一合同规定，对全中国人民进行了现场直播。可惜故障突发，致使中国航天人在全世界面前“丢了一次脸，出了一次丑”。所以这次发射，还要不要进行现场直播，便成了一个烫手的山芋。

由于这个问题事关重大而又相当敏感，所以上至中央，下到基地，意见不一。概括起来，主要有两种意见：

一种意见认为，如果进行现场直播，会给参加发射的专家和科技人员在心理上造成很大的负担，在精神上带来很大的压力，不利于参试人员水平的发挥和工作的展开。因为若是发射成功了，无话可说，皆大欢喜；要是发射失败了，中国航天人又要在全国人民面前“丢一次人”，还会招来漫天的怨言与更多的责骂。既如此，多一事不如少一事。所以，最好不要搞现场实况直播，即使按照商业合同规定非搞不可，也只对外商转播，没必要在国内对全国人民进行现场实况直播。

另一种意见则认为，中国既然要与世界接轨，敢于承揽商业发射服务，就要敢于正视风险，敢于承担现场实况直播。如果连这一点勇气和风度都没有，谈何走向世界？谈何与世界接轨？上次直播了，说明对自己的“长征号”系列火箭及发射测控能力有信心，说明对全国人民充满信赖与责任。这次如果对国内不作实况直播，只对外商实况直播，定会造成“国内消息国外来”的被动局面。再说了，我们应该相信多数中国人的承受能力，相信他们通过观看发射，渐渐明白航天事业是一项高科技、高投资、高风险的复杂的系统工程，任何一个环节、一个零件甚至一根导线出现问题，都可能导致发射失败。不仅中国如此，全世界也如此。至于压力，当然会有，而且会更大。但在一定条件下，压力可以变成动力，没有压力哪有动力？如同演员上台演戏，运动员上场参加比赛，哪一项不是在众目睽睽之下顶着巨大压力进行的？如果真的失去了观众，没有了压力，还有什么意思呢？

两种意见，各有各的立场，各有各的道理。但到底是否直播，还得听从上级的指示。

所以，此期间最难受的，是中央电视台和航天部参加现场直播的编导和工作人员们。因为他们一班人马早就到达西昌发射场，并已经开始了积极准备工作。为吸取上次的教训，中央电视台新闻中心和航天部有关部门的负责人一到西昌后，便认认真真准备了两套转播方案和两套解说词：一套是发射“澳星”的现场直播方案；一套是发射成功后播放现场实况录像的方案。同时还准备了三种转播预案：一是如果火箭出现故障，没有离开发射台的转播方案；二是如果火箭出现故障，偏离预定轨道在空中自毁的转播方案；三是如果火箭因飞行出现意外，未将“澳星”送入预定轨道的转播方案。尽管上述工作均已准备就绪，但到时究竟搞不搞现场直播，谁都不知道。所以在西昌发射场度日如年般的等待，成了他们最难受的工作。

一起难受的，不只是电视工作者，还有国防科工委、航空航天工业部乃至中央和国务院的各级头头脑脑们。说实话，发射直不直播的问题，过去几十年在计划经济体制下从来没有遇到过，所以每次发射时，这个问题也从来不在考虑之列。可现在，计划经济变成了市场经济，中国的火箭由国内的试验轨道变成了国际商业轨道，自然就得按照国际商业规则办事；直不直播，不能中方一家说了算。但到底如何选择更合适，航空航天工业部定不了，国防科工委同样也定不了。

情况只好反映到中央。

刘纪原后来说，李鹏对此也有些犹豫，便指示秘书打电话问他的意见。他的意见是，最好不直播。

秘书将这一意见报告李鹏，李鹏亲自给刘纪原打电话，问：不直播的理由是什么?

刘纪原如实相告。

与此同时，国防科工委负责人也将有关情况向中央领导人作了汇报。中央领导人的意见是，上次都直播了，这次还是直播吧。

1992 年 8 月 11 日，中央宣传部部长丁关根根据中央的指示，在中南海主持召开会议，就“澳星”第二次发射是否直播问题举行专题会商。除国防科工委和航空航天工业部有关人员外，中央和国务院有关部门负责人也参加了会议。会上，以航空航天工业部副部长王礼恒为首等人的意见是，最好不搞现场直播。王礼恒说，如果这次发射不成功，直播对航天工业发展的形象影响太大，另外对参加发射的人会增加压力。因此，我们主张少说多做，这次不直播为好。

而以国防科工委沈荣骏为首等人则认为，“澳星”第二次发射，全国人民都很关心这件事，上次直播了，这次不直播，不好交代。再说了，按国际惯例，也应该现场直播。直播可以增加透明度，有利于进一步改革开放。万一发射不成功，舆论上可以正确导向，说明高科技是有风险的，任何国家都不能保证每次都成功。所以这次还是直播为好。

广播电影电视部部长孙家正也发表了意见，他的意见是不直播为好。

后来，丁关根传达了中央领导人的意见。

会议最后建议，可以考虑实况直播，并将报告呈送中央。

中央接到报告后，再次征求了多方意见，最后决定：实况直播!

于是，8 月 12 日晚 7 时整，中央电视台在新闻联播节目中播出了这样一条新闻：

> 我国定于 8 月 14 日晚 7 时整，在西昌卫星发射中心再次发射“澳星”。届时中央电视台将向全国进行现场实况直播。

当晚坐于电视机前的人们看到这条消息后，自然十分兴奋，也很刺激；但云集西昌发射场的各路航天人则反应复杂：兴奋者有之，激动者有之，紧张者有之，焦虑者有之，坐卧不安者有之，夜不能寐者亦有之。

但无论怎样，一切已成定局。就像一幕即将上演的喜剧或悲剧，大幕已经拉开，报幕员已经报幕，台下所有的观众都在等着你登场献技。结果如何，就看登台者的能耐了。

五

1992 年 8 月 14 日，第二次“澳星”发射如期进行。

实事求是地说，许多人对这次发射都充满了焦虑与担心。甚至有些人（包括个别科技人员的亲属），还专程赶去庙堂烧香拜佛，跪地磕头，暗暗祈求菩萨保佑发射成功。

但所有的担心在这个晚上都显得是那样的多余。8 月 14 日晚 7 时整，随着西昌发射场发射指挥员一声短促有力的“点火”口令，大凉山峡谷顿时轰然一声巨响，起飞推力高达六百吨的“长二捆”火箭拖着橘红色的火焰，在茫茫夜色中昂首挺胸腾空而起！

大约二十分钟后，西安卫星测控中心便传来星箭分离时卫星姿态数据和卫星初始轨道根数。经美方和澳方审阅，参数完全吻合。于是中澳双方当即便履行了具有法律效应的签字手续。而后，发射指挥长胡世祥当众宣布：

> 根据刚刚获得的测量数据表明，中国“长二捆”火箭已将

“澳星”顺利送入预定轨道。中国的这次发射，完全成功！

接着，中、美、澳三方代表讲话。本来，按中央电视台现场直播脚本规定，当西安卫星测控中心把“澳星”入轨的数据传到西昌，中方把数据交给美国和澳大利亚卫星公司代表后，美方和澳方代表的讲话内容不用翻译，而由中央电视台播音员张宏民同期播讲事先译好的中文稿。这样安排的目的，一是为了表达准确，二是为了控制时间。但没料到，当轮到美国休斯公司副总裁江深和澳大利亚卫星公司代表戈登·派克讲话时，二人由于太兴奋、太激动，以至于讲起话来手舞足蹈，毫无节制，完全离开了原来拟好的讲话稿。结果，播音员张宏民只说了一句话，便被两位老外“剥夺”了播讲的机会和权利，完全晾在了一边。特别是美方代表江深先生讲到后来，简直忘乎所以，竟一下扔掉手中的讲话稿，使劲挥舞着双臂，用不久前才学会的中国话向着指挥大厅高声喊叫道：“伙计们，太棒了！太棒了！今晚的发射是一个伟大的事件！这次发射是中国商业发射中一个极其重要的里程碑!”江深话音刚落，全场笑声、掌声、喝彩声连连不断。现场负责直播的中方编导们一看，只好顺其自然，任他自由发挥。结果，电视直播计划被彻底打乱，直播时间由原定的三十六分钟变成了四十七分钟，整整延长了十一分钟。

而在现场的其他老外们，表现也不逊色。当发射成功的消息一经证实，他们兴高采烈，乐不可支，又是鼓掌，又是蹦跳，又是拥抱，又是欢叫，一句话，想怎么着就怎么着。而且，他们还最先跑出指挥控制大厅，兴冲冲地点燃一挂鞭炮，对着迷迷糊糊的夜空，稀里糊涂地就放了一通。休斯公司的人如此高兴，是因为新的卫星发射成功，他们这颗新型卫星就有机会在轨道工作中体现其新的功能和价值，吸引新的用户，从而实现二十四颗同类卫星的订购发射合同；而对澳大利亚卫星公司来说，此次成功将巩固公司在用户中的地位，并从中获得新的巨额利益。

然而，中国专家们在“澳星”发射成功之后的表现，却是另外一副模样。尽管“澳星”终于发射成功了，实现了中国打开和进入国际市场关键的一步，他们内心也很高兴，可这种高兴他们似乎不便表现出来，或者说不敢表现出来。尤其是坐于指挥控制大厅的国防科工委和航空航天工业部的领导及专家们，他们除了认真冷静、专心致志地在忙于分析传回的数据外，脸上根本看不出特别激动特别高兴特别兴奋的样子，反而是一副心事重重、顾虑多多的模样。甚至在火箭总师王德臣的脸上，也见不到哪怕一丝笑容。他们真正释放内心的喜悦与激动，倾泻心存已久的压抑与委屈，是在回到自己简陋的宿舍以后——

当晚，在一栋空无一人、几乎沉闷了一个半月的协作楼里，所有参加发射的航空航天部的试验队员们全都聚齐在一个停车场上。当震耳欲聋的鞭炮声和激动人心的音乐声达到高潮时，他们叫着、喊着，哭着、笑着，把林宗棠、刘纪原两位部长和火箭研究院的领导们高高抬起、放下，再抬起、再放下，然后欢呼着、簇拥着，再一遍又一遍地拥抱，一遍又一遍地合影。在这欢呼的人群中，人们终于第一次看见王德臣总师的脸上挤出了一丝笑容——虽然当晚就有人说，王德臣的笑好像哭，但他毕竟笑了啊！

后来不少航天界的老人回忆说，在中国几十年的发射史上，这天晚上那种悲喜交加的场面是从未有过的。因为只有在痛苦中压抑了许久的人，只有真正品尝过失败苦果的人，只有超越失败而最终走向了成功的人，才会产生如此忘我举动，爆发出如此动人的感情！

然而，这洒满了泪水的欢庆场面仅持续了一个多小时，中国航天人便开始平静下来，随之也开始紧张起来。因为“长二捆”火箭的发射成功，尽管解决了中国大推力火箭的捆绑技术问题，为中国火箭打入国际商业市场注入了一支强心剂，但就“澳星”发射的整个合同而言，只履行了一半。中国只有把第二颗“澳星”成功发射上天，首批对外发射任务才算圆满完成。

因此，中国长城公司和美国休斯公司仍是“绑在一根绳上的两个蚂蚱”，下次如何蹦跶，蹦跶得如何，还需拭目以待。

第十五章

官　司

中国过去都是自家火箭发射自家卫星，从未遇到过国际纠纷。但发射第二颗“澳星”时，“长二捆”升空四十七秒突然爆炸，中国航天人这才猛然惊醒：国际商业发射不仅有经济风险、政治风险，还有吃国际官司的可能。为查清爆炸原因，国际专家评审会展开一年的跨国调查。事故责任是出在中国的火箭上，还是出在美国的卫星上？

一

自国家诞生之日起，国家与国家之间在陆地上的冲突与纠纷便开始了，且从未间断。1957年，苏联第一颗人造卫星上天，人类跨入航天时代，国家与国家之间的冲突与纠纷，从陆地发展到了空间。

地上的事情好办，天上的问题麻烦。在空间发生的冲突与纠纷，与陆地截然不同——对错难分，是非莫辨。因为陆地就是陆地，空间就是空间，二者是完全不同的两个地理概念。陆地发生了什么事，有据可查，有迹可循；查起来容易，寻起来也方便。而在天上出了问题，麻烦可就大了。时空阻隔，距离遥远——既远距地球，又背离人群，查起来不易，寻起来也难。真要搞清谁对谁错，谁是谁非，棘手复杂，难上加难！

比如，一个安有核装置的飞行器在空中一旦与另一个飞行器相撞，全世界都会恐慌，事故原因必然受到追查。但真要追查起来，就绝不像在陆地上处理汽车翻车、火车出轨、轮船沉没、飞机爆炸等那么简单那么容易。再比如，发射国际商业卫星，是两个国家或者多个国家之间的跨国合作，火箭没有发射卫星之前，双方在演练中无论是火箭还是卫星出现问题，都便于查找故障并能够得到妥善解决。可一旦火箭和卫星绑在一起并发射上天了，这个时候再发生问题，事情就复杂了。如果仅是火箭偏离了一点轨道，或者卫星出了一点故障，事情也还好办；但倘若是火箭和卫星在尚未分离之前，便飞来横祸——或横空爆炸，或从天而落，这故障原因如何追查？谁的责任，怎么认定？

在过去几十年时间里，中国由于所有的发射任务都是在计划经济体制下进行的，都是用自己的火箭发射自己的卫星，虽然也遇到过这样那样的麻烦、问题、矛盾、冲突，可毕竟都是自己家里的事，好商量，好解决，好裁定。所以从未遇到过解决不了的问题，更没碰上过什么国际纠纷。

现在却不同了。中国“长征号”火箭一旦与世界接轨，进入国际商业发射市场，发射的就不再是自己的卫星，而是美国或者其他国家的卫星；其发射性质也不再是国内科学试验，而是国际商业竞争。所以卫星在发射前或者发射后，尤其是在发射后，一旦出现事故，处理起来就要复杂得多，远远超出人们的主观想象和现有能力。此类问题一旦发生不可抗拒的冲突，就不仅只是经济赔偿的问题了，还有吃国际官司的可能。而这个问题，是中国在过去几十年的航天发射史上从未遇到过的新问题！

中国“长二捆”火箭发射第二颗“澳星”时，偏偏就遇到了这个问题。

二

1992年10月16日，用于发射第二颗“澳星”的第三枚“长二捆”火箭正式出厂。四天后，“长二捆”安全抵达西昌发射场。与此同时，美国的第二颗“澳星”也顺利通过海关，并安全抵达中国西昌发射场。由于中美间有了发射第一颗“澳星”的教训和经验，所以此次发射准备工作进展十分顺利。只是选择哪天发射最为合适，又成了发射前中美争议的焦点。

在国际商业发射中，选择一个什么样的发射日，是一个很关键的问题，也是一个颇有争议的问题。因为它不仅关涉到发射的成败，还关涉到几个国家间的技术协调。

第二颗“澳星”的发射日，中美双方经过协商，选定在了 12 月 9 日。于是发射场上所有的工作安排，开始进入倒计时。

12 月 1 日，中国火箭与美国卫星在发射场实施对接。发射场上的天气很好，上午 9 时，美国的“澳星”从测试厂房顺利运到发射场，而后在美国人的监护下，由中方人员用吊车将“澳星”吊至七十六米高的发射架上，准备与“长二捆”火箭进行空中对接。可谁也没想到的是，就在这时，美方一位负责人却突然跑到发射架下，大声喊叫道：“停止操作！停止操作!”原来，美方的这位负责人刚刚接到洛杉矶休斯公司总部老板打来的电话，老板告诉他说，“澳星”的某个部件发现问题，需要重新检查测试……于是刚刚吊上发射架的美国“澳星”，又急忙卸了下来，重新拉回测试厂房。

接着，美方提出：推迟发射日。

在中美合作中，美方更改发射日，这已经是第三次了。上次发射第一颗“澳星”时，美方推迟到 3 月 22 日，结果失败了。于是后来有人埋怨说：“要是当初不同意美方推迟，说不定还不会失败呢，都是中国人太迁就美国人了!”而这次只差八天就要发射了，中方一切计划均已安排妥当，美方又要提出推迟，这可如何是好?

按合同规定，任何一方因故推迟发射都要罚款。问题是，即便真的罚了美国人的款，中方自己的发射计划同样会受到影响。何况中国人要想罚美国人的款，绝不像美国人罚中国人的款那么容易。于是有人说，我们刚开始进入商业发射，美国人要推迟就推迟吧，以退为进；也有人说，这次不能再迁就美国人了，既然发射日已经商定，就不能再改；还有人说，美国人就是事多，三月份提出推迟，失败了，八月份没提出推迟，成功了，这次又提出要推迟，说不定还会捅个什么娄子，干脆别理睬他算了!

但国际商业发射毕竟是个庞大而又复杂的系统工程，任何一方都难免会出现这样或那样的问题，这就需要相互体谅与支持。再说了，客户就是上帝，不尊重客户的意见，下次生意就不好做，美元也就没法赚，何况美国这位客户还是世界航天界的老大，他们提出推迟发射，并非无故拖延，而确系卫星有了问题。于是出于对美方的理解，同时也考虑到这是中国在与世界接轨中遇到的一个新问题，中方最后还是同意了美方的要求，将原定的发射日，重新定为 12 月 21 日。

新的发射日一旦确定，发射场的气氛同样变得紧张起来，而且比上次更紧张！原因是第一颗“澳星”发射失败后，给中国航天人心理上造成了沉重的打击，所以这次发射，他们最怕的就是失败！据说，为了这次发射不再失败，当有的气功大师向有的专家提出可以预测最佳发射日时，个别专家便与气功大师进行会谈，听取意见，以作参考。西昌卫星基地一些远离发射场的女人，则悄悄跑到某个庙里，点燃一炷炷香火，烧上一叠叠纸钱，然后双膝跪在菩萨的面前，祝福远在发射场工作的丈夫顺顺当当平平安安，请求菩萨保佑发射成功！而航天部有一位女工程师，本来在工作中一向精明强干，在生活上也一直活泼开朗，并多次来发射场参加过大型的发射任务，按理说心理素质应该是不错的，可这次不知是怎么了，发射日期还未来临，她便情绪紧张，神不守舍，以至于丢三落四，通夜失眠。甚至，离预定发射日还有一个星期的一天早上，她竟独自悄悄跑到发射场，面对竖在发射架上的“长二捆”火箭，深深鞠了三个躬，而后双手合十，默默祈祷：“长二捆”火箭，我求你这次就发发善心吧，为我们航天人争口气，我们、我们实在太不容易了……

对此，也许有人会认为不可思议，甚至觉得荒唐可笑——本是征服宇宙的科技工作者，为何如此脆弱，如此迷信？其实仔细想想，也没什么，他们不过是想借此表达内心的一种愿望罢了。相比之下，他们比社会上其他一些行为要正常得多。譬如，有的领导出国前，专门请大师预测哪天行程合适，哪趟航班安全；有的大牌足球教练在赛前专程赶到庙里烧香拜佛，保佑比赛全取三分；有的企业家在自己公司旁门前筑起一尊大佛，保佑自己财运亨通；甚至有的党员干部为角逐权力，竞争提升，专门花费重金，把巫婆、道士请到家中，手舞足蹈，装神弄鬼，保佑自己官运亨通……

只是，事物的发展，从来旁若无人。

三

12 月 21 日晚，中美双方准时进入发射程序。

这是一个令人兴奋而又让人紧张的夜晚。这个夜晚无论是美方还是中方，发射程序都进展顺利。可愈是顺利，愈是令人担心。离点火发射还有最后二十分钟时，刘纪原和“长二捆”火箭总师王德臣才从发射场匆匆赶到指挥大厅。刘纪原刚一落座，两眼便赶紧盯住显示发射场状况的大屏幕。此刻的“长二捆”火箭正在作最后的加注，不断冒出的缕缕白烟制造出浓烈的紧张气氛，让人不想紧张都不行。刘纪原曾领导和指挥过无数次重大发射，每次都沉着镇定，即便出现了意想不到的情况，也能泰然处之。这次不知什么原因，感觉多少有些异样。尽管此前他和几位总师把所有应该考虑的问题都考虑了，应该排除的故障都排除了，应该检查的疑点都检查了，应该准备的预案也都准备了，可他心里还是不太放心，总担心会发生点什么，或者说总害怕会发生点什么。所以当指挥调度员的口令再次响起时，他推了推眼镜，下意识地看了看身边的王德臣。

王德臣作为中国“长二捆”火箭的总师，这个晚上的心情自然不会轻松。生于边城海拉尔的王德臣，性格内向，不善言谈，喜怒哀乐从不溢于言表。但北方人的热情与坦诚、质朴与豪爽，在他身上体现得淋漓尽致。抗美援朝时期，美国的飞机经常到东北轰炸，班里不少同学纷纷投笔从戎，他的理想却是搞飞机制造——造出世界上最好的飞机，去击落哪些曾经轰炸了他家乡的敌机。1957 年秋，年仅十八岁的他如愿以偿，揣着录取通知书从北国的齐齐哈尔一步跨进了清华大学的校门，在航空系学习飞机主体设计，并有幸成为著名航天专家屠守锷先生的弟子。大学毕业后，他和其他二十多个同学一道被分到了国防部第五研究院，而后在炮兵教导大队向苏联专家学习如何研制导弹。他深知良好的身体素质是干事业的保证，故在紧张繁忙的工作之余，篮球、排球、足球便成了他最亲近的三个伙伴。后来，他参与了“飞向太平洋”远程运载火箭和“长征二号”“长征二号 C”“长征二号 E”以及“长征三号”的总体设计和方案论证。在“飞向太平洋”远程运载火箭的研制工作中，又有幸成为他的老师屠守锷的得力助手。再后来，老师屠守锷退居二线，他便接过了总设计师的重担。可随着肩上担子的加重，王德臣的身体每况愈下，他所热爱的“三大球”更是再也顾不上了。“长二捆”火箭上马后，他全身心投入工作，连每天象征性的十分钟的散步也中断了。尤其是“澳星”发射失败后，为查出故障原因，他和大伙一道连续加班苦干了十七个昼夜！所以他三次去发射场，三次都病倒在了发射场。直到这时，他才认识到身体的重要性。一个偶然的机会，他接触到了站桩功，为让自己的身体和心情适当放松，他开始试着练习。两周后，他发现这种功即便每晚睡觉前躺在床上练，效果也不错。数月下来，他的身体明显好转不少。

就在刘纪原、王德臣等就座于指挥大厅的同时，位于北京的无数个与今晚发射有着千丝万缕联系的家庭中的每个成员，同样以紧张复杂的心情围聚在了电视机前，聚精会神地注视着西昌卫星发射场的实况，焦急地等待着“长二捆”火箭腾飞的那一瞬。在这些家庭中，有的丈夫是正在发射场工作的火箭专家，有的妻子是正在发射场工作的工程师，有的父亲是指挥发射的指挥长，有的儿子是按动发射电钮的技术员……当发射场上的每一个口令、每一道程序、每一幅画面、每一个细节通过闭路电视活灵活现地展示在他们眼前时，每一个人的每一根神经，仿佛都被一双无形的手紧紧地牵扯着……

而刘纪原的家，这个晚上更是非同寻常。

刘纪原的家平常就静，这天晚上更静。下午五点，刘纪原的夫人王玉芳开始做饭；女儿刘瑛瑛也早早回了家，帮着做这做那；只有智障儿子什么也不做，一门心思等着晚上看发射。别看儿子有智障，嘴上什么也不说，但他脑袋里装的信息却不少，心里比谁都明白。晚饭还没吃，他就把电视机前的沙发和凳子，全都整整齐齐地摆好了。他自己平常坐的一个小凳子，则摆在了靠电视最近的中间位置。然后，他一个人坐下来，呆呆地望着电视机发呆，既有点心急火燎，又显得静如止水。王玉芳教授当然知道儿子的心事，便和女儿一起，提前陪儿子吃了晚饭，然后像往常每次发射一样，怀着神圣而虔诚的心情坐在了电视机前，等待着发射的消息。在这静静的等待中，满怀一种常人无法体验的紧张和焦虑。

王玉芳是北京大学地质学系教授。搞地质的人最大的特点就是在野外东跑西颠的时间多，在家落脚的时间少。但王玉芳与一般教授不同，不但要管家，还必须管好家；家成了套在她脖上的一根绳索，想挣脱也无法挣脱。有什么办法呢？丈夫是部长，儿子是智障，两人在生活上方方面面都需要照料，而且必须精心照料；婆婆则是建国后长春市第一任市委书记，著名的革命老前辈，离休后一直住在一起，她必须为自己也为丈夫尽到孝心与责任。所以，几十年来为了全力支持丈夫搞好中国的航天事业，她不惜牺牲部分甚至大部分自己钟爱的地质事业。几十年来她最大的感觉就是累。这种累不仅仅累在身上，更累在心上；尤其是自中国火箭走出国门、参与国际商业竞争以来，她更是感到了这种累的沉重、累的复杂和累的心酸。成功了，她为丈夫高兴；失败了，她为丈夫悲伤。于是每次看发射，便成了她生活和生命中最重要的主题。

但是，每次看发射，她的心情都很紧张；近几年看发射，更紧张。特别是上次“澳星”发射失败后，她好像比以往任何时候都更脆弱了。作为一位女性知识分子，一位统领航天大军冲击世界的部长的夫人，她在性别的缺憾上和普通的女性没什么两样，一颗本已伤痕累累的心似乎再也承受不了“失败”这两个字眼了。她怕，怕到了甚至不敢正视、不敢面对的地步。这不，这个晚上的她，刚刚听到发射场下达了“五分钟准备”的口令，便突然从沙发上站起，疾步躲进厕所，然后把自己反锁在里面，用手紧紧捂住了双眼……

此时此刻，位于北京南苑中国火箭研究院院内的王德臣总师的家，紧张的气氛同样弥漫了小小的客厅。夫人王鸣秋是中国地质矿产信息研究院的高级工程师。王德臣虽是中国著名的火箭专家，却没有属于自己的小车，所以这个晚上，他的夫人王鸣秋是从中国地质矿产信息研究院挤了一个多小时的公共汽车，才风尘仆仆、心急火燎地赶回家里的。由于途中塞车二十多分钟，王鸣秋到家已经六点半了，她只好赶紧做面条，然后和两个儿子一起草草吃了几口，连碗筷都没顾得上洗，便急忙围坐在了电视机前。王鸣秋五十七岁，两鬓已白发缕缕，虽说与丈夫专业不同，可作为火箭总师的妻子，她早把自己全身心地融进了丈夫的事业里。她和刘纪原的夫人一样，也有着自己所钟爱的地质专业。两个儿子上幼儿园时，她在野外忙着跑勘探，王德臣在基地忙着搞火箭，“没爹没娘”的孩子便只有委托同事代接、代管；最小的女儿荣荣长到了十九岁，还从未和父母一起出去游玩过一次。尤其是孩子们在功课上遇到难题想问一问父母时，却常常找不到两个高级知识分子的身影……

在王鸣秋的记忆中，王德臣似乎很少有过歇息的时候。远的且不说，从“长二捆”火箭开始研制到今天，整整四年时间里王德臣几乎就没在家好好吃过一顿团圆饭。去年一年，王德臣在西昌基地待了九个月；今年一年，马上也九个月了。此时此刻，王鸣秋最大的心愿，就是今晚的发射能顺利成功，然后看到丈夫满脸高兴地归来，全家围坐在一起，痛痛快快地吃上一顿团圆饭。可随着电视里那一声接着一声的口令，她的呼吸越来越急，心跳越来越快。

…………

晚 7 点 20 分，随着西昌发射场发射指挥员一声令下，人们焦急盼望的发射时刻终于来临!

“长二捆”火箭准时点火后，在轰隆隆的呼啸声中腾空而起，直奔茫茫夜空……片刻，西昌、贵阳、西安等跟踪测量站以及太平洋上的“远望号”测量船，纷纷传来信息：火箭飞行正常！火箭飞行正常!

7 点 50 分，西安卫星测控中心传来报告：各种测量数据表明，“澳星”进入预定轨道。

7 点 51 分，中方将“澳星”入轨的轨道根数交给美方。休斯公司负责人海伦代表美方，长城工业公司负责人代表中方，分别在发射文件上郑重签下了自己的名字。

紧接着，中方指挥长胡世祥以他那惯有的潇洒风度，当众大声宣布：

> 第二颗“澳星”发射成功！卫星各项初始轨道根数符合要求！

指挥大厅顿时掌声雷动。中外专家们个个热泪纵横，欣喜若狂，相互握手，相互拥抱。欢呼声久久回荡在沉闷已久的发射场上空……

第二天，海内外各大报纸以及电视、广播等新闻媒体，纷纷隆重报道了“澳星”发射成功的消息：

> 中国的“长二捆”火箭，又成功地发射了一颗美国的卫星！

然而，所有的人——无论是中国人、美国人还是澳大利亚人，以及当晚收看了电视实况直播的人，都高兴得太早了！

四

“澳星”发射后的第二天，即12月22日，国外一家通讯社发表了一篇报道，报道了澳大利亚奥普图斯通信公司发言人戴维·福斯特就“澳星”一事对外发表的声明。福斯特先生在对外声明中这样说道：

> 本来，奥普图斯公司原预计加拿大的阿伦公园卫星监控台将在今天凌晨3时，首先同中国这次发射的卫星联系，但结果卫星出现了故障，至今没有联系上。现在，我们所知道的是，什么信号都收不到，也查不到卫星在什么地方，更无法追踪。我们不知道是火箭还是卫星出错，或是二者都出错。也许卫星已经爆炸了。没人知道卫星究竟发生了什么事情……

第三天，即12月23日，《香港时报》也发表了一篇报道，报道称：

> 中方星期一为澳洲发射的一颗通信卫星已告失踪。卫星澳洲主人已自认倒霉，认定这颗一亿三千八百万美元的卫星已损失。中方则否认自己有责任。
>
> …………

已经发射上天的“澳星”，究竟出了什么问题？

那个晚上的真相，到底是怎么回事情？

12月21日晚7点20分，中国“长二捆”火箭按预定发射时间，顺利点火升空。之后，助推火箭分离正常，一、二级火箭分离正常，整流罩分离正常，卫星分离正常。从“长二捆”火箭最初起飞，到卫星的最后分离，历时666.872秒，其间相关数据表明，火箭飞行的全过程，均属正常。这是当时现场的所有目击者亲眼看见的事实，也是被当时中美双方的科学数据证实了的事实。

但另一个事实是：火箭起飞后不久——后来被证实为四十七秒，观看发射实况的人们看到夜空中爆出了一团小小的火球。火球从空中掉下去的过程有一两秒。这团火球下落时，跟踪火箭的XY记录仪有过抖动，且相关数据表明，火箭好像突然受到了什么干扰，飞行速度明显加快，飞行高度也明显偏大。但接下来的事实是，火箭飞行依然正常，各系统的工作、各级关机以及各分离系统的工作，也都显示正常。至于为什么会出现这团火球？这团火球对火箭、卫星的飞行究竟有没有影响？当时在场的人来不及多想，时间上也不允许多想。因为无论是中方还是美方的跟踪测量站所反馈回来的信息都证明：中方整流罩分离指令按预定程序，的确在196.144秒时准时发出，火箭和卫星最后均正常入轨。否则，中方怎么会签字？澳方怎么会签字？美方又怎么会签字呢？当然，还有一个不能回避的事实是：那天晚上火箭的飞行时序，比理论值提前了一点点。至于为什么会提前？当时并不清楚，也来不及搞清楚。

总之，不管怎么说，那天晚上西安卫星测控中心将各种轨道参数传到西昌卫星发射中心指挥控制大厅后，美方代表海伦先生是在对数据确认之后在发射文件上郑重签下自己大名的。这表明中方火箭完成了将美方“澳星”送入轨道的历史使命。但实事求是地说，当时美方的地面卫星控制站确实尚未与天上的卫星取得沟通，所以庆祝晚宴刚一结束，美方所有卫星专家便全都守候在指挥大厅旁边的一间小屋里，焦急地等待着发自洛杉矶总部和澳大利亚地面卫星控制站的消息。可两个小时过去了，美方和澳方的地面控制站都没有与天上的卫星取得联系，直到凌晨4点，美方才不得不向中方告急：现在接收不到卫星上的信号。卫星至今下落不明，请立即协助查找原因！

中方得知这一消息后，大吃一惊，难以相信这是事实又不得不正视这一事实。本来，按中美双方发射合同约定，中方只要把“澳星”送入预定轨道，就算完成任务。卫星与火箭分离后，中方的测控设备就无权跟踪卫星，只能由设在美国、加拿大、关岛和澳大利亚的四个地面卫星测控站对卫星实施跟踪测控。并且卫星的测控、遥控频率，美方对中方绝对保密，即使中方想测控一下美方的卫星，也不可能。至于卫星进入轨道以后的事情，比如能否收到信号，工作状态如何等问题，统统与中方无关。

但这毕竟是中美双方之间的合作。“澳星”好不容易送入轨道，却又出了问题，这对任何一方都不是一件好事情。

中、美、澳三方代表很快进行紧急会商。与此同时，从中国的西昌发射场、西安卫星测控中心，到美国的洛杉矶、澳大利亚的堪培拉，所有有关部门和专家也全都连夜发动起来，火速分析各种数据，查找问题原因。最后的基本结论是：“长二捆”火箭在全过程中飞行正常。“澳星”确实已被火箭送入了预定轨道！

那么送入预定轨道的“澳星”，为什么会没有反应呢？

“澳星”的应答系统，为什么又无法沟通呢？

这一切的一切，到底是怎么回事情？

中、美、澳三方的专家们在反复地分析和焦急地等待中，熬过了一个不眠之夜。

第二天，在西昌发射场附近的山上，有人发现了被烧焦的卫星碎片和整流罩的残骸。经过对这些碎片和残骸的分析，中美双方这才明白：火箭起飞四十七秒后空中出现的那团火球，原来是卫星爆炸所致。由于卫星发生爆炸，卫星和整流罩的大量残片必然坠落，火箭的重量也就必然减轻，飞行速度自然就会突然加快。而飞行速度突然加快，必然造成火箭提前关机，所以便出现了飞行时序比理论值提前的情况。

但庆幸的是，中国的“长二捆”火箭在受到如此严重干扰的情况下，并没关机，而是自行调整好自己的飞行姿态后，再继续按预定轨道飞行（当然，火箭因重量的突然减轻和外形的突然改变，也引起了一定的速度偏差）。这说明“长二捆”火箭在设计上技高一筹，在抗干扰能力上也非同一般。只是，被“长二捆”火箭送入预定轨道的，并非一颗完整的“澳星”，而是“澳星”爆炸后的残余部分，所以美方的地面系统无法与之沟通。

显然，这是一起不该发生的事故，但它却突然发生了，而且是实实在在地发生了。如果我们翻开人类的航天发射史，便会发现，像“长二捆”火箭这样在发射过程中突然遇上卫星爆炸，却仍然能将爆炸后的卫星送入预定轨道的个案，绝无先例。因此这一事故无论对中国还是美国或者澳大利亚来说，都是一道非常棘手的难解的题。它不仅造成了上亿美元的经济损失，而且对中、美、澳三方的合作更是一次沉重的打击——当然也是一次严峻的考验。尤其是中国的火箭专家们，当得知好不容易发射上天的“澳星”又莫名其妙地爆炸后，其痛苦的程度是常人根本无法想象的。在最初的那一刻，他们简直不敢相信这是真的；但面对科学的数据和山上的卫星碎片，他们不信也得信。他们怎么也没想到，在中国火箭打入国际商业市场、与世界接轨的艰难过程中，除了政治上的对抗、工作上的矛盾、观念上的冲突、经济上的风险、语言上的障碍、技术上的保密、发射场的安全等，居然还会遇到如此一场国际纠纷。而且谁是谁非，谁能说清？怎么说清？

五

为搞清事实的真相，两周后即 1993 年 1 月 8 日，美国休斯公司特组成一个十余人的高级专家代表团，匆匆飞往北京，与中国长城工业公司的专家代表团一起，举行了事故原因技术分析会。会上，双方专家对事故进行了认真的分析研究。

1 月 10 日，中美双方又组成一个代表团，专程飞往西昌发射基地，对坠落在发射场附近的卫星和卫星整流罩的残骸进行了认真仔细的查看、分析，并联合进行了事故原因的调查，包括火箭飞行时的各种遥测数据、飞行录像、图片等。但在这次中美联合调查分析中，没有发现运载火箭特别是整流罩的设计、工艺、生产及质量控制等方面的问题，对“澳星”爆炸的原因也没作出明确的解释。此后二十天里，中美双方继续就诸多具体问题进行了反复的分析与交涉，依然没有作出最后定论。

奇怪的是，1993 年 1 月 18 日，美国《航空航天技术》周刊却刊登了一篇文章，文章的标题是：《中国火箭整流罩破裂导致长征火箭失败》。该文说：

> 引起整流罩破裂的原因是整流罩没有密合得很好，或者由中国人对它采取了一个“小的修改”。这并没有与休斯公司一起评审，可能是导致事故的一个原因。

这一说法与事实显然不符。事实是：中方应休斯公司的请求，将已装有卫星的整流罩从发射场运回技术中心，而后打开整流罩，让休斯公司人员更换了卫星上的部件。整流罩与卫星放置在同一厂房内，整流罩的状态和操作，均经中美双方共同评审之后，才纳入联合操作程序，并由双方签字认可。整流罩的所有联合操作，均是在中美双方人员共同监督下完成的。再说了，中国卫星整流罩的质量是可靠的。整流罩设计时考虑了各种情况，安全系数较高。每一个整流罩由十六块蜂窝壁板组成，每块蜂窝壁板均有五件随炉试片作性能测试，每块蜂窝壁板都作了全面的超声波检查，合格后才投入使用的。从西昌山头上找到的整流罩残骸上也可以看到，整流罩破损厉害，是因外在力量所致，整流罩本身并没有引起故障的迹象。

为说明事情真相，1993 年 2 月 1 日，中国火箭技术研究院的一位专家对“澳星”爆炸一事，首次作了公开说明：一、“澳星”上天后失踪，并非中国“长二捆”火箭所致。二、在“澳星”发生意外爆炸的情况下，“长二捆”火箭自动调整好姿态后，仍按原定计划程序正常飞行，并将“澳星”爆炸后的残余部件送入了预定轨道。

1993 年 1 月 4 日，美国正式向我外交部提出修改中美技术安全协议的建议。

1993 年 1 月 8 日至 11 日，长城公司与美国休斯公司在北京就“澳星 B2”发射故障问题举行了第一轮会谈。

1993 年 2 月 3 日，航天部副部长王礼恒在京会见了休斯公司代表团，双方就“澳星 B2”等有关事宜举行了正式会谈。

1993 年 2 月 6 日，美国休斯公司董事长迈克尔·阿姆斯特朗来华，国务院副总理朱镕基在中南海紫光阁接见了他，并就“澳星 B2”的有关问题进行了商谈。当朱镕基问及中美间有关卫星发射的事宜时，阿姆斯特朗向朱镕基表示：“休斯公司与中国长城工业公司在对外发射服务中，特别是对在‘澳星 B2’失踪故障进行调查分析过程中，中方专家给予了大力的支持与理解。我对此感到满意，并表示谢意!”

1993 年 2 月 28 日，长城公司与美国休斯公司在北京就“澳星 B2”发射故障问题举行了第二轮会谈。

1993 年 3 月 1 日，刘纪原在京会见了美国休斯公司副总裁、卫星专家罗森，就“澳星 B2”发射的有关问题再次进行了商谈。

1993 年 3 月 20 日，航空航天工业部科技委副主任、著名火箭专家梁思礼就“澳星 B2”失踪真相问题向记者发表谈话，以澄清美国《航空航天技术》周刊及《空间技术》杂志把责任推给中国火箭的不实之词。梁思礼列举了几个有力的证据，证明“澳星”失踪责任不在中方，而后说道："为了维护我们的合作伙伴——美方的声誉，我方并没有急于向外披露真相。但既有歪曲事实的报道出现，我们也不能继续沉默，置之不理，而需澄清事实，以维护中国'长征二号'系列火箭的绝对声誉。"

1993年4月16日，长城公司邀请了六位高级火箭专家及三十多位有关专家和人士，再次对1992年12月21日晚"长二捆"运载火箭飞行结果及卫星爆炸故障的原因进行分析和评审。会上，王德臣总师首先作了故障分析报告，而后再由故障分析组逐一回答专家们提出的各种问题。最后，专家们经反复研讨，达成如下共识：

> 1992年12月21日在西昌卫星发射中心发射的"澳星"B2的"长征二号"捆绑式运载火箭工作正常，性能良好，环境参数符合合同接口文件规定的要求；火箭整流罩设计正确，质量可靠；火箭及整流罩都不是引起这次故障的原因。

此后，中美双方又经过了长达七个月之久的联合调查以及分析论证，最后在双方共同的努力与合作下，美国休斯通信卫星公司和中国长城工业公司终于于1993年8月14日对外公开发表了一份联合声明。声明主要内容如下：

> 根据对火箭遥测数据的分析，对整流罩残骸的检验和专门试验，中国长城工业公司和中国运载火箭技术研究院确定，中国火箭或整流罩在设计、制造和装配上没有导致此次故障的缺陷。休斯公司接受这一结论。同时，美国休斯公司确定，没有找到卫星在设计和制造上有导致此次故障的缺陷。长城公司和中国运载火箭技术研究院接受这一结论。

这个联合声明的意思再清楚不过了：不管中方还是美方，在各自的火箭、卫星的设计和制造上，都没有任何问题，也都不是导致事故的原因，而且彼此都承认这一结论。

于是，“澳星 B2”爆炸的原因究竟是什么，便成了一个谜。

这个谜，今天无法揭晓，只有留给历史。

不过，此次事故确实也给了中国航天人足够的启示与教训，这就是：市场经济体制下的国际商业发射，绝不等同于计划经济体制下的国内一般发射。中国火箭在走向世界，与国际商业市场接轨的过程中，什么情况都可能发生，什么问题都可能出现，除了要承担经济风险、技术风险，甚至政治风险外，还必须承担国际空间中的法律责任！倘若其中任何一个环节出了麻烦，都有吃国际官司的可能。因此，熟悉国际商业游戏规则，具备国际空间法律意识，当成为中国航天人急需具备的素质。

当然，从“长二捆”火箭发射“澳星”这一事例来看，中国的“长征号”火箭与法国的“阿里安”火箭相比，进入商业发射的步子要迈得更大一些。“阿里安”火箭的前四次发射都是向用户提供免费发射和优惠发射，到第五次发射才进入真正的商业发射。而中国“长二捆”火箭只进行了一次试验发射，促销价也仅仅给了第一个用户，即澳大利亚通信卫星公司；另一方面，由于在“澳星”的发射服务合同中规定了里程碑付款，所以中方在发射前便已经收到了大部分的服务费。这样做，实际上是在用收到的发射服务费来补充火箭研制经费，对发展中国的新型火箭是一个有力的支持。这一点，从商业运作的角度来看，应该说是成功的。

第十六章
爆　炸

苏联一位火箭专家说过：“搞火箭的人，不是过早死亡，也会得神经分裂症。”中国航天界也有一种说法：“航天事业是一项折寿的事业，搞航天发射的人注定是短命的！”1995 年和 1996 年，中国火箭连续爆炸，外商纷纷退出，合同一一撕毁！“长征号”信誉急剧下降。好不容易挤进国际市场的中国火箭，会不会又被挤出来呢？

一

1992 年，是中国改革开放重要的一年。

这一年，中国将由计划经济体制转向市场经济体制。这是中国改革道路上的一件大事，也是一件难事，它标志着中国改革开放由此进入一个新的历史发展时期。

这一年，对中国航天界来说也是非同寻常的一年。大型“长二捆”火箭在西昌卫星基地三次发射美国“澳星”，一次成功，两次失败，而且两次失败都惊心动魄，震动海外！不仅令无数航天人提心吊胆，频频失眠，甚至让中央和国务院的领导也忧心忡忡，坐卧不安。

但两次失败并未阻碍中国航天人走向世界的步伐，也未动摇中国火箭挤进国际商业发射市场的决心。为加大中国航天改革的步伐，尽快适应国际商业市场化的需要，1993 年 6 月 6 日，中国航天工业总公司暨中国国家航天局正式宣告成立！原航天部副部长刘纪原出任总经理，白拜尔、夏国洪、王礼恒等人出任副总经理。

航天工业总公司的成立，标志着中国航天科技工业进入了一个新的历史发展时期；同时也意味着中国航天事业从此挣脱传统的计划经济，开始以新的面貌新的步伐跨入市场经济。

然而，总公司的成立，并不等于中国航天科技工业从此就实现了由计划经济体制向社会主义市场经济体制的转变。这种转变还有一个过程，或者说还有一个相当漫长的过程，它将伴随着整个国家市场经济体制的完善而逐步完善。这就迫切需要总公司建立一种新型的内部组织结构和综合管理模式，以适新的市场经济的需要，适应发展民品、参与国际市场竞争、不断提高经济效益的需要。

因此航天工业总公司成立后，提出了“发展航天，加强民品，提高效益，走向世界”的总方针，提出了到 2005 年要基本实现“五化”的发展目标，即武器装备现代化，空间技术产业化，总公司集团化，公司经营国际化，职工生活小康化。同年 10 月，在以色列召开的国际宇航联大会上，刘纪原总经理还提出了中国航天对外合作的四项原则：

> 一、和平利用空间资源，发展卫星及应用技术，为发展经济、促进人类社会进步服务；
>
> 二、在平等互惠、取长补短、共同发展的基础上，开展国际空间技术合作；
>
> 三、坚持自由、平等、合理竞争的原则，开展卫星发射服务和卫星及空间技术产品贸易活动；
>
> 四、发达国家应当帮助发展中国家发展空间技术和利用空间技术发展经济。

在具体行动上，航天工业总公司积极开展与美国、法国、德国、俄罗斯、乌克兰、巴西、日本等各国的国际合作，并加强了与亚洲周边国家的联系，想方设法为中国航天走向世界铺设道路。与此同时，继第二颗“澳星”发射之后，还与国内外几家公司签订了一系列的发射合同，并在短短几年时间里连续进行了六次发射。这六次发射是：

1993 年 10 月 8 日，“长征二号丙”运载火箭在酒泉卫星发射场成功地发射了中国第十四颗返回式遥感卫星。

1994 年 2 月 8 日，“长征三号甲”运载火箭在西昌发射场成功地发射了一颗“实践四号”卫星。

1994 年 7 月 3 日，“长征二号丁”运载火箭在酒泉卫星发射场成功地发射了中国第 16 颗返回式遥感卫星。

1994 年 7 月 21 日，“长征三号”运载火箭在西昌发射场成功地发射了美国休斯公司的“亚太一号”通信卫星。这次发射是中国与美国休斯公司继“亚洲一号”卫星之后的第四次合作。此前，虽然“长征三号”火箭已进行过七次飞行试验，但因“亚太一号”卫星是当今世界上利用率最高的卫星，它可为亚洲以及太平洋地区的用户提供良好的通信服务，所以中方为适应该卫星对轨道寿命的要求，进一步提高火箭的可靠性，又对“长征三号”火箭的飞行轨道、动力系统等作了相应的改进。

1994 年 8 月 28 日，“长二捆”运载火箭在西昌发射场成功地发射了美国制造的第三颗“澳星”。

1994 年 11 月 30 日，“长征三号甲”火箭在西昌发射场成功地发射了中国的“东方红三号”通信卫星。

然而，当中国航天人迈着多少有些沉醉的步子跨进 1995 年的门槛时，命运之神如同十年前惩罚美国人和法国人一样，也开始惩罚中国人了。

二

1995 年的太空，很不平静。

苏联尽管经过了强烈的政治大地震，但凭着多年的功底，很快便显示出了昔日的霸气。俄罗斯的男航天员波亚科夫在 1995 年打破了三百六十五天的载人航天记录，在太空“玩”了整整四百三十九天；女航天员康达科娃则把女子航天世界纪录从原来的九十四天一下提高到一百七十天；而继 1994 年美国建成导航星“全球定位系统”之后，俄罗斯又于 1995 年 9 月建成了由二十四颗卫星组成的“全球导航卫星系统”，为航海、航空、勘探、测绘等许多领域送去了难得的福音。

美国在 1995 年的得意之作是在与俄罗斯的合作中，两次上演了航天飞机与空间站对接的“太空之吻”，为两年后开始建造重达四百多吨的空间大厦“阿尔法”国际空间站打下了坚实的基础；女航天员科林斯驾驶“发现号”航天飞机与俄罗斯“和平号”空间站在太空公开“幽会”，成为世界第一个航天飞机女驾驶员；美国轨道科学公司率先把两颗在低轨道运行的卫星送上太空，拉开了人类建造和使用低轨卫星群进行全球个人卫星通信新世纪的序幕；美国第一颗新一代移动电话卫星顺利入主“天宫”，成为全世界第一颗专门用于陆地移动通信的商业卫星；价值十亿美元的第二颗军事通信卫星顺利升空，使美军通信能力再次得到提升；1989 年和 1990 年分别发射的“伽利略”和“尤里西斯”两种探测器，前者经过六年飞行后已向木星抵近，并对太阳系内最大的行星进行了为期两年的探测，后者则第一次拍摄到了太阳系磁场的结构图片，为下一步探索银河系提供了第一手宝贵的资料。

欧洲空间局除了与美国合作研制了“尤里西斯”探测器外，和美国共同研制的、耗资数亿美元的“太阳和日光层观测台”也踏上漫漫征途，开始对神秘的日核直至太阳周围灼热的大气层进行探测。此前，由欧洲独自研制的红外空间观测器已先期到达九霄云外。这一耗资八点五亿美元的“天皇巨星”，是详尽了解和探索宇宙奥秘的最新利器，它将进行有史以来对宇宙放射源最大规模的探究——主要用于在红外波段上对太阳系直至遥远的银河外星系进行观测。而欧洲的航天大国——法国则成功地把欧空局第一颗侦察卫星“太阳神一号”送入轨道，使法国成为继美俄之后第三个拥有侦察卫星的国家。尤其值得一提的是，在 1995 年 10 月 18 日至 20 日举行的欧空局部长级会议上，还通过了欧洲支持参加以美国为首的“阿尔法”国际空间站计划的重要决定，为欧洲载人航天开辟了新的前景。

此外，1995 年在太空“大展拳脚”的国家还有：以色列发射了自行研制的第一颗小型侦察卫星，在中国乃至整个阿拉伯世界产生巨大反响；加拿大苦心营造多年的第一颗地球资源卫星“雷达卫星”由美国“德尔塔-5”火箭发射升空，用于监视冰山的移动状况和导航等，其商业前景不可限量；印度的国家卫星-2C被欧洲阿里亚娜-4火箭射入太空，对印度乃至周边国家的通信能力将有较大改善；而日本的H-2大型运载火箭也进行了成功的发射……

然而，1995年对中国来说，却是一个不太吉利的年份。刚刚跨进1995年的第一个月，倒霉的事情便突然降临。本来，一月份在世界航天发射史上是个好月份，如：1958年1月31日，美国第一颗人造卫星“探险者一号”在卡纳维拉尔角发射场发射升空；1966年1月31日，苏联向月球成功地发射了“月球九号”探测器；1969年1月15日，苏联“联盟四号”飞船与“联盟五号”飞船在空间首次对接成功；1971年1月31日，美国成功地发射了“阿波罗十四号”飞船，进行了四次登月飞行；1978年1月20日，苏联成功地发射了无人货运飞船“进步一号”，并于1月22日与“礼炮六号”航天站对接成功；1983年1月25日，荷兰、美国和英国联合研制的世界上第一颗红外天文卫星发射成功；1985年1月24日，美国成功地发射了“发现号”航天飞机……不料到了1995年的1月，轮到中国发射卫星时，事情却偏偏变得糟糕起来。

1995年1月26日这天，“长二捆”运载火箭在西昌发射场发射美国的“亚太二号”卫星。非常不幸的是，“长二捆”火箭点火升空不久，突然横空爆炸，导致星箭俱毁！

此次爆炸震动了中国航天界，也波及国际同行，还惊动了中央领导人。1995年3月13日，中央领导接见美国政府代表坎特先生一行之后，还提出要听取“亚太二号”卫星发射爆炸事故的调查分析情况汇报。刘纪原总经理当即赶到中南海，作了简要汇报。

此后，经过十一个月的努力，“长二捆”运载火箭终于在西昌发射场成功地发射了美国的“亚太二号”卫星！一个月后，“长二捆”运载火箭又在西昌发射场成功地发射了美国的“艾克斯达”通信卫星。

“长二捆”火箭连续两次发射成功，算是对中央、对全国人民有了一个交代，同时对航天人自己也有了一个交代。此次发射成功，赢得了国内媒体的支持，改变了一些外国人士对中国“长征号”火箭的某种偏见；对中国航天人也是一个安慰，大家很是高兴了一阵子。

但是，面对这有限的两次成功，有人头脑发热，竟把它当作了吹牛皮的资本。比如有人说，国际商业发射看来也就是那么回事儿，没什么大不了的！不要一见了“洋卫星”就像当年见了“洋鬼子”一样，给吓趴下了。只要我们稍稍重视一下，美国的卫星说上去就上去了。说这话的人口气很轻松，好像发射卫星就像放鸽子，只要一撒手，便展翅蓝天了。

其实，中国能挤进国际市场，不外乎有三个原因：第一，赶上了一个机遇。当时国外的合同五年都签满了，加上美国一系列失败，运载工具一下子发射不过来，中国在这个时候恰恰赶上了一个机会。第二，中国发射价格便宜，比国际市场低百分之三四十。第三，中国“长征号”火箭发射成功率较高，本身具有较强的优势。

基于上述三点，当国际商业发射市场出现了一个空隙后，中国“长征号”火箭抓住了这个机会，或者用老百姓的话说，钻了一个空子，便挤进去了。否则中国的火箭要挤进国际市场，不知还得多少年。

因此，我们应当承认，中国火箭能挤进国际市场，除本身实力之外，也存在一定的偶然性；或者说多少带点运气的成分，大可不必当作吹牛的资本。

另一方面，熟悉国际发射市场的人都知道，发射国际商业卫星是一件相当复杂相当艰难的事情，无论是发射前还是发射中或者是发射后，什么故障都可能出现，什么问题都可能发生，即便是像美国、法国这样的老牌航天大国，每次发射也总是心惊肉跳，如履薄冰，谁也不敢拍着胸脯说，我发射肯定成功。所以中国的这两次成功，并不代表下次一定成功。

这不，仅仅一个月后，一次更大的厄运，便降临在了中国西昌卫星发射场！

三

厄运降临的准确日子，是1996年2月15日。

这个日子，后来简称“2·15”。有人将这个日子定为中国航天的“耻辱日”!

本来，1996年为世界各个航天大国提供了更为广阔的施展空间。如欧洲要首次发射大型运载火箭“阿里安-5”，以再次确立“阿里安”火箭在欧洲的“霸主”地位；美国、俄罗斯则拟向火星发动新的攻势，分别要向火星发射“火星全球勘测者”探测器、火星轨道器、“炸弹”式穿入器以及一台带有微型巡视车的着陆器，试图掀起探测火星的新热潮；而中国，也同样获得了一个展示航天高技术水准的大好机会，这就是首次投入使用的“长征三号乙”捆绑火箭，将在西昌发射场发射代号为“708”的国际通信卫星。

“708”国际通信卫星是由美国研制生产的大容量通信卫星，在国际上享有很高的声誉；而中国的“长征三号乙”捆绑火箭，具有在真空条件下自行二次启动的世界级顶尖技术。这枚全长五十四点八米、起飞质量四百二十六吨的火箭，是目前中国高轨道运载能力最大的运载火箭。所以无论是中央、国防科工委、航天部，还是西昌卫星发射基地，从上到下，对这次发射都寄予了很高的希望。

然而，事情往往就是这样，期望值越高，结果可能反而越糟。

2月15日晚8点整，中方指挥员下达“点火”命令后，“长征三号乙”捆绑火箭随之腾空而起！不料人们刚一鼓掌欢呼，起飞后仅仅二十二秒的火箭突然姿态失控，从发射架上空一个跟斗便栽落下来，紧接着便是一声惊天动地、震耳欲聋的巨响——火箭爆炸了！

…………

当时，在发射场四周山坡上观看发射的人群有数千人，而“长征三号乙”捆绑火箭爆炸的落点距发射塔架仅有一千八百五十米！火箭发射前，在场的人谁也没想到会爆炸，所以大家在心理上没一点准备。火箭起飞那一刻，大家非常激动，非常高兴，忘乎所以地鼓掌，谁也没想到火箭会突然爆炸——即使想到了，也不会想到火箭会从头顶突然栽落下来，就在自己的身边爆炸！所以，在火箭爆炸的一瞬间，在场的人都被惊得目瞪口呆！甚至连逃命都还来不及想，轰隆隆的爆炸声便震响山谷；随后巨大的冲击波如同蘑菇云般升腾起来，令人两眼昏花，无法睁眼。在那一瞬间，几乎所有的人都以为自己完蛋了，过了一会才知道仍还活着；等眼睛可以睁开时，眼前已是浓烟滚滚，一片火海……

火箭爆炸后，巨大的冲击波掀翻了发射场附近一个招待所的一栋楼房，炸平了附近一个村子，甚至还削去了半个山头！由于发射场区的高压线遭到摧毁，导致电源被切断；加之电话不通，信息中断，致使发射场区当即陷入一片黑暗，同时也陷入一片混乱！来自四面八方的参观发射的人们在极度恐慌中胡乱奔跑着、躲藏着、挣扎着，谁都不知道该向那个方向跑，谁也不知道下一步该怎么办。唯一的选择，就是跑；唯一的出路，好像也是跑。于是，在惊恐的甚至绝望的喊叫声和暗无天日的山野中，大家开始漫无目的地跑！跑，在那个晚上成了每个人求生的手段，也成了每个人求生的目的。不少人后来都说："太恐怖了，实在太恐怖了！像地震，又像原子弹爆炸！"由于这种强烈恐惧感在社会上迅速得以广泛蔓延，以致后来一个时期里，当西昌基地再发射火箭时，原来人山人海、异常火爆的发射场，一下子就变得人烟稀少、冷冷清清了。

有幸的是，"长征三号乙"捆绑火箭从空中栽落下来时，并未碰到发射架，而是神奇地跃过了发射架，然后载落在地，其腾越动作就像一位优秀的运动员作了一次漂亮的撑竿跳！事后有专家分析说，倘若那天晚上火箭栽落时碰在了发射架上，那西昌这座现代化的发射场瞬间便会化作一个大火坑，中国航天人用几十年的心血构筑的"通天塔"瞬间便会夷为平地！并且火箭跃过发射架往下栽落时，也未落在观看发射的人群中，恰好落在了人群旁；而居住在发射场附近的老百姓由于那天晚上事先被部队有组织地集中在了一个露天坝里看电影，只有个别老弱病残者留在家里，所以也避免了一场重大的人亡事故。否则的话，后果不堪设想！

西昌卫星发射场有一位值勤的战士，是那天晚上重要的目击者。火箭发射时，他正站在离发射场数百米远的一个马路边上，亲耳听见发射指挥员下达了“点火”的口令，接着亲眼看见火箭从发射架上缓缓升起，而后又亲眼看见火箭从空中突然拐弯朝着他的头顶俯冲下来……他在发射场站岗值勤多年，曾亲眼见到过无数次火箭腾飞的情景，却从未看到过火箭从空中倒栽下来的镜头，所以那一瞬间他被吓傻了，慌乱中一种求生的本能鬼使神差般地支使他就地一滚，滚到了一条臭水沟里，但手中的对讲机始终被他牢牢地抓在手里……巨大的爆炸声过去之后，他一身尘土，满脸是血，仿佛刚刚死过一次又马上活了回来似的。当他意识到自己是一名正在值勤的战士时，马上爬起，立即向上级有关部门报告了情况，然后再将躲藏在四周的战士重新组织起来，顶着浓烟，迎着毒气，清除路障，指挥车辆……

火箭爆炸后，就座于指挥大厅的沈荣骏、刘纪原、胡世祥等领导立即驱车赶往发射场。指挥大厅距发射场约三公里路程，可这三公里路程对刘纪原他们来说，却比三百公里还要漫长。据刘纪原后来回忆说，由于他们当时对现场情况一无所知，最担心甚至说最恐惧的问题是：火箭爆炸后，到底造成了多少人的伤亡?！但三位领导毕竟在发射场摸爬滚打了几十年，特别是沈荣骏和胡世祥，是两位经久沙场的老军人，面对突如其来的灾难，沉着镇静，临危不惧！

他们到达发射场后，简单查看了一下情况，便立即组织指挥，火速展开工作。

第一项工作是，各单位分头点名查人。航天部试验队一清查，发现少了两个人：一个高级工程师，一个工人师傅。刘纪原一听非常着急，立即下令马上找人！于是有关人员开始到处找，漫山遍野地找！后来终于找到了。不幸的是，两位血肉模糊的航天人已在火箭的爆炸声中永远闭上了眼睛！

第二项工作是，快速组织救护车，将受伤人员火速送往医院。

第三项工作是，组织专家和技术人员，紧急处理有关发射数据。由于正常的电路因火箭的爆炸而切断，位于发射架下的地下指挥所一片漆黑。在胡世祥的亲自指挥督促下，发射团快速采取应急措施，启动备用油机，实施发电，伸手不见五指的山洞很快便有了光明。被困在山洞地下指挥所的专家和技术员们立即投入战斗。由于此刻的山洞里还弥漫着毒气，专家和技术人员只好一边拿湿毛巾捂着嘴，一边紧急抢救发射数据。

第四项工作是，组织战士灭火抢险，保护现场安全。由于场区人员杂乱，四周又是一片漆黑，为防止屋里的东西丢失，厂方的设备受损，沈荣骏亲自组织部队严加把守，不准外人进出，以确保营区生命与财产的安全。

…………

总之，这个夜晚西昌发射场的人们，无论是将军还是士兵，不管是大专家还是小战士，都是在一种前所未有的紧张、忙碌、恐惧而又凄凉中熬过的。尽管他们都是出类拔萃的航天勇士，但面对一个完全出乎预料、大大超出想象的突发事件，而且又是在一个电源中断、信息不通、与外界隔绝、一片混乱的漆黑的夜晚，所以无论再大的专家，不管多大的领导，纵有天大的本事，都有一种无力回天、悲切无奈的感觉。

翌日上午，航天部试验队的所有专家、技术干部和工作人员，全都围坐在招待所外面的一个草坪上；副部长刘纪原、七十多岁的著名航天老专家任新民以及“长征三号乙”火箭总设计师龙乐豪等，也和大家一起坐在草坪上。其实，准确地说不是坐在草坪上，而是被困在了草坪上。因为住房被炸，无“家”可归，只能坐在草坪上。大家坐在那里，都不说话，都不吭声。下一步怎么办，谁也不清楚。就像一支打了败仗正在抓紧机会喘息的队伍，气氛沉闷，情绪低沉，一副狼狈不堪的样子。而且火箭爆炸后，食堂被毁了，连吃饭喝水的地方都没有了。基地领导多次请他们去部队吃饭，他们哪有心情吃饭，婉言谢绝了。此时，尽管大家已经一天一夜没吃东西了，可当炊事员把简单的饭菜送来时，谁也不肯动一下筷子。后来，刘纪原只好拿起筷子，自己先扒拉了两口，然后哀求大家一定要吃饭，大伙这才象征性地动了动筷子。

说来有点奇怪，西昌的太阳本来就很厉害，这天的太阳似乎比平常哪天都厉害，阳光里似乎带着某种毒辣的意味。几百人的队伍坐在太阳下，就像烤着一个大火盆，烤得额头流汗，脸上流汗，后背流汗，浑身上下，每一个汗毛孔都在流汗。那又毒又辣的太阳，好像就是要故意烤烤这些打了败仗的航天人似的。后来刘纪原说：“烤得全身上下都快流油了！”

等这支队伍回到北京，已是中国人一年中最喜庆、最热闹的春节了。可这个最喜庆、最热闹的节日对刚刚从发射场打了败仗回来的航天人来说，已完全失去了意义。航天部大院和中国火箭研究院一片清冷。其实也不是清冷，而是沉寂，或者说是在清冷与沉寂掩盖下的一种酸楚与失落、无奈与悲凉！过年这天，凡是从发射场归来的人——无论是大专家还是大领导，不管是工程师还是技术员，甚或那些普普通通的勤杂人员以及远离发射场的亲属，包括几岁的孩子们，几乎都躲在各自的家里，不上街，不串门，也不相互打电话，从早到晚，就那么闷坐在家。每个家庭，几乎看不到一点过节的气氛，也找不到一点点过节的感觉。仿佛一个偌大的北京城，谁也不知道他们的存在。就像一个原来一直走得顺当的人，从来没有经历过挫折，也不知道什么叫失败，现在忽然栽了一个大跟斗，便很是痛苦，也不习惯。而这种不习惯，反过来又加剧着痛苦本身，于是便有了一种透不过气来的难受和有苦难言的委屈……

的确，从 1991 年起，这些历经坎坷的航天人就开始打美国的卫星。其间尽管也有磕磕碰碰，曲曲弯弯，但总体上看，毕竟是成功多于失败，欢乐多于悲伤。可现在，火箭爆炸了，卫星完蛋了，十几位同事受伤了，甚至还有两位师傅和一位高级工程师连命都搭进去了！这，怎么面对世界？如何向国人交代？

而西昌发射基地的官兵们，这个春节同样是在清冷、寂静、孤独与悲伤中度过的。每次发射前，山沟都是人山人海，热热闹闹；每次发射后，山沟一下又会变得冷冷清清。这次火箭爆炸后，原本热闹喜庆的场面，更是在一瞬间便如同泡沫般蒸发了。本来，这次火箭爆炸、卫星被毁，从专业的角度来看，纯属火箭本身的问题，与西昌发射基地并无什么关系。但长期以来，社会上只知道是西昌卫星基地的人在发射火箭卫星，所以每次只要发射失败，基地的官兵们便成了罪魁祸首，众矢之的！

这是一个误会。

在火箭发射中，无论是成功抑或失败，都不能只归咎于西昌发射基地。成功了，是研制、生产、发射和测控等部门共同的功劳；失败了，也可能是火箭本身出了毛病，也可能是发射中操作发生失误，还可能是测控中某个指令乱了方寸……总之原因很多，得具体而论。倘若一有失败，就把账全都算到西昌卫星发射基地官兵们的头上，是不公平的，也是不符合事实的。由于人们对此并不清楚，所以“2·15”火箭爆炸后，大部分的屎盆子都扣在了他们的头上，大部分的板子都打在了他们的屁股上，大部分的怨气也都发泄在了他们的身上。如果用“哑巴吃黄连——有苦说不出”这句话来形容他们的真实心态，恐怕是再恰当不过了。

但现实就是如此。西昌基地的发射官兵们作为中国航天人中的一部分，与其他部门的航天人一样，不仅要在赞美声中干事业，也要在谩骂声中过日子。成功了，掌声、笑声、表扬声、赞美声声声贯耳；失败了，埋怨声、批评声、指责声、骂娘声处处皆是。有什么办法？成则王败则寇，全人类都是一个德行；既是公众事业，就得接受公众的监督、公众的批评，甚至公众的谩骂！

说来有点离奇，就在大年初一的后半夜，老天突然下起了大雪。也许是为了抚慰一下西昌发射基地官兵们心灵的伤痛，漫天的雪花在山沟里静静地飘呀飘，一连飘了整整三天三夜……后来许多老人都说，这是西昌地区罕见的大雪。于是基地数千名发射官兵们也和返回北京的航天人一样，整个春节几乎都没出门。他们就待在家里，除了包包水饺，看看模糊不清的电视，便闷闷地想些刚刚发生在发射场上的事情。想累了，至多走到窗前，望着那满天飘飞的雪花，发一会呆，出一会神……这时，他们的心底便会涌起一种说不出的哀伤与悲凉；在默默的感觉中，那天空中每一片飘落的雪花，仿佛都含着一滴泪水……

四

苏联一位火箭专家曾经说过："搞火箭的人不是过早死亡，也会得神经分裂症。"在中国航天界，也流传着这样一种说法："航天事业，是一项折寿的事业，搞航天发射的人，注定是短命的！"

如果用上述言论来形容"2·15"爆炸后的中国火箭专家们的心情，恐怕是再适合不过了。火箭爆炸时，一位在现场的专家事后曾这样说道：

> "2·15"失败之夜我就在发射现场。当我亲眼看到刚刚升起的火箭突然间就横空爆炸时，我脑子顿时"嗡"的一声，也像爆炸了一般。在那一瞬间，我脑海中出现了两组画面，一个是日本人偷袭珍珠港的画面，另一个是广岛原子弹爆炸的画面！真的，当时给我的感觉，简直就像一场战争突然降临在了头上一样，使我第一次切身体会到了什么叫商业发射的风险，什么叫面对失败甚至面对死亡的恐怖。

总设计师龙乐豪，当亲眼看见自己呕心沥血设计制造出来的火箭爆炸时，脑袋都快裂了！作为"长征三号乙"火箭的总设计师，火箭发生爆炸，无论问题出在哪儿，不管具体什么原因，他都有不可推卸的责任！这一点，龙乐豪心里比谁都明白。发射失败后，尽管上级对他没有处分，甚至也没一句批评，但他心里，却比挨了处分受了批评还要难受百倍、千倍！

龙乐豪五十六岁，上海人，高高的个子，瘦瘦的身材，1958 年大学毕业后便到了航天部，一干就是几十年。他平常腰板笔直，精神焕发，红光满面，完全得益于他长期坚持注重锻炼身体。多年来，龙乐豪上班从不骑车，都是走路。他说："搞火箭的人，没有一副好身板不行。不仅要靠脑子，还得靠身子。身子不行了，什么也就不行了。"但这次火箭爆炸后，他却一改往日走路上班的习惯，将自己关在家里，面壁思过。后来，在总公司召开的航天型号质量工作会上，他动情地说了这样一段话："我坚决拥护总公司的决定，心甘情愿地接受黄牌警告。不管是我本人，还是我们搞'长征三号乙'火箭这支队伍，都要在哪里跌倒，就在哪里站起来，然后再继续前进。这是事业的需要，是大局的需要!"

那天，与龙乐豪总师坐在一起的，还有几十位"长征号"系列火箭的设计师和总指挥们。他们中有些人已经老眼昏花，白发苍苍；有些人已经年迈体衰，力不从心。要说失败，他们中谁没经历过失败！可"2·15"的失败，对他们却是一种从未有过的震撼，继而产生了强烈的压力感和焦虑感。

"长二捆"火箭总师王德臣对此就深有感触，他说："'长征三号乙'火箭这次失败影响很大，其后果我们没有想到。现在有些国家乘机百般刁难我们，甚至要骑到我们脖子上拉屎！还有人污蔑我们'长征'火箭的成功率只有百分之六十。别人指责，我们不怕，怕的是我们自己工作做不好。我们设想一下，如果火箭上坐着宇航员等待起飞，宇航员的亲属问我们：'你们这些总师有把握吗?'我们该如何作答?"

压力最大的，其实还是航天工业总公司总经理刘纪原。

继"澳星"发射失败之后，这是刘纪原遭到的第二次重创。对此，他后来这样说道：

> 自我参加工作以来，对我影响最深、压力最大的有两件事，一件是"文化大革命"，一件就是这次"2·15"大爆炸！我曾经历过无数次的失败，哪一次失败都没有这次厉害，都没有这次惨重，也没这次特殊。想想吧，整个发射过程，都是全程直播，全国几亿观众，都在看着你，看着发射现场的一举一动。而且，这次发射的是一颗国际通信卫星，发射当天，国际卫星组织的大小头头脑脑们正在美国观看现场实况直播，没想到他们看见的竟然是火箭大爆炸！另外，过去失败了也就失败了，既没有人员伤亡，也没有人瞪着眼睛盯着你。可这次不同，不仅星箭俱毁，还死了几个人，全世界都瞪着眼睛盯着你，你就

是想哭，都哭不出来啊！

有点科学常识的人都知道，在所有科学领域中，失败都是允许的；而唯独死人，是最可怕的。不仅中国人怕，西方人更怕！因为如果仅仅是发射失败了，可以再发射一次；但人死了，不能死而复生。死人是事故中的事故，悲剧中的悲剧！所以“2·15”火箭爆炸后，对美国人最大的震惊其实不是失败本身，而是发射场死了人！而对中国的刘纪原来说，死人不仅仅是震惊，而是要命！

刘纪原非常清楚，在中国过去的发射中，尽管有过无数次失败，却从未发生过发射致人死亡的事故。在60年代初的一次导弹发射中，虽说也曾发生过导弹从发射场上空掉下来的事故，可那枚掉下来的导弹也就把发射场附近的一个厕所炸了一个坑而已。何况那是一次国内的试验发射，是在人烟稀少的戈壁滩上。而这次，一下死了好几个，伤了十几个！不仅把基地内部的房子掀翻了，还把人家老百姓的村子也给炸平了！尽管那天晚上火箭刚爆炸后他并不知道死了人，但当他在指挥大厅的大屏幕上看见发射场突然浓烟滚滚、一片模糊时，凭经验和直觉，他当即便知道发射出事了，而且事情还出得很大，所以脑子顿时一片空白……后来从当时现场拍摄下来的录像资料来看，在火箭爆炸的那一瞬间，刘纪原端坐于指挥大厅前排的中央，两眼盯着前方的大屏幕，一动不动，仿佛所有器官的细胞都停止了运动，好像连呼吸都停止了。

刘纪原处理完发射现场紧急情况后，是带着极其沉痛的心情回到北京的。按惯例，一出首都机场，他便开始下意识地寻找儿子的身影。可这次情况有点意外，他在机场的出口没有见到儿子，确切地说没有见到像往常一样捧着鲜花、一脸憨笑向他迎来的儿子。他四处望了望，还是没有看见儿子；他又静静地站了一会儿，依然不见儿子的身影，他这才转身径直上了车，而后痛苦地闭上了眼睛……

汽车大约开出了好几公里，坐在前排的秘书这才转过身来，看了看刘纪原，最后，还是忍不住说道：“部长，开年这孩子，又失踪了。已经，已经三天没回家了。”

刘纪原听后居然纹丝不动，一声不吭，仿佛什么都没听见，什么也没发生。

车来到一个红灯路口，秘书小声问了一句："部长，先去哪？"

他停顿了一下，而后快速吐出三个字："办公室！"

回到办公室，刘纪原就开始忙。向上汇报情况，向下布置工作，开会研究，分析原因，查找故障，对外还得处理商业发射事务中的各种棘手问题……

一眨眼，两天过去了，他竟忘了儿子。

一天，女儿瑛瑛忍不住打来电话。他听到女儿的声音有些异样，拿电话的手一下就开始微微抖起来……

女儿告诉他，弟弟找到了，是天津市公安局的同志昨天帮着送回来的。

他一听，更紧张了：怎么是公安局？

女儿说，弟弟走丢后，家里发动了所有的人找，找得好苦，却怎么也找不着。无奈之下，她只好报告了北京公安局，请他们协助寻找。弟弟最后是在天津找到的。据天津公安局的同志讲，弟弟失踪后，身上没有钱，最后竟跟一帮社会闲杂人员搅和在了一起。这帮闲杂人员中，有待业的，有逃学的，有要饭的，有打工的，还有地痞、流氓和小偷。公安局的同志在弟弟身上什么也没发现，就发现他的内兜里藏着四角钱。当公安局的同志问弟弟藏着这四角钱干什么用时，弟弟说，他要回家，却找不着路，这四角钱是他留给自己的：两角钱用来给家里打电话，另外两角钱送给警察叔叔买包烟，好带他回家……

刘纪原听到这儿，潸然泪下，心里发酸，差一点竟哭出声来。

女儿还告诉他，公安局的同志对她说，你弟弟其实没啥病，感觉就是缺少家庭教育……

他的手抖得更厉害了。

最后，女儿小声问了一句，爸，春节到了，您能不能抽时间回来看看弟弟？另外，妈妈的身体……最近也很不好。

他这才想起"春节"这个久违的字眼。多年来，春节在他脑子里已经是一个非常抽象的概念了。由于“发射窗口”的关系，每次发射，几乎都赶在春节的前夕；这次也是，而且还出了大事故。

爸，您到底能不能回来呀？女儿又问了一句。

能对女儿说什么呢？儿子失而复得，重归于家，作为父亲，他何尝不想回去看看儿子；何况还是春节。但他能回去吗？发射惨败后，现在全中国都在看着，全世界都在盯着，凡与中国有商业发射联系的新老用户也都在望着，而那些急于等着中国的火箭把自己购买的卫星发射上天的外国公司更是在焦急地盼着——盼着中国尽快拿出故障调查报告，好给世界一个说法。特别是亚太卫星公司，更是着急。所以事故调查小组正在紧锣密鼓地调查分析之中，每天的会议他都必须组织，必须参加；一旦涉及事故的关键问题，他还必须刨根问底，一查再查……

最后，他一句话也没说，只是嘴里含糊不清地支吾了两下，便挂了电话。

五

“2·15”星箭大爆炸，是中国航天发射历史上最大的一次失败，也是中国“长征号”火箭变轨之后，与国际商业发射市场接轨过程中发生的最大的一次悲剧！

悲剧发生后，航天工业总公司犹如遭受了一场地震，上上下下，大小官员，在心灵上都受到了强烈的震动。不仅如此，依据事故调查情况，只要是责任问题，对每个人都进行了处理。该罢官的罢官，该撤职的撤职，该处罚的处罚，大大小小，处理了一百多个人！

作为航天工业总公司的总经理，刘纪原当然也会受到很大的冲击。“2·15”发射刚一失败，有人就说了，应该追查刘纪原的责任！他怎么这么大胆，火箭没有试发一次，为什么就打外国卫星？

据说这事还反映到了李鹏那里。李鹏问刘纪原：“长三乙”火箭没有经过试验，为什么就打外星？刘纪原回答说：缺钱。

刘纪原当然知道，失败的原因是多方面的，但主要原因其实就两个字：缺钱！在过去计划经济时期，都是先给钱，后搞发射试验，而且是需要搞多少次试验发射，就可以搞多少次试验发射，就能得到试验经费。但现在进入市场经济下的商业发射后，一切得搞成本核算，只有先有了钱，才可能搞试验。钱多，试验次数就多；钱少，试验次数就少；没钱，想搞试验也没门。当然，有的试验不作，未必就失败；有的试验即便作了N遍，也未必一定成功。

"长征三号乙"火箭由于是商业发射，经费紧张，时间紧迫，加之是一枚已经基本定型的火箭，所以在正式发射前便省掉了试验性的发射。结果，失败了。失败了就失败了。失败了，就什么也说不清了。再苦的苦果，也就只有自己咽了；再大的压力，也就只有自己扛了。在中国航天界，以成败论英雄，已然成为一种习惯，一种行规，一种标准——甚至是唯一的标准。历来如此，无话可说。

此外，"2·15"爆炸后，外界风传，中央要撤刘纪原的职。

但据说，上级有关部门征求候选人的意见时，候选人不愿意去。原因是航天工业总公司老总这把交椅不好坐，风险很大。

曾几何时，社会上流传着一种说法，说共产党的官最好当。这话有道理。但航天部门的官不好当，若是想在航天部门当官，当官又想在航天部门混日子，没门。原因很简单，航天部门的工作都是真枪实弹地干，是骡子是马必须牵出来遛遛，玩不得半点虚的。每次发射火箭的艰难和风险不说，光是失败后的心理承受力，当官的没点真正的内功，绝对不行！一旦失败，就像在战场上打了败仗的将军，全国乃至全世界都盯着你，那官是好当的吗？那日子是好过的吗？难怪采访中，刘纪原说："'2·15'爆炸后，我的头发一夜间就白了一片！"当时，香港地区和俄罗斯的报纸都作了报道，说刘纪原要被撤职了，以刘纪原为首的党组要进行调整了！弄得航天工业总公司上上下下满城风雨。刘纪原本人也看到了这篇报道，也听到了各种议论。作为航天工业总公司的老板，面对大众，面对国内国际舆论，能没压力吗？心里能好受吗？

不过，痛定思痛之后，刘纪原想通了，反而平静了，也坦然了。他在总公司的一次党组会上，主动开诚布公地讲了这件事情。他说："如果真有要撤我职这件事，我的态度是，要动就快点动，不要因为此事影响了工作。我个人的事是小，但中国对外发射是举国大事，耽搁不得!”当时参加这个会的，还有中央组织部的同志。会后，中央组织部的同志把会议情况报告了中央。

第二天，中央组织部的同志对航天部党组说：“我们请示了中央，中央说没有这回事。”

几天后，胡锦涛亲自给刘纪原打来电话，说，我给总书记讲过此事了，总书记说，在失败这个问题上中央并没有批评你们，但问题一定要查清!

接着，李鹏还在春节期间看望了航天部的专家和科技人员。过去每年春节，李鹏几乎都去。这次火箭爆炸了，大家认为李鹏肯定不会来了，刘纪原本人也这么认为。可这次李鹏还是来了，而且一见刘纪原便说，我可没批你们失败的事。但你们必须继续努力，一定要做好以后的工作!

然而，安慰归安慰，鼓励归鼓励，“2・15”大爆炸给中国航天造成的方方面面的损失实在是太大了！它打击的不光是中国航天人的自尊，伤害的也不仅是广大航天科技工作者和全国人民的感情，最主要的是损坏了中国火箭在国际商业市场上刚刚树立起来的那么一点信誉!

火箭爆炸后，一方面，中国在通往世界商业发射市场的道路上严重受挫，对外商业发射服务四面楚歌，危机四伏，跌入前所未有的低谷；另一方面，不仅中国好不容易竞争到手的国际发射服务市场严重丢失，而且在很大程度上动摇了国际用户和国际保险界对中国“长征号”系列火箭的信任，对今后开拓国际商业市场造成了很大的障碍。

仅从合同情况来看，原已签订的合同纷纷退出。如：原已签订的三个合同——国际通信卫星 804、805 和“回声二号”卫星，发射失败后，国际卫星组织当即从长城公司的订单上撤走；“回声三号”合同在生效之前也被取消；美国的“全球星”和德国的“那豪尔星”停止了付款；极有可能中标的法国 WORLD SPACE 公司的一颗卫星，本已支付中国五万美元作详细耦合分析，可就在 2 月 15 日开标这天，即发射失败这天，也突然宣布取消了……

仅上述几个合同遭受的经济损失，便高达四亿五千七百万美元！

此外，一些正在洽谈和准备洽谈的合同，也纷纷暂停——或拐弯抹角，或避而不谈，或避重就轻，或干脆拒绝！由此形成的局面是：不仅新的发射服务合同无法签订，原来一些很有希望的新开发项目也招致夭折；老客户的信心在动摇，新客户在观望；打算交往的公司掉转方向逃之夭夭，原有合作关系的公司也乘机挥手拜拜。

譬如，美国休斯公司和中国的合作本来已有六年的历史，但“2·15”发射惨败后，当即停止了与中国卫星发射服务问题的洽谈，转而与日本签订了用 H2A 火箭发射十颗价值九亿美元的卫星的合同。假若中国火箭这次没有爆炸，这九亿美元的发射合同很可能就会装进中国人的腰包。至于美国休斯公司下一步能否与中国再度合作，就要看中国“长征号”火箭下一步的表现了。

而更令中国航天人伤感的是，国内有的用户也对“长征号”火箭失去信心。最典型的例子是，“2·15”大爆炸后，某部门鉴于工作的急切需要，立即给国务院写了紧急报告，要求购买国外大容量通信卫星，并由国外的运载火箭进行发射，欲将国产火箭拒之门外。这当然让原本风光的中国航天人感到十分尴尬。不过怨谁呢？自己产品质量不过硬，发射成功率不高，要怨，只能怨自己不争气。作为用户，他们同样有权选择国外高品质的火箭为自己服务。这既在情理之中，又符合商业游戏规则。否则，谈何竞争！

最严重的问题是保险。

应该说，中国人在学习国际商业游戏规则的过程中，保险问题是西方人给中国航天人上的第一课。这不仅对中国航天人是一个全新的概念，对整个中国保险业，也是一个崭新的课题。中国的保险公司，过去从来没有为航天发射作过任何担保，在具体的运作过程中到底应该如何担保，还处于一个摸索阶段；而从事航天发射的中国航天人不仅对国际航天保险界相当陌生，对国内的保险业同样很不熟悉。所以，“2·15”大爆炸后，一旦发射保险问题出现麻烦，便手忙脚乱，不知所措。

仅从 1990 年到 1996 年来看，中国共进行十一次商业发射服务，成功了七次，失败了四次，发射成功率只有百分之六十四。而美国的“德尔塔”火箭和欧洲空间局的“阿里安－4”火箭的发射成功率，则分别为百分之九十七点二和百分之九十五点二，远远高于中国。1995年1月26日，中国“长二捆”火箭发射失败后，卫星及发射一揽子保险费率曾一度上升到百分之二十七，而当时国际上通行的保险费率却只有百分之十八至百分之二十，“阿里安－4”火箭还更低。对于一颗一亿美元的卫星而言，保险费率每增加一个百分点，用户就要多支付一百万美元。所以，中国原有的价格优势，便因保险费率的提高而被减弱，竞争力也就随之减小。

据权威资料显示，自1990年以来，国际保险界为国际商业发射服务保险的总收入为三十一点八七亿美元，赔付数额为十七点五亿美元，净收益为十四点三七亿美元。但中国加入国际商业发射行列后，国际保险界为中国“长征号”火箭国际商业发射服务保险的总收入是三点一四亿美元，赔付数额为六点二一亿美元。就是说，国际保险公司在为中国的发射担保过程中，不但没有赚钱，反而还净赔付了三点零七亿美元！如此亏本的买卖，谁还愿意再继续做呢？难怪美国《华尔街新闻》报这样说道：

> 中国火箭失败后，承保人已非常紧张，开始加高保费，有些甚至拒绝为每颗价值一亿至一点五亿美元的卫星承保。有些可以自己安排发射的卫星运作公司由于长征火箭延期以及得不到保险的困难，不得不取消他们原来的合同。……起初，中国火箭发射费用低，吸引了其他的卫星制造商和用户，但他们之中有些已转向有经验的发射服务。由于保险率已经涨到发射费用的百分之二十七，使长征火箭的价格优势渐渐消失。

很显然，国际保险公司一旦不给中国的发射保险了，按照国际惯例，用户就不可能再找中国的火箭发射卫星了。这意味着，国际商业卫星发射的大门从此将对中国关闭；好不容易从国内试验轨道变到国际商业轨道上的中国火箭，又得重新回到国内老的轨道上去。因此，国际保险公司能否为其担保，关涉到中国火箭下一步还能不能发射外星、中国对外发射服务今后还有没有生意可做、中国火箭还能否继续在国际商业轨道运行的大问题。倘若中国火箭还想在国际商业发射市场立足，并打算将已经变轨的火箭继续变下去，就只有大幅度提高保险费率。否则，对方就不给担保。因为中国连续几次失败，对方已经被吓坏了，害怕了！

然而保险费率一旦大幅度提高，中国的经济能力又承担不起，这就让中国在国际商业发射中陷入一种进退两难的尴尬境地。所以“2·15”发射失败后，国际保险经纪人马上向中方明确表示，下一步准备用中国火箭发射的有关外国卫星的保险，暂不受理；至于即将发射的“东方红三号”卫星和“马部海”卫星能否得到保单，还要视具体情况而定。换句话说，此前有些得意甚至多少有点忘形的中国航天人，这次只有低下头来，看别人的眼色行事了。

最让人难受的是舆论。

“2·15”爆炸后，按中方上级有关部门的指示，发射场的消息对外不予透露，所以国内的媒体没有出现有关“2·15”爆炸的报道。时至今日，国人对“2·15”爆炸的详细内情、具体原因，依然一概不知。但1986年的中国毕竟已是一个信息化时代的中国，就在发射失败、火箭爆炸的当晚，消息便不胫而走——从发射场传到五十公里之外的西昌，很快又从西昌传到千里之外的北京，而后再从北京辐射到相关省市乃至全国。不少人在第二天、第三天或者再稍晚些时候，便知道了西昌发射场火箭发生惊天动地的大爆炸的消息。尤其是在航天界内部，几乎无人不晓。尤其是死人的消息，一传十、十传百，当经过无数次加工的各种版本的“传说”最终成为一种事实时，国人如梦方醒，无不感到震惊不已！甚至一部分人还产生了恐慌乃至恐惧！于是有人谈虎色变，诚惶诚恐；有人添油加醋，说三道四。各种议论声、埋怨声、指责声、骂娘声铺天盖地，比比皆是。

特别是西昌地区，一时间惊恐万状，谣言四起。甚至台湾和香港地区的各种传说，也纷至沓来。《香港经济日报》这样评论说：

对于这次发射失败，中国自然要在火箭技术上作出检讨，以免重犯错误，也不应遗忘检讨商业策略上是否有可改进的地方……从商业策略上考虑，中国与外国公司争取卫星发射生意，除价格因素外，另外要比拼的是悠久的良好的发射记录。时间是无法追回的，中国没有西方公司的悠久的发射记录，因此应缔造一个良好的、意外极少的安全记录。

而国际上的反应，比国内还要强烈。“2·15”大爆炸后，世界各国报纸很快纷纷作了报道。速度最快的是美国，反应最强的也是美国。美国《空间新闻》报道说：

从1992年以来，中国“长征号”火箭的失败已使美国休斯公司受到三次伤害。美国发射工业界的一位分析专家说，中国连续不断所发生的问题将会增加其取得发射保险上的困难，并且还会把更多的潜在用户吓走！

美国工业界的一位官员得知火箭爆炸的信息后，十分恼火，说：“中国表现出没有成功发射火箭的能力，保险界不会投资中国的空间项目。”

西方的一家卫星保险经纪公司的总裁说：“保险工业界的官员们从其自身的利益考虑，对中国的‘长征号’火箭正明显变得失去耐心。长城公司应暂时离开国际商业发射市场，把力量集中在发射中国政府的卫星上。这样长城公司能减轻些时间上的压力，以使得公司能做一些工作，在西方世界重新树立对‘长征号’火箭的信心。我认为他们应该休息一下了！”

国际通信卫星组织的一些官员也表示：“希望中国在卫星发射方面不断提高技术的先进性和稳定性，极力避免事故的频频出现。在激烈的国际竞争中，永远是以高质量和成熟性而非低收费进行竞争的。国际卫星组织被迫不与中国合作，是因为必须考虑其用户的强烈愿望和要求以及发射失败不可避免地会带来的各种损失。”

尤其是火箭爆炸后，发射场人员的伤亡问题，更是吵得沸沸扬扬，不可开交。火箭爆炸后，发射场造成六人死亡，五十七人受伤，这是事实。但在国外的报道中，有的说火箭爆炸后，发射场死了十几人，伤了六七十人；有的说死了二十几人，伤了一百多人；有的说死了几百人，伤了不计其数；甚至还有个别不怀好意的公司和商家，乘机落井下石，逮着“死人”二字大做文章，恨不得一脚把中国踢出国际商业发射市场的大门！

在如此强烈的国际国内舆论的压力下，中国航天界自然被笼罩在一片痛苦的阴影之中。从中央到航天总公司，从国防科工委到发射基地，各级领导和每个专家以及广大航天科技工作者们，都感到了从未有过的压力，几乎所有的人都在担心着同一个问题：好不容易刚刚挤进国际商业发射市场的中国“长征号”火箭，这下会不会又被挤出来呢？

而更让人焦急的是，由于“2·15”的失败，致使“长征三号”火箭将在1996年3月发射美国“亚太一号A”卫星的计划因保险问题遇到了很大的麻烦，搞不好，还有流产的可能。因此，面对国际国内各种各样的议论、批评、攻击，甚至谩骂与诽谤，如何确保下一步发射美国“亚太一号A”卫星的计划不致流产，成为摆在中国航天人面前的又一个大难题！

第十七章
阵　痛

“2·15”惨败后，国际保险公司再也不肯担保，美国也从中作梗。李鹏说，既然美国这个态度，就让我们自己的保险公司担保！1996年8月，“长征三号”火箭再遭惨败！外电评论说：“中国人就别再硬撑了，趁早退出国际市场算了！”“中国人下次发射带有输家最后一次赌博的性质。”那么中国此次“赌博”，是加倍输钱，还是彻底翻盘？

一

“亚太一号A”卫星，是由美国休斯公司制造的一颗地球同步轨道通信卫星，重量为一千三百九十一公斤，内有二十四个C波段转发器。该卫星被香港亚太卫星公司从美国人手上购买后，选用中国“长征三号”火箭为其发射。按合同规定，中方应在1996年3月在西昌卫星发射场将其发射升空。但是，由于“长征三号乙”火箭在2月15日发生星箭大爆炸，致使参加“亚太一号A”卫星发射的火箭试验队伍不仅无法正常工作，甚至连起码的饮水、吃饭、居住等生存条件都难以维持。最后只好遵照上级的指示，被迫暂时撤离西昌发射场。

半个月后，即3月2日，发射“亚太一号A”卫星的试验队伍才再次进驻西昌卫星发射场。但由于“2·15”大爆炸，协作大楼受损，生活设施被毁，这支队伍进驻发射场后，连起码的生活条件都不具备。

比如，北京火箭研究院后勤部的十九名工作人员提前到达西昌卫星发射场后，吃饭、喝水都很困难。但上级要求他们，必须在四天之内，即3月2日大部队到达发射场前，将食宿条件准备好。于是没有炉灶，他们就用皇冠小车拉砖运瓦，自己动手修建，然后再从成都买来厨房用具；没有现成的床位，他们便在西昌发射中心的支持下，想方设法，自己动手铺床叠被。最后，好不容易才保证了一百四十多人的基本生活条件。

再比如，上海航天局试验队负责后勤的同志2月29日赶到西昌发射场后，上级要求他们同样必须在三天时间里解决好八院一百二十多人的吃、住问题。尽管后勤的同志们非常努力，但终因受上次失败的影响，依然困难重重。除了部分人水土不服，拉肚子，发高烧，导致身体不适之外，最典型的一个例子，就是厕所问题。一院试验队驻地附近没有厕所，但又找不到合适的地方新建厕所。无奈之下，最后只能在一个猪圈的旁边建了一个简易厕所。这样的简易厕所不仅环境脏，臭味浓，而且让上厕所的人很不方便，也很不习惯。因为这些来自上海大城市的人几十年来都习惯了坐在马桶上，现在却要蹲在粪坑旁，要多尴尬有多尴尬，要多别扭有多别扭！尤其是一些年轻的女孩子，上厕所时不仅尴尬死了，别扭死了，而且还要忍受汹涌而至的蚊虫的叮咬，还要时刻高度提防，身边会不会突然窜出一头猪，或者一只野狗。因此，每上完一次厕所，出来时都是一副失魂落魄的模样。

即便在这样一种条件下，这支队伍每天依然争分夺秒，坚持工作。然而，谁也没想到的是，这支队伍在发射场仅仅工作了二十天，上级一声令下，要他们马上撤离西昌卫星发射场！撤离现场时，他们中不少人一边清理有关物件，一边忍不住流下了眼泪……

最难受、最着急的，是香港亚太卫星公司。因为此前卫星用户已和他们公司签了转发器的租赁合同，如果这颗卫星不能在规定的时间内提供使用，亚太卫星公司不但要赔偿用户的巨额损失，还会丢失这部分市场。中国方面的心情，也很难受。因为这是一个好不容易才争取到手的发射合同，如果就这么轻易丢掉了，岂不可惜！再说了，“长征三号乙”火箭刚刚发生爆炸，若是不能想法保住这次来之不易的发射机会，中国“长征号”火箭的信誉很可能一落千丈，难有出头之日。

那么，发射“亚太一号 A”卫星的队伍，为什么又突然再次撤离发射场呢？

二

最根本的原因，是保险问题。

中国火箭自与世界商业发射轨道接轨后，保险问题是多次遇到的麻烦，也是所有麻烦中最麻烦的麻烦。即将发射的“亚太一号 A”卫星的保险，便是最典型的一例。

据“亚太一号 A”卫星的项目经理、中国长城公司的张浩青先生说，尽管国际保险公司早就在“亚太一号 A”卫星的保险单上签了字，但这张保险单上却有这样一条明文规定：“中国的‘长征号’火箭在发射之前，不能有‘实质性变化’”。所谓“实质性变化”，即指“长征号”火箭不能失败，可靠性不能有变化。所以“2・15”失败后，国际保险公司当即便向中方提出：“长征三号乙”火箭的失败，引起了火箭可靠性的“实质性变化”，在故障原因尚未调查清楚之前，“亚太一号 A”卫星的保险单不能生效！接着，国际保险公司又给亚太卫星公司贷款的银行打了招呼：在没有保险的情况下，我们不会同意用中国的“长征三号”火箭发射“亚太一号 A”卫星！“亚太一号 A”卫星要想获得保险，中国必须提供被国际调查小组认可的事故调查报告。也就是说，“2・15”失败后，仅有中方专家组成的故障调查小组的结论不行，必须由国际调查小组作结论，合同才能生效。

于是，为了取得国际保险界对中国“长征号”火箭的信任和支持，不致让中国火箭走向国际市场的步伐就此中止，中国很快组织了一个由美国、法国、德国和俄罗斯空间技术专家组成的国际联合评议委员会，对“长征三号乙”火箭失败的故障进行调查和严格的独立评议。评议委员会的主席，由国际著名专家、美国劳拉公司副总裁林华宁博士担任。该评议委员会通过调查，作出的结论是：“长征三号乙”火箭爆炸的原因，是火箭平台的外环出了故障。中方将这一事故调查报告和评议结论当即寄给了美方，而后等待美方的回音。

与此同时，刘纪原、沈荣骏等中方领导指示有关部门组织一个宣讲团，到美国等地就“2·15”发射失败中的种种问题进行宣讲。所谓宣讲，就是向各家保险公司做些解释，做点说服动员，相互融洽融洽，沟通沟通。换言之，做点公关工作。但由于中国宣讲团面临的是一个特殊时期的保险局面，公关工作做起来非常艰难：说服了这家保险公司，还得动员另一家保险公司；这家公司认为给出的保险费率可以接受，另一家保险公司又认为不太合理；这家保险公司好不容易刚刚同意，那家保险公司转身又不干了。

中国宣讲团之所以要说服多家保险公司，原因是发射卫星的保险费很昂贵。按国际惯例，一次卫星发射，出面为其担保的保险公司不是一家，而是几家乃至十几家，即采用联保的方式。联保的目的，是为了分散风险，把各保险公司的风险系数减少到最小；倘若发射卫星只由一家保险公司担保，发射一旦失败，这家保险公司非破产不可。

可中国宣讲团费了很多口舌，绝大多数保险公司还是不肯表态。后来他们向中方提出了两个问题：第一，“长征三号”火箭还会不会出现“2·15”那样的故障？第二，“2·15”发射失败导致卫星厂房爆炸，爆炸后的燃料会不会有污染，污染严重不严重？他们要求中方必须对这两个问题作出明确答复并得以解决后，才能考虑是否出面保险的问题；若是上述两个问题解决不了，或者解决得不能令他们满意，那保险问题免谈，“长征三号”火箭发射“亚太一号A”卫星的合同也只能变成一张废纸！

为了尽快解决保险问题，中国长城公司和亚太卫星公司几经协商，决定由亚太卫星公司的保险经纪人出面，邀请国际保险界主要大公司的老板到北京出席保险宣讲会。会上，由中方向他们公布“2·15”发射失败的故障调查分析结果，以尽快取得他们的谅解和支持。

1996年4月10日，中国长城公司首先在北京向国际通信卫星组织、美国劳拉公司以及国际保险公司老板介绍了“长征三号乙”火箭故障深入调查的情况。接着，4月15日至16日，保险宣讲会在北京京伦饭店如期举行。应中国长城公司和亚太卫星公司的邀请，“亚太一号A”卫星的发射承包商——德国慕尼黑保险公司等世界最大的十一家保险公司和再保险公司的老板们如约到场，由国际空间技术专家组成的“长征三号乙”火箭发射失败独立评议委员会部分代表也应邀出席了会议。

会议开幕那天，国际保险界的各位大老板们坐在前排，每人手持一个麦克风，随时准备提问。“长征三号乙”火箭的总设计师、副总设计师以及相关的技术人员则坐在主席台上，随时准备回答国外保险商们提出的各种问题。而会议的主要宣讲者，便是在国际保险界大名鼎鼎的黄作义。黄作义既是中方的主讲者，又是中外双方的翻译，为了开好这次会议，他连续几天几夜没有合眼，光英文本的宣讲提纲便准备了长达二百四十多页！就在前一天，长城公司宇航部仅复印和装订会议文件，就整整忙了一个通宵。

据参加会议的张浩青说，宣讲那天，黄作义站在台上，西装革履，精神饱满，看上去依然气宇不凡，充满自信。他一讲就是半天，一边讲，一边平静地回答着十几个国际保险界代表的各种问题——有的问题轮番轰炸，有的问题相当刁钻。但一切好像都在他的预料之中。他的讲演，从头至尾，逐字逐句，全说英文；他的答辩，挥洒自如，滴水不漏，同样也是英文。于是在中国的会场上，中外专家，唇枪舌剑，你来我往，全是“英格里希”。

直到中午休息的时候，黄作义才从台上下来，坐在张浩青旁边的椅子上。亚太公司总裁何克让这时走过来，指着自己的胸口对黄作义说：“老黄，怎么样，打成蜂窝煤了吧？”

黄作义笑了笑，指指自己的胸口说：“还好，这儿穿着防弹背心呢！”

张浩青问：“够累的吧？”

黄作义说：“刚才站着讲，还不觉得；现在一坐下来，反而觉得累了。”

是的，黄作义两天一共讲了十个小时，是他在历次有关保险问题的宣讲中时间最长的一次。而且此次宣讲，时间紧迫，形势严重，困难重重，难题多多，面对的又是国际保险界一个个见多识广、老谋深算的保险巨头，能不累吗？

但这次保险宣讲，为“亚太一号 A”卫星的保险打下了基础。应邀出席会议的“亚太一号 A”卫星保险经纪人约翰逊先生在接受采访时说：“国际保险界对中国‘2·15’的失败非常关注，我们尤其关注‘长征三号乙’火箭的失败对发射‘亚太一号 A’卫星是否会造成影响。这次听取了有关情况介绍后，我们认为情况介绍的透明度是很高的，给我们留下了深刻的印象。”希金斯公司宇航空间部副总裁保罗·奥康纳先生也表示说：“保险界将全力支持亚太卫星公司和中国长城公司。我们对中国‘长征号’系列运载火箭是有信心的。”德国慕尼黑再保险公司的业务部经理克里斯坦·瑞戴尔则表示：“这次会议是开放的，回答了许多技术问题。我们祝‘长征三号’火箭发射‘亚太一号 A’卫星取得圆满成功!”

据中国长城公司的张浩青介绍，通过这次宣讲，与会的国际保险界的老板们和中国长城公司最终达成了谅解，原则上同意中方的发射试验队伍可以先进驻西昌发射场，开始着手准备发射的相关工作；至于一些暂时没有解决也无法解决的问题，如发射场区的安全控制等等，可作为会后的待办事项来处理。不过有一条，所有的“待办事项”必须在发射前全部得以解决。中国方面只有真正彻底解决了这些“待办事项”，国际保险界才会最后批准保险单。而这“待办事项”中最关键的一条，是看美国政府对“2·15”失败的调查报告的态度。

三

1996 年 5 月 15 日，一声令下，由航天总公司系统组成的、经过两进两出的二百六十多名“长征三号”火箭试验队成员，第三次从北京、上海进驻西昌卫星发射场。

由于有了前两次的基础，再加上西昌发射中心的大力支持，试验队第三次进场后，生活条件有了一定改善，大家心里总算得到一点安慰。按理说，“长征三号”火箭在“长征号”系列火箭中，可靠性是很高的，算得上是个成熟的型号了，而且已经进行过九次发射；而搞“长征三号”火箭的这支队伍又是一支老队伍，不仅经验丰富，作风也相当过硬，用这样的火箭这样的队伍来发射‘亚太一号 A’卫星，应该是胸有成竹、稳操胜券。

但是，由于这次发射既是“长征三号”火箭的第十次飞行，也是“2·15”惨败后“长征号”火箭的第一次飞行，执行的就不仅仅是一次单纯的火箭发射任务了，还担负着重振中国航天雄风的重任。所以既举世瞩目，也特别令人揪心。难怪不少人都说，一到了发射场，心上就像压着一块石头，总让人感到沉沉的，透不过气来。比如，身为试验队队长和型号总指挥的一院副院长黄春平就说：“这次发射是‘长征三号乙’火箭失败后的第一次飞行，成功了可以在一定程度上挽回‘长征三号乙’火箭失败造成的影响；万一再失败，中国航天的形势将会变得非常严峻，甚至还有第三次被打发回家的可能。所以，我们的头上简直就像顶着一座大山一样！”而试验队副队长、八院科研一部部长黄学新也说：“我们不是怕失败，而是再也失败不起了！”

是的，“长征三号乙”火箭失败的冲击波虽然在瞬间便消失了，但它给中国航天人心里留下的却是巨大的阴影，甚至说简直就是精神癌症！在“2·15”那个令人惊心动魄、刻骨铭心的夜晚，这支队伍的所有人员都在发射现场，他们亲眼看见了“长征三号乙”火箭横空爆炸的可怕情景，心灵受到的创伤可想而知；他们第二次进驻发射场后，很快又被迫撤离出来，再一次让他们看到了国际商业发射市场的风云变幻与残酷无情；他们第三次进驻发射场后，心上的压力必然比前两次更大！因为尽管国际保险公司在原则上同意火箭试验队进驻发射场，但发射保险问题实际上还是一个悬而未决的问题；倘若“长征三号”火箭在发射场的测试中总是出现这样或那样的问题，保险单最终还是不会得到国际保险界的批准，此次发射自然也就告吹。而要真正解决保险的问题，他们只有用发射前大量可靠的测试数据，来证明中国的“长征三号”火箭是可以发射‘亚太一号 A’卫星的，从而赢得国际保险界的信赖。但这还不够，他们还必须要用一次轰轰烈烈的成功的发射，才能证明中国的“长征号”火箭是可靠的，应该在国际商业发射市场占有一席之地。

因此，从国家领导人到国防科工委、航天总公司以及西昌卫星发射基地，上上下下，都非常重视这次发射。尽管这枚“长征三号”火箭前后经过了四次技术阵地测试，搞过多次质量复查，但火箭的质量到底如何，毕竟尚未经过上天的考验。所以火箭进入发射场后，刘纪原总经理再次下令，一定要对这枚火箭进行严格的复查、反复的复查，真正确保其质量，绝不带任何问题和丝毫隐患上天！

航天部八院801所，是负责一级发动机研制的，由于发动机是几年前生产的，各级领导对发动机的寿命很不放心，他们自己也很担心。于是在复查工作中，他们对每一条金属焊缝都用X光透视。为验证非金属材料的性能，他们把二十五年前的部件拿出来逐一进行对比，甚至还不远千里跑到兄弟单位去取证。北京11所对火箭的氢氧发动机先后进行了六次复查，还把调走的老同志也请回来帮助复查。一院投入一千三百万元修复了试车台，再进行试车，以验证、确保发动机的可靠性。

八院812所对产品质量的复查可谓兴师动众。在一次技术阵地测试时，他们发现火箭的一个参数变动了一下，引起警觉，立即将产品送回所里检查，结果发现一个电容的内引线脱开。该产品上共有一百六十八个这种电容，另一产品上也有一百多个同类电容，问题自然复杂而严重。一院、八院领导立即开会会诊。刘纪原指示："一定要彻底查清，彻底解决！"并派型号总指挥黄春平到上海与八院领导一起研究解决办法。他们先在所里进行X光检查，未发现问题，又送到北京703所进行X光检查。最后经过敲击试验、拉力试验，证明没有问题，这才返回发射场。

火工品被称为火箭的火神，主管着发动机点火、级间分离、星箭分离、紧急关机、安全自毁等关键职能。一枚火箭有一百多种火工品，每一件火工品都必须按规定的发射程序引爆；倘若届时有一件不爆，都将导致发射失败。所以尽管负责火工品的一院、八院以及067基地的有关专家和技术员在工作中绝对一丝不苟，但专家组在对火工品进行评审时，考虑到该产品曾受过"长征三号乙"火箭失败的影响，还是决定对一级、三级发动机的火工品再次进行引爆试验。最后，经过反复折腾，才认定其产品确实可行。

"长征三号"火箭的总设计师范士合和副总设计师龚德泉，对此次发射任务，更是操碎了心。不过两位老总对这次质量复查的结果非常满意，都说："这是历次质量复查中思想最重视、复查最深透、问题解决得最彻底的一次。"

然而，到了 5 月底，即火箭即将发射之际，却从北京传来一个非常令人沮丧的消息：由于美国政府的干涉，保险问题依然未能得到解决！

保险问题若是无力解决，一切功亏一篑。于是所有参试人员的心顿时凉了半截：难道还要第三次撤离发射场不成？

四

干任何事情，最怕的，一是黏糊——干还是不干，迟迟不明确；二是拖—— 一拖再拖，漫无休止。

现在，这"两怕"都让中国航天人给摊上了。

发射"亚太一号 A"卫星的合同从去年签订至今，已有一年半；发射试验队伍从今年 1 月进驻发射场，也近半年；而发射"亚太一号 A"卫星的"长征三号"火箭从 1994 年就开始待命，已经待了近三年。如果如此继续待命下去，怎么得了？

西昌卫星发射基地的官兵们，最怕的也是待命。作为一支在发射场发射火箭的队伍，如同一支在战场打仗的部队，战前工作都准备好了，却总是待命、待命，就是不能冲锋。这种难受的滋味，只有真正的军人才能体会得到。虽说他们长年吃住都在大山沟里，每天工作都在发射场上，但如此长久待命下去，无论是心理上的负担还是生活上的困难，都会加重。最主要的问题还是，5 月一过，便进入夏季，而进入夏季后的西昌卫星发射场阴多晴少，雨水偏多，雷电频繁，"发射窗口"狭小，就发射时机而言，非常不利。此外，几乎所有发射官兵自"2・15"失败后，就一直没有休假探亲的机会，如果"亚太一号 A"卫星这次还不能如期顺利升空，他们就只能继续待命。

应该说，最难受的还是来自北京、上海的航天部试验队。在这支二百六十多人的队伍中，几乎全是有家室的人，而且家室都在北京或上海。他们或有妻子，或有丈夫，或有儿女，或有老人。有的父母有病需要精心照顾，有的孩子高考需要鼎力帮助，有的新分的房子等着装修搬家，有的出国签证等着去盖一个又一个的印章。他们每参加一次发射任务，都要长途跋涉，一路奔波，来回倒腾好几次，一倒腾就是至少三个月甚至半年。本来他们以为第三次进驻发射场后，卫星很快就能发射，没想到保险问题依然悬而未决，还得继续待命下去，而且遥遥无期。这种精神上的折磨，实在令人难受至极。

不过，尽管如此，他们依然坚守在发射场，默默做着属于自己那份应做的事情。211厂有一位老工人叫缪世强，六十一岁，曾先后参加过十五次发射任务，老伴一直住在医院，且病情很重。但他不回去，坚持在发射场等。他说："'2·15'失败后，中国的火箭能争取到一次发射外国卫星的机会已经很不容易了，我应该加倍珍惜；再说了，这很可能是我最后一次参加发射了。等的滋味当然不好受，但为了给中国航天争口气，我们只有等，也必须等，再久的折磨也得忍受！"

当然，在这待命的日子里，发射场上也出现了不耐烦的急躁情绪和松懈懒散的现象。比如，有的战士开始捂起被子睡懒觉，有的战士用吹牛的方式打发无聊的日子，甚至有的战士还对着冷冰冰的大山发起了牢骚："怎么打商业卫星这么麻烦，这么受气？我们等了这么长时间，保险问题就是不给解决，那些外国保险公司的老板也太不讲情面、太不够意思了。干脆，去他的，不打算了！"

为了防止这种急躁、松懈的情绪蔓延，发射场区对所有参试人员展开思想工作，动员大家利用这段时间多想想还有哪些没有想到的问题，多查查还有哪些可能遗漏的疑点和隐患；并适当安排了一些文体活动，以稳定参试人员的情绪。

终于，1996年6月8日，北京传来了大家期盼已久的好消息：发射保险问题解决了！

苦苦等待了多时的人们，这才长长地松了一口气。

原来，保险问题迟迟得不到解决的根本原因并不全在国际保险公司，而主要在美国政府。据刘纪原说，中方将"2·15"火箭失败的调查结果和结论寄给美国卫星公司后，美国卫星公司很快将此调查报告呈送给了美国政府。但美国政府不予承认，指责美国卫星公司没有通过政府同意就去与中国打交道，是错误的、违法的！这一来，尽管中国组织了国际调查小组对“2·15”的失败进行了调查，并写出了调查报告和评议结论，但由于调查报告最后没有得到美国政府的认可，国际保险公司也就不敢贸然担保。

面对如此局势，刘纪原马上将情况向李鹏作了回报。李鹏当即表态说，既然美国是这个态度，那保险问题就由我们中国人自己来解决。接着，李鹏指示国务院秘书长何春林具体承办。

何春林马上找到中国人民银行副行长陈元，就保险一事进行了具体会谈。而后陈元副行长将深圳、北京、上海等国内几家保险公司的老板紧急召至北京开会。会议一开始，陈元副行长就说：“中国马上要发射一颗美国的卫星，此事关系重大而又时间紧迫。今天我请大家来开会，要解决的就一个问题：保险问题！现在，国际上有人想借保险问题卡住我们的脖子，不让我们的火箭上天，你们愿意吗？这事儿李鹏总理有指示，必须干！所以，我们今天要讨论的，不是保不保的问题，而是怎么保的问题。没困难要保，有困难也要保！既然国际保险公司不肯出面担保，那就由我们中国自己的保险公司来担保。这是航天总公司的事，也是我们中国的事，而且是大事！我相信，只要大家站在国家利益的角度来考虑，我们是可以依靠自己的力量解决的……”

中方这边的会议还没开完，大洋彼岸国际保险公司负责人便得到了中国要用自己的保险公司担保的信息，马上将电话打到了中方的会场，明确表态说：“亚太卫星的保险问题，我们可以出面担保！”

中方负责人当即回话道：“你们不是要有美国政府认可的调查报告才能担保吗？”

国际保险公司负责人说：“不用了，现在我们就可以谈……”

事实上，国际保险公司对中国“长征号”火箭的可靠性，心里还是有数的，只是他们想乘人之危，借机抬高一点保险的价码而已。所以一听说中方要发动中国的保险公司自己给自己担保，自己为自己承担风险，便马上主动找上门来，生怕失去了赚钱的机会。

但后来，中国考虑到多方面的原因，还是采取了以中国保险公司为主、以国际保险公司为辅的联保方式，最终解决了“亚太一号 A”卫星的保险问题。以至于亚太卫星公司的经理何克让十分感激李鹏和国内保险公司的鼎力相助，后来在香港的一次会上，还半开玩笑地说：“我只要一遇到困难，就想起共产党！”

保险问题一解决，发射场的工作一下便有了动力与活力、朝气与生气。6 月 13 日上午，国防科工委和航天总公司联合召开总动员大会，国防科工委领导和航天总公司总经理刘纪原面对站在发射塔架下的二千多名解放军官兵和航天总公司试验队的专家技术员，进行了紧急总动员。那场面，那气氛，那声势，如同大决战前一般。

1996 年 7 月 3 日 18 时 47 分 2 秒，随着发射指挥员一声“点火”指令的下达，“长征三号”火箭呼啸而起，直飞夜空，将“亚太一号 A”卫星准确送入预定轨道！

此次发射，是中国为亚太卫星公司成功发射的第二颗卫星，也是“长征号”系列火箭的第四十一次出征！虽然对中国航天人来说，不过是往国际商业发射市场迈了一小步；但从另一个角度来看，“2·15”发射惨败之后，中国在承受着国外政治歧视和经济风险的双重压力之下，能用“长征三号”火箭将美国的“亚太一号 A”卫星发射成功，对扭转中国航天的被动局面，提高“长征号”火箭在国际发射服务市场的竞争力，进一步开拓国际发射服务市场，起到了重要的作用。

然而，做梦也没想到的是，仅仅四十五天之后，即 1996 年 8 月 18 日，另一枚“长征三号”火箭在西昌卫星发射场发射美国的“中星七号”通信卫星时，却再次惨遭失败！

五

这是一次不该有的失败。

仅从 1995 年算起，这已是中国火箭连续三次重大失败了！前两次的伤口尚未愈合，这次又自己给自己撕裂出一道新的伤口，而且这道伤口还必须毫无遮掩地让世人围观！

这无疑是世界上最痛苦的痛苦。

本来，这次的发射准备工作也是相当充分的，那晚的发射程序也进行得很顺利。指挥员下达“点火”命令后，在众目睽睽之下，火箭从西昌发射场顺利升空，而后第一级飞行正常，第二级飞行也正常……当在场的人们亲眼看到火箭飞向太空并亲耳听到“星箭分离”的报告之后，才认定这次发射成功了，于是这才开始欢呼，开始鼓掌，开始祝贺，开始拥抱。尽管这呼声、掌声也多少带有几分理智，几分小心，几分谨慎，抑或还有几分羞涩，但还是忍不住欢呼了，鼓掌了，祝贺了，拥抱了！

然而科学无情，老天无情，已经发射上天的火箭在第三级关机的时候，偏偏提前了四十秒！结果，只把卫星送到了一个无用的低轨道上。

就这样，发射最终还是失败了！

此次失败，对国内国际的影响和震动，可想而知。要知道，这可是一颗价值上亿美元的卫星呀！而且该卫星在发射前，由于国际上一些公司不愿承保，是中国人民保险公司挺身而出，以一点二八亿美元的巨资承保的。现在发射却失败了，一点二八亿美元折合八点三亿元人民币的损失，该是何等痛心，何等惨重！

于是，国内不少人士对“长征号”火箭再次提出了严厉的质疑和批评；特别是国际商业发射市场，更是刮起了一场轩然大波。一家保险公司当即宣布，今后拒绝再为每颗价值一亿至一点五亿美元的卫星承保！

至于其他议论、评价、指责，也像潮水般泼向中国，泼向中国的“长征号”火箭——

有人说：“中国的‘长征号’火箭根本就不具备发射能力，以前的成功，靠的是运气。”

有人说：“中国到了该退一步的时候了！”

还有人说：“中国人如果还有自知之明的话，就别再硬撑了，趁早退出国际商业发射市场算了！”

更有甚者，说：“中国没有资格参加国际商业市场的竞争；中国的介入，对国际商业发射市场是个不稳定的因素！”

9 月 1 日，《空间新闻报》发表了评论员的文章。该文这样评论道：

中国尽管在过去二十个月内发生了三次发射事故，仍决心推进其发射日程，这显然是个错误。8 月 18 日的发射将一颗美国制造的通信卫星送入了一个无用的低轨道，这充分显示了长城公司在“长征号”火箭的每一种型号上都有严重的质量控制问题。……虽然“长征号”火箭的官员们仍将有机会在将来的几个月内，通过几次连续成功的发射，来向西方客户证明其火箭的可靠性，但是若不对其质量控制程序进行彻底的重新检查，即使有几次连续成功的发射，也远不能令人折服。此外，其客户的有效载荷仍将被置于不必要的风险之中，包括国内若干气象卫星和通信卫星。中国保持其目前的市场份额的唯一途径，是采取苛刻的必要措施来恢复其客户的信心。

9 月 2 日，《航空周报》以《中国必须承认其“长征”火箭的问题》为题，发表了一篇社论。该社论说：

中国“长征”系列商业火箭屡遭挫败，而美国的卫星制造商一直在为中国长城工业总公司进行公开辩护。自 1995 年 1 月起，“长征”火箭共有六次发射，其中三次失败。最近的一次失败发生在 1996 年 8 月 18 日，一颗中国所用的、由美国生产的通信卫星被发射到了一个无用的低轨道上。而更富悲剧色彩的是，在安全措施方面的失误，导致了大批人员伤亡，而这本是很容易避免的。

发射服务提供商和卫星生产商（作者注：指中国长城公司和美国休斯公司）曾多次合谋对发生的问题故作沉默，每次事故后，其公开解释更像是各方为法庭外解决的诉讼案所作的声明，而不像是故障报告。任何一方都不承认什么，外界的任何人都不会了解更多的情况。保险公司的行政长官曾指责美国休斯公司参加被众人总结为“秘密程序”的长征火箭调查，以迎合中国人的敏感心理。

……实际上，目前全球卫星通信能力的短缺意味着，为了可预见的未来，很有可能还会有长征火箭的用户——甚至是高额保险费的保险商。但如果“长征”火箭还希望在市场上恢复信誉的话，那么开诚布公是最为基本的前提。而且，如果中国还想在航天界有影响力，就必须就其技术问题及其修正计划给出客观、公正的解释。

英国劳合社对中国近几年的保险情况了如指掌，并为此专门撰写了一份《航天保险报告》。《报告》这样分析道：

8月18日，当中国的“长征三号”火箭在第三级发动机上非正常点火后，把“中星七号”卫星扔在一个无用的轨道上时，它带给航天保险市场的不仅是又多了一亿美元的损失，而且将所有的问题都集中在“长征”火箭在其目前商业发射服务运作发展中是否可保的问题上了。

“中星七号”卫星的承保金约为一点二亿万美元，加上2月份“708”国际通信卫星的损失，它给保险界带来约二点八亿美元的索赔。“长征”火箭的失败在今年就让保险商花了三点二亿美元！以前上了保险的损失有1992年12月“澳星-B2”的一点四亿美元，和1995年1月“亚太二号”卫星的一点六亿美元，总计三亿美元！

因此，中国以1990年4月为开端，十一颗投保的、由西方制造的卫星的发射任务有四次失败，保险损失总金额为六点二亿美元！失败火箭包括“长二捆”火箭、“长征三号”火箭和“长征三号乙”火箭。此外，这些失败没有明显的模式可以表明是哪些特别的问题。故障分别发生在第一、第二和第三级上，涉及结构安全系数、制导故障和发动机运行中故障。

十一次发射中的四次失败，其失败比率略高于百分之三十六。在过去的两年，六次中有三次失败，明显是百分之五十的比率。任何刚进入市场寻求新的保险项目的人，无形中几乎都要面对一个“只是希望”水平的比率范围，即百分之三十七点五，或者更现实一点，百分之五十。这反映了成功与失败对半的风险概率。

上述比率水平所反映出来的内在含义在于，有关技术、质量和可靠性的问题，在没有一个完全透明的环境中分门别类的情况下，无论其发射服务的价格如何，这种运载工具都不可能在经济上是可保的。那些有关长城公司将继续执行没有被取消的商业发射，以及其他签订的保单，加起来价值二点二八亿美元的被称作“中国卫星”的报告，只能更加敬告承保人要小心！

在此情况下，西方卫星制造商和用户们是否还准备继续使用“长征”火箭，仍有待观望。

法国的《费加罗报》也发表了一篇《中国航天计划的危机》的文章，该文说：

8 月 18 日遇到的难题可能是中国商业发射活动的致命一击。北京对这种商业活动寄予很大希望，其理由很简单：中国火箭将卫星送入轨道的费用比竞争者低一半。在同中国进行竞争的航天公司中，首当其冲的是法国“阿里安”空间公司。但出于在航天方面的团结考虑，西方人拒绝对中国遇到的难题发表评论。但人们强调指出，“阿里安”公司自今年初以来，得到的合同数目达到了创纪录的水平——十四份合同！而自今年 2 月中国发射卫星失败后，中国获得的订货减少了，有六份合同转向了“阿里安”公司。

中国的发射之所以陷入困境，其原因似乎是中国空间发射活动的工业化没有跟上。在 1970 年至 1990 年的前几年期间，北京成功地将三十七颗卫星送入了轨道。这节奏是慎重的（平均每年发射两次），发射活动属于军事类型的活动（在这种发射活动中，安全性高于发射期限）。进入 90 年代以后，北京决定在改进发射成绩的同时，增加“长征号”火箭的生产，于是问题出现了。

有时采取自我暗示疗法的中国人不想认输。他们肯定说，下一次“长征”火箭发射将在 10 月份如期进行。诚然，下一次发射只会涉及他们自己，因为要被送入轨道的卫星是一颗中国卫星。但在仍可能对中国发射卫星活动感兴趣的外国用户看来，中国的下一次卫星发射仍带有输家进行最后一次赌博的性质，即或者全部翻本，或者加倍输钱。中国的航天领域进行的工业和商业赌博的成败，将取决于 10 月份的发射结果。

是的，不到两年，连续三次重大失败，不能不说中国的商业发射已经走到了生死攸关的关头！正如法国报纸所言：“中国的下一次发射尤为关键，真是到了最后一赌的地步——要么全部翻本，要么加倍输钱！”

法国人说的“下一次发射”，指的是 1996 年 10 月份的发射，10 月份的发射是由上海航天局组织的“长征二号丁”火箭的发射。这次发射早按原计划准备就绪，已无任何退路。犹如箭在弦上，不得不发。

问题是，在连续失败的阴影的笼罩下，在国内外强大的压力下，10 月份不得不发的“长征二号丁”火箭，到底有没有成功的把握，有多大的把握，便再次成为人们关注、担心的焦点。

六

事情就是这样的无奈。

并行准备，交叉发射——这枚火箭尚未发射上天，另一枚火箭就得提前准备妥当。只准备一枚火箭不行，还得准备两枚、三枚甚至四枚火箭。一旦上一枚火箭失败，下一枚火箭立即就得顶上去；光顶上去还不行，还必须立得起，扛得住，打得出！而且，一枚火箭一个系统，一支队伍，一则计划，一项日程，彼此分离，互不搭界。

这就是中国航天发射的一大特点。

在“长征号”火箭家族中，“长征二号丁”火箭给人的印象并不突出，无论是个头还是名气，都只能算个“小弟弟”。但这“小弟弟”却要在中国航天事业遭受挫折、面临严峻挑战的关键时刻挺身而出，如同“2·15”失败后“长征三号”火箭挺身而出一样，这不能不让人生出几分敬意，当然也会有几分担心。

参加“长征二号丁”火箭发射的上海试验队，是在1996年8月19日即“长征三号”火箭失败后的第二天登上开往西北酒泉卫星发射场的列车的。在失败的烟雾尚在空中弥漫飘荡之时奔向发射场，就发射时机而言，显然不是最佳选择，用试验队有的人的话来说，多少有点“奔丧”的味道。可他们别无选择，一切必须按计划进行；再说了，谁会料到“长征三号”火箭会在他们奔向发射场的头一天突然失败呢？

“长征二号丁”火箭的研制生产者是上海航天局。作为一个以企业为主的航天基地，上海航天局一直存在着科研经费严重不足、企业经营发展困难重重等问题。因此，面对国有大中型企业效益不佳、身边不少企业关停并转、许多职工纷纷下岗等现状，多年来“长征二号丁”火箭试验队一直流行着一句很残酷的口号：“大伙好好干，否则没饭碗！”

1988年，为适应发射新型返回式卫星的需要，上海航天局将屡获成功的“长征四号”运载火箭去掉了第三级，由此诞生了“长征二号丁”火箭。“长征二号丁”火箭上马后，不仅稳定了原有“长征四号”火箭试验队，而且使上海航天局的任务保持不断，从而加大了“上海航天”的含金量，使“上海航天”在“中国航天”这个大家族中的位置愈加突出，也更有分量！

本来，上海航天局是想借助“长征三号”火箭的成功之势顺利完成这次发射任务的，不料“长征三号”火箭却在8月18日的发射中失败了！这既让他们感到十分痛惜，又令他们感到巨大的震撼。所以，他们从登上西去列车那一刻起，一股失败的阴影便紧紧笼罩在了头上。他们三三两两地坐在一起，本应充满欢声笑语的车厢始终沉寂无声。他们知道，这次发射是成是败，既关涉到中国整个航天事业的荣辱与兴衰，也维系着上海航天局每一名员工的命运与饭碗；他们现在唯一可做的，就是发愤努力，争取成功，为“长征号”火箭争一口气！

于是，还在专列开往酒泉发射场的途中，这支队伍的质量复查行动便从风驰电掣的列车上悄然开始了。他们动员所有参试人员，积极开动脑子，默默进行“双想”活动。所谓“双想”，即一想“我负责的产品质量是不是百分之百合格”；二想“我主管的分系统是否还有可疑之处、遗漏之点”。与此同时，总师孙敬良还在专列上迅速召开了设计师系统会议，部署具体复查工作。在短短三天的火车旅途中，仅复查会议就开了二十多次，并制作出七份复查文件。而且，各分系统不仅以各单位为主进行质量检查，还打破单位间的界限，多家会聚一起，举行“三堂会审”。到达发射场后，由于外界对中国“长征号”火箭的一些说法、议论甚至攻击不时传到发射场，所以大家心里的压力就更大了，担心和顾虑也更多了，每做一件事情，都小心翼翼，如履薄冰。

但越怕出问题，就越容易出问题。有一天，“长征二号丁”火箭在发射阵地进行最后一次总检查时，一位技术人员在检测中突然发现火箭平台高频电源供电不稳。他迅速将这一情况报告了发射指挥部。指挥部速将元器件拆下，而后马上进行故障分析。可先前出现的“供电不稳”的故障却怎么也不复现了。技术人员连夜采取多种措施，故障才露出庐山真面目。又经现场反复分析论证，故障定位在了运算放大器上。但故障的原因，到底是个别元器件的问题，还是元器件的批次性问题，现场无法作出结论。

刘纪原得知情况后，立即下令：故障原因必须查清。宁肯推迟发射，也绝不带任何疑点上天！

此令刚一下达，发射场顿时舆论四起，气氛紧张。因为火箭已经竖在了发射架上，若真要推迟发射，一旦超过了时限，火箭就得从发射架上卸下来，拉回厂房，等下次发射时再从厂房拉到发射场，重新竖在发射架上。这当然就很麻烦，也耗费精力和时间。因为按往常的做法，只要故障查出来，重新换一个元器件，就可以发射了。可这次不行。刘纪原要打破多年的传统习惯：必须先查清故障原因，再说发射问题；故障原因查不清，发射免谈！

一部分人便想不通，有情绪，有意见，说“刘老板”太小心太谨慎了，是被连续的几次失败给搞怕了！还说刘纪原之所以不敢拍板发射，是想保住自己头上的乌纱帽！

甚至有一位老专家，一时性急之下，还给刘纪原打去电话，火气冲冲地说：刘纪原，我告诉你，把元件换了就可以发射，我可以担保！如果失败了，你就撤了我的职！但我还要告诉你，中国航天不是你刘家的，你如果不同意，我就告到中央！

这位老专家一生光明磊落，向来敢于直言，为中国的航天事业可谓鞠躬尽瘁。他之所以要“犯上”，意思很明确：火箭已经竖立在了发射架上，而且发生故障的元器件也已查出，只要把这个有故障的元器件换一个，就可以发射了；至于故障原因，事后再查不晚，没必要非要查清原因后再发射。

若从专家的角度来看，这个观点是有道理的，这么处理也是无可厚非的，几十年来发射场也都是这么干的。但作为航天总公司总经理的刘纪原，他必须从全局考虑，从长远着想；不光要考虑眼前的这次发射，还要想到今后的一系列任务；不光要考虑国内意见，还要顾及国际舆论；不光要想到这一个元器件，还要想到这个批次的元器件——万一不止这一个元器件有问题怎么办？先查清故障原因再发射，只是发射时间早晚问题；不查清原因就发射，就一定会有隐患问题。只要能确保成功，推迟几天又有何妨？何况，自中国一连串失败后，无数双眼睛都在看着中国，尤其是那一双双从西方发射市场投来的复杂的眼睛！如果此次发射再失败，中国“长征号”火箭挤进国际商业发射市场很可能再也无望，所以必须慎之又慎！至于说他“怕失败”，刘纪原认为说得也对。凡搞火箭发射的人，谁不怕失败？坐在了总经理这个位置上，比一般人更怕！但正因为怕失败，才要尽力去避免失败！

因此，尽管顶着各方面的巨大压力，刘纪原仍然坚持：查清故障原因后再发射！即便失败了，也要失败个明明白白。

就这样，“长征二号丁”火箭的发射被迫推迟了。

发射推迟后，国防科工委当即调专机将发射场的专家送到西安771所，而后立即投入技术分析；另一批技术人员则从酒泉发射场乘汽车，火速穿越千里茫茫戈壁，疾奔敦煌机场。国家民航总局得知情况后，立即电告敦煌机场：“一定要为火箭专家留下机票！火箭专家不到，飞机不得起飞！”

经专家们连续十五个昼夜的奋战，故障原因终于查出：是运算放大器的一条腿出现了腐蚀！而这条腿之所以出现腐蚀，是因为人在操作这个元器件时，从口腔里呼吸出来的不良气体渗到在了这条腿上。

很显然，这又是产品的质量问题。

最后专家们认定：该故障属个别情况，并非元器件的批次性问题；更换元器件后，“长征二号丁”火箭可以发射。

1996年10月20日下午，“长征二号丁”运载火箭在酒泉卫星发射中心成功起飞，将中国第十七颗返回式科学实验卫星送入预定轨道。十五天后，卫星按计划安全返回地面。

“长征二号丁”运载火箭发射成功，对屡战屡败、身处困境的中国航天人来说，无疑是一次再好不过的安慰；但对汹涌澎湃的国际商业发射市场而言，却不过是一段小小的插曲。发射国产卫星与发射外国卫星，性质毕竟不同。再说了，这次发射国产卫星成功，不等于下次发射外国卫星也能成功，更不等于永远成功。所以像这样的“小插曲”在西方客户的眼里，几乎是忽略不计，或者说不屑一顾。

而相反，中国在发射外国卫星中的五次重大失败，则在西方客户的脑子里留下了抹不掉的阴影，甚或说得严重一点，是一种近似恐怖的阴影。这种阴影非但没有消失，反而随着时间的推移仍在继续扩散着、蔓延着，进而在世界范围形成一双看不见摸不着却又无所不在的手，大有将中国“长征号”火箭挤出国际商业发射轨道之势！

面对如此残酷的国际商业竞争局势，中国是继续一路高歌猛进，还是暂时放慢一下多少有点着急的脚步呢？

第十八章
反　省

中国连续五次失败，从根本上动摇了外国用户和保险界对中国火箭的信心。李鹏对刘纪原说："如果再失败，你就该下台了！"白拜尔副部长坦言："如果再失败，我们将不是被挤出国际市场，而是得自动退出国际市场。"于是中国航天人开始反省：为什么总是爆炸？为什么总是失败？失败难道注定是中国人的专利？

一

是该到了好好反省的时候了。

自1986年中央批准"长征号"火箭参与国际商业发射起，至1996年止，风风雨雨，沸沸扬扬，中国航天走过了整整十年与世界接轨的坎坷路程。十年来，中国"长征号"系列火箭从初出茅庐、一张白纸，到在国际宇航界、保险界、卫星通信领域享有一定的知名度；从国内封闭的计划经济的科研生产，到走向世界开放的市场商业经济的激烈竞争，经历了一个十分艰难、相当复杂、巨大风险的过程。在这个过程中，应该说，中国火箭走出国门、打入国际商业发射市场、与世界接轨的方向和思路是正确的，取得的成绩是显著的，其间所体现出来的中国航天人的智慧与胆魄、力量与勇气，也是令人惊叹而又让人感动的。

当然，在这个过程中，可能教训多于经验，痛苦多于喜悦，思考多于欢笑，紧张多于轻松。但在当代航天事业的发展进程中，中国毕竟首次在国际商业发射市场上竖起了“长征号”这块牌子，创下了中国火箭与世界接轨的最新历史，因而完成了中华民族几千年科技史上一次质的飞跃！它对发展国际商业发射服务，对打破西方对中国的封锁与制裁，有力地配合国家的外交斗争；对稳定火箭型号研制生产，带动和促进航天技术自身的发展；对培养和造就一支发展外向型经济的队伍；对航天科技工业实行经济体制和经济增长方式的两个根本点的转变；对富国强军、增强全国人民建设现代化的信心，等等等等，无疑都发挥了不可低估的作用。

如果上述说法过于理性，我们不妨看看如下事实，或许会有更清楚的认识：十年来，中国先后同世界上数十个国家和地区的公司、国际卫星组织、保险机构建立了商业联系和业务往来；同一百多个卫星用户和潜在用户进行了交流、洽谈；共签订发射服务合同二十四个，其中卫星发射服务合同二十个，卫星搭载合同两个，火箭搭载合同两个。合同总金额为十三点零二亿美元；共承揽国际商业卫星发射任务十一次，将七颗不同类型的国际商业卫星成功地送入预定轨道，并顺利完成了四次搭载发射，共收汇五点九九亿美元！

一句话，中国挤进了国际商业发射市场，初步完成了从国内试验轨道向国际商业轨道的变轨。别看这一个“挤”字和一个“变”字，却体现了中国航天人面对世界一种开放的胸怀，一种进取的姿态。而且中国不仅挤进去了，还占了国际商业发射市场百分之七至百分之九的份额。这对落后于西方数百年的中国高科技而言，不能不说是一件了不起的事情，也是一次质的飞跃！须知，十年前中国到底能不能挤进国际商业发射市场，谁的心里都没底。所以，挤进去和没挤进去，变轨与没有变轨，性质完全不同，感觉也绝对不一样。十年的实践证明，中国火箭走出国门，与世界接轨，从国内计划经济体制下的试验轨道转向国际市场经济体制下的商业发射轨道，积极发展国际商业发射服务，这条路走对了！

但是，如果我们换一个角度，用客观的、冷静的眼光来看，十年来我们又确实暴露出了不少问题，有不少值得认真总结的经验和教训。比如，“长征号”火箭共进行了十一次国际商业发射，成功了七次，失败了四次，发射成功率只有百分之六十四。而美国的“德尔塔”火箭和欧洲空间局的“阿里安-4”火箭，在国际商业发射中的成功率则分别是百分之九十七点二和百分之九十五点二，远远高于中国。尤其是我们在近几年中的连续几次失败，可以说在国际商业卫星发射市场上创下了失败的最高纪录。

于是不仅外国人开始质问：“中国航天怎么了?”连我们自己也开始反问自己：“我们到底怎么了？究竟是哪儿出了毛病?”而当我们把一连串的失败摆放在一起时，一连串的疑问便如同一连串的失败一样，很自然地便摆放在了我们的面前：

爆炸！爆炸！为什么总是爆炸?

失败！失败！为什么总是失败?

失败，难道注定就是中国人的专利?

二

如果把中国近几年连续失败的原因归结起来，不外乎就两个字：质量!

那么中国实施对外发射以来，是不是就没抓质量呢?

当然不是。

质量是航天发射的生命，这是全世界航天界的人都明白的道理，中国航天人当然也明白。但必须实事求是地说，中国重视的程度不够。其原因不是不想重视，而是对国际商业发射的性质认识不够。之所以认识不够，是缺乏参与国际商业发射竞争的经历和经验；几十年习惯了传统计划经济的保护，对市场经济的残酷性，特别是对国际商业市场经济的残酷性体验不深，认识不足。

其实，失败并不可怕，可怕的是在失败面前我们不敢面对，不能面对；不能准确地查清故障，不能有效地采取改进的措施；不能保持清醒的头脑，不能作出深刻的反省。苏格拉底说：“未经反省的人生，不值得活。”此话想来是有道理的。如果我们真正深刻反省，吸取教训，认真做好改进工作，失败距离成功，还会远吗?

1992年，首次发射“澳星”失败后，中国航天人对发射外国商业卫星的艰苦性和曲折性，应该说是有新的认识的；对产品质量的重视程度，也增强了许多。所以从1993年起，在刘纪原、白拜尔的亲自统领下，航天总公司决定筹措资金，进行质量专项技术改造。三年下来，质量专项技改共立项一百三十五个，投资一点二三亿元，其中总公司投资九千万元，对保证产品质量取得了明显的效果。1995年，总公司又在全系统开展以消灭重复故障和人为责任事故为目标的“航天质量年”活动，分四期组织了航天高级管理干部研讨班；三院、五院举办了质量安全培训班，有上千人参加了培训；不少单位还针对研制生产过程中出现的质量事故和问题进行了停产整顿，对责任人及领导进行了离岗培训、调离军岗及经济处罚，因而引起强烈震动。据不完全统计，仅一、二、三、四、五院内部，就对一千三百个问题进行了复查、清理。此外，为了实施独立、权威的质量监督，总公司从1995年10月开始，还向运载火箭和卫星研制单位派驻了总公司质量监督代表十五人，依据国家和总公司有关质量管理法规、制度，对产品研制、生产、试验过程实施监督。

但抓了质量，为什么还会失败?

抓了质量，为什么还会爆炸?

火箭的风险，究竟从何而来?

不可否认，火箭发射，本身就具有很大的风险性。已有半个世纪历史的现代运载火箭，其技术应该说已经比较成熟了；且随着航天技术的不断发展，各国运载火箭的设计和工艺水平也有了长足的进步，可靠性也日趋提高，不少著名的运载火箭如美国的“大力神”“德尔塔”和苏联的“质子号”等等，成功率都达到了百分之九十以上，发射失败的记录随着历史前行的脚步愈来愈少。然而，新设计、新工艺、新材料的广泛应用，反过来又使运载火箭的结构变得比先前更为复杂，零组件更为娇嫩，造价也就更为昂贵。所以发射失败的事情不仅依然时有发生，且一旦发生，损失更为惨重，影响也更恶劣。

据专家分析认为，从通常的情况来看，火箭发生事故的原因，主要有如下三个方面：

一是组装火箭的元器件、零组部件的质量可靠性很难保证。可靠性常识告诉我们，一般而言，组成机器的元件、零件越多，其可靠性越低。一台由一千个零件、元件构成的机床，其元件的可靠性应当在 99.9%以上。也就是说，对每一种组成机器的元件，抽检一千个，不合格的不能多于一个。否则，用这样的元件组装的机床就不合格。但对比机床复杂得多的火箭来说，如果元件的可靠性达到 99.9999%，火箭的可靠性才只有 37%。即是说，发射三枚用这种元件组装的火箭，就可能有一到二枚要失败。因此，要让火箭的可靠性达到 99.9999%，其每个元件的可靠性就必须达到 99.9999999999%。换言之，抽检一百亿个元件，不可靠的元件只能有一个。由此可想而知，要让每一个元件的可靠性都达到 99.9999999999%，真比登天还难！更何况，一枚庞大复杂的火箭，由几十万甚至上百万个合格的元器件组成，倘若其中有一个元器或零件不可靠，就可能导致发射失败，星箭俱毁！据国际权威部门资料统计，欧洲航天局的“阿里安”火箭事故，其中 85%都是因为一个元件不合格造成的。由此可见，组装火箭的元器件的可靠性对火箭发射的成败，起着至关重要的作用。

二是太空环境条件恶劣，对飞行中的火箭影响很大。有空间常识的人都知道，火箭的飞行环境是十分恶劣的，而在十分恶劣的飞行环境中工作的元器件，又是极其脆弱、娇嫩的。据元器件环境试验的数据表明，如果某批电子元器件在实验室条件下出现故障的可能性为 1%，那么在飞机上使用时出现故障的可能性则为 65%，而在火箭上使用时出现故障的可能性则为 80%。所以尽管有关部门都是在飞行环境条件下筛选的元器件，但每个元器件仍然很难作到完全可靠，即使在地面检查时完全合格，一旦到了环境恶劣的空中，仍然不能确保不出一点意外。难怪现代火箭之父布劳恩早先为德国研制的 V-2 火箭，飞行的成功率只有 68%；苏联用来发射世界上第一颗人造地球卫星的运载火箭 P-7，遭受过若干次失败后才告成功；美国早先的一些火箭，发射失败率也很频繁，如用以发射第一颗人造地球卫星的“先锋号”运载火箭就曾经遭遇难产，胎死腹中；而相比之下，只有欧洲航天局的“阿里安”火箭发射成功率略高一筹，但也不过90.9%而已，根本无法达到100%。

三是人非机器，而是感情的动物，从事航天这项工作的人谁也不可能自始至终保持高度的责任心和注意力。据权威部门统计的历史资料，从事航天工作的人的事业心、责任感、工作态度、工作质量等，也是直接导致火箭发射失败与否的重要因素之一。而这些因素酿成的责任事故，往往又是不可抗拒的。因为人毕竟是人，而不是机器。是人，精力就有限，集中注意力的程度和时间也同样有限；是人，就不可能自始终保持高度旺盛的精力，也不可能长时间处于注意力高度集中的状态；更何况人是有感情的动物，无法逃避情感或情绪的控制，倘若情感或情绪这东西在某一瞬间突然钻了空子，工作人员势必会分心分神。于是在一种非常偶然非常特殊的情况下，隐患在不知不觉中就有潜伏下来的可能。等事故一旦发生，真相大白，已悔之晚矣。翻开中外航天史上发射事故的记录，这样的事例屡见不鲜：1980年5月3日，欧洲航天局的“阿里安”火箭第二次试飞，因一名工作人员不慎碰落了一个部件的商标，堵塞了火箭发动机燃烧室的喷嘴，结果导致整个发射失败；1990年2月22日，“阿里安”火箭第三十六次发射，因一名工作人员不慎将一快擦拭布遗留在了一级火箭发动机的水循环系统管道中，堵塞了管道，引起火箭爆炸；1990年3月14日，美国“大力神”火箭发射“国际通信卫星六号”，仅因工作人员接错了一根导线，致使第二级火箭没有分离，卫星没有达到预定轨道高度；1992年3月22日，中国的“长二捆”火箭发射“澳星”，由于工作人员不小心从螺钉上旋下了一点点金属屑，结果导致电路短路，火箭发动机熄火，发射被迫紧急中止。

上述三点，都属客观原因，的确难以抗拒。然而问题是，为什么同样是火箭发射，国外的成功率就比我们的高？为什么同样是中国的火箭，有的发射成功率高，有的发射成功率就低？除了火箭发射自身的客观原因外，还有没有比这更复杂、更深层的原因？倘若有，这些更复杂、更深层的原因又是什么呢？

三

第一，体制的问题。

众所周知，中国几十年来的火箭发射都是在传统的计划经济下进行的。在传统的计划经济下搞航天，虽说存在着某些弊端，但计划经济的好处是，只要中央一声令下，全国顷刻间就能动起来，也能干起来！而且，专款专用，专人专干，不仅项目的经费有保证，而且参加搞项目的人的经费也同样不用发愁，所有的元器件生产，都是按指令性计划进行。由于是专款专用，生产器件的部门和单位，该用最好材料的，绝对不用次等材料；该花一万元的，绝对不花九千九百九十九元；该一个月完成的，绝对不会拖到两月，更不会草草对付；该用最优标准检测的，绝对不用及格标准衡量。于是每个工厂做出的零部件，都能确保质量。

中国航天开始由计划经济向市场经济转变后，不少航天产品也开始由军品转为民品。这种机制的转变，无疑顺应了历史发展的趋势，给中国航天带来了无穷的生机与活力。但由于整个社会尚处于大转型期，在这种大转型期里商品经济大潮一浪高过一浪，航天人既受到传统观念的束缚，又受到市场经济的制约，再加上我们现有的市场经济本身还不是一种完善的市场经济——既不是真正的计划经济，也不是彻底的市场经济——两不像！新的矛盾和新的问题也就随之结伴而来。

以发射国际商业卫星为例。把火箭打入国际商业市场，与过去自己关起门来搞“两弹一星”，完全是两种概念，两种干法，两种感觉。“两弹一星”的经费是国家包干制，实报实销，研制人员从不为金钱发愁。可发射外国商业卫星时，最发愁的便是一个钱字！国家不拨一分钱的专款，研制火箭的所有经费全是由火箭研究院自己高额贷款。成功了，几乎没有奖金；即便有，与付出的相比，也微乎其微。但失败了，账却要算到你的头上，而且这个“账”除了经济账，还有政治账！由于缺钱，有的试验要作，暂时没法作；有的试验本来该作八次十次或者更多次，却只能作五次六次。这样做虽说也符合基本的试验标准，也没有问题，但成功的概率或许就没有作八次十次的高。

至于火箭零部件的生产，也不再是专人专干，基本实行的是包干制。包干制自然有其好处，但像对生产火箭零部件这样的部门，也难免存在种种弊端。过去火箭的零部件生产，都是由定点工厂负责。所谓“定点工厂”，就是由国家指定的专门生产火箭零部件和火箭原材料的工厂。此类工厂的性质是国有企业，长年靠吃“皇粮”生存，尽管每年的生产量小，但生产者的待遇却很高，而且工资始终不受生产量大小的影响。所以大家干起来既安心又来劲儿，从无后顾之忧。但搞市场经济后，这种定点工厂就越来越少了，少到后来几乎就没人再愿意干了！为什么呢？国家不拨专款了，“皇粮”吃不到嘴里了，如果再专门为你生产火箭的零部件，利润太薄，就赚不了什么钱了，企业也就无法存活下去了。

比如，生产钢材的工厂，过去设有一条专门生产火箭所需的优质钢材的生产线，转入市场经济后，由于火箭发射任务不多，钢材的需求量很小，工厂便不再保留这条专门生产线了。原因很简单：国家不拨专款，成本又高，还赚不了钱，想保留也没法保留。只有被迫转向，把目光投向别的更大的需求市场才能保住饭碗。那么现在你要找它生产钢材可不可以呢？当然可以，但找这样的工厂生产出来的钢材，就很难保证每次都是最优质的钢材了。钢材不可能保证百分之百可靠，用这样的钢材生产出来的火箭元器件自然也就不可能保证百分之百可靠。元器件不可靠，火箭一旦上天后，自然就潜藏着这样那样的风险，失败也就在所难免。

利益分配问题，也是一个新的矛盾。过去，航天部的所有单位，都是一种体制、一种待遇，现在有的是一个单位两种体制、两种待遇，甚至多种体制、多种待遇。如，彼此都是火箭研究院的人，如果你是一个在院机关开车的司机，病了或者有什么事情耽搁了，没上班，工资可以照发，而且一月两三千块；但假若他是下面工厂的一个技术工人，一天干到晚，忙得死去活来，到月底一领工资，却只有千儿八百。一旦病了，或者有事耽搁了，还得扣这扣那，等工资领到手上，也就只剩几百块了。于是有人心里就不平衡，有怨言。不像过去，虽然部门很多，干的却都是同一件事情，利益由国家统一分配，大家所得好处相差无几，即便有点不公，也不会有什么意见，即便有点什么意见，心里掖着嘴上也不会讲出来。心往一处想，劲往一处使，只顾埋头拉车，不想报酬多少。

现在情况就不同了，大家看起来干的还是一件事情，但每个部门每个单位，多多少少都会打点自己的小算盘，甚至有时在各自的利益面前还会针锋相对——或嘀咕嘀咕，或吵吵几句，甚至拍拍桌子。就拿发射外国卫星来说吧，如果发射成功，一颗卫星所获得的利润大概是几千万人民币，航天部和国防科工委的分成比例是六比四。航天部拿到这六成后，内部再进行分配：百分之二十二归部机关和长城公司，剩下的百分之三十八归火箭研究院。国防科工委拿到这四成后，也同样层层往下分。这种分配比例是否合适？怎样分才合适？过去计划经济体制下没有先例，更无经验，便成了一个不是问题却又是问题的问题。虽然大家嘴上不说，心里却有想法。

由于各自的利益不同，站的角度不同，说法也就不同。比如，火箭研究院就有人认为，火箭是由研究院贷款研制生产出来的，失败了，责任自负；成功了，却只得了一个小头，不合理。西昌发射基地也有人说，我们是发射部队，成功了，奖金少得可怜！失败了，本来是火箭产品的质量问题，可不明真相的老百姓却把所有责任全都扣在我们的头上，骂我们是笨蛋，是饭桶，让我们背黑锅……那么这奖金到底谁该多得，谁该少得？到底如何分配才算合理？恐怕只有发射体制完善之后，利益分配的矛盾才可能迎刃而解。

再从企业内部的情况来看，观念陈旧，管理落后，体制分散，所有制单一，也是一个问题。虽然有的企业是有一定的发展，但整体上并没有真正走出困境。有些企业的亏损根本无法一下扭转，甚至有的还要下滑。造成这种状况的原因，表面看起来好像是资金短缺，负担沉重，缺少好产品，实质上是观念陈旧，管理落后，体制分散，所有制单一。由于观念陈旧，企业的等、靠、要思想严重，习惯等着国家、总公司提供资金支持。甚至有些企业连水、气、电供暖费等也向总公司要。有的怕改革影响稳定，影响科研生产；有的喜欢单打独斗，不愿联合，宁做鸡头，也不做凤尾；等等这些观念，都严重影响着企业的发展。再加上管理体制的落后，效率自然不高。例如，目前航天部实行的是三级管理制，即航天部、研究院、火箭生产厂。这种管理体制太繁琐，下达某项任务，或更改什么设计，要层层下达。一旦工厂有了问题，又要层层往上报：车间先报到厂长，厂长报到院里，院里报到部里，部里再报到国防科工委。若是遇上比较重大的问题，国防科工委和航天部还得再报到中央和国务院。等到信息反馈回来，时间已耽误了不少，工作效率自然就低。据刘纪原介绍说，这一点中国不如俄罗斯，俄罗斯有自己的火箭库房，市场一旦需要，拉出去打就是了。

由于体制分散，许多企业分布在全国各地，有的还地处三线，每个企业的规模必然就小。加上科技力量又被分散在了各个工厂、各个研究所，所以根本不可能形成强大的开发力，产生不了好产品。没有好产品，自然也就没有市场竞争力。由于所有制单一，只有国有制，不仅军品姓“国”，航天系统所有的产品也几乎全都姓“国”，当然就很难适应变化莫测的市场经济。虽说航天总公司是公司，但从事的军品和指令性计划任务带有很强的政府行为，缺乏行业管理职能。过去像发射卫星这样的任务，都是以政府管理部门组织全国大协作，现在却要依靠市场经济杠杆去协作，而且是国际市场，其工作难度自然加大，有的甚至难以办到。

此外，社会体制转轨后，一些企业由于不再有“皇粮”可吃，便处于“无行无业”“吃不饱”的状态，常年无所事事，无依无靠。因为可供他们选择的路只有两条：一条路是搞民品开发。搞民品开发虽说是一条路，但这些企业由于过去几十年干的都是军工产品，即都是搞导弹卫星什么的，保密性强，专业很窄，接触别的行业又极其有限，于是既缺乏基础，又没有专业优势，肯定干不过那些一直搞民品的企业。如搞电脑干不过“联想”，搞彩电干不过“长虹”，搞冰箱干不过“海尔”，做鞋子干不过“双星”……因此钱还是挣不回来，即使挣回来了，也没几个子儿。另一条路是一心一意搞自己的本行，即火箭卫星。但转型时期国家的方针是多研制少生产。这一“少”，企业就没有大批量的生产任务；没有大批量的生产任务，就挣不了几个钱；挣不了几个钱，企业要发展，职工要活命，就肯定很困难。

还有一点，无论是火箭还是卫星，都姓公不姓私。也就是说，火箭是国家的，企业只有研制生产权，而没有经营权。国家定好了一枚火箭卖五千万，你就不能卖五千万零一元，更不可能把火箭当鞭炮私自拿到市场上去卖，也不可能将卫星当风筝摆在小摊上去换钱。即便发射国际商业卫星，数量也是有限制的。况且卫星许可证大都掌握在美国人手上，人家想给你就给你，不想给你就不给你；想多给你几个就给你几个，想少给你几个就少给你几个；要是一个都不给你了，你再怎么想，也是白日做梦——白想！

所以，虽然改革了，开放了，但在旧体制的束缚下，有的企业经济依然搞不活，上不去；贫困的帽子戴了几十年，做梦都想摘掉还是摘不掉。比如，有的工厂国家不再拨专款养活后，没有钱，工人住房紧张，设备落后，连发工资都困难。不仅不具备生产条件，连生存都艰难。

有一次，刘纪原到东北一家工厂去了解情况，大部分员工向他诉苦，讲的都是最起码的生存问题。有的知道他去了，还在厂房门口贴上一幅大标语："我们要吃饭！"……如此一种生存、生产状况，怎么可能确保产品的质量？所以，有的工厂在生产零部件时，能用合格材料的，可能就不用最好的材料（因为好材料成本高）；能花九千九百九十九元解决问题的，就不花一万元；能用二十九天完成的，就不用三十天……总之，在不违反大原则的前提下，在保证产品合格的前提下，能降低成本就尽量降低成本，能省一分工钱就省一分工钱，反正达到你上面规定的合格标准就行。这样生产出来的零部件，检测时虽然肯定是在合格线上，但绝不是上佳产品。这种零部件一旦遇上某种外部不利因素，诱发故障，导致失败，也就没什么奇怪的了。

比如，1992 年"澳星"发射时燃料泄漏，就是因为一个传感器的质量问题。那么传感器为什么会出现问题呢？因为有人把生产传感器的任务交给了一个"夫妻店"。这个"夫妻店"为了省钱，本来有一个小小的环节应该作试验，却偏偏没作，结果导致传感器泄漏。这一泄漏，不仅造成发射推迟，还白白丢了两条人命！

也许有人问了，为什么要给这个"夫妻店"呢？原因不外乎两个：

一个是为了省钱。课题组的经费是包干的，比如上面拨款是三万元，如果给一个正规厂做，可能要二万九千元；如果给这个“夫妻店”做，可能就只要二万五元甚至二万元。这样，省下的四千元就归课题组了。另一个原因，可能就是关系户。出于某种历史的或现实的复杂原因，把这个活儿派给“夫妻店”，算是一种特殊照顾。

第二，人的问题。

如果我们冷静地回想一下，可以得出这样一个结论：中国航天人一开始对走向世界、发射国际商业卫星、与世界接轨的心理准备，是很不充分的。具体说，就是失败前的中国航天人有一种不太正常的心理，即把中国火箭打入国际商业发射市场、与世界接轨这件事看得比较容易。在一部分人的内心深处，或者说在潜意识中，觉得中国火箭参与国际商业发射市场的竞争，就那么回事儿，没有什么了不起的！譬如有人说：“当年在计划经济下，生活那么苦，条件那么差，都搞出了‘两弹一星’，现在各方面的条件比当年不知好了多少倍，打几颗外国卫星算得了什么！外国卫星不也是卫星吗？商业卫星不还是一个铁疙瘩吗？有什么大不了的！”

特别是1991年成功地发射了美国的第一颗“亚洲一号”卫星后，面对中央领导人的贺电，面对美国航宇局局长的贺信，面对海外华侨的称赞，同时也面对全体国人的一片欢呼一片喝彩一片鲜花一片笑脸，有的人头脑便有点发昏了，甚至还有点得意忘形、不知天高地厚了，不知不觉便滋生了一种“打外星也不过如此”的念头。于是，荣耀渐渐多于实干，热闹渐渐多于平静，麻痹渐渐多于责任。而并没清醒地意识到发射外国商业卫星，是中国科技改革中遇到的一个新问题；中国的商业发射水平与世界相比还有很大差距，既不能着急，也不可得意。

实事求是地说，1992年“澳星”失败后，中国航天人虽然也吸取了惨痛的教训，但对那次失败并未作出深层次的反省，对中国进入国际商业发射市场的艰难性、曲折性尤其是复杂性、长期性，也看得不透，认识不深。直至1996年2月15日，“长征三号乙”火箭再次爆炸，导致星箭俱毁，血溅发射场，这才真正惊醒：原来进入国际商业发射市场的路并非春暖花开，一马平川，而是刀光剑影，险象环生！尽管中国打了几颗美国的卫星，但不过是在国际商业竞技场上伸进了一条腿，或者说在竞技场的边上溜达了几圈而已。此路不仅曲折艰难，且遥远漫长。

从“长征三号乙”火箭失败的情况来看，一枚新的火箭不经过一定数量的发射试验，其固有的潜在的质量问题是不可能充分暴露出来的。地面测试良好的火箭，不等于发射时一定不出问题；即使已经成功发射过的火箭，也不等于下次发射就不存在隐患。以“长征二号丁”火箭为例，近两年发射中出现的几次失败，问题都不是出在高新技术上，而大多出在对一些成熟技术的掉以轻心上；一些质量问题甚至事故隐患，往往就躲藏在人们自以为胸有成竹、绝对把握的细微之处。

当然，中国航天转入国际商业发射市场后，增强了活力，增强了热情，也增强了干劲儿。但市场体制的改变，要求航天人的观念也必须随之改变，而我们的观念却往往跟不上这种改变。我们习惯生活、工作在传统的思维模式和陈旧的观念之中，往往喜欢用过去的那一套来应付瞬息万变的国际市场。比如，欧洲十多个国家搞一枚火箭，它发挥的是市场经济管理的优势，而我们做起来却非常困难。为什么呢？我们各个研究院、每个火箭型号的总师都习惯于自成体系，即你搞你的，我干我的，每个人都习惯自己搞自己的，鸡犬相闻，老死不相往来。而并不是根据市场经济的要求，你中有我，我中有你，哪个好，就用哪个。

此外，高素质人才严重匮乏，人员素质普遍不高，也是一个不争的事实。过去需要什么样的人才，上级部门马上就可以派什么样的人才，主管者也可以从别的单位调配什么样的人才。现在，一些想要的人才要不来，或者要起来很困难，而不想要的人却会凭着各种关系想方设法主动找上门来。而且很难作到专人专干，干起来也很难作到专心致志。谁都知道，人是质量管理和实施质量控制的第一要素，也是最活跃最难控制的要素，产品质量正是通过每一个设计、工艺、操作者和管理人员的具体实施去实现的。倘若一个部门只拥有众多的人群而缺少顶尖的人才，产品出现问题，肯定就是迟早的事情。

再从航天系统内部的真实情况来看，一方面，50 年代的老专家们随着年龄的增大，不少人纷纷退离第一岗位，而年轻的一茬又没及时跟上，在人才问题上便出现了青黄不接的现象；另一方面，有的部门转产后，缺乏市场竞争力，经济不景气，没有吸引力。所以，有的人才尽管已经到任，却依然留不住。而过去搞“两弹一星”，是中央定的“天字号”任务，从上到下，一个命令，说干就干，全国无话可说，没价可讨。所有参加任务的人，无论是专家还是技术员，或者是普通工人，都感到无比光荣，都会当作最大的政治任务来完成。而且领受这个任务时，没一个人会去想今天每个人都在想的一个字：钱！可现在不同了，转入市场经济后，政治名誉渐渐淡化，金钱利益迅速升温。凡事都得讲一个钱字，最讲究的也是一个钱字。没钱什么都不行，没钱什么也干不成。过去是无条件奉献，现在是奉献讲条件。任务要接受，活儿不白干。既然干了活，就得付工钱。

过去，在航天系统工作的人，工资都是全国最高的，比一般部门要高出一大截。可前些年和其他行业比起来，就不是高而是低了。虽说工资也长了一些，但物价好像在与工资赛跑一样，二者折抵下来，也就等于没涨。于是为了维持生计，增加点额外收入，不少科研人员便想方设法开辟“第二职业”，弄点零花钱。比如，中国火箭研究院有一个研究员，节假日或下班后，就在大院门口卖冰棍；还有一个研究员，自已会织毛衣，便在马路边上摆个地摊，先把自已织的毛衣穿在身上，再一边吆喝一边卖毛衣；还有少部分人，虽然人到了发射场参加发射任务，心里却还惦记着家里干民品挣钱的事……凡此种种，一心二用，如何确保火箭的质量？

也许有人会问，打了外国卫星不是有奖金吗？没错，是有奖金。但奖金只有发射成功了才有；即使有，也不过是百把块钱的事。比如 1991 年，第一次发射美国的“亚洲一号”卫星，闹得满城风雨，举世皆知，但等奖金发到有的工厂，人均才一元钱，还是人民币。所以在航天系统，不少人难以安心本职工作，是很自然的事情。

举个例子，航天部有个人，没什么能耐，平常上班吊儿郎当，晚上还干私活。可后来他跑到了另一个单位，不但给了他一套三室一厅，涨了工资，还把老婆也安排了工作。这事在航天部内部引起不小反应，有人说："在我们这儿不能干的人，跑出去反而工资涨了，房子分了，老婆还给安顿好了！让我们在这儿的人怎么干？这算怎么回事嘛?"这事对仍在航天部工作的人，自然是个刺激甚至是个打击。可不干又不行，便只有当一天和尚撞一天钟，得过且过，只要保住自己那摊儿不出问题就行。当然，一旦有了发射任务，也会尽量干好，尤其是老同志！

但一些年轻人就不一定了。年轻人想得远，眼光高，生活的要求和标准与老同志不一样，认为自己在航天部实现不了什么价值，所以常常身在曹营心在汉，这山望着那山高。特别是一些有本事有才华的年轻人，前几年要么漂洋过海，出国"镀金"；要么离开航天部，到外企挣大钱（在航天部一月挣一两千，到外企一月起码六七千）；有的即使因为某种原因未能离开，表面看上去每天都在上班，思想上也不安分，很难作到尽心尽责，忠于职守。

因此，从航天系统过去发生的各种故障和事故来看，因人的责任心不强、有章不循造成的问题，占百分之五十以上；而因人的素质差、业务水平不高而造成的设计、工艺、制造上的差错，竟达百分之八十！

如此一个比例数值，说明了什么？

第三，管理问题。

中国过去几十年是"以阶级斗争为纲"，各行各业，都是靠行政命令行政手段进行管理，有的甚至依靠强大的政治压力实施管理。进入市场经济后，特别是进入国际市场经济后，一切要靠竞争，这既需要人们思想观念的转变，同时在管理制度上也要有一套相应的东西与之匹配，与之适应。但由于国门刚刚打开，经济秩序和管理制度一时难以完善；加之航天系统不少人总是习惯于计划经济，习惯于国家管理部门的管理模式，而对市场经济新的管理模式既不熟悉，又不学习；既认识不到管理在企业中的作用，更不懂得向管理要质量，要效益。所以据航天部权威部门统计，在过去发射出现的问题中，有百分之六十都是管理问题。

的确，质量问题说穿了，就是管理问题。但质量管理问题并非新鲜话题，而早已是一个陈旧的历史概念。早在 1865 年，德国就成立了蒸汽锅炉监督协会，美国也成立了保险商试验室。1882 年，英国还成立了蒸汽锅炉监督局。这些机构，都是按照各自制定的规范、标准及安全规定，对产品质量实施公开评价和监督；各生产厂家的产品只有被质量监督机构授予证书，才能出厂。这是最早时期的质量监督工作。第二次世界大战之后，质量监督工作在世界广泛开展，各国为了发展本国经济，为了在世界经济和贸易竞争中立于不败之地，纷纷制定和采用新标准，开展了各种形式的质量监督工作。实行市场经济的国家，像西欧各国、日本、美国等，其质量监督工作管理体制尽管相对比较分散，但都有一大批专家在做这项工作。而在中国国防工业中，最早的质量监督制度，就是驻厂军事代表制度。军代表通过对武器产品进行检验、验收，对生产过程进行质量监督，严格防止不合格产品交付部队使用……

中国进入国际商业市场后，质量管理监督工作自然也在做，并取得了一些成效。但严格说来，质量管理工作仍然死角不少，有的甚至还很严重。如某些型号的火箭到发射场后，暴露的问题较多；重复故障、人为责任事故时有发生；某些单位，有章不循、违章不究的现象也很普遍。一句话，质量管理并不完全合理化、科学化，存在不少漏洞和问题。比如，有的工厂，出了质量问题按理说应该惩罚，但惩罚的文件下了，处分也给了，款也罚了，车间主任还得想法用主任基金给被罚者补上。为什么呢？因为能干活儿的人本来就不多，真正干活的基本上都是所谓的“土八路”；一些年轻的研究生、博士生本来就不愿干，再给他处分、再罚他款，就更不愿干了。所以没办法，车间主任有时只有用钱哄着。

1995 年和 1996 年两次发射失败后，在刘纪原、白拜尔的亲自率领和督促下，航天总公司先后两次派出了六十多个调研小组，到承担科研生产任务的部分研究所和工厂调查研究，收集意见。该小组在调查研究中发现，发射失败从表面上看，似乎是一个个偶然的故障造成的；但倘若透过现象看本质，实际上是管理体制、运行机制和管理方法不适应新形势的要求造成的。最后，调研小组根据基层反馈意见，把航天科研生产管理中的问题，概括为六个方面：

> 一、在责任制方面，总公司、院（基地）、所（厂、部、站），行政总指挥和总师以及各类人员在火箭研制中的岗位职责没有划清，责权利也不明晰，因而落实责任制只是停留在口头上、文件中，重大质量问题发生后，难以找到直接责任人。
>
> 二、在用人制度方面，缺少一个完善的竞争机制，干好干坏一个样。人的积极性调动不起来，责任心下降。
>
> 三、某些奖励政策在引导上存在问题。比如评职称、评成果不是按综合的技术水平和经济性指标统一考虑，而是片面强调“技术创新”。于是不少人便重成果，轻效益；重科研，轻生产；彼此技术保密，相互经验封锁；甚至出现同一类火箭的技术状态都不一样的状况，从而导致周期拖长，经费超支，可靠性降低。
>
> 四、对工艺重视不够，工艺课题投入不足，工艺文件不具体，工艺设备落后，工艺队伍力量弱，后继乏人。
>
> 五、质量管理薄弱，质量监督机制不健全，预防为主的原则和产品质量全过程受控的原则执行不得力。
>
> 六、领导干部和机关工作存在种种问题，严重地挫伤了一线职工的工作热情和积极性。

很显然，这六个方面的问题都是在管理上急需解决的深层次问题。但是，航天系统在质量管理中暴露出来的种种问题还有一个重要的原因，就是缺乏法治意识和法治管理。如果航天系统能把工作程序、奖惩制度以及一些成熟的技术等上升、定位到法治上，或许质量问题相对就更有保证了。

第四，技术条件问题。

中国目前属于发展中国家，经济还比较落后，用于航天方面的经费极其有限。由于缺钱，技术条件必然就差，就难以适应市场经济下商业发射任务的需要，特别是远远不适应国际商业竞争市场的需要。因此，高技术、低费用、差设备，这一基本国情，就不能不说是中国航天发射中大量发生质量常见病、多发病的一个重要的客观原因了。

实话说，中国航天系统现有的研制、生产、试验、检测等技术设备，不少都是过去旧的产品，有的工厂甚至还使用的是五六十年代的产品！有的元器件本来质量关可以把得更好，但由于缺乏先进的检测设备，甚至有的就没有检测设备，检测质量当然就难以保证；还有一些技术难度大的研制生产环节，由于买不起先进的仪器设备，又要提高技术水平、保证技术含量，就只有依靠加强人的责任心和提升技术水平来弥补。但人的责任心和技术水平即便再怎么超常发挥，其能量也是有限的，时间长了，谁敢说一定能确保质量？

其实，近两年火箭连续发射失败，还有一个因素，就是我们对火箭发射的监测手段很落后！美国、苏联包括法国，对火箭发射的监测手段是相当先进的，它的监测手段可以从火箭发射前，一直跟踪到火箭发射点火上天之后。即是说，火箭在发射过程中任何时候出现故障，随时都能监控得到；一旦发现故障，立即便可采取应急措施——或者中止发射，或者实施补救方案。总之，由于监控设备的先进，火箭的命运随时在掌控之中，有些可避免的损失便可得到避免。但中国不行。我们的监测手段只能监测到火箭点火发射前十五分钟。也就是说，如果火箭是 8：15 分点火发射，那么监测仪器只能监测到 8 点钟，到了 8 点监测设备就自动关闭了。假如火箭在最后十五分钟不发生意外，火箭便能顺利升空；但万一火箭在最后十五分钟突然出现问题，就容易措手不及，甚至有时只能听天由命。

技术条件较差的主要原因，当然还是要归结到一个“钱”字上。那么作为承担国家重要发射任务的航天总公司为什么会缺钱呢？据刘纪原部长说，主要是在前些年经济体制的转轨中，保证航天基础建设经费的正常渠道不通。本来，在“七五”期间，都有基础设施费；但到了“八五”期间却给漏掉了，只有科研费，而没有基础设施费；等到“九五”期间，还是没有。而且科研费在国防科工委，技改费在计委，行政费在财政部，这些费用分配使用起来，很麻烦也很困难。比如说，卫星要搞一个公用平台，平台出来后每个用户装上有效载荷即可使用。要搞这个平台就需要研制经费，但研制费任何一个用户都不会出，只有指望国家来出。但国家有困难，没有钱，或者没有被“计划”上，或者一时倒腾不过来，怎么办？这事就只有先搁在那儿，等有钱了再说。航天工业公司幸亏“八五”期间搞专项，经过争取，这才有了“八五”“九五”这十年的技术改造投资费，而且比过去三十年翻了两番。

中国在这一点上不像欧洲国家，如欧洲的“阿里安”火箭，是由十几个国家三十几个公司共同承担搞的，每个公司都是入股成员，这样可以发挥欧洲各国的技术优势。但它早期的研制费都是由国家拨款，只有火箭进入国际市场后，才由公司自负盈亏。刘纪原访问欧洲时，曾经问过欧洲同行：“你们国家为什么要采取这样的行动支持公司发展火箭呢？”欧洲同行回答说：“第一，运载火箭本身代表了当今的高技术，通过这个高技术可带动国家很多科技的发展；第二，能拥有这么一个运载火箭，是国家实力的一种象征。”

第五，技术水平问题。

中国确实有一大批航天专家，不仅在国内声名显赫，在国际上也有一席之地。这也是美国专家在与中国打交道的过程中的印象。但由于历史的原因和国情的不同，中国火箭的商业发射历史和发射次数相对美国、苏联、法国而言，在经验上无法相提并论；有的专家对西方航天大国的先进技术了解不深，研究不够，对自身的某些技术问题也没吃透，有时就难免表现得有点过分自信，致使某些技术隐患未能得到解决，等到故障发生后，才恍然大悟：原来如此！比如，××发动机出现问题，就是对低温、真空、失重等一些技术问题认识不够。所以我们必须承认，在商业发射中，中国在总体技术水平上与世界航天大国相比，是存在一定差距的，在某些方面甚至还存在相当大的差距！

当然，我们也要承认，经费的多与少，往往与水平的高低紧密相关。比如，国外在发射前，在地面和高空会作大量的试验，而中国因为经费有限，只在地面试车后就发射，试验的次数少得多，出问题的概率自然也就高得多。因为高水平，往往也是靠高投资堆起来的。比如美国发射“阿波罗”宇宙飞船，如果没有高投资，宇航员的脚印永远不可能留在月球上。所以从这个角度说，中国的航天专家们在中国搞发射，比发达的西方国家要难得多；再加上一些无聊扯淡、有苦难言的非科技方面的事，技术水平的发挥，就更难了。而这些问题，目前也是没有办法的事情。谁让我们还穷呢？谁让我们的社会机制还不完善呢？谁让我们的整体素质还上不去呢？

四

一系列火箭发射失败，不仅迫使中国航天人深刻反省，也引起中央和国务院领导人的思考和焦虑。这些领导人吃不好饭，也睡不好觉，在各种场合总是告诫航天总公司的头头们："中国的发射不能再失败了，我们再也失败不起了！"

宋健在一次会上，就这样强调说：

> 现在中国航天事业进入了一个新的历史时期。新的任务要求我们重新认识过去已习惯了的一套工作方式和管理方法，要面对已变化了的大环境，改革一切不适应的东西，特别是需要重建质量体系。重建质量体系的一个重要标志就是要建立独立的强有力的质量监督机制，这个问题已经非常尖锐地摆到我们航天系统面前。我们必须从战略高度来认识这个问题，重建有活力、有实效的质量体系，加强可靠性工程的推广和应用。

1996年11月上旬，刘纪原陪李鹏出访智利和巴西。一上飞机，李鹏便向刘纪原详细询问有关卫星、运载火箭、导弹武器、军民品分线、卫星保险等问题。

刘纪原详细作了汇报。

之后，李鹏又特别问道，这几次卫星发射失败的原因到底是什么？是技术台阶上得比较大，还是对技术问题没有吃透？是元器件的质量问题，还是工作人员责任心的问题？

刘纪原又一一作了回答。

李鹏说，航天总公司当前最重要的是提高质量。国务院准备专门开个办公会，目的就是再强调一下这个问题。你们对航天型号上新技术，一定要加以控制！

刘纪原说，这里有个政策问题。

李鹏说，政策可以调整嘛！关键是一定要确保成功！工作中发现问题，宁可计划拖后几个月，也要确保成功。只要保证成功，中央是不会责怪你们的。只有连续成功了，有些工作才好做，否则有些话就不好说了。航天高科技有风险，但也不能总失败呀！

李鹏的语气中，明显表示了对几次失败的不满。

接下来，李鹏又和刘纪原谈到管理方面的问题。

李鹏说，你是总经理，不能太软！意见要听，但最后下决心的是你，出了问题你就要负责任！党组的决定一定要坚决执行。新技术要发展，但一定要有所控制；既然成功了，技术状态就不能轻易改动。

最后，李鹏还强调说，你们一定要认真对待在向市场经济转轨变型过程中遇到的问题，一定要认真总结经验教训。关键、关键是要确保成功！如果再失败……我看你刘纪原就该下台了，也不用再出国了！

“2·15”失败后，有人向中央反映，说刘纪原出国太多，没抓火箭质量，所以导致了一系列失败。其实，1996年刘纪原出国并不多。但他觉得没必要解释，关键是做好下一步的工作。所以他向李鹏表态说，请总理放心，我会努力的。只是，当前有一个突出的问题，我感到很为难。

李鹏问，什么问题？

刘纪原说，钱的问题。

李鹏问，怎么讲？

刘纪原说，现在产品质量不行，一个根本的原因是我们的技术检测手段太落后，也太少！现在必须要搞技术改造。过去我们对元器件的测试，都是抽测。为什么呢？检测设备不够，检测水准也不行。如果有了钱，我们新建几个软件测试中心，对元器件就可以进行百分之百的测试。这样，产品的质量就会有保障。

李鹏问，那你想要多少钱？

刘纪原说，我已经想方设法筹集了七千万美金，但还不够。

李鹏问，你还想要多少？

刘纪原说，一亿美金吧？

李鹏说，要钱可以，但现在不行，等你打成功后再说！

刘纪原只好就此打住。

回国后，刘纪原开始拼命抓质量，并及时召开了总公司首脑会议，对在市场经济转轨变型过程中出现的种种问题作了认真地研究，而后一致认为，当前中国航天面临的形势非常严峻，必须进一步统一思想，好好总结对外发射服务工作的经验和教训，研究提高运载火箭质量可靠性的目标和措施；只有找准产生问题的原因，中国的火箭才有可能重整旗鼓，东山再起。否则，中国火箭走向国际商业发射市场的脚步，只能到此止步。

五

1996 年 12 月 27 日，中国航天总公司利用中国对外承揽商业发射十周年之际，在北京召开第三次国际商业发射会议。与会者除总公司和国防科工委领导外，均是来自商业发射服务第一线的专家、技术骨干和专职管理人员。

自 1992 年“澳星”发射失败后，通往国际商业发射的路到底应该如何走，便成了沈荣骏、刘纪原、白拜尔等中国航天领导人思考的重大问题。但实事求是地说，由于历史的局限，发射任务的繁忙，更由于体制和观念的束缚，他们对这些问题想得并不透，看得也并不远。甚至到了 1995 年 1 月发射失败，对国际商业市场中某些潜在的问题也依然认识不清，因而其重视的程度和抓质量的力度，也就不够。直至 1996 年“2·15”发射失败，火箭炸了，卫星毁了，房子垮了，人员死了，他们一直处于高度压力、过度紧张的脑子才真正开始清醒起来。

因此，这次会议从某种意义上说，可以看作是一次清醒脑子的会议。

它对中国航天人能否振作精神、走出误区、再创辉煌，有着至关重要的作用。

会议开始第一天，由张新侠宣读经国务院李鹏，朱镕基、邹家华、吴邦国、李岚清、宋健，以及中央军委江泽民、刘华清、张震、张万年、迟浩田共十一位领导人圈阅过的《关于对外发射服务有关问题的复函》。然后，由总公司副总经理白拜尔作中心发言。

白拜尔自 1993 年出任副总经理起，一直负责主抓火箭的研制生产工作，所以对各方面的情况十分清楚。他的讲话有备而来。他首先肯定了十年来国际商业发射服务的成绩，然后一针见血：

> 近两年来，我们在商业发射服务中出现了几次发射失败，这一累积效应，从根本上动摇了用户和保险界对“长征号”系列火箭产品质量的信心，致使国际发射服务市场严重丢失，稳定用户、开拓市场工作困难重重。
>
> 不难想象，如果“长征号”火箭再失败，我们将不是被挤出市场，而是不得不自动退出国际商业发射服务市场！我们必须认清当前这一严峻形势。

谈到近几年的几次失败，白拜尔把原因概括为三点：

> 第一，对国际商业发射服务的难度和特殊性，缺乏足够清醒的思想准备。我国的运载火箭是从六七十年代的中远程导弹改进发展起来的，系统的可靠性设计措施比较薄弱。进入国际市场以后，又新研制了“长二捆”“长三乙”“长二丙”等新型号，未在可靠性设计上下功夫，从而加剧了固有可靠性降低的局面。应该承认，闯进这个早已被西方国家垄断的市场，付出失败和意外代价是难免的，是可以理解的。但是今天，在我们冷静地总结过去的时候，必须承认，我们对国际商业发射服务的难度和特殊性缺乏足够的认识，对国际市场缺乏周密的分析

和研究。

第二，思想观念与市场经济条件下的国际商业发射服务要求有很大差距。国际商业发射服务目前仍是买方市场，“用户至上”。在这个问题上，我们的观念没有转变或者转得还很不够。对投放国际市场的运载火箭，我们至今仍沿用计划经济体制下的科研生产管理的思路和办法，没有把火箭看成是激烈竞争市场中的商品，仍是单一的科研试验产品，过于追求技术上创新。用创新的然而没有经过考验的不成熟的东西在市场上面对客户，必然会使我们在商业方面承受更大风险。在对用户提供的服务问题上，我们与国际大公司相比，最大的差距也在思想观念上。劳拉公司总裁罗伯特·贝尔瑞认为，以“用户第一”为一切工作的中心指导思想，是竞争中取胜的关键之关键，也是劳拉公司几十年来经验和教训的结晶。我们往往是为自己考虑多，为用户想得少。应该看到，几次外星发射失败的累积效应，是造成今天这样被动局面的根本原因。但是我们在对发射期计划协调的灵活性上不能满足用户的要求，我们对用户提供的服务质量不高，也是其中不容忽视的重要因素。发射失败后，用户和保险界最关心的是发射失败故障调查情况的快速、准确和公开。今年 6 月“阿里安—5”发射失败后，法国仅用五十天就对外公布事故原因及改进措施。在这方面，由于我们与美国、欧洲相比，观念上差距很大，因而对外宣传反应慢，效率低，主动性差，针对性不强，透明度不够，对外宣传的强度和节奏都不能适应国际市场激烈竞争的要求。

第三，国际商业发射服务工作的责任制没有真正落到实处。国际通信卫星组织的一位项目经理在西昌卫星发射场表示：“中国人并不是按一种易于合作的方式进行组织，这使得在技术及其他他们不愿意面对的问题上运行缓慢。”我认为，这个评价恰恰击中我们国际商业发射服务工作中的要害。尽管我们有专项贸易管委会，有专管公司，有专门研制生产运载火箭的单位，有专门负责发射测控的部门，但是在整个运行过程中，责任制没有真正落到实处，管理薄弱甚至管理混乱的问题屡见不鲜。第一线和决策层靠报告传递情况，靠会议解决问题，在许多情况下，参加会议的人员仓促到场，未进入情况，难以发表中肯的意见提供决策；许多问题的处理，仍然靠一事一报、一事一议的方式进行协商会签。这种重复性的协商难以适应国际商务的快速节奏。与此同时，国际商业发射服务工作的业务建设和基础工作却依然薄弱，对合同风险点的确定与分析研究，对市场信息的收集、分析及跟踪，对国际保险界定期与不定期的经常联系，对信息及宣传资料的制作、传递等等都还停留在一个低水平上，尚有许多应该做而没有做好的工作。正因为责任制不落实，从事国际商业发射服务工作的整个队伍，无论是专职人员，还是兼职人员，至今没有明确的训练大纲和计划……总而言之，管理工作中存在的种种弊端已经严重影响和制约了商业发射服务的进一步开拓和发展，务必引起各级领导的高度重视！

谈到如何开创国际商业发射服务新局面、重振中国航天雄风的问题，白拜尔又强调了四点：

第一，要确保质量。

第二，要坚定不移地以创建世界名牌火箭为目标，实施名牌战略。

第三，要通过各方渠道与国际保险界建立良好的信任和合作关系。出现问题后，要提高故障分析透明度，及时向保险界说明事故原因及采取的措施。

第四，要继续加强中美政府间谈判，与西欧、俄罗斯等保持一定的接触，为商业发射服务创造良好的外部条件。国际商业发射服务不仅是商业活动，同时也是一场各国政府间的政治战，所以要继续加强政府间的谈判工作。

国防科工委副主任沈荣骏，是中国航天对外发射中重要的开创人和指挥者之一。十年来，为了中国的火箭能走向世界，可谓殚精竭虑，呕心沥血。12 月 29 日这天，他在会上也作了发言：

大家都很清楚，我们国家的航天工业是在比较落后的技术经济基础上发展起来的，这本身就是一个很大的难题。今天能够取得这样一个成就，我觉得是一件很了不起的事情。我看过一个资料，美国人发展核武器的投入约三亿美金，天文数字，我们没法跟它比；我们发展航天技术花了多少钱，没有统计，反正我们花的钱，我认为恐怕比国外少说是低一个数量级。美国一年的航天经费投入为一百四亿美元。当然，我们的可靠性比国外低，还存在一些问题，但是在总体性能上我认为我们并不比他们差太多。从这个角度上来讲，我们的投入和产出的效益还是很高的，我们还是应该引以为豪，而不应该有一种自卑感，好像我们这也不行，那也不行。

但是，沈荣骏接着便对失败的原因作了分析：

失败原因到底在哪里？各个方面的条件、环境，包括精神文明建设方面都是有影响的。另外，型号搞得稍微杂了一点，就是说，有的时候把一些技术上还不是十分成熟的东西也用上去了，这可能对可靠性带来很大的影响。实际上叫我看，这个运载火箭不是导弹，制导精度差一点有什么关系？入轨精度高一点、低一点影响不是太大。它不像导弹，命中精度一定要多少，要求那么精确。因此，在精度上就可降低些要求，而在可靠性上要求高些。有些成熟的技术尽量用起来，少搞一些新的花样。我第一次去苏联的时候，参观他们的“质子号”火箭，控制系统还是模拟式的，三套并联。当时我问他们为什么不改？他们说没必要改，这个挺可靠，改它干什么？我们是不是这样一个指导思想？我觉得如何利用成熟可靠的技术，服务于我们的这个产品，服务于这个产品的可靠性，值得我们很好地研究……如果说我们的运载火箭百分之九十五都达不到，怎么把我们的航天员送上天啊？

现在大家都抱怨元器件，一说都是元器件不好。我说我们过去出的问题真正是元器件的还真不太多，你不信从头到尾把过去出的故障分析一遍。不客气地讲，很多东西还都是设计上的问题。退回来讲，对材料问题、元器件的问题解决的关键是我们怎么筛选，怎么检验。我们国家经济技术基础比较落后，做出符合航天级标准的，老实讲——难！所以筛选元器件、检验材料这一道关很重要。元件好不好是他的事，用不用是你的事。不能说元件不好，出了问题我没责任。出了问题还是我们的责任。

另外一个问题就是市场。我们由计划经济转为社会主义市场经济，确实还有很多不适应的地方。我们很多公司尽管说也是按照市场经济规律去办事了，但实际上我们还有很深的计划经济的烙印，这也直接影响到我们的对外发射服务……另外，除了我们现在的客户，如何把潜在的客户、潜在的市场发掘出来，还有大量的工作要做。据我了解，当前国际上的运载火箭不是多了而是少了，是缺。既然是这样一个情况，市场的培育和开发，我觉得仍然是一个重要的课题需要我们去研究。只要抓住了两头——产品质量和市场开发，我们对外发射的这两条腿就走起来了。任何一头没抓好，就是一个瘸子，是动不起来的。俄罗斯前几年就是这个状况，“质子号”火箭确实不错，但没抓住市场，没人买它的，就是一个瘸子。反过来讲，你开发的产品不行，也是一个瘸子，市场照样得丢掉。所以，必须两条腿走起来，才能大步前进。

刘纪原参加这次会议，其心情是复杂的。简单说，忧喜参半。有压力，有痛苦，有纠结；但也有思考，有决心，有信心。12 月 29 日这天，他在发言中这样说道：

当前，航天面临的形势的确十分严峻，无论从国际还是国内来看，无论是从导弹武器还是火箭、卫星等民用航天产品看，一方面市场竞争十分激烈；另一方面，我们的产品质量和可靠性不高，我们的思想观念、工作方式方法、管理与运行机制还不能适应国内外市场的激烈竞争，致使我们在激烈的市场竞争中处于十分不利的非常被动的境地。仅从总公司全系统各方面工作来看，其中形势最为严峻的一个侧面，就是商业发射服务；另一个侧面就是企业亏损……在商业发射服务工作上，我们现在是“无路可退，失败不起，只能成功!”在这样严峻的形势面前，最关键最重要的一点，是要真正统一思想认识。看不到严重形势是危险的；对战胜困难缺乏信心，不能从主观上、自身的工作上找到战胜困难的力量，则是更可怕的!

对失败的原因和存在的问题，刘纪原也作了分析，并提出了严厉的批评：

从对几次外星发射失败的分析看，有技术上的原因，有管理上的问题，有设计人员没有吃透技术的薄弱环节，有电子元器件质量不高的社会因素影响。但我认为主要的不是技术上的原因，而是我们管理上的问题，缺乏严谨科学作风的问题……

对于客观上已经存在着的形势状况，仍有不少单位和领导同志视而不见，该落实的工作不落实，或多或少还存在满足现状的情绪。有的厂出了问题，主管院、主管所的全部领导都不知道。我并不是要求所有领导、所有的总师对所有的问题都知道，但是短线的问题、关键的问题必须知道，否则还要什么一把手！还要什么总指挥，还要什么总师！像这样的事情，发生在相当一些主要领导和技术负责人中，我感到问题还是没有真正把思想认识提到政治的高度。我们有一些领导干部，对总公司安排部署的工作，自己思想不通就梗阻，甚至上有政策下有对策。抓质量、抓管理也是程度不同地缺少认真负责的精神。

在工程技术人员和生产工人中，由于思想认识没有统一，经常是头痛医头，脚痛医脚，认为换上一个部件，设备就没事了，就是总公司领导没事找事，因而对查找和分析出现故障的机理和原因思想上不通，行动上怕麻烦，即使不得不查，也常常是应付了事走过场。我们在这方面已经有过多次的惨痛教训了。

最后，刘纪原还特别强调：

希望同志们认真思考一下，为什么中央领导再三强调航天要确保成功，要认真总结教训，要抓好产品质量，归根结底，只有一条，那就是因为我们每一次卫星发射的成败，都直接关系到整个国家的利益和航天科技工业的发展，直接关系到我们国家在世界高科技领域能否占据一席之地的大问题，直接关系到我们的经济利益和我们国家的形象问题。这就是政治，这就是全局！

就在这次会上，白拜尔代表航天总公司还推出了一个新的“长征号”火箭的发展计划——“生命计划”！“生命计划”的核心，就是提高运载火箭的可靠性水平；就是通过对国际商业发射服务市场的需求和预测，再推出新研制的“长征号”火箭，并保证从1997年至2000年间发射成功率达到百分之九十五，从而保住“长征号”火箭这来之不易的名牌产品。对此，白拜尔特别强调说：

“生命计划”之所以命名为“生命计划”，之所以加“生命”这两个字，就是为了让大家不要忘记这件事，重视这件事，搞不好就会“没命”的！

会议结束这天，正是 1996 年的最后一天。于是 1997 年的钟声刚一敲响，中国航天界从上至下，所有人的神经又开始紧张起来。因为一场事关中国“长征号”火箭能否在国际商业发射市场继续存留的生死大战，再次拉开了大幕；国际商业发射市场上的竞争者们在等着观看中国的“长征号”火箭如何登场亮相；尤其是某些别有用心的“国际裁判”，兜里已经装满了“黄牌”和“红牌”，只等中国一旦“犯规”，他们便会立即伸手掏牌！

第十九章

雪　耻

1997 年，航天工业总公司大胆改革，狠抓质量，变人治为法治；接着又变“要饭吃”为“抢饭吃”，向相关企业大胆开刀：三家企业破产，一家企业兼并，十八家企业减员。结果“长征号”火箭连续七次发射成功！世界再次震惊也因此迷惑：同是中国火箭，为何一会儿屡屡失败，一会儿又连连成功？

一

1997 年元旦这天，天安门广场被北京入冬以来的第一场瑞雪洗刷一番之后，给人以清洁明朗、耳目一新的感觉。

清晨 5 点左右，五万余名各界群众陆续赶到天安门广场，准备参加即将举行的元旦升旗仪式；7 点左右，航天总公司总经理刘纪原、副总经理王礼恒等领导以及航天系统在京各单位的数百名职工顶着猎猎寒风，也来到天安门广场。

这天即将升空的这面国旗，是去年 10 月用中国的火箭送入太空并随返回式卫星在太空翱翔了十五天后返回地面的第一面中国国旗。人们将这面国旗称为中国的第一面“太空国旗”。

7 点 31 分，由三十六人组成的国旗护卫队护拥着鲜艳的“太空国旗”，穿过天安门城楼，越过金水桥，向广场中央的旗杆走去。7 点 36 分，伴随着《义勇军进行曲》，旗裤上盖有航天总公司、北京市政府、中国空间技术研究院、天安门广场管理处以及北京市公证处五枚印章的“太空国旗”，在皑皑白雪的映衬下，在数万人的注目中冉冉升起！

“太空国旗”的首次升起，对国家而言，我们可以理解为一种骄傲的象征；而对四面楚歌的中国航天人来说，表达的恐怕就是一种破釜沉舟的气概和决心了。

二

即便用今天的眼光来看，1997 年也算得上中国历史上重要的一年。因为就在这一年，中国恢复了对香港的行使主权。而这一年对中国航天来说，更是一个非同寻常之年。别的姑且不论，单看这年的工作计划，便知分量有多重：全年将发射卫星九颗：两颗国内卫星，七颗外国商业卫星；大型飞行任务十余次，研制型号二十六个，生产型号十三个；国家立项的重点武器型号十五个，并将进行阶段性或定型鉴定飞行试验；载人飞船的研制、建设任务已到关键时刻，诸多重大问题亟待解决。

很显然，这是中国参与国际商业发射十年以来任务最繁重、最艰巨的一年，同时也是最关键的一年。这一年，对中国航天工业总公司而言，是继续深化改革、加速发展的一年；对“长征号”火箭来说，则是打翻身仗的一年。

所以，沈荣骏在会上特别强调说：

> 1997 年的九次发射任务，无论如何只能成功，不能失败。我们这九发打好了，用户很快就可以过来；如果这九发打出毛病来了，后边的日子更不好过。你说死，我看也死不了；但是要死不活，还得一段时间。所以，这几发要打就要打成，如果没把握，宁可不打！各个环节，包括产品的单元、分系统、总装、测试、靶场试验等，必须把问题搞清楚，必须严格把关，不能带任何问题上天！

刘纪原也在会上反复告诫道：

> 从 1997 年 1 月 1 日起，“长征号”火箭发射成功率要在三年内达到百分之九十五以上的目标。有同志认为，这个指标太高，是不可能的。但请同志们算算看，即使我们达到了百分之百的成功率，加上我们已经进行的四十三次发射的百分之八十七的成功率，到 1999 年底，“长征号”火箭的成功率也只有百分之九十至九十二。这距离世界现有的火箭先进水平仍有不少的差距。所以，我们必须下大气力，一点一滴地做起，树立发发成功的新的意识和新的工作标准，必须确保发发成功，次次成功！

其实，沈荣骏、刘纪原在反复强调“发发成功，次次成功”的同时，心里也非常清楚，面对国际商业发射市场的复杂局势和自身难以克服的种种弊端，中国航天要真正落实“生命计划”，确保“发发成功，次次成功”，保住“长征号”火箭这一难得而昂贵的名牌，的确不是那么容易的！尽管一系列失败之后，航天总公司从上到下都在深刻反省，并针对以往管理工作中的疏漏，制定了一系列改革的措施和办法，但面对变化了的外部环境和内部环境，整个航天系统事实上并未完全摆脱现实中的种种困境与危机；在无数发射任务的背后，依然潜藏着种种矛盾和问题；特别是在管理上深层次的问题，并未得到真正解决。而之所以如此，根本原因是在计划经济向市场经济转变的过程中，过去已有的旧的管理体制和旧的运行机制，无法适应新形势的需要。

所谓的“新形势”，从外部来讲，指大的经济环境发生了变化，中国航天人已经从习惯了的计划经济中自觉不自觉地卷进了市场经济的大潮，所研制生产的试验品或产品已全部进入商品的行列，无论你愿意还是不愿意，都得参与国内国外商业发射市场的优胜劣汰的竞争；另一方面，衡量工作的标准，已不再是科学研制的成果，而是在一定的进度和成本条件下满足国内国外商业市场需求的商品。这就逼迫着中国航天必须从深层次改革，从灵魂深处改革，拿出与之相适应的新思路、新办法、新道道，用“长征号”火箭本身的可靠性，把失去的信誉重新捡回来，把失去的外国客户重新请回来，把在国际上的地位重新树起来！

经过深刻反省，痛定思痛，刘纪原等航天领导人最后大胆决定：首先制定一分新的有强制作用的法规性文件，用以规范各级、各类人员在科研生产全过程中的行为，从而依法完成各项科研生产和国际商业发射任务。也就是说，用今天市场经济条件下的法规文件，替代过去计划经济条件下的人为制度——一句话，变人治为法治！

于是，1997 年 1 月 15 日，这份凝结着千千万万工程技术人员的智慧，并包含了惨痛教训甚至是鲜血和生命代价的前所未有的法规性文件——《强化航天科研生产管理的若干意见》——正式出台了！因其内容有七十二条，故又称“航天七十二条”！

“航天七十二条”从十个方面进行了深刻而系统的阐述，纵向贯穿于科研生产管理的全过程，横向覆盖了科研生产管理的各个环节。它以责任制为核心，以质量监督机制为基础，以竞争机制为杠杆，以职业道德建设为灵魂，提出了在新形势下解决航天深层次问题的具体政策和办法。它与过去几十年的规章制度最大的区别在于，它是中国火箭卫星进入商品市场后一个新型的法规性的文件，而非一个普通的规章制度。准确地说，它具有法律性，而法律性的最大特点就是强制性。你执行要执行，不执行也要执行；若有违反，依法必究！

“航天七十二条”出台后，在总公司反响强烈。有人表示惊叹，有人表示拥护，有人表示怀疑，有人表示抵触，有人表示不可思议，还有人表示坚决反对！但大多数人都表示理解和支持。

之后，总公司又制定了贯彻强化型号质量管理的二十八条和执行质量归零的五条标准；接着总公司又在非常时期采取了第二个非常措施：由总经理刘纪原亲自给下属的各个院长、主任颁发责任令！

1997 年 1 月 17 日上午，刘纪原在廊坊召开的航天型号工作会议上正式颁发责任令。这个冬日的上午看起来普通平常，会场的气氛却格外严肃紧张。会议一开始，刘纪原神情凝重地站在会场的中央，依次向所属的一院、二院、三院、四院、五院、八院、九院以及 061 基地、

062 基地、066 基地、067 基地等十二个单位的院长、主任一一颁布责任令。当所有接受责任令的院长、主任听到刘纪原喊到自己的名字时，都快步走到刘纪原的面前，军人般地双腿站立，军人般地挺直腰板，军人般地聆听承担的任务，而后再军人般地从刘纪原手中接过责任令。十二位院长、主任在接过责任令的那一刻，全场静得出奇，好像每个人手中的责任令都像铅球一般，每个人在那一刻都变成了即将率队出征的将军；仿佛进军的号角已经吹响，一场严酷的战斗就在面前，等着他们背水一战——只能成功，不可失败！

接下来，总公司在非常时期采取的第三个非常措施是，向企业大胆开刀，正式推出总公司对航天企业改革的决定：1997 年三家企业破产，一家企业兼并，十八家企业减员！

这一项项重大改革措施的出台，犹如惊涛拍岸，深深触动了航天企业的每根神经。“航天企业也能破产？”有人冷笑，有人叹息，有人摇头晃脑，有人嗤之以鼻。“扯淡！不可能，绝对不可能！”吃惯了社会主义大锅饭的人们怎么也不相信，已被国家养了几十年的“钢铁企业”，一夜间居然会彻底破产？已在手中端了几十年的“铁饭碗”，难道突然会被一掌打翻？

但 1997 年航天系统最终还是出现了三个破产企业：上海有线电厂、上海新华无线电厂、长沙磁性材料厂。从历史上看，这三家大厂都曾有过辉煌的纪录，都曾对中国航天作出过无私的奉献。可在残酷无情的市场经济浪潮面前，它们还是不得不破产了！

三家企业的破产，不仅开了航天企业经营管理不善同样可以沦为破产户的先河，同时还用事实向人们郑重宣告：航天企业的特殊性、优越感从此将不复存在；“等饭碗”的旧日子从此宣布结束；“抢饭碗”的新生活必须现在就从自己的脚下开始！尽管破产的企业员工们在道理上也懂得破产并不仅仅是几个工厂的大门被封，关键是要从根本上转变抱“铁饭碗”、吃“大锅饭”的观念，可当几十年随意进出的厂门，在一个太阳刚刚升起的清晨或者夕阳正在徐徐落下的傍晚突然就被法院贴上一张盖有大红印章的封条时，他们还是流下了滚滚热泪；甚至有人呼天抢地，捶胸顿足："老天爷，这究竟是怎么回事……怎么回事呀?!"

是的，这些几十年来已被国家养惯了、宠惯了的航天人实在很难接受破产的现实。因为过去几十年他们一直都是"国家的人才""国家的宝贝"！然而当他们得知企业一旦破产便可免去一点四亿的银行债务时，又情不自禁地擦去了忧喜参半的泪水，不约而同地朝着人生的另一条小道——再就业中心——蹒跚走去。虽然他们已经花白的头上一下便失去了原来那道耀眼的政治光环，新的工作岗位也肯定不会令他们称心如意，但每月好歹能挣回二三百块钱的生活费，总比终生背着债务过日子好得多呀!

上海航天总公司收购新华厂后，经资产重组，以低投入使自身的发展实力得到了加强，更重要的是一点四亿元的贷款债务黑洞一夜之间便被填平，从此可以集中更多的资金，用于扶持有前景、有生命力的航天企业和航天产品，更快地扭转航天企业大范围亏损的被动局面；而拥有五千多名职工的沈阳新乐公司对另一公司实行兼并后，在辽宁也创下了三个第一：第一个大型企业兼并大型企业，第一个中央直属大型企业兼并中央直属大型企业，第一个大型军工企业兼并大型军工企业。此前，对一条并不太"壮实"的大鱼能不能"吃"掉另一条已经负债三点八亿元的大鱼，知情人普遍心存疑虑，两厂的职工也忧心忡忡。但沈阳新乐公司借助国家政策完成兼并、实行机构和资产重组后，七年一点七亿元的银行贷款利息被免除，为重组、精简、调整后的企业提供了新的发展条件和契机。至于其他十八家进入试点和非试点城市减员增效的航天企业，据统计，已有近一万五千人下岗。这一万五千下岗人员经过分流，基本上通过不同渠道走上了新的岗位，为中国航天这匹老马卸下了一个沉重的包袱。

三

1997年5月12日，中国"长征三号甲"火箭在西昌发射场成功地发射了中国的"东方红三号"通信卫星！该卫星拥有二十四个C波段转发器，天上工作寿命为八年，其通信能力相当于十二颗“东方红二号”卫星。这将对紧张的中国通信起到很大的缓解作用。

紧接着，1997 年 6 月 10 日，中国“长征三号”运载火箭又在西昌发射场成功地发射了中国的“风云二号”气象卫星！

短短二十八天时间里，连续两次发射成功，着实让中国航天人长长地缓了一口气。虽然发射的两颗卫星都不是国际商业卫星，可发射工具毕竟都是“长征号”火箭，这对恢复中国火箭在国际上的声誉自然大有好处。但面对下半年即将发射的国际商业卫星，刘纪原等航天界领导仍然深感压力不轻。

而最让刘纪原头疼的，还是一个“钱”字！

去年，刘纪原曾在飞机上向李鹏提起过这个“钱”字，可因为失败，李鹏婉拒了。之后，他召集相关人员，想方设法，绞尽脑汁，出谋划策，在“钱”字上狠下功夫，最后还是无能为力。无奈之下，他想到了一个点子：让火箭上市！即是说，火箭上市后，通过社会集资，筹措点钱，购置一些检测设备和创建几个检测软件中心，再进行技术改造，这样就可以进一步确保产品和元器件的质量。

就在这时，他被通知去北戴河参加会议。

在去北戴河的路上，刘纪原和李鹏同在一个车厢里。他抓住机会，把最近两次发成功的情况向李鹏作了汇报。

李鹏听了后很高兴，说，看来只要抓，也是可以保证成功的嘛！

接下来，他又趁热打铁，向李鹏汇报了打算搞技术改造的计划；同时把打算让火箭上市，搞点社会集资的想法，也谈了谈。

李鹏听了后，说，技术改造我同意。但火箭上市的问题，这你就不懂了。火箭上市是个很复杂的问题，不是你想象的那么简单。

刘纪原说，我手头实在拿不出钱来，这也是逼上梁山啊！

李鹏说，这样吧，你就不要分心了，安心把火箭的质量抓好，确保发射成功！钱的问题，我来给你解决。

刘纪原一听，非常高兴，说，如果这样，那就万事大吉了！

李鹏问，你需要多少钱？

刘纪原说，一亿美金。

李鹏说：行！你回去后写个报告吧。

从北戴河返回后，刘纪原马上就给国务院写了报告。

李鹏很快在报告上作了批示，让国务院秘书长何春林具体承办。

何春林马上找到财政部，可财政部有关负责人说，现在一下要拿出一亿美金来很困难，如果拿七千万美金，还行。

之后，何春林把这个情况向李鹏作了汇报。李鹏说，那怎么行？中国火箭走向国际市场是个大事情，我说一个亿就是一个亿，一分也不能少！

何春林再次找到财政部，转达了李鹏的意见。

很快，一亿美金便进入航天工业总公司的账上。

有了这一亿美金，刘纪原如获至宝，如鱼得水，很快便用到了技术改造、提高检测手段水平和对外发射服务上。与此同时，航天总公司又决定，将航天部系统的二十四万人一分为三：八万人集中精力搞军品（即火箭、导弹、卫星等）；八万人集中精力搞民品；剩下的八万人集中力量搞后勤服务保障工作。而且，刘纪原又向中央申请到了一亿三千五百万的经费，让搞军品的人员获得了三笔经费补贴：一笔是保救费，每月三百五十元。一笔是养老金。军品人员只要在航天系统干到退休，比如干到三十年，最后便可拿六万元左右的退休金。但如果半途而废，离开航天部，这笔费用便自动解除。第三笔是住房基金。

有了这三笔补贴费，干火箭卫星的人，心便踏实多了。

1997 年 7 月底 8 月初，李鹏、朱镕基、刘华清、宋健等中央领导专门听取航天总公司的工作情况汇报。汇报结束后，几位中央领导作了三点具体指示：

> 第一，下半年航天总公司飞行试验任务非常繁重，要舍得花大气力、下苦功夫把工作做扎实。虽然大家都很辛苦，但辛苦也要继续干，要拼老命干！要继续狠抓落实，千万不能松劲，如果一松劲，就会接二连三地出问题。千万不要单纯赶进度，

一定要确保质量，确保成功！

第二，在提高产品质量方面必须舍得下功夫，宁可成本高一些，也要确保质量。只要能确保成功，成本高一些也是值得的。……在问题没有搞清楚之前，坚决不发射，即使箭、弹燃料加注了，如果问题没有解决，宁可把它放倒，也不能发射！绝不冒这个风险！工作一定要细致，搞航天的就要像做针线活那样认真细致，发现了问题一定要搞准。在当前的形势下，没有百分之百的把握，不要轻易发射。如果发射失败，将影响我们好几年，比推迟几天、一个月发射造成的损失要大得多。

第三，提高质量管理，注意吸收国外的先进经验。要学习国外公司的成功经验，在我们的工作中移植一些国外的管理制度。比如，可以借鉴美国、欧洲一些公司对工作人员实行许可证制度的做法，如果工作做得不好，就吊销你的工作许可证。要立法，单位和个人之间要签协议，个人要有保证书，本人要签字，出了问题就依此进行严格处理！

…………

同时，中央领导对总公司目前存在的管理问题、思想观念问题，也毫不留情地提出了批评：

管理还不够严格。航天发射的管理工作一定要严格，要按照“军中无戏言”的做法来指挥飞行任务。管理水平落后问题已经讲了很多年了，怎样才能把管理工作抓上去？这是一个大问题！现在质量问题百分之六十是管理问题，这样下去，能否发展、提高，能否保住“饭碗”都是个问题。航天工业能否保持现在的发展趋势，能否继续发展、提高，关键是提高我们的管理水平。如果质量问题在地面不能发现，上了天就不得了！不能有侥幸心理，不能凑合，否则太可怕了！过去，“老五院”的主要领导都是军人出身，他们把指挥作战的一些方法运用到组织航天科研生产试验任务中，按照“军中无戏言”的做法来指挥型号飞行试验。你们这些后来人，在这方面比起老领导有差距，管理不够严。管理一定要严，稍一放松，就可能导致前功尽弃。如果我们每个人的弦都绷紧了，我们的工作就好做了。

另外一点，航天总公司包括所有军工部门，思想观念转变还不够！总是等着要饭吃，而不是想办法抢饭吃。要继续转变观念。要走出自己的小天地，走出去找任务。航天民品要走到国民经济发展的主渠道中去。

为了认真领会中央领导人的指示特别是批评，1997 年 8 月 9 日下午，航天总公司机关利用双休日，召开司局级领导干部座谈会。总经理刘纪原，副总经理王礼恒、栾恩杰等人均参加了会议。会议主题是：每个人结合各自部门的工作实际，谈体会，找差距——重点是找差距，本着以对用户负责、对信誉负责、对生命负责的态度去找差距。通过找差距，让不清醒或不完全清醒的脑袋真正清醒起来。故此，后来有人将此会称为“洗脑会”。

“洗脑会”开得很热烈，也很真诚。大家敞开心扉，畅所欲言，不搞形式，不走过场，不讲客套，不玩虚招，从头至尾，突出四个字：实事求是！最后，会议达成如下三点共识：

一、上半年的工作虽然取得了一定的成效，得到了中央领导的肯定，但必须看到，目前暴露出的质量管理问题，无论是数量还是严重程度，一点也不亚于上一年，质量问题依然堪忧，必须引起重视。特别是用新型号火箭发射外星的任务大多安排在下半年，其进度和质量的矛盾解决起来肯定会比上半年打内星困难得多。

二、从上半年暴露出的质量问题来看，其中百分之六十以上是管理问题，有些甚至是很低层次的管理问题。……在质量管理方法上，自上而下的强灌多，自下而上的依法自觉按章办事的少；在质量管理观念上，各级领导乃至每个岗位的职工还没有完成从“要我管”向“我要管”的转变；在质量管理制度上，往往处理具体事务多，抓源头、抓苗头、抓根子、抓制度监督少。如果不认真查找存在的差距，航天系统的质量管理就永远摆脱不了“救火队”的被动局面。

三、在思想观念转变上，我们还存在一定的差距。十四大以后，原有的计划经济已向社会主义市场经济转变，航天总公司已从国家部委转变为国有大型企业，但是我们的陈旧观念并没有随着这个转变而完全转变，依旧习惯于等饭吃，等国家拨专款下任务，而缺乏一种钻市场、抢市场的钉子精神。现在面对激烈的市场竞争，我们只有走出自己的小天地，站在国民经济发展的高度，在发挥自己的优势、抢占市场上开动脑筋，航天企业才能最终走出困境，才能在占领国际发射市场中为全国人民交上一份满意的答卷……

“洗脑会”结束之际，刘纪原就机关干部一定要改变办事作风、决不做技术官僚的问题，又特别作了强调：

从几十年打内星，转为打外星，的确有一个适应的过程，但我们必须尽快学会适应这个过程。今后一定要提高干部的责任心，从机关做起，改变办事作风，决不做“技术官僚!”

公正地说，此次“洗脑会”，确实起到了“洗脑”的作用。中国航天人在 1977 年这个关键的年头，对自身问题和外部形势的认识，还是比较客观的，也是比较清醒的。

但面对即将进行的“长征三号乙”火箭的第二次发射，每个人的心里，也难免忧心忡忡!

四

在1997年的所有发射中，“长征三号乙”火箭的再次发射，最为重要，也最为关键！

一方面，“长征三号乙”火箭去年2月15日曾有过惨重失败的经历，此次发射是重蹈覆辙，还是重振雄风，不仅事关重大经济赔偿，更关系到中国“长征号”火箭能否重返国际市场。因此中国航天人这次不仅要用成功的事实来雪耻失败的记录，还要用成功的事实来赢得国际同行的尊重。

另一方面，“长征三号乙”火箭即将发射的这颗美国的“马部海”通信卫星，是由美国空间系统劳拉公司制造的卫星，其重量为三千七百七十公斤，星上装有三十个C波段转发器和二十四个Ku波段转发器，是目前亚洲地区功率最大的通信卫星，在轨设计寿命超过十二年。早在1995年5月，中国长城工业总公司便与其签订了发射服务合同，只因去年2月15日“长征三号乙”火箭首次发射失败，故拖延至今。该卫星被菲律宾马部海卫星公司用重金从美国人手上购买后，便成为菲律宾有史以来的第一颗通信卫星。倘若这次发射成功并投入使用，可为菲律宾、中国和亚洲大部分地区提供语音、图像和数据传输通信服务；而对菲律宾自身而言，更是具有历史和现实的双重意义。故菲律宾举国上下，对此次发射十分重视。据悉，菲律宾总统拉莫斯还特意邀请了一百多名贵宾，聚集总统官邸，通过电视观看此次发射实况。

因此，这次发射不仅成了1997年中国航天发射中压力最大的一个看点，同时也成了举世瞩目的一个焦点。

1997年8月20日晚，西昌发射场万人瞩目，灯火辉煌，沉寂无声。凌晨1点50分，捆绑着四枚助推火箭的“长征三号乙”火箭托举着“马部海卫星”拔地而起，巨大的轰鸣声顿时响彻山谷。紧接着，火箭喷出的巨大火焰，在夜空中形成一道耀眼的光柱。十秒钟后，“长征三号乙”火箭冲破层层夜幕，向着更高更远的目标发起冲刺……

指挥控制大厅里，从“点火”命令下达那一刻起，三百多名中外人士的眼睛便定格在了大屏幕那瞬息万变的数据上。在这三百多人中，大多数人都亲眼目击过去年“2·15”大爆炸的现场，其紧张的心情可想而知。当然，最紧张的，莫过于火箭总设计师龙乐豪。自去年失败后，龙乐豪一年半来可以说几乎没睡过一次安稳觉。由于心头的压力太大，谁见了他都明显感到老龙瘦了，话也少多了。本来，去年“长征三号乙”火箭发射时，意见就不统一，甚至有人公开反对。后来发射失败了，失败得一塌糊涂，于是“败家子”“胡逑闹”等罪名便扣在了他的头上。这次呢？这次如果再不成功，甚至再发生……他怎么办？是辞职，还是跳楼？

二十五分钟后，星箭分离，“马部海”开始进入地球同步转移轨道……

“三级二次关机！”

也许是因为期盼太久，指挥员的报告声刚一落地，不少人便偷偷握起了手；而当“星箭分离”的声音刚一传出，整个大厅便再也无法控制地沸腾了！人们以各种方式祝贺着，用各种声音倾诉着，用各种姿态哭笑着，尽管每个人的脸上都几乎看不到明显的泪痕，但热乎乎的泪水仿佛都在每个人的心里哗哗地流淌……

最先紧紧拥抱在一起的，是刘纪原和龙乐豪。一年半的巨大压力，现在终于得以释放；一年半的苦苦忧愁，此刻终于转化成了脸上苦苦的笑容。美国劳拉空间系统公司和菲律宾马部海卫星公司的代表也举起了象征胜利的手势，用半生不熟的中国话高喊着“马部海！”“马部海！”接着便与中国专家们紧紧相拥在了一起……

是的，中国航天人总算可以长长地出上一口“恶气”了。这口“恶气”在心里憋了整整五百四十七天！在这漫长而又难熬的五百四十七天里，负责“长征三号乙”火箭的研制队伍，上至专家，下到工人，没有过一天的好心情，没有过一次开心的笑，心里时时刻刻想着的都是成功、成功、成功——连做梦都在想！现在好了，终于成功了！别的不说，它至少可以证明一点：中国自行研制的“长征三号乙”火箭具有较高的可靠性，完全有资格参与国际商业发射市场竞争，而绝不像外界传说的那样一无是处。

之后，中国又进行了一系列成功的发射——

1997 年 9 月 1 日，“长征二号丙”改进型火箭在山西太原卫星发射场首次发射成功。

1997 年 10 月 17 日，“长征三号乙”运载火箭在西昌发射场成功地发射了美国的“亚太二号 R”卫星。这次发射是在凌晨 3 点 13 分进行的。由于火箭起飞是在静悄悄的黎明时分，所以无论是发射场的附近还是发射场的上空，均呈现出一片宁静、安详的气氛。当托举着卫星的火箭在宁静、安详的黎明时分缓缓划破夜空时，那幅人间最壮美的“风景”便比以往所有的“风景”都显得更为优美别致，也更为壮观迷人！

1997 年 12 月 8 日，“长征二号丙”改进型火箭在山西太原卫星发射中心将美国摩托罗拉公司的两颗“铱星”成功地送入预定轨道，使“铱星”系统在轨卫星多达四十一颗。

至此，中国的“长征号”系列运载火箭进行了二十三次对外商业发射、五次搭载服务，共将二十五颗国外卫星送入预定轨道，其中包括澳大利亚卫星、瑞典卫星、巴基斯坦卫星、亚洲卫星、亚太卫星、菲律宾卫星和美国“铱星”等。仅 1997 年一年，便取得了七战七胜的骄人战绩。中国“长征号”火箭的信誉，因此而获得大幅度提升。

第二十章
代　价

如果把国家荣誉比作一座金字塔，塔底便是每个中国航天人付出的代价。1998 年 7 月 18 日，“长征三号乙”火箭成功地发射了一颗欧洲卫星。然而就在这天，刘纪原部长的儿子却突然失踪！中国火箭连续十七次发射成功之际，刘纪原第一次为儿子落下眼泪。这位智障孩子，还有希望回到父亲的怀抱吗？

一

如果说 1997 年是中国航天开始走出低谷的一年，那么 1998 年则是中国航天开始往上爬坡的一年。

这个坡，爬起来仍然有点难。

毫无疑问，1997 年是中国航天发生巨大转折的一年。但严格说来，这一转折只不过是让中国航天暂时摆脱了四面楚歌的狼狈困境而已，而绝非一种质的飞跃。这一点，我们必须有清醒的认识。尽管外国同行赞佩我们在 1997 年的进步，但同时又认为这种进步还不够，期望我们能拿出更有力的事实去堵住那些善于挑剔的嘴。因此，1998 年的外国客户和国际保险界，仍以观望的姿态在悄悄注视着中国“长征号”火箭的每一点变化和每一步进展。

而 1998 年中国“长征号”火箭的处境是：正在走上坡路，但尚未完全走出低谷。其根本原因，是国际商业发射服务市场发生了巨变，新的强大的竞争对手开始进入国际商业发射市场。如，1998 年 2 月，俄罗斯和法国合营的“联盟号”火箭进行了首次商业发射；1998 年 4 月，欧联共同体的“阿里安－5”火箭进行了第三次发射；1998 年 6 月，美国波音公司的 Delta－3 火箭进行了首次发射；此外还有美国波音公司的 Zenit 火箭进行了首次海上发射，美国洛马公司的 Atlas－2AR 火箭也进行了首次发射，等等。而中国方面，航天总公司有关部门经调研认为，“长征号”系列火箭尽管在 1997 年取得了较好的战绩，但在国际发射服务市场的开发中仍有不尽如人意之处，概括起来主要有如下七个方面的问题：

一、市场开发政策偏于陈旧，缺乏竞争性；

二、市场开发政策不很明确，市场开发人心中没底；

三、决策链长，而且不明确，导致市场反应慢；

四、市场开发的责任不明确，难以发挥主动性；

五、市场开发人员缺乏，商业和技术水平有待提高；

六、主动的市场开发活动少，基本处于被动守摊状态；

七、市场开发的经费预算低，市场运作只能低水平维持。

面对上述不足，在凶险莫测的 1998 年，中国航天人自然必须加倍努力，全力以赴。虽说 1998 年只安排了六次商业发射，而且上半年已经连续三次发射成功，可谁都明白，1998 年的六次发射只有全部成功，“长征号”火箭才可能最终走出低俗，爬上坡坎，保住市场，进而逮住机会与新老对手继续竞争；如果后三次发射失败，那中国航天必将从坡坎再次跌落，滑入更低的低谷！

然而，正当刘纪原将全部精力放在“决战”的 1998 年时，他的家里却像升空的火箭突然发生故障一样，遇到了很大的麻烦……

二

1998 年 7 月 18 日，“长征三号乙”运载火箭将在西昌发射场发射欧洲制造的“鑫诺一号”卫星。“鑫诺一号”卫星是中国鑫诺卫星通信有限公司经营的第一颗商业通信卫星。星上装有二十四个C频段和十四个Ku频段转发器，可覆盖亚太地区，包括中国及周边国家，主要为国家金融电子化工程、国家空中交通管制系统、上海信息港工程等用户提供多项服务。卫星设计寿命为十五年。

此次发射，是中国“长征三号乙”火箭在国际商业发射市场上的第三次亮相，当然就很重要。从某种意义上说，比第一次、第二次还重要。因为这次成功了，便可以向世界证明，中国的“长征三号乙”火箭的可靠性确实值得信赖，完全有资格参与国际商业发射市场的竞争；如果失败了，“长征三号乙”火箭肯定是两种结局：要么信誉扫地，被人挤出国际商业发射市场；要么羞愧难当，自动打道回府，从此退出国际商业发射舞台。所以无论是国内还是国外的客户对这次发射都非常重视，不仅沈荣骏、刘纪原等高级指挥官亲临发射场坐镇指挥，连外出视察的李鹏等国家领导人，也转程抵达西昌卫星发射场观看发射。

此次现场准备工作良好。火箭卫星到达发射场后，中美双方的技术协调工作始终一帆风顺，没有发生任何问题。

然而，发射场内没有发生问题，发射场外却节外生枝。7月18日这天，即“长征三号乙”火箭发射的当天中午，正准备去参加指挥部会议的刘纪原刚走出食堂门口，秘书王晓东便神色紧张地将手机递到了他的手上。

电话是女儿从香港打来的。女儿只叫了一声“爸”，便不再说话了。刘纪原立即感到情况不妙，忙问女儿什么事？女儿却迟迟不肯回答。女儿越不回答，他的心便越紧张。过了大约十几秒钟，女儿才轻声地试着问了一句：

“爸，您能回去一下吗？”

刘纪原问：“有事吗？”

女儿没有说话。

刘纪原猛地预感到了什么，拿着手机的手开始微微颤抖起来……

女儿没有听到父亲的正面回答，心里也就明白了几分。其实，在打电话之前，女儿就已经想到了，即使给父亲打去电话也是白打。根据以往多年的经验，父亲只要在发射场，是从来没有中途回过家的，也是根本不可能回家的。但她就是忍不住，还是打了，好像把打电话只当成一种情感的宣泄，一种无奈的求救；至于结果是什么，并不奢望，她也不奢望。当然，女儿只知道父亲在参加发射任务，却并不知道发射的时间就是当天晚上。女儿后来说，如果知道了，她无论如何也不会打这个电话的。

“有事吗?”刘纪原听不见女儿的回话，又问了一句。

“弟弟今天早上，突然不见了。妈妈她……”女儿只淡淡地说了这么一句，便打住了，再也没说一句话。

刘纪原的心突然泛起一种说不出的痛，但他什么也没说。

晚上就要发射，他是发射总指挥。靶场就是战场，他能离开吗?再说了，李鹏等国家领导人昨天刚刚抵达发射场，正等着观看今晚的发射呢，他能走吗?

“等发射完再说吧……啊?”他只对女儿说了这么一句，便挂了电话。

他在原地站了一会，深深吸了口气，然后把手机交给秘书，说：“孩子的事不要向任何人提起。”便转身赶去参加指挥部会议了。

下午，刘纪原又去了几个测试现场，和相关人员进行了交谈，询问了一些技术细节，看发射前还有没有什么需要解决的问题，有没有什么可疑的隐患。

深入现场了解第一手情况，是刘纪原的一大特点，也是他几十年养成的习惯。每次发射，他总是出现在基层，出现在发射现场最危险的地方。比如加注燃料时，他每次都到现场。不让他去，他也要去，秘书拦不住，同事拦不住，连警卫也拦不住。他当部长，向来以实际著称，以周到细致闻名。他抓工作抓到每个人头上，每个技术环节上，每个技术细节上，甚至抓到了小小的螺丝钉上。因此有人说他不会当部长，管得太细。他听后只是笑一笑，笑后什么也不说，但下次照样管得很细。他说：“航天发射不同于别的行业，这个特殊的工作性质决定了我们的工作必须仔细，细到每个螺丝钉。现在社会情况变了，人心乱了，不这样抓，不行啊!”

当晚，刘纪原和往常一样，和所有主要指挥官和专家们坐镇于指挥大厅。身后的观礼席上，是李鹏等国家领导人及数百名外宾。他的秘书后来说，那天晚上刘部长很镇静，脸上看不出有丝毫忧虑的表情，好像他所有的精力都集中在了发射上，儿子的事情似乎早已忘得一干二净。

1998 年 7 月 18 日 17 时 20 分，发射指挥员一声令下，“长征三号乙”火箭成功点火，随后载着欧洲制造的“鑫诺一号”卫星冲破黑夜，顺利升空!

指挥大厅顿时齐声欢呼，掌声雷动!

李鹏等国家领导人非常高兴。刘纪原当然也很高兴。很快，不少人围上来找他签字，他拿起笔来就签；不管是谁找他签，他都签；后来手指都签肿了，他还签。直到签完了最后一个人的最后一个字，他才想起远在北京家中的儿子!

然而火箭虽然上天了，地上还有许多事情等着他去处理。如：李鹏等国家领导人还等着他去陪同；美方专家还等着他去洽谈；三百多名外宾还等着他去会见；还有宴会、碰头会、总结会以及五花八门的遥控、遥测技术分析会，也都还等着他去参加。

直到第二天，等发射场所有应该处理的事情都处理完后，刘纪原这才疲惫不堪地登上飞往北京的飞机。

这天，首都机场仍沉浸在发射成功的欢呼中，航天总公司不少同事都举着鲜花仰着笑脸前来机场迎接他们凯旋。可除了秘书王晓东，谁都不知道刘纪原内心的焦虑。面对人群，面对笑脸，面对鲜花，刘纪原的脸上虽然也挂着笑，却笑得有些勉强有些尴尬甚至有些苦涩。只有秘书王晓东知道，他是怀着沉痛的心情，拖着沉重的步子踉踉跄跄地走出机场大厅的。

一走出机场的大厅，他便像往常一样，习惯性地向四周张望——他多想在第一时间看到儿子啊！遗憾的是，他没有像往常一样看到儿子，没有像往常一样看到儿子那副憨憨的、笑眯眯地抱着鲜花躲在旁边远远地看着他的样子。

他的心倏地生出一种不祥的预感……

三

儿子真的失踪了。

事情来得很突然，也很蹊跷。发射“鑫诺一号”卫星那天，即1998年7月18日早上6点，刘纪原的爱人王玉芳教授刚起床，便发现儿子不见了。开始她以为儿子在卫生间，可到卫生间一看，没有；又以为儿子跑到外面玩去了，便到外面找了个遍，还是没有。

王玉芳教授这才急了，忙将这一情况告诉女婿，然后又和女婿一起四处查找，结果还是连个影子也没见着。当时，女儿去了香港，刘纪原又在西昌卫星发射场，家里就剩下她和女婿。她知道，这事告诉丈夫也等于白说，无奈之下，这才给女儿打了求救电话。

第二天，女儿从香港赶回北京。弟弟失踪，母亲病倒，父亲在外，面对如此现实，刚一到家的女儿便忍不住哭了。哭完了，又同爱人一起连夜四处寻找弟弟。但一天过去了，两天过去了，三天也过去了，所有该找和能找的地方都找了，还是没有弟弟的消息……

等刘纪原回到家里，已是儿子失踪后的第四天晚上了。面对闷闷不语的女儿和痛苦不堪的爱人，刘纪原一句话也说不出来。儿子的消息，爱人和女儿都没主动向他谈起，他也没多问——从家人的眼里，他早就知道结果了。他没吃晚饭，爱人和女儿也没吃。他在客厅的沙发上靠了一会儿，便独自走进儿子的房间，然后关上门，在儿子的床头静静坐了下来。

刘纪原刚坐下，便看见了摆放在儿子床头的照片。那是儿子和自己母亲的一张合影照，镶嵌在相框里。儿子依偎在奶奶身边，奶奶疼爱地搂着孙子，彼此十分亲热。他知道，儿子一直在奶奶的身边长大，在这个家，奶奶最疼爱的人就是有病的孙子。由于孙子有智障，不能过正常人的生活，所以奶奶在各方面都非常关爱孙子，几乎把所有的爱都给了孙子。孙子是奶奶一生的痛。奶奶每次出门，谁也不带，什么东西也可以不带，但一定要带上孙子。孙子也最愿意出门，特别愿意跟着奶奶出门。奶奶去世后，对儿子的打击很大，虽然儿子什么也不说，也不会说，可儿子心里明白，奶奶再也不会回到他的身边了，再也不会带他出去玩了。所以儿子几天不吃不睡，不说一句话，即使在奶奶的追悼会上，也一声不哭；只有在夜深人静之时，儿子才会在梦中不断喊叫着“奶奶”“奶奶”。

现在，母亲最疼爱的孙子却丢了，而且就丢失在他的手上！

望着照片上的母亲，刘纪原像一个闯了大祸的孩子，竟有点手足无措、无颜面对了。他侧了侧身，将目光移至一边，却看见了儿子放在枕头边上的一本集邮册。也许是出身于革命家庭的缘故，刘纪原一生都是国家利益至上。他生活俭朴，从无什么特殊的要求和嗜好。也许他是在山西长大的缘故，平常除了喜欢吃面条，就是喜欢吃醋；除了喜欢吃醋，就是喜欢吃面条。为了给中国的航天探索出一条新的发展路子，他每天四五点钟起床，晚上 12 点或 12 点后睡觉，从早到晚除了工作就是工作，除了工作还是工作。他一生没有什么爱好，唯一的爱好就是集邮。为了陪伴儿子，他有意识地培养儿子集邮。在他的引导下，儿子很快有了集邮的兴趣，时间长了，兴趣越来越浓，后来竟由兴趣变成了痴迷。平常他只要在家，只要有一点时间，便陪儿子一起集邮。不过他集邮集得有点怪，除航天方面的邮票，再好的邮票也不集。儿子也和他一样，好几个集邮册里，全都是世界各国有关航天的邮票。

此刻，儿子的集邮册就在他的手上，可儿子人去房空，下落不明，死生未卜……

直至凌晨 1 点，刘纪原才离开儿子的房间。临走时，他把儿子的一本集邮册悄悄放进了自己的公文包里。

翌日 8 点，刘纪原又准时坐在了航天总公司的会议室。没办法，8 月 20 日中国火箭又将在太原发射场发射美国的一颗卫星。现在离发射时间不到一月，许多工作等着布置，许多事情等着处理，许多问题等着研究。他是总经理、总指挥，一切都等着他去发号施令。他必须到场，而且，还得准时到场。

两天后，刘纪原离开北京，匆匆赶往太原卫星发射场。临行前，他给爱人打了一个电话。电话里，他只听见爱人“喂”了一声，就知道儿子仍然没有消息。

他还是什么也没问，只说了一句：“注意身体，我走了。”

就走了。

四

刘纪原走后的第三天，爱人王玉芳教授便躺倒了。

儿子失踪后，王玉芳整天吃不下饭，睡不着觉，神情恍惚，不知天日。开始几天，她对找到儿子还抱有希望，所以还能咬牙挺住。可眼见时间一天天过去，儿子却始终没有任何一点消息，她便开始苦思冥想，继而胡思乱想：一会儿想到儿子可能掉到河里了；一会儿想到儿子可能被车撞了；甚至还想到儿子被人绑架了！加上丈夫在这个时候又偏偏不在家，所以到后来实在扛不住了，便病倒在了。

“文化大革命”中，王玉芳教授在精神上就曾受到过打击。丈夫和婆婆被关后，她一人带着儿子住进了北京大学的集体宿舍。她既要备课、上课，还要抚养有病的小儿子，每天搞得非常紧张。最让她难受的，是来自政治方面的迫害。婆婆抓走后杳无音信，丈夫关起来后整天挨批挨斗，她自己和家人又不时遭到舆论的攻击，所以心情灰暗到了极点。不过，白天在世人面前，她还得咬牙挺着，有人找她调查丈夫的情况，她的态度非常坚决：“我不知道，我只是一个教书人，除了教书，什么都不知道。”她还常对女儿说：“你一定要记住，你父亲一生清白，把一生都献给航天事业了，什么也没有。如果他们要什么，就让他们找航天部要!”

然而，王玉芳毕竟是个女人，每当夜晚降临，她便感到阵阵心酸，阵阵心寒，甚至还会有一种万念俱灰的感觉。于是她常常孤身一人搂着痴呆的儿子，静静地坐在床头，不吃不睡，直至天明……这次儿子失踪后，她受过重创的精神再次受到打击，病倒第二天，神情又开始恍惚起来了。

女儿刘瑛瑛见此情景，忙请 301 医院的心理大夫为母亲看病。大夫来家后，王玉芳好像什么都不记得了，但只要女儿一说起丈夫和儿子，她又什么都知道。尤其是说起丈夫在发射场发射卫星，她就异常兴奋，不停地对女儿说："你父亲把一生都献给航天了，你父亲把一生都献给航天了！"

即便如此，女儿依然没有把母亲病倒的消息告诉远在发射场上的父亲。为了尽快治好母亲的病，让母亲早日康复，女儿每天细心地为母亲煎熬中药，然后再一勺一勺地把药水喂到母亲的嘴里……

两天后，心理大夫再次来到家里，见到躺倒在床的王玉芳和正在煎熬中药的刘瑛瑛，非常感动，他说："我真没想到，搞航天的人不仅自己要承受很大的心理压力，连他的家人也要陪着承受这么大的心理压力！"

面对这位善解人意的心理大夫，刘瑛瑛再也控制不住自己的感情，一边流着眼泪一边说道："大夫，我父亲把一生都献给航天了，可他的儿子却没有了，爱人也病了，现在只剩下了火箭、卫星，只剩下了没完没了的发射、发射……说真的，每当我想起这事，心里就非常难受。尤其是每当我面对躺倒在病床上妈妈，想起我失踪的弟弟，我心里就更是难受得不行。但实话说，我不是为我自己难受，也不是为我们家难受，而是为我搞了一辈子航天的父亲难受！"

心理大夫被感动了，竟转身流下了眼泪。

一天晚上，刘瑛瑛突然接到父亲打来的电话。在电话里，父亲依然没有问起弟弟的事，只问她愿不愿意去看发射？如果愿意去，就把外孙女也带上，让外孙女也看看中国的火箭发射。

"好吧。"女儿理解父亲的心思，也理解父亲的寂寞，答应了。但她和父亲一样，在电话里一句也没谈到弟弟的事，母亲生病的情况也只字未提。

两天后，刘瑛瑛安顿好母亲，带着女儿，来到山西太原发射场，被秘书安顿在一个招待所里。可她在招待所住了好几天，也没见到父亲一眼。

直到1998年8月20日凌晨3点16分49.5秒，中国“长二丙”改进型火箭成功地将美国摩托罗拉公司制造的两颗“铱星”送入预定轨道，刘瑛瑛才在晚宴上见到了疲惫不堪的父亲。

这个夜晚，发射场沉浸在一片欢庆的海洋中，人们既为当晚的成功感到高兴，又为中国在1998年连续四次成功发射而感到骄傲。刘瑛瑛是第一次参加这样的晚宴，一切是那样的熟悉，一切又是那样的陌生。眼前那些晃动的叔叔伯伯和阿姨们的身影，她当然是再熟悉不过了，而且从小就熟悉。可岁月不饶人，当年身强力壮、笑声朗朗的叔叔伯伯和阿姨们，今天好像个个都变得少言寡语、步履沉沉……是的，变了，一切都变了，从青年到中年，从中年到老年，从黑发到白发；从肢体到语言，从内心到外貌，从服饰到表情。唯一没变的，是这些叔叔伯伯和阿姨们对航天事业的执着与追求、责任与忠诚！

晚宴开始后，刘瑛瑛看见，中外宾客笑声朗朗，喜气盈盈，频频举杯。父亲置身于浓浓的喜庆气氛中，时而举杯祝词，时而挥毫签名；时而握手拥抱，时而热泪盈眶……刘瑛瑛就坐在父亲旁边的一桌席位上，第一次近距离地看见在公众场合下的父亲，也是第一次近距离地看见父亲如此高兴，忘乎所以的样子，情不自禁地便在心里涌出对父亲由衷的敬意。但在灯光的映衬下，她很快发现，眼前的父亲比一月前的父亲老了许多，头发又白了一片，背也有些驼了，那举着酒杯的手臂似乎也没先前那般有力了。于是她再也控制不住自己的情绪，急忙端起酒杯走到父亲的身边，第一次以女儿的名义，祝贺父亲！祝贺所有在场的航天人！

然而，就在这一刻，刘瑛瑛突然想起失踪多日、至今杳无音信的弟弟，想起身处病中、痛苦不堪的母亲，一种酸酸的感觉顿时涌上心头，眼角的泪水再也忍不住滚落下来。

…………

第二天，刘瑛瑛和父亲一起坐上了回京的火车，并同在一个软卧车厢。一上车，刘纪原牵着小孙女的手，问这问那，亲热无比，似乎总有说不完的话题。火车启动后，随着送行的人流退去，车厢渐渐归于平静，刘纪原这才和女儿面对面地坐了下来。但父亲望着女儿，女儿望着父亲，彼此近在咫尺，却没有一句话。

许久，刘纪原才轻声问了一句："有消息吗?"

刘瑛瑛当然知道父亲问的是弟弟。这是弟弟失踪后父亲的第一次问。这一问，让刘瑛瑛有一种说不出来的感动。她知道，尽管父亲早就把自己的心交给了航天，但父亲对弟弟的感情丝毫不减；只是作为一个共和国的部长，他必须将一切私情都掖在心里。

过了一会儿，刘瑛瑛才轻轻说了一句："没有。"

刘纪原把头转向车窗外，死死盯着眼前飞驰而过的大山和田野，双唇紧闭，不再说话。

车厢里，好静。

"爸，我想和您说几句话。"又过了许久，刘瑛瑛突然说道。

刘纪原转过头来，认真地望着女儿。

刘瑛瑛看着父亲，说道："爸，航天事业固然是您的生命，但航天事业毕竟不是您一辈子的事业，您终归得回家呀！您知道吗？您上次走后，妈妈就生病躺下了，现在还在家养着。只有妈妈身体好，您才能安心工作，对吧？只有妈妈幸福，才有您的幸福。如果妈妈的病治不好，您的这一生，还有幸福可言吗?"

刘纪原听着，听得很认真，却还是没说一句话。

刘瑛瑛继续说道："爸爸，您知道吗？家里所有的人最喜欢看的，是发射；但家里所有的人最怕看的，也是发射。每次看发射，全家人都像是坐在火山口上一样，成功了，全家高兴；失败了，全家跟着痛苦。每看一次发射，我们都要经受一次痛苦的煎熬。连奶奶每次都一定要等到有消息后，才肯上床睡觉。每次发射，我们都担心死了。可您知道吗？我们担心，都是在为您担心呀！有一次，发射推迟了，我在深圳，每隔一个小时，就给妈妈打一次电话；而妈妈每隔半个小时，也给我打一次电话。整整一个晚上，我们都在打电话；整整一个晚上，我们都没睡觉！爸，这些，您知道吗？您知道这都是为了什么吗？……这都是为了您呀，爸！……"

说罢，刘瑛瑛泪如泉涌，接着便放声痛哭起来……

刘纪原俯过身去，慌乱地搂过女儿，轻轻抚摸着女儿的头发，一句话也说不出来，只有两行心酸的泪水，从眼角默默浸出……

五

一周后的一个晚上，刘纪原简单吃了几口饭，便独自一人来到北京火车站。

他来找儿子。

北京火车站刘纪原并不陌生，为找儿子，他曾无数次来过这里，今晚已记不清是第几次了。

刘纪原是独子，既要照顾年迈的母亲，又要照看有病的儿子，其压力远远超过常人。但他除了是儿子，是父亲，还是部长，而命运偏偏让他摊上了一个智障的儿子！

儿子脾气大，在家谁都管不住，只有他能管得住，因为儿子和他的关系特别好。可他离家的时间太多，儿子常常出走，一出走，就容易走丢；一走丢，他就只有去找。从四岁起，儿子就开始出走了，所以他很早就开始找儿子了，已经找了二十多年了。当年，他住在西城区厂桥的小平房里，离航天部很远。白天要上班，儿子一旦走丢了，他就只有下班后才去找。每次找儿子，他都骑着一辆自行车，一路找啊找，常常一找，便是整整一个晚上。

这个晚上的刘纪原没有骑自行车，不是不想骑，是骑不动了。他一到车站，便围着四周一些角落转悠起来。车站很热闹，很繁杂，人声鼎沸，人流如潮，上车的，下车的，进站的，出站的，南来北往，行色匆匆，既不知从何而来，也不知奔向何方。但车站人再多，谁都不认识他，也就没人打扰他。

刘纪原沿着车站找了一个半小时，依然没有找到儿子。没有，的确没有，连个影子也没有。

他又到候车室看了看，还是没有。

天，渐渐黑了，候车室的人也渐渐少了。望着渐渐稀少的人群，刘纪原忽然有一种非常失望的感觉。或许正因为失望，他觉得累了，便走到候车室边上一张条椅上坐了下来。

这一坐，他心里便有了一份难得的清静。是的，好久没有这样一个人安安静静地坐过了，何况还是坐在谁也不认识他、他也不认识谁的候车室里。但他坐下后却没闲着，眼睛还是忍不住向四处探望。他希望能在偶然的一瞥中，从人群中看到儿子。可他还是没有看到儿子，看到的不是在凳子上坐着、靠着的姑娘小伙，就是在地上躺着、睡着的妇女儿童……

他忽然想到了母亲。一想到母亲，他便深感内疚。

刘纪原是公认的孝子，母亲是他一生的爱。平时不管再忙，只要在家，每晚睡觉前他都必须要去看望一下母亲。在他的眼里，母亲一生活得很苦、很苦，活得很不容易。父亲牺牲后，母亲终生未嫁，一直陪伴着他走过了几十年的风风雨雨。即使在“文化大革命”中，母亲哪怕在最危难的时候，心中牵挂的也是他这个儿子！1970 年夏，母亲遣送回京后，表面上是回家了，其实与在监狱没什么两样，造反派依然对她约法三章：“老老实实在家待着，不准擅自行动，外出必须请假，否则后果自负！”每逢节假日，造反派还要派人上门训话：“只许老老实实，不许乱说乱动！好好向人民低头认罪，争取宽大处理！”

母亲身体惨遭折磨后，行动极为不便，不但出门看病从来派不上车，而且连每月的工资也分文不发，只有靠借款维持生活——交通部每月限定只借四十元。可母亲从不说一句软话，更不哀求他人。

最让母亲无法忍受的，是要常常接待大量到家来的外调人员。几年来，全国各地上门外调者，多达近千人次！有一次，几个言称是中央专案组的军人突然来找母亲，要调查陈伯达的历史问题。他们以诱供的方式，迫使母亲证明陈伯达于 1931 年在草岚子监狱自首叛变。母亲虽然对陈伯达在“文化大革命”中的表现非常气愤，但她认为历史是严肃的，绝不能为了解脱自己，就对他人落井下石，血口喷人。所以母亲很严肃地对来人说：“我在草岚子监狱被关两年，这期间与陈伯达没有个人接触；限于当时特殊的险恶环境，也不了解所有关押人员的其他情况。所以，我不知道陈伯达是否有变节行为，出狱以后对他的情况就更不了解了。”

专案组的人一听大为生气，继续引诱说：“只要你按我们的要求证明陈伯达的叛变问题，我们马上给你作没有问题的结论，并立即解放你，恢复你原来的政治、生活待遇。”

母亲却异常冷静，回答说：“我本来就没有问题。我当然希望组织尽快解放我；但是，我不知道的事情决不能胡乱作证。如果我这样做，就不是对党对人民负责的真正的共产党人。我认为，在任何事情上，都必须坚持党的实事求是的严正立场。”

在十年“文化大革命”中，无论再大的压力，母亲始终没有讲过一句假话。直至1978年底，母亲才完全恢复名誉，参加了全国政协大会，并当选为全国政协委员，政协常委。

1985年，母亲离休了，可八十五岁高龄的母亲每天依然戴着老花镜坚持读书、看报、阅读文件，了解国内国际大事；坚持整理信件和史料。一生辛劳、饱受苦难的母亲，把一切都献给了她所热爱的祖国和人民，自己却始终过着家徒四壁的简朴生活，直至离开这个世界，睡的还是一张大硬板床。无论遇到天大的困难，从不伸手。当年父亲牺牲后，党组织要给她适当照顾，她说：“努力工作是我的职责，哺育好孩子也是我的责任。儿子是革命的后代，他不是孤儿。父亲牺牲了还有母亲在，有困难我自己克服，就不给组织添麻烦了。”进北京后，母亲虽然在中央做领导干部，可她宁肯挤公共汽车，也从不用公车办私事。她老家的乡亲们来北京，从来都是她个人出钱资助；甚至连父亲的弟弟来家探望，她都不准公家报销食宿路费，一切由她自负。而母亲对他这个儿子的要求，更是十分严厉，“报效祖国”四个字，自他懂事那天起，便像钉子般扎进他的脑子。记得有一次，在从发射场归来的机场上，张爱萍将军见到母亲，拉着母亲的手说：“感谢您为国家培养了一个好儿子。”母亲却笑了笑，说：“这是国家培养的！”

是的，献身国家的事业，是母亲对他的希望；看到他扛起了航天的大梁，是母亲最大的欣慰。每次只要有发射，母亲准看。不管多晚，母亲都看。有时发射推迟了，母亲哪怕守在电视机前等上一个通宵，也看！发射成功了，儿子高兴，全家高兴，母亲更高兴！母亲爱他，爱在心里；想他，也想在心里。即使母亲病了，也从不让他陪伴在身边；只要他在发射场，就绝对不准家人打搅他。记得是 1988 年的大年初一，母亲在医院已经昏迷过去了，可昏迷中嘴里喃喃念叨的依然还是他的名字！而那一刻他正在发射场，根本不可能回去。当时，有人想给他打电话，让他回来一下，可母亲醒来知道此事后，却坚决制止说："不要纪原回来，不要影响他！死了就死了，不要回来，就说是我说的。"

1988 年 2 月 21 日早上 8 点 35 分，八十七岁的母亲终于离开了他。母亲遗体告别时，邓小平、李先念等党和国家领导人送了花圈，李鹏出席了遗体告别仪式。那一天，他哭了，哭得很伤心，哭得很悲切。母亲为了他的事业，为了中国航天事业，直到死，也没打扰过他。母亲一生为他着想，可他，却从来没有为母亲的事请过一天假。特别是自中国"长征号"火箭开始打入国际商业市场以来，他就没有陪伴母亲过过一次春节！甚至直到母亲最后告别这个世界，他也没能为母亲送终！

母亲的去世，对他的精神几乎是一次摧残。在很长一段时间里，他的心跳都不正常，甚至缓不过劲来。为了表达对母亲的哀思，每年清明节，他都要去为母亲扫墓，都要静静地站在母亲的墓前，静静地待上一会，静静地想些事情，静静地反省些问题，而后再静静地扪心自问：有没有做对不起国家的事情？有没有做对不起人民的事情？有没有做对不起母亲的事情？

一眨眼，母亲已走了十年了。

现在，儿子又离家出走了。

一想到儿子，他心里便有一种说不出的痛。

刘纪原爱儿子，远远胜过爱他自己，但他一直觉得愧对儿子。他虽然身为部长，却是一个有血有肉、有情有爱的父亲。身为人父，谁没有亲情，谁没有私心，谁不希望自己的儿子有所作为，谁不希望自己的儿子有一个美好的前程！即便这方面做不到，至少也该有一副健康的体魄，一份普通的工作，一位贤惠的妻子，一个温暖的家庭。可这些，儿子没有，全都没有！不仅没有，甚至连顺顺当当、平平安安地活一辈子也不行。

为了让儿子能过上正常人的生活，他曾多次给儿子找过大夫，并为儿子动过大的心脏手术。早在 1984 年，他自己就患了糖尿病，平时的饮食都是有限量的。但只要陪儿子吃饭，为了让儿子高兴，为了让儿子吃好，他宁肯不顾医生的警告，不惜牺牲自己的身体，也要尽量多吃，甚至吃一些不该吃的东西。而且只要儿子让他吃，他就吃；儿子让他吃什么，他就吃什么……为了儿子，他默默承受了几十年。而这几十年，恰恰是中国航天最艰难、最关键的几十年。他一肩挑着家庭的重负，一肩扛着航天的重担，心里的确感到很累、很累。但他已经到了这个位置，如同人在江湖，身不由己，除了献身、献身，还是献身。在国家利益与个人利益之间，他只能选择前者。好比一个将军，已被推到了战场的前沿，既不能躲避，也不能后退，更不能逃跑，而只能勇往直前，冲锋陷阵！可儿子这次失踪后，竟有人说："刘纪原的儿子拿着五百万美元，跑到美国去了！"还有人说："刘纪原的女儿和女婿，也被抓起来了！"于是上级派来调查组，对他进行调查……然而，即便在这种情况下，他一边背负着儿子丢失的巨大痛苦，一边忍受着爱人病倒的精神负担，白天黑夜、时时刻刻考虑的，仍是如何确保中国"长征号"发射成功，怎样让中国"长征号"尽快挤进国际商业发射市场！

…………

不知过了多长时间，刘纪原又忍不住站了起来，往四周看了看，可还是不见儿子的身影。儿子会去哪里呢？这么长时间了，各种办法都用尽了，包括公安部的几位干警都出面寻找了，依然没有结果。是走丢了？迷路了？误伤了？还是遭到……他不敢再往下想了，叹了一口闷气，又重新坐了下来。

一坐下来，一种强烈的自责感便涌上心头。他想，如果上次去发射场之前，能抽点时间把儿子安排得周到一点，也许儿子就不会出门了；儿子不出门，也就不会丢失了。是不是自己对儿子要求太严格了？平时在家，他总是教育儿子要有礼貌。来了客人，就让儿子叫叔叔或阿姨，然后让座、沏茶、倒水；来了电话，就教儿子怎样接电话，接了电话再如何把电话内容转告他人。他还要求儿子看书写字，学习文化。只要有点空闲，就给儿子讲故事。他讲得最多的，是发射场上中国火箭发射中国卫星和美国卫星的故事。儿子最爱听的，也是发射场的故事。通过讲故事，他让儿子要爱国家、爱世界、爱他人。他还许诺过儿子，以后有机会一定带他到发射场去看中国火箭如何发射美国卫星，中国火箭怎么发射中国的飞船。可现在……

这个夜晚让刘纪原感到自责的，还有爱人和女儿。爱人本来有自己的专业，可为了他，为了儿子，几十年来荒废了自己不少专业。他长年在发射场奔忙，家里大小事情都靠爱人撑着——撑得住要撑，撑不住也要撑。甚至爱人病了，他连递上一片药的机会都没有。由于他的主要精力都放在了有病的儿子身上，对女儿刘瑛瑛从小也就缺少照顾。女儿大学毕业了，本来应该为她找一个好单位，找一份好工作，可他不但没找，反而还给航天部人事部的人打招呼，说不能把女儿安排在航天部。因为航天部每年都有公派出国的名额，女儿一旦进了航天部，公费出国的机会肯定就会比别人多。但是，他却从小教育女儿：无论你身在何处，一定要热爱中国航天！

后来，女儿刘瑛瑛这样说道："我刚懂事，父亲就让我热爱航天；现在我的女儿刚懂事，父亲也让她要热爱航天。我女儿每次生日，我父亲送给我女儿的不是航天杂志，就是航天邮票，或者航天纪念模型。我女儿从几个月到现在，长到十一岁，每次全家团聚，她给我父亲敬酒，只说一句话：'祝姥爷发射成功！'好像儿女长了十一年，就会说这一句话似的。另外，每次有人问我女儿，你姥爷最高兴的事儿是什么？我女儿立即就会抢答：发射成功！"

刘瑛瑛还说："作为一个男人，都有男人的自尊，但我父亲的自尊完全被国家和民族的利益给替代了。为了国家的航天事业，为了中国的火箭能挤进国际商业发射市场，我父亲简直是用自己的政治生命在做赌！他不会油滑，不会搞不正当的关系。他和李鹏熟悉，但每次和李鹏谈话，谈的都是航天，从不谈个人的私事。我陪父亲散步时，曾问过父亲，在您任职期间，本来可以不搞卫星，可您为什么冒着风险也要搞？父亲回答说，卫星是国家保密性很强的高技术，我们如果不搞，一旦国外对我们实行通信封锁，中国就完了！所以即便撤了我这个部长的职，我也得搞！”

然而这个晚上的刘纪原，想起母亲和儿子，想起爱人和女儿，心里一阵阵涌起的，却是如潮水般的愧疚与自责。是的，他一直深爱着自己的家人，可在国家与小家面前，他除了选择前者，还有别的选择吗？想到这些，他便越是自责，越是愧疚，越是难受。想着想着，他又情不自禁地站了起来，走出候车室，沿着火车站的四周继续寻找，不放过一个角落，不放过一个人影……

不知又过了多长时间，刘纪原再次失望地坐回候车室的凳子上。但他疲惫的身子虽坐在凳子上，眼睛却依然紧紧盯着周围人影出没的地方。

此刻，夜已深，人已静。不知啥时候，秘书来到他的身边，将一件衣服披在他的身上，然后轻轻说了一句：“部长，回家吧。明天……明天还有会呢。”

他这才如梦初醒，想起明天的会议，想起马上就要组织的下一次发射，急忙站起身来，快步走出候车室……

六

四个月后，即 1998 年 12 月 19 日，“长二丙”改进型火箭在太原发射场将美国的一颗“铱星”成功地送入太空！

担任此次发射总指挥的，仍是刘纪原。

半年后，即 1999 年 6 月 11 日，“长二丙”改进型火箭在太原发射场再次将美国的一颗“铱星”成功地送入太空！

担任此次发射总指挥的，还是刘纪原。

当晚，等成功的欢呼声归于平静，刘纪原才一个人走进指挥部办公室，拧开台灯，打开公文包，取出一张崭新的纪念成功发射“铱星”的邮票。他将邮票举在灯下，看了看，然后认认真真地贴在儿子的集邮册上……

片刻，秘书走了进来，将一份表递到他的手上。他拿起一看，是一份发射记录表，表上详细记录的内容是：自 1996 年“2·15”大爆炸后到今晚为止，短短三年时间里，中国“长征号”系列火箭连续十七次发射成功！

刘纪原望着记录表，看了很近久很久。然后走到窗前，站了一会儿，才缓缓转过身来，像是问秘书，又像是问自己：

“有消息吗？”

秘书知道他问的是儿子，沉吟片刻，说：“还没有……”

刘纪原不再说一个字，将头转向一边。

秘书端起茶杯，递了过去。就在这一瞬间，秘书忽然看见，两行泪水，从刘纪原的眼角夺眶而出……

这位智障孩子，还有希望回到父亲的怀抱吗？

结　尾
逗　号

截至 2003 年 10 月，中国对外发射走过了十八年。十八年来中国“长征号”成功地发射了二十七颗外国卫星，运载能力从原来的一点八吨提高到了九点五吨。但在人类商业发射的历史上，中国写下的仅仅是个逗号；面对国内种种矛盾和国际商业市场的残酷竞争，必须回到十八年前，重新思考：是挤进去还是被挤出来？

中国“长征号”火箭自 1985 年宣布对外开放、承揽外国商业卫星发射起，到 2003 年止，走过了十八年的风雨历程。十八年来，“长征号”火箭成功地发射了二十七颗不同类型的外国商业卫星，运载能力从原来的一点八吨提高到了九点五吨，并创下了连续二十四次成功发射的骄人战绩！

从“长征号”的运载能力来看，80 年代初中期，“长征三号”火箭的运载能力是一点五吨，“长三乙”火箭的运载能力是一点五吨，“长二丙”火箭的运载能力是一点八吨，“长二丁”火箭的运载能力是二点八吨。但进入国际商业市场后，“长二捆”火箭的运载能力一下提高到了九点五吨，“长三乙”火箭的运载能力提高到了五吨；不仅成功地发射了大容量的国际通信卫星，而且还成功地发射了四艘“神舟号”飞船。

从“长征号”的可靠性来看，“长征号”系列火箭迄今共进行了七十一次发射，成功率为百分之九十一以上，接近世界先进水平。尤其是近年来为了发射中国的第一艘载人飞船，把中国的航天员送上太空，“长征号”的可靠性和安全性得到了空前提高。比如担任发射中国第一艘载人飞船的“长征二号 F”火箭，成功率从过去的百分之九十一，提高到了百分之九十七，安全性达到了百分之九十七点九七。这是中国史无前例的水平，也是当今世界的最高水平！

此外，“长征号”通过对外发射，至少在三个方面大有获益：

一是培养了一大批技术人才和管理人才。例如，过去对商业服务中的管理问题一窍不通，通过与国外交流，知道了应该怎么搞商业服务和商业管理；过去连投标书都不会写，通过与外商谈判，懂得了如何操作国际商务发射中的程序；过去所有合同都必须翻译成中文才能看懂，现用不着翻译，直接在英文本上就可签字。

二是获得了约十三点五亿美元的经济效益。不仅大量改进了基础设施和技术设备，同时也改善了科技人员的生活待遇，弥补了国内研制经费的不足，为今后航天的发展打下了物质基础。

三是在思想观念上有了质的转变，在认识上有了大幅度提高，在文化上受到很大影响。中美在空间上的首次合作，看起来是中国火箭与美国卫星技术上的对接，实际上是思想的交融、观念的碰撞、认识的沟通、文化的渗透。尽管其间也有磕磕碰碰，但在同场竞技中，它给双方特别是给中方带来的影响和变化是巨大而深远的。比如，在没有走出国门之前，中国航天人并不知道或者说并不完全知道自己与世界的差距到底有多大，但通过十八年对外发射的风风雨雨，细枝末节，不仅清楚地看到了自己真实的差距，还看到了今后努力发展的方向。再比如，对外发射之初，西昌垃圾遍地，环境很差，为了迎接首批美国人的到来，市长竟动员全城大搞清洁卫生，自己还亲自上街拿起扫帚！而现如今，西昌在各个方面都发生了天翻地覆的变化，并成为世界闻名的新兴航天城，仅航天旅游这一项，每年便吸引了国内外大批游客！而西昌发射场附近的老百姓，过去几乎没有商品这个概念，不少地方采取的都是以物换物的原始交易方式。可现在，如果你到发射场附近随便买上二斤山梨或者土豆，彝族同胞张嘴便会问你：是付人民币还是美元？

总之，中国对外发射，意义重大而深远。一方面，火箭属于高科技产品，它与中国别的手工产品，如绣花鞋、陶瓷罐、丝绸、龙井茶、竹编筐、泥娃娃等，进入国际市场的价值和意义截然不同。像中国全年出口的对虾所赚取的外汇总额，只能换回两架波音 747 飞机。而美国的一个芯片进入中国市场所赚取的外汇，则超过中国好几年的对虾出口量以及数以亿计的手工产品。另一方面，从“洋火”到火箭，从挖耳勺到“长征号”，从发射国产卫星到发射国际商业卫星，从计划经济下的国内试验轨道到市场经济下的国际商业发射轨道，是中国火箭史上一次革命性的转变，也是中华民族近代科技史上一次质的飞跃。而导致这一“转变”和“飞跃”的，正是中国“长征号”！

当然，还有关键的一点，就是对外发射开辟了一条商业运作带动中国航天技术发展的道路，促使中国航天这一计划经济色彩浓重的科技工业，逐渐从思想观念、管理方式、运行机制等方面转向国际市场。而中国正是通过“长征号”一系列的成功发射，打破了少数西方国家在空间领域一统天下的局面，为中国火箭找到了一条未来的发展之路；同时在激烈的商业竞争中，促使一批新的火箭型号和新的尖端技术应运而生，从而带动了航天科技的整体进步以及国内其他相关技术的发展。假如没有对外发射，今天的中国就没有航天大国的地位；假如没有“长征号”火箭，就不可能有后来的“神舟号”飞船，中华民族的飞天梦也就不会实现。

但是，我们应该也必须清醒地看到，中国对外发射的现实，并不令人乐观。仅以《考克斯报告》为例，足以说明一切。

1999 年 5 月 8 日，美国用卫星定航导弹突然轰炸了中国驻南斯拉夫联盟共和国大使馆！十八天后，即 1999 年 5 月 25 日，又抛出了一份特别报告：《关于美国国家安全以及对华军事及商业关系的报告》。该报告由美国众议院特别调查委员会特别策划组织撰写，历时半年，耗资二百五十万美元；美国众议院讨论时，以四百二十八比零的大比分获准；美国国会审议时，又以四百九十九票通过。因主要撰写者名叫考克斯，故简称《考克斯报告》。

《考克斯报告》对中国几十年来的导弹研制和近几年对外发射的情况进行了秘密调查，长达数百页，累计百余万字，列举了中国大量“罪状”，其核心内容是：中国利用火箭发射商业卫星之机，偷了美国的“敏感技术”，发展了自己的导弹技术和航天计划，危及了美国的国家安全，强烈要求美国政府对中国进行严厉制裁！

《考克斯报告》一经公布，惊动世界。尤其美国，反应强烈，有的华人科学家，不仅受到打击，甚至还遭到起诉。而中国的对外发射工作，更是因此而四面楚歌，雪上加霜！

最基本的一个事实是，《考克斯报告》公布前，中国在国际上还能勉强拿回部分发射订单；《考克斯报告》公布后，“长征号”火箭尽管连续取得了二十余次发射成功，却反而拿不到订单了。比如，1988 年，本来中美间已经签了合同，允许中国在六年之内打十二颗美国卫星。但《考克斯报告》公布后，这些合同几乎全部作废。其中有一个合作项目，是 1998 年中国邮电部购买的美国劳拉公司的一颗卫星。按计划，这颗卫星应该在 1999 年底用中国的“长征三号乙”火箭发射。但卫星买回来了，专门发射这颗卫星的“长征三号乙”火箭也造好了，美国就是不给发放许可证。后来磨了好几年，美国好不容易才发放了许可证。可《考克斯报告》一公布，美国又收回去了。中方花了一大笔钱专门造好的火箭，便成了没有子弹可射的枪。虽然美方愿意赔偿，可赔偿数额远远低于投资成本。于是为了一张许可证，美国总统布什访问中国时，连朱镕基、钱其琛都给布什谈了此事，结果并未奏效；甚至中央一位领导也亲自出面交涉，美方还是没同意——问题主要出在美国国会。后来，中方对“长征三号乙”火箭又进行了分解、检查、试验，重新组装了一次（作者注：火箭造好后，若是未能按时发射，必须拆了重新组装一次才能使用），美方还是没有同意。结果，不光中国吃了大亏，美国劳拉公司也赔了老本。再后来，中方只好改成发射意大利的卫星，但美方依然不给许可证，致使“长征三号乙”火箭至今还睡在清冷的仓库里。

不仅如此，有些中国航天专家到美国去，本想和一些公司洽谈一点航天合作方面的事，美国公司的人连接待都不敢接待，怕美国政府找他们的麻烦。特别是近几年，中国所有航天专家去美国，美国大使馆都不给签证；甚至中国国家航天局局长到美国，也不给签证！所以说，现在中国对外发射的最大问题，不是火箭的质量问题，而是西方国家的阻挠问题。由于拿不到发射合同，原来热热闹闹的西昌发射基地已经好几年没有发射过外国卫星了，数千名发射人员就只有在大山沟里待着，等着，耗着。

所以，中国航天总公司的总师曾庆来说，中国进入国际市场最大的问题，就是美国卡我们。只要美国阻拦，其他国家想让我们发射，我们也发射不了，他们也不敢让我们发射。如澳大利亚、韩国等，都有意让我们发射，但只要美国一卡住，就发射不了。谁要是买了美国的卫星用中国的火箭发射，签合同的时候，美国政府就会施加压力，让你无法拿到合同；即使通过种种努力最后你拿到了合同，但美国政府一旦不给你发放卫星许可证，你最终还是发射不了。而只有买美国的卫星，再用美国的火箭发射，才能保证你的卫星上天。

那么面对如此困境，如此挑战，怎么办呢？中国航天人只好将目光转而投向欧洲。但欧洲的市场也不好进，主要原因有两个方面，一是欧洲同样不愿让中国挤进去。他们之所以与中国合作，主要还是因为价格便宜。一旦价格偏贵，立即中止。二是欧洲所需卫星数量不多，自己又有发射能力，即便愿意用中国火箭为其发射，因卫星上的零件是美国的，同样也会受到美国的限制。

于是，为了摆脱美国的控制，中国亚太卫星公司便和法国某公司联手，共同投资了三千万美元，将欧洲卫星上的美国零件全部换成了欧洲零件。这样美国想管也管不着了。此外，中国还联合第三世界国家，组成一个航天阵容，共同抵制美国的制约。如与亚太地区共同研制小卫星，专门供亚太地区所用；同时加强与巴西等国的合作，以此打开拉美的市场。然而即便如此这般，中国“长征号”进入国际商业发射市场的能力同样有限。

由此可见，对外发射不仅仅是科学技术问题，也是政治、外交、经济、军事问题；不仅是商业行为，也是政治行为；甚至在某种意义上说，更是一种政治行为。在国际发射市场上，各国打的既是一张航天牌，也是一张外交牌，更是一张政治牌！尤其是美国《考克斯报告》的出笼，使得本来就复杂的国际环境变得更为复杂，让中国走向世界的航天之路变得荆棘遍地，险象环生！

再从另一方面来看，当今世界，随着冷战的结束和国际政治新秩序的逐步建立，经济利益和政治军事需要，已然成为影响航天技术发展的主要因素。美国和欧洲航天国家对其航天发展战略均作出了相应的调整，即把航天活动的重点从大型宇宙探测、优先军用航天转为以航天技术应用为主，优先民用航天和商业航天。而航天技术的商业化，近几年更是越来越成为一种趋势。美、欧等老对手之间的市场争夺本来就如火如荼，加之俄罗斯、乌克兰、日本等国竞相加入，以及新的航天技术革命的接踵而至，国际商业发射市场的竞争便日趋复杂化、激烈化。仅发射地球同步轨道重型卫星的火箭，近年来便增至八种之多。看看下面几个国家的情况，便知竞争到了何等激烈的程度——

美国：自航天飞机爆炸后，开始重新重视一次性火箭，大幅度增加研制经费。而它的可重复使用火箭，也在积极地研制之中，一旦投入应用，发射成本必将大大降低。布什政府近年对美国航天工业的开发也非常支持，用于航天技术的投资，目前已高达二百七十至二百八十亿美元！

俄罗斯：运载火箭近年来也开始进入国际市场，这无疑加大了市场竞争的激烈程度，对中国不能不说是一种威胁。俄罗斯使出的新招是积极进行商业开发，大力发展太空旅游业。在“和平号”空间站未坠毁之前，俄罗斯成功地组织了美国人蒂托进入国际空间站进行太空旅游，一次便获益二千万美元！虽然俄罗斯宇航业的投入没有美国多，但其商业开发等方面并不逊色于美国。随着俄罗斯经济的好转，叶利钦总统对航天工业的作用、航天工业对保障国家安全和增强国际竞争能力的重要性等，进行了重新认识和充分肯定，作出了增加航天技术投资和停止一些国有大型航天企业的私有化进程的决定。仅 1998 年，俄罗斯航天工业的投资便达三一五千亿卢布，约六点六亿美元。

法国：航天政策的特点是政府大力扶持，增强国家的空间自主能力；大力开拓空间技术市场，注重经济效益；推动国际合作，强调欧洲自主。法国历来十分重视航天工业的发展，而新政策的出台又必将使法国航天技术在国际商业市场中更具竞争力，特别是在运载火箭、卫星和通信技术领域。法国在航天领域的投资将继续维持年均一百五十五亿法郎，约三十三点三亿美元。

德国：近年来在航天业方面取得长足发展，已跃居为仅次于法国的欧洲第二航天大国。1998 年，德国的航天工业进行了重大调整，将德国航天局与航空航天研究院合并成了德国航空航天中心。德国航天工业未来的发展方针是：积极参加国际合作包括欧空局范围和世界范围的双边和多边合作；在资金上继续扶植航天工业。德国每年用于航天领域的投资大于二十二亿马克，约十四点六亿美元。

英国：作为欧空局的第四大投资国，在冷战结束后出台了有关航天工业未来发展的新政策。这些政策明确提出，在 2005 年前，英国要加强商业卫星的开发，把约百分之五十的航天技术投资集中用于商业对地观测领域。英国目前每年用于航天技术方面的投资，稳定在四亿英镑约六点一亿美元的水平。

印度：航天发展战略是以自主发展为主，以建立一个独立完整的航天技术及其应用系统。印度自 1997 年第一次用一枚自制的强力火箭成功把一颗搜集大气层、陆地和海洋信息的小型卫星送入轨道后，就试图在国际商业卫星发射市场抢占一个地盘。尽管历经三十四年、花费二十亿美元，印度火箭的运载能力至今也未超过一点二吨；但空间计划却信心十足，尤其渴望成为像美国、俄罗斯、法国、中国这样的空间俱乐部成员。为了挤进国际商业市场，印度甚至一次发射费用只要价六百万美元，也要为韩国发射小卫星。而俄罗斯和法国的一次发射费用是三千万至四千万美元！1998 年恢复核试验后，印度又加大了航天投资力度，仅 1998 年就比 1997 年猛增了百分之五十二，达到了三点八四亿美元。

最后再看**日本**。日本是一个很容易让中国感到尴尬的国度。两个国家好像一开始便有相互较劲儿的意思。甲午战争不说，抗日战争也免谈，只说航天。中国搞第一颗人造卫星的时候，日本也搞，但日本的第一颗人造卫星比中国的第一颗人造卫星早一个月零几天上天。后来中国有了“长征号”火箭，日本马上就有了 H－2 火箭。中国刚挤进国际商业发射市场，日本很快也紧随其后。而且几年前，日本经济产业省还提出一个改革方案——改变航天技术的研究开发体制，由政府一手包办转变为以企业为主导。该方案称，为了提高日益扩大的世界航天市场的竞争力，在火箭开发和卫星发射等方面，日本应以企业为主导，制定和实施研究开发目标及计划，政府则在资金、税制、基础设施以及技术转让等方面向企业提供支持，以达到提高开发效率、降低制造成本、研制高性能火箭的目标。1998 年，日本又制定了小卫星发展战略，即发展五十公斤以下的超小型卫星。截至 2000 年，日本航天技术的投资已达二千亿日元，约十八点七亿美元；而近两年的投资，均在二十亿美元以上！

此外，信息爆炸，也引发微软、摩托罗拉、克雷格·麦卡、麦哲伦、雷锡恩等公司纷纷从地面攀升到太空。这些公司雄心勃勃，不可一世，计划投资五百亿美元巨资，用于发射六十六颗距地面六百八十公里近极轨道卫星。仅麦哲伦公司一家，一次便投资三亿美元，用以发射二十八颗卫星。比尔·盖茨和克雷格·麦卡公司是所有计划中最大胆的一个，将花费九十亿美元把八百四十颗卫星送入轨道，其数量是目前在天上运行的一百五十颗商业卫星的五倍之多！作为卫星制造商的世界巨头美国休斯公司，更是看准商机，扔出了三十亿美元，用于“空中通道”的全球宽带系统。其他各大火箭供应商们，为保持在竞争中的优势，也开始不断创造新的合作模式，提高服务水平，充分发挥以国力、财力、技术实力三合一的特点，与航天商界的顶尖高手们大胆过招，展开角逐！

当然，影响中国进入国际市场的，还有一个非常重要的原因，这就是在与世界的接轨中，我们自身存在着种种的不适应。换句话说，我们的内部管理体制和运行机制，根本无法适应国际商业市场的残酷竞争——既严重束缚了自身的发展，又深刻影响了迈向世界的步伐！尽管十八年来中国确实取得了历史性的突破和进步，但又必须看到，在人类商业发射这部史诗上，中国目前写下的仅仅是一个逗号—— 一个多少显得有点急促而潦草的逗号。横在中国脚下的道路，还很曲折，也很漫长；唯有继续保持清醒的头脑，卧薪尝胆，蓄势待发，才可能在与世界接轨、全球融合的路上，走得更稳，更远。

因此，面对国际商业发射市场的残酷竞争和国内的种种现实矛盾，我们必须回到十八年前，重新思考那个曾经反复思考过的老问题：是挤进去还是被挤出来？

2003 年 5 月 4 日

附　录

叙事的变轨

——评李鸣生的《中国“长征号”》

张志强

李鸣生的“航天七部曲”在中国当代报告文学创作中是重量级的作品合体，是有着标杆意义的“航天文学”的扛鼎之作。正是这七部作品，构成了李鸣生“航天文学第一人”的资格，使李鸣生极为耀眼地屹立在报告文学创作的高地上，成为这个时代的代表性作家。

《中国“长征号”》是其中极为独特与个性十足的作品。这部作品在创作意图、叙事策略与书写技巧上都取得了突破性的收获。作品所展现的对“长征号”火箭打入国际商业发射市场的风险历程的浓墨重彩与写实会意，都令人惊喜地看到了李鸣生报告文学创作世界新的变化与带给这个领域的新的启迪。

同时，我们还清醒地发现这又是一次冒险的创作。无论就其内容的书写，还是就其叙事技巧的试验性来说，这部作品对中国报告文学的创作都有着极大的探索性和显著的启发意义。

冒险的叙事

写中国火箭的研制与发射本身就是一个“大”题材，也是许多追求独立思想的作家所回避的题材。原因是，果子虽大，却不太好吃。这类作品要么很容易被写成一部完全“歌德式”的“爱国主义”大作而被读者所嫌弃，要么写成一部新闻报道式的全程“直播”作品，在完整、全面的叙事外衣下很难表达深度思想与个性见解。创作的结局无非是在共和国的功绩簿上多添那么一笔而已，其作家表达的空间是很有限的。

换个角度说，像李鸣生这样个性极强、思想深刻的作家选择航天叙事的创作是冒着叙事的风险的：他能在这样的作品中有多大的自我表达空间？他能在这样的题材领域里为自己挤占多少地盘？他能在中国航天发射的历史血脉上扎出几滴鲜血？这实在是件没有太大把握的事。

显然，在这类很容易被人质疑为“官方行为”的主旋律题材的创作中，通常被要求只写成功，只写“伟光正”，只写奉献牺牲和“蒸蒸日上”，而失败的、矛盾的、落后的一面谁敢说？如此，我们可以猜想，李鸣生之所以大胆地选择这个难啃的骨头一定有他自己的考虑。

事实上，他也并不想简单地记录中国航天的历史，他要写出其中的风险与阵痛、困顿与挣扎，写出矛盾，写出味道。虽然也写了“长征号”火箭的研制、发射和迈出国门的艰辛以及中国航天人的牺牲与奉献，但更描写了中国“长征号”火箭的走麦城之旅，以及在败象之外的种种令人狐疑的“内幕”。一方面，在将火箭推销到国际市场的过程中，中国航天人不仅经历了冰冻与严寒，更经历了妥协甚至屈辱；另一方面，中国火箭对外发射是国家行为，有其自身的保密性和封闭发展态。但是，这次李鸣生却要写火箭走出国门，参与险象环生的国际商业发射市场的竞争之旅。这样的写作能被官方与读者两方面接受、认可吗？这是第一个冒险。

第二个冒险是对发射失败的描写。写失败，写天灾人祸这类题材通常被视作“禁区”，而且被约定俗成地看成是“国家机密”。失败，而且是多次连续的失败发射，不是一件光彩的事，是需要保密的“家丑”，而“家丑”是不可外扬的。就连国内的新闻报道也不能报道，且是“惯例”。在文学创作中，对这种发生在现实的败走麦城的民族痛楚，通常被处理成内伤式的叙事，即采取暗示、蜻蜓点水式的方式去写，因为这通常会被认为是“有损国家形象”的事件，甚至在某些人眼里是绝对不能碰的。

但是，艺高人胆大，李鸣生却偏偏要碰一碰这个禁区。当然，他是做好了充分的思想与技术准备的。在他描述的中国“长征号”发射失败的事件中，不仅触及了“澳星”的第一次发射失败，还写到了连续不断的五次发射失败，并深挖了造成失败的深层原因：体制的、人为的，历史的、现实的。其意图显而易见，如果不从根本上改变、清除横亘在中国航天面前的那些积弊，要想获得真正的成功，比发射火箭本身还难。

于是，李鸣生便写了中国航天发射的低谷与失败的一幕。但写失败并非为了“猎奇”，为了暴露“内幕”，而是为了写成功的不易，写成功的价值。雪耻之举不仅没有损害民族的自尊、国格、人格，恰恰相反，作品从反向的书写当中获得了文学的力量之美、悲壮之美。

写失败、写挣扎，这对于好面子的中国人来说是反常之举。将会遇到的各种责难与麻烦可想而知。但是说真话、讲真情，这是有良知、有社会责任感、对历史负责的作家的天性。可以说李鸣生后来被很多人定位于敢说真话、有血性的作家，与这次创作不无关系。尽管我们深知说真话、曝真相是多么的不容易，可我们又是多么的需要真话与真相啊。

宏大叙事与私人叙事的融合

从技术层面看，《中国“长征号”》的收获体现在其独到的叙事策略上。

应当说写失败、写矛盾、写冲突、写负面，只要有勇气有胆量便可以作到。但是想从写作技巧方面有所突破，仅有勇气和胆量就远远不够了。而李鸣生的可贵之处，恰恰是对报告文学这门艺术的叙事技巧有突破性的思考与尝试。如果我们把内容的突破称为物质性的，那么他在创作技巧方面的收获就是精神性的、内在的，这使得李鸣生的作品具有了更为值得研究的价值，也使得他的“大叙事”在事件之外，具备了让人咀嚼和玩味的东西。我们可以很明显地感受到李鸣生的作品是可以反复阅读与研究的。

显然，《中国“长征号”》最鲜明的突破，就在于宏大叙事与私人叙事的融合上。

这样的融合是一次相当困难的“对接”。所谓大叙事中的“大”与小叙事中的“小”是对立的，甚至是对抗的。将有些水火性质的两种方法整合在一部作品中，看似简单，实则需要太大的功夫与勇气。

在通常的文学创作观念中，把宏大叙事与私人叙事天然地对立起来，认为这是有着截然相反追求的两种不同的叙事方法，二者很难兼容。特别是以宏大叙事为主流叙事方法的新时期以前的中国文学创作，那些雄浑而又高亢的叙事声音与新时期之后那种个性十足的私人叙事是截然不同的。

李鸣生是从研制、推销、发射“长征号”火箭的大事件中寻找叙事的突破口的，叙事中却是从个体与“微观”的视角与个性化的发现来进行描述的。把大事件放在一个个具体的小视角中展现，让大事件具有了踏实的落脚点。

中国作家在这类题材的创作中通常是采取“以大盖小”的方式进行叙述的。居高临下的叙事声音、雄浑高亢的语言，用宏大的结构走完整个事件的叙事过程。如果涉及人物的“私生活”描写，也差不多是星星点点的“辅料”，人物很容易被神化。而《中国“长征号”》的写法却有所不同，作品在观照了大事件的“宏大”客观之外，更多的是从更为具体的“微观”视角，从个人的空间位置对事件作出个性化的描述。

在书写这些高山仰止的大科学家职业生涯的同时，作品还写到了高智商科学家背后的智障痴呆孩子，艰难生存中的老母、弱妻。他们是英雄，却不是天生的英雄；他们是了不起的航天人，却吃尽了人间的酸甜苦辣；他们除了职业上的特殊性外，在生活中与普通人相比并没有表现出什么超长的能力。相反，有时在他们所执迷的职业之外，有的人甚至比普通人显得更为愚笨。我们看到的仅仅是他们成功后的光鲜外表，可是，成功之前那些战战兢兢、如履薄冰的日子没有几人能知晓，而李鸣生却将这一层幕帘挑开了。

在描述中国“长征二号”捆绑式火箭的设计与制造这样重大的科技

行动时，作品没有从领导如何布置任务、发射卫星如何急需这样的角度去写，而是从一位普通的航天专家黄作义画第一张“长二捆”火箭的草图开始讲起，从他个人的角度完成了对于“长二捆”火箭孕育成长的描述。

同时我们还看到，李鸣生的叙事并非只在乎“微观”的私人小叙事，相反，他在描述到重大事件时，依然采取了宏大叙事的手法，在叙事空间上同样造成了一种宏大叙事的气场。类似“中国‘长征号’火箭自1985年宣布对外开放、承揽外国商业卫星发射起，到2003年止，走过了十八年的风雨历程。十八年来，‘长征号’火箭成功地发射了二十七颗不同类型的外国商业卫星，并创下了连续二十四次成功发射的骄人战绩!”这样的宏大叙事声音在作品中也经常响起，这是有节律的叙事需要，也是李鸣生内心隐藏的对于宏大叙事回归的渴望。

李鸣生这一代作家是有着较强精神信仰与国家、民族意识的一群，无论时代如何变迁推移，他们对于国家兴亡、民族复兴的集体荣誉感都深藏于内心，追求史诗性更是这一代作家们自觉的追求。因此，宏大叙事声音有节奏地响起，正如在感人的大舞台背后时时响起的民众呼号之音一样，这是一种大叙事的呼应与策略。

大叙事追求的是总体性、史诗性，追求的是意义与形式，而小叙事则是从具体的、多样的、具有个性色彩的事件入手去构筑叙事。中国当代文学的前十七年和后十年基本都是在这种史诗性的宏大叙事观念下行进的，而新时期之后，私人叙事的成功叛逆使得中国文学走向了另一个极端，即私人书写的兴盛与泛滥。

无疑，私人叙事是中国文学创作所急需的，是结束假大空叙事模式的最为有力的方式。但是，当我们举起颠覆的大斧砍向被我们厌恶的宏大叙事肢体时，是否想到过宏大叙事那些有价值的东西呢？特别是从一个意识形态时代走过来的一代作家，甚至也包括更为年轻一代作家，每个人都自然地、或多或少地受到过宏大叙事的熏染与清洗，那些影响其实是摆脱不掉的。也就是说，对宏大叙事的所谓反叛表现出来的应当是具有一定恻隐之感的柔和的“出走”，而不是决然的切割。

但创作的现实却常常让我们瞠目结舌。许多适合以宏大叙事的方式建构的文学作品却被武断地以小叙事的方式展示出来。更为极端的现象是文学创作对于更为隐秘的私人化空间的挺进，有时会让我们忘乎所以，以为小叙事即是叙事的全部，私人诉说就是真正的文学表达。从一个极端跳向另一个极端，这是文坛的现状之一种。

但是，正如莫言在谈到重建宏大叙事时所说："重建宏大叙事确实是每个作家内心深处的情结。所有的作家都梦想写一部史诗性的皇皇巨著。"特别是如李鸣生这一代有着理想化情结，有着忧国忧民之心的正处于创作巅峰的作家们，他们内心的那些大国情怀、史诗天性，又如何能被压抑得住？

因此，李鸣生在大与小之间的架构实践具有探索试验的意义，即把大叙事的史诗精神融入小叙事对微观细节观照之中。实践证明，这一试探性的创作成功了，以《中国"长征号"》为突破，李鸣生建立起来的这种叙事观念可作为重大题材报告文学创作的一个标识。

从另一个角度看，李鸣生的叙事是不可能离小叙事太远的。虽然，航天是一个庞大的高科技事业，但是作家本人却曾经是这个队伍中的成员，因此，在叙事到这个他放飞青春年华的地方时，他不可能不融入个人的情感，从一个曾经的当事者视角看中国的航天事业。

正因此，作者在以独到的发现表述了中国火箭走向国际市场的历程的同时，又以第一视角的方式来看待这个已经远离他的事业，用一个离开却又极为关切的"娘家人"的视角来描述事件与现场。这既不同于"第三只眼"的客观角度，也不同于亲历者的第一人称角度。这个独特的叙事空间位置，让我们既能感受到作者感同身受的当事人的叙事语气，又能看到作者及时跳出事件的旋涡，以理性而冷静的大脑对事件，特别是失败的"澳星"发射的分析与逻辑推演。

作者在作品中这样动情地描述着他所看到的"长征号"火箭升空的情景：

那天夜晚，我站在离发射架大约二百米处的山坡上，第一

次亲眼看到了“长征三号”火箭如何缓缓升起，又怎样迅速离去。火箭腾飞的一刹那，是我有生以来看的人世间最壮美的一幅风景。一枚几百吨重的火箭，背负着几吨重的卫星，完全依靠自己的力量，居然扶摇直上隆隆跃起，而后穿云破雾直上九天！尤其当火箭听到“点火”的指令后，竟轰然一声爆响，化作一团熊熊燃烧的烈火，用焚毁自己生命的方式将卫星送入太空！火箭博大的胸襟，雄伟的气魄，神奇的力量，无私的精神，令我高山仰止，感动不已！

在客观与主观，在本能与理性间，李鸣生摸到了一种异样的叙事思路。这是富有个性的、适合《中国“长征号”》乃至于适合这类题材作品叙述的新思路。

变轨：与世界文学对接

中国火箭的变轨与接轨，意味着观念的突围。从封闭的、试验性的发射走向开放的、商业性的国际市场，从“阶级”“国家”的小我中展示出一个地球村大国的风采，这是跨越了意识形态与国界的认识飞跃。

对外发射是一次航天科技的变轨，又何尝不是一次政治的、意识形态的、国家战略的变轨呢？正如作品中对变轨意义的阐释：

中国只有打开国门，与世界沟通，与世界交流，最后与世界接轨，才能消除误会，增进了解，加深认识，共同携手，开辟空间，造福人类，从而真正融入世界潮流之中，获得真正历史意义上的进步。而走在中国各行各业前列的航天，理所当然地应该从旧有的、落后的、不适应新形势发展的旧体制中挣脱出来，想方设法把中国火箭打入国际商业市场，与飞速发展的世界接轨，并且同步。这既是中国火箭发展的方向，也是必然途径。假如中国火箭始终在本民族的乡间小道上独自缓缓散步，

不仅前程黯淡，搞不好还会死路一条！

这是一次脱胎换骨的蜕变，是一次重生的机会。火箭的变轨走在了人的变轨之前，这是一次物质意义上的突围，也是精神意义上的突围。

更重要的“变轨”，来自于在叙事技巧上的突破。在目前创作状态下，中国作家重故事轻技巧的心理普遍存在，谁都想在事件的海洋里捞出个有意味的可以叫得响的故事。但故事是有限的，事件的海洋也并非那么深邃，加之事件的海岸上站满了兢兢业业、点灯熬油试图完全靠捞取故事赚得作品声誉的众生，以至于事件的海洋环境恶化、故事枯竭、想象力衰退、内容重复。这时，靠的就不再是单纯的故事与事件的展露，而是如何展露，如何将腐朽的、没有新鲜感的故事化为生动的鲜活的讲述技巧了。

李鸣生正是在众生喧哗中敏锐而及时地开始了自己的变轨。这个变轨使他从单纯的事件与故事的泥淖里慢慢地挣脱出来，逐步寻找到了一种拯救故事的方法。

世间最好看的颜色不是纯色，而是杂色。世界最美的人种，不是纯种，而是“混血种”。文学创作中的所谓“纯”，即那种声称“纯文学”的创作，其实本质上并非是健康的，多数都是为了保持其“纯度”而近亲繁殖的结果，所呈现的也是病态的健壮与华丽的脆弱。

李鸣生的突围与变轨恰恰是从改变单一的叙事模式、纯粹的故事叙述开始的。他把宏大与私化，把感性的认知与理性的判断，把客观的描述与对事件背后的种种现象的分析、调查等手段，有效地、自如地运用于创作中，发现了一种丰富的创作方法，使得故事变得意味深长、绕梁三日。

李鸣生的书写虽然仍是以通常人们所理解的围绕着人来写事，以人物为核心逐步展露事件的原貌，但他在写人物的核心之外，不仅融入了大事件的背景，还切入到事件的前后，深入到故事的深层，进行了逐层的挖掘和深度的理性剖析，使得作品获得前所未有的厚度；同时，在写重大事件进程时，将重大事件从个性的视角卷入，让整个叙事不被事件与史诗的追求所羁绊，而是把事件融入对人的描述与刻画之中，让刘纪原、乌克力、陈寿椿、黄作义、何克让等这些人物走进他的叙事里，为事件披挂上灵性的外衣。

火箭发射，是个重大而具有大国风范的事件，当然是史诗性的，具有宏大叙事要素的。可是，李鸣生的叙述却是这样进入的：

> 国际商业发射市场的地盘只有美国、法国才能占领。于是中国航天人就开始琢磨了，既然美国人和法国人早就在国际商业发射市场大把大把地捞足了美元，中国人为什么就不能去弄点“零花钱”呢？既然美国人和法国人可以在国际空间俱乐部里大口大口地喝着一杯又一杯的“咖啡”，中国人为什么就不能去国际空间俱乐部灌它一扎半扎“啤酒”，或者喝上一杯“清茶”？何况，中国火箭进入国际商业发射市场，既非心血来潮，也不是空穴来风，而确实具备了一定的实力。

他用简简单单、平平淡淡的语气就将这个重大的事件发生的背景交代给我们了。中国火箭要走商业化发展的道路，这个“圈里”有如此之多的玩家，中国的火箭必须挤进去。这是一个有气魄和力度的进入。

在这样的叙事之后，李鸣生不断地把大事件、“大人物”背后的背景、情节叠加进去，用描写、呈现的方式不断增加作品的厚度。这种叙事不是单一的事件的记录，背后蕴含着众多的文化养料。

在叙事上，描写是一种减缓叙事惯性的技巧。我们常常看到的是一种不喘息的叙事游戏，在叙事上缺乏必要的节制与管控，甚至发展为一种叙事暴力。而李鸣生却在叙事空域里使用了一种减缓与调节的技巧，这就是背景的描写。

首先，让我们看到的是，背景描写起到的显性作用就是使作品的厚度增加了，让作品从单一的事件与单个的人物逐渐聚集的叙事中显露其丰富性，看到了叙事体内枝繁叶茂的生机，故事在肥沃的事实土壤中滋生出来，其体格是健壮而有力的。这是事件背景描写在叙事中所起到的作用。

当然，单纯地从人物或纯粹事件的角度去构建这部作品也是一种布局的方式。但是在单一而明了的叙事表象下，我们却很难感受到在人间天上的故事中那些深层悠长的、有着神性依托的叙事广度、深度与宽度。如此叙事的结果必将是一次单纯的故事与事件的简洁行为，很难拥有深刻的理性隐喻。尤其是对于一部意欲表达更为深层、广博而智性的作品来说，这种简洁是致命的，必须要在简洁之外增加其书写的厚度。

李鸣生的叙事策略恰恰由此推开了一扇神奇的窗户。通过它，我们才得以窥见在故事与事件的良田肥水之外的绿野仙踪、藤缠枝绕的茂密的故事原野。那里奔跑着灵性的理性之神，也培育着逐渐生发起来的文化氤氲。

这就是李鸣生的超长之处。

其次，描述性的背景穿插在叙事技巧中起到了减缓的作用，是叙事节奏的必要的有效手段。对苏联第一颗人造卫星升天的意义，美国发射第一颗商业卫星的历史追述，甚至直接对人物背景的描述，如刘纪原父母的革命生涯等的插入，都是一种叙事减缓、产生叙事节奏的技巧性处理，从而使作品呈现出独特的舒缓有度、张弛有致的推进现状。

其实，李鸣生的《中国“长征号”》也是一次变轨，一次叙事的变轨，一次叙事的跨越。被习惯与传统的思维所维系的那种两个极端的叙事是有区域性的叙事。那是一种谁也听不懂的“地方话”。而要想获得与世界文学对话的资格，必须进行一次实质性的叙事语言的变轨，也就是让叙事回到地面，回到正常，回到能够被更为广泛的读者所接受的“通用语”上来。李鸣生的这次叙事变轨的目的达到了，他获得了与世界文学对话的入场券。换句话说，李鸣生的《中国“长征号”》的叙事意义，不仅展现了中国航天事业的一次国际对话，更重要的是，作品叙事本身也是一次与世界文学深度对话的产物。它表明了中国作家正在试图打破在非虚构文学创作中自说自话的独白僵局和故步自封的自我陶醉状态，而走向清醒与融合，走向与世界文学对接的最终时刻。

不可多得的《中国“长征号”》

丁　鹤

在中国几千年的科技史上，“四大发明”“两弹一星”“长征号”火箭和“神舟号”飞船，这四样东西无疑都是可以问鼎世界的。李鸣生的《中国“长征号”》记述的正是中国“长征号”火箭打入国际发射市场、参与国际商业竞争的悲壮故事。

中国火箭走出国门，打入国际市场，从国内试验轨道转入国际商业发射轨道，是中华民族向世界的一次大胆迈进，是中国科技史上前所未有的一次壮举，也是中国高科技的一次革命。如同作者李鸣生所言，如果说“四大发明”是中国古代文明的标志，“长征号”火箭就是中国当代高科技的象征；如果说“两弹一星”是计划经济体制下中国高科技的半壁江山，“长征号”火箭就是市场经济体制下中国撬开国际商业市场的经济杠杆；如果说“神舟号”飞船是飘扬在中国高科技珠穆朗玛峰的一面旗帜，“长征号”火箭就是将这面旗帜插上珠穆朗玛峰的登山运动员。而钱学森对此也深有感触：“在市场经济条件下搞商业发射，绝不亚于当年搞‘两弹一星’”!

《中国“长征号”》这部作品的价值和意义，可见非同一般。

《中国“长征号”》概括起来，主要有以下五个特点：

一是作者在生动记述中国“长征号”火箭打入国际商业发射市场的十八年风险历程中，不回避矛盾，不回避问题，对中国航天几十年来尤其是对外发射十八年中面临的诸多矛盾和自身的种种问题，作了大胆的揭示；同时对中国火箭专家们的尴尬处境和心灵阵痛，也有深刻的剖析。

全书不仅渗透了作者自己的生命体验，也有作者对中国航天的理性思考与深刻反省，从而使作品不仅具有较高的文学价值和文献价值，还具有某种史诗品格和思想光芒。

二是作者写中国火箭对外发射的历史，不是就事论事，而是将中国火箭对外发射的坎坷历程与国际航天发射市场的残酷竞争结合起来，将其故事与人物、矛盾与问题，放在中国改革开放的现实矛盾以及世界航天的发展历史中来展开叙事与刻画；同时注意提取现实生活中鲜活的故事情节和富有艺术张力的细节，使作品显得视野高远、叙事宏阔、大气磅礴而又丰富生动。让读者深刻领受到的，不仅仅是文学的魅力与感动，科技的神奇与风险，还有政治、外界、金融、法律的复杂与精彩，为拓展报告文学这一文体作了有益的探索。

三是作者把事件、人物、问题融为一体，在通篇的叙述中，事件中可见人物，人物中又有事件，事件和人物中又隐含着问题。人物、事件、问题，三者环环相扣，紧密相连，互为转换，相得益彰，打破了过去或单写事件，或单写人物，或单写问题的创作思维模式。同时作品把中国与世界相结合，把中南海与发射场相联系，把大人物与普通人相对应，既有宏大的国家叙事，又有细微的生活素描，还有独到的人物刻画，为丰富报告文学的内涵、经营报告文学的结构作了新的尝试。

四是作品把别具匠心的艺术形式与复杂厚重的生活内容作了有机的融合，布局讲究，逻辑严谨；并将深奥复杂的高科技转化为通俗易懂、情感浓郁的文学叙述。作品既悬念迭起，波澜起伏，又令人深思，耐人寻味。

五是作者在尊重历史事实的基础上，关注的是历史人物、历史品格、历史精神、历史经验以及历史教训。不为写史而写史，不为纪实而纪实，而是借助历史，反映生活的本质，揭示发射的真相，传递航天人的心跳，表达作者的思考。既尊重生活又不受制于生活，既忠实历史而又超越历史，捍卫了报告文学的基本品格。

总而言之，李鸣生的《中国“长征号”》，采访可靠，视野开阔，不仅见解独到，思考也很有深度。作品既有丰富的现实意义，又有宝贵的历史文献价值，读后令人深思，给人启迪。尤其是书中对中国航天历史的深刻反省，对中国航天事业今后的发展有着警示意义；不仅是一部不可多得的文学作品，还应该成为中国航天界的内部教材。